PETER SCHWENDELE

Verkaufte Erleuchtung

Peter Schwendele wurde 1965 in Munderkingen geboren. Nach Abitur, Zivildienst und einem längeren Auslandsaufenthalt studierte er Politikwissenschaft, Geschichte und Soziologie in Freiburg im Breisgau. Er lebt mit seiner Familie in Schopfheim, wo er als Redakteur für die Tageszeitung Markgräfler Tagblatt arbeitet.
www.peterschwendele.de

PETER SCHWENDELE

Verkaufte Erleuchtung

Ein Baden-Württemberg-Krimi

SILBERBURG

Alle handelnden Figuren sind fiktiv,
Ähnlichkeiten mit real existierenden
Menschen sind nicht beabsichtigt.
Hinsichtlich der historischen Figuren und
der realen Schauplätze hat sich der Autor
einige kreative Freiheiten gestattet.

Dieses Werk wurde vermittelt
durch Schoneburg. Literaturagentur
und Autorenberatung, Berlin.

1. Auflage 2018

Umschlaggestaltung:
Christoph Wöhler, Tübingen.
Coverfoto: © Juanmonino– iStockphoto.
Druck: Gulde-Druck, Tübingen.
Printed in Germany.

ISBN 978-3-8425-2086-8

Life is not a problem to be solved,
it's a mystery to be lived.
Osho

1.

Nie hätte Alfons Schindler gedacht, dass er die Aussicht von dem verlotterten Dachboden des Hofs einmal so genießen würde, trotz der Spinnweben im Genick, trotz des Modergeruchs in der Nase. Nie hätte er gedacht, dass ihm das alte Fernglas nochmal so gute Dienste leisten würde. Unter Gerümpel und leeren Flaschen hatte er das Glas gestern Nacht ausgegraben, in den Tiefen des Brotkastens, und bei aller Freude über den Fund auf sich selbst geflucht, weil ihm die Idee nicht schon früher gekommen war.

Letzten Sommer, als alles neu und frisch gewesen war, hatten sie ihn manchmal zusehen lassen bei ihrem Getue. Anfangs. Doch als sie gemerkt hatten, dass ihn nur auf eine Weise interessierte, was sie da taten, hatten sie ihn weggeschickt. Hör auf mit der Spannerei!, hatte Prem Pantha gemault. Und beim nächsten Mal hatte der Häuptling ihn zum Gespräch zu sich geholt; ganz ernst hatte er gesagt, Alfons solle nicht respektlos sein.

Das würde er sich jetzt nicht mehr trauen, dachte Schindler, jetzt, wo er kaum noch was hat. Aber das war egal. Er konnte Namito leiden, weil er immer freundlich war, nie herablassend wie so viele andere. Und wozu die guten Beziehungen aufs Spiel setzen? Außerdem hatte das mit dem Fernglas seinen ganz besonderen Reiz, stellte er fest.

Jetzt waren sie gleich zur Hälfte durch mit ihrem Meditationskram, von dem kein normaler Mensch richtig verstand, was er sollte. Die Sonne war schon vor einer halben Stunde über den Hügelkamm gekrochen und hatte die Talsohle und die zur Lauter hin sanft abfallende Wiese zwischen den beiden Höfen aufgewärmt. Es würde ein heißer Tag werden, ganz sicher, und bestimmt sind sie heute gut drauf und wollen danach ein bisschen Spaß haben, dachte der Bauer.

Ungeduldig setzte Schindler das Fernglas ab, nahm einen Schluck aus dem Flachmann und blickte sich um. Das Chaos um ihn herum, in Jahrzehnten gewachsen, in denen immer mehr nutzloses Zeug unter die hölzernen Dachsparren gestopft worden war, störte ihn nicht. Ohnehin fiel das spärliche Licht durch das schmierige Fenster, kaum verstärkt durch eine nackte, fast blinde Glühbirne, nur auf die Mitte des lang gezogenen Dachbodens; die Ränder des riesigen Raums kippten gnädig ins Dunkel. Schindlers Blick forschte vergeblich nach einem Stuhl, und so zog er eine schwere Truhe mit zwei, drei ruckartigen Bewegungen zu sich vors Fenster. Der Mischlingshund mit dem verdreckten Fell, der zu seinen Füßen gelegen hatte, richtete sich auf, dehnte seine altersschwachen Glieder und schaute in der Hoffnung auf eine seltene Streicheleinheit zu seinem Herrn hinauf. Schindler beachtete ihn nicht. Mit einem Grunzen hockte er sich auf die Kiste.

Unter ihm, auf der Wiese, war es ruhig geworden, das Geschrei war abrupt abgebrochen. Ein schneller Blick durch das Glas, das schwer wie ein Ziegelstein in seiner Hand lag, zeigte ihm, dass sie jetzt erstarrt waren. Alfons Schindler konnte, nach 14 Monaten, immer noch nicht recht fassen, dass die ganze Bande jeden Morgen mit Begeisterung diesen Zinnober veranstaltete. Dynamische Meditation nannten sie es, das hatte ihm der Häuptling mehrmals vorgebetet. Angeblich hatte sie der Weißbart selbst erfunden, vor so und so vielen Jahren, in Indien. Das musste erst recht ein Spinner gewesen sein.

Jeden Morgen stellten sich diese Vögel an die Lauter – oder in die Scheune, wenn's zu kalt war – und fingen an, wie irre durch ihre Riechkolben zu atmen, immer schneller und schneller. Das machten sie zehn Minuten lang, dann drehten sie völlig durch. Sie schüttelten sich, als wären ihre Körper Haselsträucher im Sturmwind, manche hüpften wie ein Gummiball, andere schrien, als steckten sie am Spieß. Die Weiber heulten manchmal sogar. Aber es wurde noch toller. Nach zehn Minuten hörten sie auf mit diesem Durcheinander, und alle sprangen gleichzeitig mit gestreckten Armen in die Höhe und schrien lauthals »Huh Huh Huh«, in einer Tour, als würden sie dafür bezahlt. Rauf und runter, genau zehn Minuten lang. Dann erstarrten sie von jetzt auf nachher zu Salzsäulen, blieben vollkommen still stehen, genauso verrenkt, wie sie beim letzten »Huh« auf dem Boden gelandet waren. Das war das Langweiligste. Es dauerte ewig, bis sie endlich wieder anfingen, sich zu bewegen, und ein bisschen rumtanzten, wobei sie sich wie Schlangen wanden.

Schindler schüttelte den Kopf und nahm noch einen Schluck Selbstgebrannten. Die meisten von diesen Sannyasins waren gar nicht so übel, und anpacken konnten sie alle, das musste man ihnen lassen, aber gestört waren sie eben auch, und zwar nicht zu knapp. Im Ernst: Was sollte der ganze Quatsch? Der Häuptling hatte rumgeschwafelt, ganz zu Anfang, er hatte Alfons erklärt, dass all das, die verschiedenen Meditationen – oh ja, sie hatten noch mehr Hüpf-, Tanz- und Schreikram im Angebot – dazu diene, besser zu verstehen, wer man selbst ist. Pah, wer man ist! Ein Mensch natürlich, na und? Was gab's da zu verstehen? Sollte er sich etwa darüber freuen? Was hatte er davon, ein Mensch zu sein? Ständig Ärger und einen krummen Buckel vom Schaffen. Schindler blickte hinunter auf seinen Hund. Wenn man schon auf dieser gottverlassenen Welt herumlaufen musste, dann besser so wie der Wastl. Dem ging's gut. Er tätschelte dem Hund den Kopf, eine Mühe, die er sich nicht oft machte.

Andererseits konnte so ein Vieh nicht saufen, und das Beste an diesem beschissenen Leben waren eben doch der Schnaps und das Bier. Wobei, dem Hof tat die Sauferei nicht gut, das wusste Alfons Schindler selbst, das brauchte der Alte ihm nicht ständig zu sagen. Er wollte es nur nicht wissen. Scheiß drauf, dachte er, der Hof und der Alte, das war schließlich eins. Der Alte konnte sich zwar kaum noch bewegen, aber scheinbar wollte er trotzdem ewig leben.

Schindler kniff ein Auge zu und spähte nach unten auf die sonnenüberflutete Lichtung. Jetzt tanzten sie. Er hielt das Gestell des alten Fernglases vertikal in der Hand, benutzte das Gerät, das ihm damals, als Bub, aus der Hand gerutscht war, wie ein Fernrohr. Die linke Linse war unbrauchbar seither. Der Alte hatte getobt wie ein Stier.

Alfons hatte gewusst, dass er das Fernglas nicht nehmen durfte, er hatte gewusst, dass es das Heiligtum des Vaters war. Doch da war diese Stelle im Wald, wo man nicht nur langweiliges Rotwild, sondern Wildschweine beobachten konnte. Und was würde mehr Spaß machen, als das mit dem guten, dem teuren Fernglas zu tun? Alfons hüpfte auf dem Rückweg vor Freude, wie Kinder eben hüpfen, und er fiel hin, und schlug sich oben am Hang, wenn man aus dem Wald heraustrat und schon das Elternhaus sah, auf dem steinigen Boden die Knie blutig. Egal, viel schlimmer, richtig schlimm war, dass das Glas, das er stolz um den Hals hängen hatte, auf einen Stein knallte. Zu Tode erschrocken sah er, dass das linke Rohr eine böse Schramme abbekommen hatte, und das Glas ... es war nicht gesplittert, aber es hatte einen weißen Stern in der Mitte, schön und nutzlos wie ein Kristall, und die Sprünge zogen sich in alle Richtungen. Wenn man versuchte, hindurchzuschauen, kam man sich blind vor wie ein Maulwurf.

Alfons hatte das ramponierte Ding zitternd zurück in den Brotschrank gelegt – ohne zu beichten. Obwohl er sich ausrechnen konnte, dass der Vater früher oder später den Schaden entdecken und unfehlbar auf ihn als Verursacher tippen würde. Und so kassierte er, mit acht oder neun, doppelt so viel Prügel wie üblich. Der Vater schrie es durch die Scheune: zum einen, weil er das Fernglas kaputt gemacht hatte, und zum anderen, weil er nicht Manns genug gewesen war, für sein Tun geradezustehen. Dabei wusste Alfons von klein auf, was es hieß, für sein Tun geradezustehen, nämlich genau das: verdroschen zu werden. Was nicht bedeutete, dass der verdammte Alte nicht auch sonst Prügel verteilte, ohne dass man eine Ahnung hatte, wofür.

Schindler schüttelte die Erinnerung ab. Der Alte war jetzt nur noch ein Stück Fleisch, das in seiner Kammer lag und vor sich hin faulte. Und er begriff nichts. Es war eine gute Idee gewesen, die Spinner hierherzuholen. Seit sie da waren, stand Alfons nicht mehr ganz so tief mit den Stiefeln in der Gülle. Immerhin hatten sie im Frühjahr gut zwei Drittel seiner Felder übernommen, um ihre Experimente zu veranstalten. Ihm sollte es recht sein, denn die 75 Hektar waren ihm längst über den Kopf gewachsen. Am Anfang hatten sie auch noch regelmäßig gezahlt, und er konnte es zuerst gar nicht fassen, dass plötzlich Geld reinkam, ohne dass er etwas dafür tun musste, nur weil sie auf dem hinteren Hof wohnten und sich da häuslich einrichteten mit ihrem ganzen Krimskrams. Paradiesisch war das gewesen.

Und bei ihrem letzten Treffen hatte der Häuptling zu ihm gesagt, er solle sich keine Sorgen machen, er, Namito, werde bald wieder flüssig sein. Sorgen machen? Erst mal nicht, hatte Schindler gedacht, und Namito, der wie immer keinen Schnaps wollte, zugeprostet. Kein Problem, du kannst ruhig noch eine Weile in Naturalien zahlen, hatte er gesagt.

Der Bauer hob das lädierte Fernglas ans Auge. Beinahe hätte er verpasst, dass es endlich losging. Der Dürre mit dem Ziegenbärtchen hatte sich schon fast ausgezogen, die meisten anderen hielten sich in den Armen und schnauften, als wären sie froh, die Tortur endlich hinter sich zu haben. Schindler drückte die mit tiefroten, ausfransenden Äderchen übersäten Backen auseinander und schob die gelblichen Zähne nach vorn. Es war seine Art zu grinsen.

Genau wie er vermutet hatte, legten sie los. So wie ein, zwei Mal im letzten Spätsommer, so wie Anfang Juni, als einmal eine Woche schönes Wetter war, schienen sie jetzt wieder Lust zu haben, sich am Fluss auszutoben. Der Dürre fing an. Er hüpfte in die Lauter und spritzte lachend mit dem kalten Wasser um sich. Dass er seinen ledrigen Schniedel um sich rumschlenkerte, war ihm völlig egal. Das komische Volk johlte, und dann zogen sich alle aus, rissen sich förmlich die Kleider vom Leib, sprangen ins Wasser und triezten sich gegenseitig mit immer neuen Spritzattacken. Lachten und kreischten. Wie die Kinder! Dabei waren die meisten mindestens so alt wie er. Ja, spielt, spielt ruhig, dachte Alfons Schindler, Hauptsache, die Titten hüpfen. So wie bei der dicken Hummel, wie hieß sie noch gleich? Wahnsinn! Die eine, die mit ihren Storchenbeinen durchs seichte Wasser watete, Punam, hatte dagegen obenrum fast nichts. Aber auch das war nicht ohne Reiz.

Schindler drehte am Einstellrad des Fernglases, versuchte, das Bild noch schärfer zu bekommen, und schwenkte hinunter auf die Hinterbacken Punams, die jetzt selbstversunken den Blick direkt in die höher und höher steigende Sonne gerichtet hatte. Gleichzeitig griff er sich mit der rechten Hand zwischen die Beine. So viel schönes, weißes Fleisch, serviert im hellen Sonnenlicht wie ein Braten auf dem Sonntagsgeschirr! Was machte es denn, dass es zum Teil schon ziemlich abgehangen war?

Und doch schwenkte das Glas nach einiger Zeit, fast wie von selbst, hinüber in den Schatten, wo die Neue auf der Rundbank unter der großen Buche saß und das langsam abklingende Spektakel gelangweilt betrachtete. Seit gut zwei Wochen war sie da, und irgendwie passte sie nicht recht zu den Spinnern, mit ihren Tätowierungen und dem Blech im Gesicht und den komischen stachligen Haaren. Trotz des ganzen Plunders fand Schindler sie richtig schön. Sie soll mitmachen, dachte er trotzig, warum macht sie nicht mit? Wir sind eine Gemeinschaft, eine Gemeinschaft von Sannyasins, aber jeder darf auch sein eigenes Leben leben, hatte Namito ihm erklärt, als sie auf dem Hof eingezogen waren. Doch so ganz stimmte das nicht, wie sich gezeigt hatte.

Und die Kleine gefiel ihm, zehn Mal besser als die alten Hutzeln. Jetzt streckte sie sich gähnend und zündete sich eine Zigarette an. Dieses Gestell unter den schwarzen Sachen. Diese großen, dunklen Augen. Und den spöttischen Blick, den sie immer aufsetzte, den konnte man ihr austreiben. Das würde er schon schaffen. Vor allem war sie jung, und das wäre wirklich mal etwas anderes. Das wäre … Schindler durfte gar nicht daran denken, und doch wurde das Bild vor ihm immer klarer. Er musste unbedingt mit dem Häuptling reden. Gleich heute noch.

Seine Hand verstärkte den Druck und er stöhnte laut. Wastl hob träge ein Augenlid. Hastig knöpfte sich Schindler die speckige Hose auf.

2.

Es gab kaum etwas Unfriedlicheres als das Ulmer Fischerviertel um die Mittagszeit. Man merkte es nur nicht sofort. Die auf den ersten Blick schnuckligen Eckcafés und Bistros mit den sich zum Kanal hin neigenden Zweiertischchen suggerierten, man sei weit weg von der hektischen Innenstadt, die doch nur einen Katzensprung entfernt war, und wenn man sich niederließ, schlich sich einem der Sound des unablässig pressenden Verkehrs ins Ohr, der schräg oben auf der Neuen Straße bis hinüber zur Olgastraße das Zentrum der Stadt im Würgegriff hatte. Das Kopfsteinpflaster der Gassen wollte einem ein Gefühl der beruhigenden Schwere längst vergangener Zeiten aufdrängen, verströmte eine Art Alles-wird-gut-Attitüde, doch die Menschen hetzten mit ihren Einkaufstüten über diesen altertümlichen Quadratsteinteppich wie über jede ordinäre Asphaltdecke auch. Der Kaffee war dünn und überteuert.

Dieses Trügerische, das sie häufig gerade hier an der vermeintlichen Schnittstelle zwischen Alt und Neu latent spürte, kam Zita Gehring heute besonders stark vor. Dabei müsste die voll und protzig vom Himmel strahlende Sommersonne eigentlich alles Wabernde, alle Unruhe vertreiben wie harmlose Nebelschwaden. Aber wenn diese Unruhe in ihr war, wenn sie sie mit hierhergeschleppt hatte, dann konnte die Sonne scheinen, wie sie wollte. Sie kam doch nicht dran.

Verstohlen blickte Zita hinüber zu Lars, der seinen Cappuccino, abwechselnd löffelnd und schlürfend, mit einer Hingabe vernichtete, die ihr angesichts der fragwürdigen Qualität des Getränks wie Verschwendung vorkam. Immerhin kann er im Gegensatz zu mir genießen, dachte sie. Aber womöglich versuchte er auch nur, Zeit zu gewinnen.

Vielleicht wäre es besser gewesen, dies eine Mal weiter ins Herz des Fischerviertels vorzudringen, sich Richtung Donau zu bewegen. Dorthin, wo es ihr besser gefiel, wo sie abends gern spazieren ging. Vielleicht hätte sich dort ihre Zunge gelöst.

Doch sie brauchte in ihrer meist spärlich bemessenen Mittagspause – sofern sie sich überhaupt eine gönnte – diesen Blick in Richtung Neuen Bau. Sie wusste, dass es ungesund war. Von dort, wo sie saß, im Halbschatten vor dem »Kleinen Eck«, konnte sie lediglich die rotzieglige Kante des verwaschenen Backsteinbaus sehen, und dahinter, weit beeindruckender, die gotische Gipfelstürmerei des Münsters. Aber allein das war genug, denn wenn etwas passieren sollte, wenn genau in dem Moment, in dem sie nicht an ihrem Arbeitsplatz saß, eine wichtige Meldung, ein entscheidender Anruf eingehen sollte, dann würde bestimmt exakt über diesem kleinen Ausschnitt des Gebäudes, in dem das Polizeipräsidium Ulm seinen Sitz hatte, eine Fahne gehisst werden, um sie zu rufen. Komplett irrational!

Wenn wirklich etwas sein sollte, während sie hier ihren Kaffee trank, würde ihr Handy bimmeln, das, sorgfältig auf dem Tischchen platziert, geduldig der Tasse mit der grünen Schleife Gesellschaft leistete. Vorberg, ihr neuer Chef, würde sie sicher sofort kontaktieren. Das heißt, wenn er denn zufällig mal da war. Daimler würde sie sehr wahrscheinlich anrufen, es sei denn, er verzettelte sich. Hektor würde sie links liegen lassen. Daran hatte sie keinen Zweifel.

Kriminalkommissarin Zita Gehring war mit ihren 28 Jahren eine der jüngsten Frauen, die je im Dezernat für Tötungsdelikte bei der Ulmer Polizei eine Stelle bekommen hatte. Und das fanden nicht alle gut. Lars zum Beispiel hätte es lieber gesehen, wenn sie im Betrugsdezernat geblieben wäre. Das hatte er deutlich artikuliert. Etwas anderes hatte er nicht so klar gesagt, aber Zita argwöhnte mehr und mehr, dass er es gern sähe, wenn sie demnächst damit beginnen würde, ihre Karriere bei der Polizei langsam ausklingen zu lassen. In diese Richtung schien der Hase zumindest zu hoppeln.

Zita legte den Kopf in den Nacken, kniff die Augen zusammen und schaute mitten in die über der Stadt stehende Sonne. Eine Minute an nichts denken.

Sie richtete ihren geblendeten Blick auf Lars. Lässig zurückgelehnt saß er da, markantes Kinn, tiefblaue Augen, die blonden Haare modisch geschnitten und nicht mehr ganz so lang wie vor eineinhalb Jahren, als sie sich kennengelernt hatten. Seinem Anzug sah man nicht an, dass er den ganzen Morgen im Gericht gewesen war. Und wenn er in Jeans und T-Shirt hier sitzen würde, würde er eine genauso gute Figur machen. Hatte sie sich von ihm blenden lassen?

Er war jedenfalls viel zu schön für sie. Nicht, dass sie unansehnlich gewesen wäre. Ihre Figur war mehr als passabel, und sie mochte die Art, wie ihre braunen Locken an ihrem schmalen Gesicht vorbei auf ihre Schultern fielen. Aber Lars war der Typ, nach dem sich die Weiblichkeit, egal welchen Alters, auf der Straße umdrehte. Sie hatte sich auch deswegen auf ihn eingelassen, oder? War geschmeichelt gewesen, weil dieser attraktive Mann sich für sie interessiert hatte. Die Erkenntnis schmeckte ähnlich schal wie der lauwarme Rest ihres Kaffees.

Außerdem wurde Zita klar, dass sie überhaupt keine Lust darauf hatte, ihr Leben lang um ihn zu kämpfen, weil sich eine Tussi nach der anderen an ihn ranschmiss und er selbst sich kaum noch dagegen wehren würde, sollte ihre glorreiche Beziehung erst einmal ein paar Jahre auf dem Buckel haben.

Da würde es nichts mehr zu retten geben; sie sah sich jetzt schon davonrennen. Ja, er war ein sehr schöner Mann – und so glatt. Keine Ecken, keine Kanten, keine Konturen. Wo zum Geier sollte sie sich da festhalten, wenn etwas schiefging? Sicher, Gewissheit gab es nie. Doch wenn sie sich auf etwas wirklich Ernsthaftes einlassen sollte, brauchte sie wenigstens die Hoffnung, im Notfall irgendwo zugreifen und sich vor dem Absturz retten zu können. Bei Lars Prekups glatter Fassade war sie höchstwahrscheinlich verloren. Oder war sie jetzt zu hart zu ihm?

»Zita, träumst du?«

Er ruderte mit dem rechten Arm vor ihrem Gesicht herum.

»Was …«

»Bist du noch da, oder bist du nur körperlich anwesend? Ich frage nur, weil du nicht reagierst, wenn man dich anspricht.«

»Sorry, ich …«

»Woran hast du gedacht, Schatz?«, fragte Lars lächelnd.

»An diese drei nervigen Berichte, die ich noch fertigkriegen muss bis zum Wochenende. Oder waren es vier?«

Zum Kotzen, Zita! Wie unehrlich kann man sein? Wieso sagte sie ihm nicht geradeaus ins Gesicht, was Sache war? Vermutlich, weil sie es selbst nicht wusste, weil sie keinen blassen Schimmer mehr hatte, wo sie eigentlich stand. Knips wenigstens dieses blöde Lächeln aus, ermahnte sie sich.

»Ich glaub, ich muss dann auch mal wieder los.«

»Also ehrlich, ich finde es ja gut, dass sie dich bei den harten Jungs erst mal die Berichte schreiben lassen. Ich hatte mir schon ein bisschen Sorgen gemacht«, sagte er.

»Ich weiß, Lars, und jetzt kannst du wieder aufhören, dir Sorgen zu machen. Ich bin ein gutes Mädchen, praktisch unverwundbar. Und falls es dich interessiert, bei uns müssen alle ihre Berichte abliefern, auch die Schwanzträger. Das ist nicht wie in eurer Kanzlei, wo jeder der großen Anwälte mindestens drei Tippsen hat.«

Lars grinste. »Apropos, ich würde gern wieder mal testen, was für ein gutes Mädchen du bist.«

Zita schaffte es nicht, zurückzugrinsen. Lars lag nicht komplett falsch. Sie argwöhnte selbst, dass man sie auf ihrem neuen Posten kleinhielt.

Gut, der Einstieg war nicht optimal gewesen. Es konnte niemand was dafür, dass sich das so blöd mit »Rock am Ring« überschnitt. Das konnte sie einfach nicht sausen lassen. Wer wusste schon, ob die Kings of Leon überhaupt nochmal nach Deutschland kommen würden? Jedenfalls war sie am ersten Tag total geplättet in die Abteilung 1 des Dezernats für Tötungsdelikte gekrochen gekommen – und seither, seit fast vier Wochen, musste sie ihrem Gefühl nach deutlich mehr für ihr Image tun als andere. Obwohl die es mindestens so nötig hätten, dachte sie genervt; auch wenn sie nicht, wie Zita, eine Abkürzung genommen hatten, als die sich angeboten hatte, auch wenn sie sich nicht, wie Zita, jeden Tag an der überlebensgroßen Statue der unvergleichlichen Jenny Nies abarbeiten mussten.

»Im Ernst, Zita«, sagte Lars, »ich habe wirklich kein gutes Gefühl bei der Sache.«

Sie stand auf und ließ einen Fünf-Euro-Schein auf den Tisch segeln.

»Wenn du mich in Watte packen willst, hast du schon verloren. Das solltest du mittlerweile wirklich kapiert haben.«

»Nun sei doch nicht gleich sauer.«

»Ich bin nicht sauer, ich muss nur zur Arbeit.« Sie beugte sich hinunter und hauchte ihm einen Alibi-Kuss auf die Wange. »Aber es wäre schön, wenn du diese Arbeit nicht ständig schlechtmachen würdest.«

»Ich ruf dich an.«

Zita ließ die Ankündigung reaktionslos in ihrem Rücken verklingen, während sie zügig zum Präsidium zurückging.

Der Name führte in die Irre. Der Neue Bau war ein Renaissancegebäude, das im 16. Jahrhundert als Lagerhaus errichtet worden war. Unter dem Dach war Getreide ausgebreitet und mittels der zahlreichen Gaubenfenster belüftet worden, unten, in den gewölbten Räumen und Gängen, lagerte man Wein und Salz. Kein Mensch wusste, warum sich die Bezeichnung, die bei der Fertigstellung 1592 sicher gerechtfertigt gewesen war, bis heute erhalten hatte. Neu sah der zweischenklig wirkende Bau, der sich tatsächlich als Fünfeck schützend um einen Innenhof spannte, schon lange nicht mehr aus. Der Sichtbackstein, der dem massigen Gebäude sein charakteristisches Äußeres gab, war nach dem großen Brand im Jahr 1924 frisch aufgezogen worden. Er war nicht ohne Reiz, hatte aber in den letzten Jahrzehnten stark gelitten, sah verwaschen und angegriffen aus. Die alten, schweren Eisengitter, die auf der Kopfseite des Baus die Fenster sicherten, dort, wo man mit ein bisschen Geschick und viel Chuzpe nächtens hätte einsteigen können, kündeten davon, dass die Zeiten früher im Wesentlichen auch nicht besser gewesen waren.

Zita hatte gehofft, dass Horst Hektor nach der Mittagspause unterwegs sein würde. Vielleicht, um bei einem Gerichtstermin auszusagen, um ein Detail eines Falles abzuchecken, das bei der routinemäßigen Altlastenüberprüfung zutage getreten war, oder von ihr aus auch, um in informellen Gesprächen irgendwo im Haus an seiner Karriereplanung zu arbeiten. Die Luft war einfach besser im Dezernat, wenn er nicht da war. Aber gerade in dem Moment, in dem sie um die Ecke bog und ihre graue Lederjacke abstreifen wollte, dröhnte aus dem hinteren Zimmer seine Stimme.

»Ist die Quotenliesel noch nicht da? Ich brauch endlich den Bericht über die tote Türkin.«

Zita blickte zu Claus Benz, mit dem sie sich das vordere Zimmer in ihrem Dezernatsbereich teilte, und verdrehte die Augen. Benz, den alle Welt Daimler nannte, hob hilflos die Hände. Mach dir nichts draus, sagte sein Blick.

Zita hängte die Jacke an den Haken, weckte im Vorbeigehen mit einem schnellen Fingertippen ihren PC aus dem Mittagsschlaf und stellte sich dann in den Türrahmen von Hektors Arbeitszimmer.

»Hier ist die Quotenliesel!«

Hektor blickte vom Bildschirm auf. Er war groß und hager. In seinem schwarzen Haar, das begonnen hatte, von der Stirn zurückzuweichen, zeigten sich ebenso wie in seinem gepflegten Henriquatre erste graue Spuren. Zehn Sekunden lang sah er sie schweigend an.

»War nicht so gemeint«, sagte er dann, in einem Tonfall, als hätte er sie gebeten, sie solle ihm mal die Zuckerdose reichen.

»Doch. Genau so war es gemeint. Und exakt das schätze ich an Ihnen, Herr Hektor: Dass Sie meistens genau das sagen, was Sie meinen. Da weiß man wenigstens, woran man ist.«

Einen Moment lang funkelten sie sich gegenseitig an, dann drehte sich Zita weg. Die Spitze hatte nicht gereicht, um ihren Ärger zu dämpfen, und noch im Türrahmen murmelte sie halblaut: »Das ist aber auch das einzig Schätzenswerte …«

Es war ihr in dem Moment egal, ob er es hörte, ob er es richtig einsortierte. Was er ganz sicher tat, er war ja nicht dumm. Auf jeden Fall würde er ab jetzt nicht mehr auf ihr herumtrampeln, beschloss Zita. Er hatte ihr nie eine Schonfrist eingeräumt, von Anfang an nicht – seine war jetzt endgültig abgelaufen. Und sollte er, wenn Vorberg im Dezember in den Ruhestand ging, tatsächlich ein Zimmer weiter reisen und auf dem Chefsessel des Dezernats landen – was sein innigstes Streben war, wie man im Neuen Bau munkelte –, dann würde sie eben in Gottes Namen wieder zurück ins Betrugsdezernat gehen, wo's so schlecht ja auch nicht war.

Oder gleich ein paar Kinder kriegen mit Lars Prekup, dachte sie säuerlich.

Sie ließ sich gegenüber von Claus Benz auf ihren Schreibtischstuhl fallen. Und dann vielleicht, nach einer Auszeit, so werden wie Daimler? Zita beobachtete, wie ihr Kollege, entspannt sein Übergewicht ignorierend, in seinem Drehstuhl hing und auf einem seiner Dartpfeile herumkaute. Daimlers rundliches Gesicht wurde von Pausbacken dominiert, ein schief laufender Seitenscheitel trennte seine dünnen, dunkelblonden Haare. Der PC auf seinem Schreibtisch schien nur eine Randrolle zu spielen, die zentrale Position nahm die gerahmte Fotografie seiner Lieben ein.

Er hob einen Daumen. »Gut gefochten, Mädchen.«

Nichts gegen Daimler. Wenn er nicht ab und zu die Spannung rausnehmen würde, wäre sie schon längst davongelaufen – oder Hektor an die Gurgel gegangen.

»Die tote Türkin brauch ich trotzdem!«, nölte es von drüben herüber.

Zita fragte sich zum hundertsten Mal, was Horst Hektor gegen sie hatte. Okay, er galt als konservativ, er glaubte, dass Frauen höchstens hinter Verkaufstheken, im Idealfall jedoch am heimischen Herd zu finden sein sollten, auf keinen Fall aber bei der Polizei. Denn dort waren sie nur im Weg, wenn die von Gott auserkorenen Speerwerfer und Keulenschwinger des Gesetzes im Schweiße ihres Angesichts ihre Arbeit verrichteten. Andererseits hieß es im Neuen Bau, es habe selten so ein gut geöltes Team gegeben wie Hektor und Jenny Nies. Es wurde sogar getuschelt, das Teamwork sei über die reine Arbeit hinausgegangen. Doch das konnte Zita sich nicht recht vorstellen. Hektor war seit Jahrzehnten verheiratet, und die zig erzkatholischen Gelübde, die er im Laufe seines christlich gepolten Lebens abgelegt haben musste, hätten ein außereheliches Arrangement sicher niemals zugelassen. Andererseits: Heuchler brauchte man hierzulande nicht unbedingt mit der Lupe zu suchen. Und wenn sie es sich recht überlegte, fiel es ihr gar nicht so schwer, sich zu Hektors zahlreichen schlechten Eigenschaften – Arroganz, Rechthaberei, Sturheit – eine weitere dazuzudenken.

Womöglich musste sie auch noch Ungerechtigkeit in Rechnung stellen. Sie konnte nun wirklich nichts für das, was Jenny passiert war. Und irgendjemand musste schließlich ihren Posten übernehmen. Zita war zu dem Zeitpunkt schon seit sechs Monaten beim Kommissariat für Todesermittlungen gewesen – wo sich jeder Polizist normalerweise ein Jahr lang Leichenfestigkeit draufschaffen musste, bevor er sich um Mordsachen kümmern durfte –, und als die Stelle im amtlichen Polizei-Mitteilungsblatt ausgeschrieben wurde, hatte sie sich einfach beworben. Sie hatte selbst nicht dran geglaubt, dass man ihr die Chance geben würde. Aber sie hatte sie ganz sicher nicht nur deshalb bekommen, weil sie ein Paar Titten mit sich herumschleppte.

Hektor trat ins Zimmer und spähte nach rechts in den angrenzenden Raum. Die Tür war, wie fast immer, nur angelehnt. Vorberg betonte gern die Offenheit seines Führungsstils.

»Schon wieder nicht da«, maulte er, »wo steckt er denn schon wieder?«

Ist doch spitzenmäßig, dachte Zita, da kannst du ja schon mal fleißig üben, wie man am besten die Chefpose raushängen lässt.

»Keine Ahnung, er ist um halb zwölf verschwunden, ohne sich bei mir abzumelden«, antwortete Daimler und griff zum klingelnden Telefon.

Hektor trat nochmal nach. »Der tut gerade so, als hätte sein Ruhestand schon angefangen.« Dann horchte auch er.

»Sieht also aus wie ein unnatürlicher Tod, oder?« Daimler setzte sich aufrecht hin und schmierte etwas auf einen Zettel.

»'ne junge Frau … und der Radler hat sie gefunden? … Wieso haben Sie nicht gefragt, wo genau das ist? … Jaja, schon gut.«

Daimler legte den Hörer auf und sah Zita und Hektor an.

»Wo zum Fuchs ist Unterwilzingen?«, fragte er.

3.

Das Navi wusste genau, wo Unterwilzingen lag. Daimler fluchte trotzdem mehrmals ausgiebig, als er den Wagen durch den Ulmer Mittagsverkehr und dann Richtung Blaubeuren, Ehingen und weiter lenkte, denn alles in allem waren sie fast 50 Minuten unterwegs, bis sie das Nest erreichten. Es lag, wie man in Daimlers Familie zu sagen pflegte, »hinter pfui Teufel«. Und gleichzeitig im Grenzbereich zum Biosphärengebiet Schwäbische Alb, das vor ein paar Jahren mit viel Hallo und Brimborium aus der Taufe gehoben worden war, um die eher ländliche Region rund um den aufgegebenen Münsinger Truppenübungsplatz zu entwickeln – nachhaltig, wie die offizielle Sprachregelung heutzutage zu lauten hatte. Daimler war da skeptisch. Zum einen waren etliche Millionen nur allein dafür geflossen, die Details des Mammutprojekts auszubaldowern und auf Papier zu bannen, wenn er sich recht an seinerzeit erschienene Zeitungsartikel erinnerte. Und zum anderen brauchte er sich nur umzusehen, um eine Gänsehaut zu bekommen. Die kleinen Landstraßen, die hinter Ehingen noch kleiner und schmaler wurden, verloren sich beinahe zwischen endlosen Feldern übermannsgroßer Maispflanzen – und je näher man dem gelobten Land kam, umso eindimensionaler wurde die Szenerie. Nur wenige Felder lagen brach, Grünland war kaum zu sehen.

»Wahnsinn, oder?«, sagte er. »Jedes Schulkind weiß heutzutage, wie fragwürdig Monokulturen sind, und die pflastern hier alles mit ihrem Mais zu, als gäbe es kein Morgen.«

Doch weder Hektor neben ihm noch Zita, die im Fond saß, reagierten. Hektor hatte beide Hände in Kniehöhe auf den langen Beinen liegen und schaute stur geradeaus. Zita kaute auf ihrer Unterlippe, ließ den Blick kreisen, schien aber nichts wahrzunehmen.

»Na endlich«, sagte Daimler, als hinter einer schwerfällig absinkenden Hügelkuppe die Ortschaft erschien.

Die Straße durchschnitt Unterwilzingen ziemlich genau in der Mitte. Rechter und linker Hand standen jeweils etwa zehn Bauernhäuser, umsprenkelt von Viehställen, Schuppen und Misthaufen. Einen Laden oder ein Wirtshaus suchte das Auge vergeblich. Ganz zu schweigen von Menschen.

»Kaum bist du drin, bist du auch schon wieder draußen«, kommentierte Daimler.

»Da vorne bei der Brücke musst du rechts weg.«

Hektor, der während der Fahrt mit dem Polizeihauptmeister vor Ort telefoniert hatte, um ihr verzögertes Eintreffen durchzugeben, winkte mit dem Arm. Nach wenigen Metern auf dem kiesigen Rad- und Wanderweg sahen sie auch schon Polizei- und Rettungsfahrzeuge, wie an einer Schnur bis fast zum Waldrand hin aufgereiht.

Musste dieser Trubel eigentlich immer sein, wenn irgendwo eine Leiche gefunden wurde?, fragte sich Daimler. Das komplette Polizeirevier Ehingen schien sich hierher in die Pampa aufgemacht zu haben, und wahrscheinlich war auch noch der eine oder andere Posten der Umgegend vertreten. Dabei trampelte diese Riesentruppe im besten Fall keine wichtigen Spuren nieder. Etwas Sinnvolles tun konnten die Jungs nicht, solange es noch kein erstes grobes Bild des Falls gab.

Insofern hätte er Hektor eigentlich Recht geben müssen, der vorgeschlagen hatte, dass Zita im Präsidium die Stellung halten sollte. Wozu, hatte er nicht verraten. Sie kommt mit, hatte Daimler denn auch geradeheraus gesagt, sechs Augen sehen vielleicht mehr als vier, und Hektor hatte sich wortlos gefügt. Ein seltenes Vergnügen.

Jetzt marschierte er zackig wie immer auf die furtähnliche Ausbuchtung an der Lauter zu, um die bereits ein rot-weißes Band gespannt worden war. Daimler erkannte, dass der uniformierte Polizist, dem Hektor im Vorbeigehen flüchtig die Hand geschüttelt hatte, Franz Lackmacher war, der Leiter des Polizeireviers Ehingen. Lächelnd setzte er sich in Bewegung.

»Lacki, du alter Schlawiner, hätt ich mir ja denken können, dass du hier im Einsatz bist.«

»Daimler, schön, dich mal wieder zu sehen.«

Vor x Jahren, während ihrer Ausbildungszeit, hatten Daimler und Lackmacher in diversen Fußballteams der Truppe mit- und gegeneinander gekickt, damals noch ohne ihre rundlichen Bäuchlein, die sich jetzt fast begegneten, als sie sich die Hand gaben.

Lackmacher nahm die Mütze ab und wischte sich den Schweiß von der Stirn. Es war erst Anfang Juli, doch die Sonne schien heute wieder extrem Lust am Brennen zu haben. Er zeigte auf den blau-weißen Transporter, der weiter vorne am Wegrand stand.

»Sogar die Spurensicherung war deutlich schneller als ihr.«

»Die habt ihr wahrscheinlich auch zuerst angerufen, wie ich dich kenne. Außerdem ist es nicht jedermanns Sache, die tiefste Prärie zu durchqueren.«

Lackmacher wollte protestieren, aber Daimler hob die Hand. »Nichts gegen die Weltstadt Ehingen und ihr üppiges Einzugsgebiet. Das nächste Mal buche ich meinen Urlaub hier.«

Lackmacher grinste schief. »Ja, Urlaub, das wär mal wieder was.«

»Du sagst es, Lacki, aber vorerst … um was geht's denn hier?«

»Ziemliche Sauerei, finde ich. Die Frau ist vielleicht grade mal dreißig und liegt mit dem Gesicht nach unten da im Fluss. Der Sportsfreund hat sie gefunden.«

Lackmacher zeigte mit dem Finger auf einen Mann in Radlerklamotten, der mit gesenktem Kopf neben seinem Bike am Waldrand auf dem Boden saß. Zwei Männer vom Roten Kreuz knieten bei ihm.

»Vielleicht beim Baden ertrunken?«, fragte Daimler.

»Eher nicht. Ich hab jedenfalls noch nie gehört, dass jemand in der braven Lauter ertrunken ist. Außerdem hat sie 'ne ziemliche Wunde am Kopf. Könnte sein, dass sie heute Nacht einfach jemand hier abgelegt hat. Wir denken jedenfalls, die Sache ist was für euch.«

»Papiere?«

»Am Ufer war weiter nichts zu sehen, keine Tasche, kein Rucksack. Vielleicht haben die Kollegen von der Spurensicherung inzwischen noch was gefunden. Glaub ich aber eher nicht.«

»Okay, danke, Lacki, bis nachher.«

Daimler wandte sich Richtung Fluss, drehte sich dann aber nochmal um.

»Kannst du mir einen Gefallen tun, Franz? Ich lass gleich mal ein, zwei Fotos machen. Könntest du ein paar deiner Jungs damit losschicken, rüber ins Dorf.

Sehr wahrscheinlich ist es zwar nicht, dass sie von hier ist und einer sie kennt, aber vielleicht haben wir ja Glück.«

Als Daimler das Absperrband hob und sich nicht sehr elegant unter ihm durchwand, zogen gerade zwei Kollegen die Leiche vollends aus dem Wasser. Der dritte aus dem Spurensicherungsteam, Rolf Ottlik, hatte eine Kamera um den Hals hängen und hob mit theatralischer Geste beide Hände in die Höhe, als gälte es, eine Horde wildgewordener Gaffer abzuwehren.

»Noch nicht!«

Daimler legte grüßend einen Finger an die Stirn. Alter Wichtigtuer, dachte er und gesellte sich zu Hektor und Zita, die im Gespräch mit einer weißhaarigen, betulich wirkenden Frau waren, offenbar einer Ärztin. Sie trug zwei Nummern zu große Gummistiefel, in denen aufgekrempelte, feuchte Stoffhosen steckten. Daimler hatte sie noch nie gesehen. Ihre Hände kneteten nervös an einer Brille herum. Er bezweifelte, dass die zarten Bügel die Operation überleben würden.

»Hat sie noch andere Verletzungen?«, fragte Zita gerade.

»Das kann ich so nicht sagen. Die rechte Hand sieht ungewöhnlich verrenkt aus. Aber die Details werden Sie im rechtsmedizinischen Institut erfahren. Die Kollegen in der Ulmer Uniklinik werden Sie dann sicher unterrichten.«

»Und Sie können also nichts darüber sagen, wie lange die Frau im Wasser lag?«, bohrte Zita weiter.

»Das wäre wirklich sehr spekulativ, ich möchte mich auch da nicht zu weit aus dem Fenster lehnen …«

Zita heftete fordernd den Blick auf die ältere Dame.

»… wobei es wohl kaum länger als eine Nacht gewesen sein dürfte. Aber das ist jetzt informell.«

Hektor verzog das Gesicht und schüttelte unwillig den Kopf. Daimler streckte der Frau schnell die Hand hin.

»Guten Tag, Benz mein Name, Kriminalhauptkommissar, Frau Doktor …?«

»Langenegg.«

»Und Ihre Praxis ist in …?«

»In Lauterach, und ausgerechnet heute habe ich Bereitschaft.«

»Es ist sicher das erste Mal, dass Sie zu … zu so einer Sache hinzugerufen werden«, sagte Daimler mitleidig.

Frau Doktor Langenegg nickte heftig.

Auf Daimlers Anraten ging die Ärztin zu ihrem Wagen, um in Ruhe die Todesfeststellungsbescheinigung auszufüllen. Er hätte seine Premium-Dartpfeilkollektion verwettet, dass sie bei Todesursache »unklar« ankreuzen würde. Aber wenigstens das musste sie erledigen, wenn sie denn schon mal hier war.

»Ich verstehe nicht, warum der Rettungsdienst es nicht geschafft hat, sich von einem ordentlichen Notarzt begleiten zu lassen«, ärgerte sich Hektor. »Stattdessen holen sie diese alte Schnepfe her.«

»Sind eben nicht alle so forsch wie du, Horst.«

Zita blickte in die Runde. »Schätze, es ist höchste Zeit, dass wir die Staatsanwaltschaft informieren.«

»Sehr richtig, Frau Kollegin.« Hektor griff zu seinem Handy und drehte sich weg.

»Sag ihnen, sie sollen gleich eine Obduktion anordnen«, rief Daimler ihm hinterher. Dann schaute er Zita an und lächelte.

Das war fast schon eine Art Lob für sie gewesen, wenn auch recht spitz ausgestoßen. Zumindest aber die erste positive Rückmeldung, die sie von Hektor erhalten hatte, seit sie ins Dezernat gekommen war. Zita lächelte nicht zurück. Sie war deutlich blasser im Gesicht als sonst. Zumindest kam es Daimler so vor.

Dennoch folgte sie ihm tapfer, als er sich über die Leiche beugte. Rolf Ottlik war so gnädig gewesen, sie herzuwinken. Daimler war seit fast fünfzehn Jahren mit Tötungsdelikten beschäftigt. Schöne Anblicke: null. Wie vielen Kollegen machte es auch ihm am meisten zu schaffen, wenn die Opfer jung waren. In solchen Fällen empfand er es als besonders bitter, dass irgendjemand genügend Gründe gefunden hatte, das Leben eines anderen Menschen auszulöschen. Dann spürte er Wut, mehr Wut, als seiner beruflichen Souveränität guttat. Hektor war da anders, professioneller, dachte Daimler, fast ein wenig neidisch. Auch Jenny Nies war anders gewesen. Ein Mord ist immer ein Mord, hatte sie gesagt, und ihren typischen grimmigen Blick aufgesetzt, als Daimler einmal bei einer kollegialen Trinkrunde seine Gefühlswelt auf dem Kneipentisch ausgebreitet hatte.

Die zierliche Frau, die im Sand lag, war schätzungsweise zwischen 25 und 30 Jahre alt. Die leicht aufgedunsenen Züge ließen kein klares Urteil zu. Sie wirkte schon allein deshalb jünger, als sie vielleicht war, weil sie nicht nur ein halbes Dutzend Silberringe in den Ohrläppchen hatte, sondern auch zwei an der Unterlippe und einen in der Nase. Der Bauchnabel war ebenfalls gepiercт, wie das hochgerutschte schwarze Top verriet. Und weiter unten wird es vielleicht grade so weitergehen, dachte Daimler und betrachtete die enge Stretchhose, gleichfalls schwarz, die bis über die Knie der schlanken Beine reichte. Die Füße waren nackt, die Zehennägel schwarz lackiert, genau wie die Fingernägel. Die rechte Schulter war mit einem dornigen Rosenfeld tätowiert, auf dem linken Sprunggelenk lauerte ein Panther.

»Scheint dem Gothic-Style verfallen gewesen zu sein«, sagte Zita. »Sogar die Haare hat sie sich schwarz gefärbt.«

»Woran siehst du das?«, fragte Daimler.

»Na ja, die Haare sind zwar rabenschwarz, aber die Stoppeln unter den Achseln kommen hell durch. Und auch der leichte Flaum über der Oberlippe sieht eher so aus, als ob er zu einer von Natur aus blonden oder wenigstens brünetten Frau gehört.«

»Möglich ... auf jeden Fall sieht sie noch einigermaßen frisch aus. Ich glaube nicht, dass sie länger als seit gestern Nacht im Wasser liegt.«

»Glaub ich auch nicht«, meinte Rolf Ottlik, »man braucht kein Arzt zu sein, um das zu sehen.«

»Was macht die Spurenlage?«

Ottlik kratzte sich am Kopf. »Da will ich erst mal keine Hoffnungen wecken. Ich würde sagen, dass eine gewaltsame Auseinandersetzung hier auf jeden Fall nicht stattgefunden hat. Aber zu mehr wird's wohl leider nicht reichen. Die Ehinger Kollegen haben vorhin erzählt, dass gestern Nacht ein ordentliches Gewitter hier drübergegangen ist.«

»Shit, das hat sicher nicht viel übrig gelassen, was uns eine Geschichte erzählen könnte«, sagte Zita.

»Wahrscheinlich, aber wir kämmen hier natürlich noch die ganze Umgebung durch, vielleicht finden wir ja was.« Ottlik blickte die beiden Kriminalpolizisten an. »Wenn ihr endlich weg seid ...«

»Dankeschön, das heißt, falls das 'ne Aufforderung war, Feierabend zu machen«, antwortete Daimler. »Wir müssen nur noch schnell klären, was der Radler zu sagen hat.«

Hektor gesellte sich wieder zu ihnen, als Daimler und Zita zu dem etwa 50-jährigen Mann in dem weißen Radlertrikot mit den magentafarbenen Ärmeln traten. Überbleibsel aus der Hochzeit des Teams Telekom, dachte Daimler, wer schwingt sich denn heute noch mit so was in den Sattel? Der Radler sah gezeichnet aus. Er stand auf, versuchte sich zu straffen, schwankte aber. Das Trikot spannte bedenklich.

Hektor hatte sich und seine Kollegen kaum vorgestellt, da fiel ihm der Mann schon ins Wort: »Kann ich denn nicht endlich gehen?«

»Gleich«, antwortete Hektor, »wenn Sie uns erzählt haben, wie Sie die Frau gefunden haben, Herr …?«

»Heidolf, aber das hab ich doch schon zehn Mal«, beklagte sich der Radler. »Den anderen Polizisten, den Rettungssanitätern, der Ärztin, dem Typ da drüben.« Er zeigte auf Ottlik, der einige der uniformierten Polizisten verscheuchte, die auf seine Gerätschaften starrten.

»Beruhigen Sie sich, Sie haben vermutlich einen leichten Schock«, meinte Daimler beschwichtigend.

»Das glaube ich auch, deswegen will ich ja nach Hause und mich endlich hinlegen.« Er schnaubte. »Da treibt man einmal im Leben ein bisschen Sport, und dann das.«

Missmutig erzählte Heidolf dem Trio, dass er aus Kirchen, einem etwa zehn Kilometer entfernten Ort, komme. Seine Frau habe ihm noch gesagt, es sei keine gute Idee, ausgerechnet an einem so heißen Sommertag untrainiert aufs Rad zu steigen. Er sei froh gewesen, dass er es bis an die Lauter geschafft habe.

»Und dann hab ich das Rad abgestellt und bin runter zum Fluss, um mir ein bisschen Wasser ins Gesicht zu spritzen. Ich knie nieder und der Schweiß läuft mir in die Augen und ich will erst mal was trinken, meine Kehle war total ausgedörrt, weil ich meine Trinkflasche blöderweise daheim vergessen habe, und dann guck ich da rüber, und da liegt sie so halb unter dem Gesträuch da rechts im Wasser, und ich bin vor Schreck erst mal rückwärts gefallen, weil ich dachte, die schwimmt auf mich zu.«

Heidolf schloss die Augen und schwankte wieder ein wenig. Einer der Männer vom Roten Kreuz griff ihm unter den Arm und stützte ihn.

»Und dann?«, fragte Hektor nach einer längeren Pause.

»Dann hab ich die Schuhe ausgezogen, und die Socken.« Heidolf stockte wieder. »Und gewartet. Eine Ewigkeit lang. Zumindest kam's mir so vor. Und ich hab mir immer wieder gesagt, ich muss was tun.« Er rang die Hände. »Irgendwann hab ich mich aufgerafft, bin hin und hab sie umgedreht. Sie hing in dem Gestrüpp, und sie war ganz schwer. In ihren Augen hab ich gleich gesehen, dass sie tot ist.« Heidolf musste sich wieder setzen.

»Und dann hab ich gleich die 110 angerufen. Das war doch richtig, oder?«

»Völlig richtig, das Beste, was Sie tun konnten«, bestätigte Daimler.

»Und der vom Rettungsdienst hat gesagt, dass es auch nichts genützt hätte, wenn ich schneller gewesen wäre. Dass sie trotzdem tot gewesen wäre.«

Der Mann war mit seinen Kräften am Ende. Sinnlos, dachte Daimler. Dennoch fragte er routinemäßig: »Ist Ihnen sonst noch etwas aufgefallen?«

Heidolf schüttelte nur den Kopf. Dann sagte er leise: »Bitte …«

»Bringen Sie ihn nach Hause«, forderte Hektor die Rettungssanitäter auf.

Als Daimler sich umdrehte, sah er Franz Lackmacher auf sich zukommen, einen jungen Streifenpolizisten im Schlepptau.

»Ich glaub, ich hab da was für dich und deine Kollegen, Daimler.« Der Stolz in seiner Stimme war kaum zu überhören.

Mit einer Kopfbewegung forderte er den jungen Polizisten auf, Bericht zu erstatten.

»Ich hab das Bild auf dem Handy drüben im Dorf gezeigt.«

»Und?« Daimler bemühte sich, ruhig zu bleiben.

»An den meisten Häusern hat keiner aufgemacht, aber einer glaubt, dass er sie schon mal gesehen hat. Auf so einem alternativen Hof.«

»Wo, bitte?«, fragte Daimler.

»Das hab ich jetzt so formuliert«, meinte der Polizist beflissen. »Der Mann sagte, er kenne sie von den Sektenheinis. Die würden da drüben auf der anderen Seite von Unterwilzingen hausen. Zu denen gehöre sie.«

4.

Das Schild hätte einen frischen Anstrich vertragen können, doch bei der Gestaltung hatte sich irgendjemand einmal viel Mühe gegeben. Aus dem verwitterten Holz wuchsen Schlangen, die ihre Leiber übereinandergeschoben und die Mäuler aufrissen, ob um Artgenossen zu verschlingen oder sie auf obskure Weise zu gebären, wurde zumindest beim schnellen Betrachten nicht ganz klar. In die Mitte war mit großen, geschwungenen Buchstaben das Wort »Sarjana« geschnitzt worden; mit weißer Farbe hatte man dahinter, vergleichsweise lieblos, eine 2 gepinselt. Unter dem eigentlichen Schild, das mit zwei schweren Holzpfosten im Boden verankert war, hing kleiner und schmaler eine Art Mitteilungsbrett, an dem ein einziges Blatt Papier klebte. ›Heute kein Ausdrucksmalen‹, las Zita.

Das Schild stand an der Weggabelung. Hinter Zita und ihren Kollegen erhob sich ein gedrungenes, langgezogenes Bauernhaus, von dem sich der Putz an vielen Stellen schon verabschiedet hatte, um käsige Sandsteinmauern freizulegen, die von grauen, tief von Wind und Wetter gezeichneten Holzbalken durchfurcht waren. Es schien, als arbeitete die Zeit langsam, aber beharrlich daran, das Gerippe des Hofs freizulegen. Die schmierigen Fenster waren teilweise noch flankiert von brüchigen Holzläden, teilweise schon schutzlos. »Der Schindler-Hof«, hatte der junge uniformierte Polizist, der die drei Kriminalbeamten begleitete, im Vorbeigehen gemurmelt, als erklärte das alles.

In einem 45-Grad-Winkel schloss sich an das Wohnhaus ein düsterer Stall an, der von seinem dunklen Schieferdach in die staubige Erde gedrückt wurde. Eine Jauchegrube sorgte für würzigen Duft. Zita hörte Kühe muhen. Es ging langsam auf den Abend zu; vermutlich wollten die Tiere gemolken werden. Sie fragte sich, wo es sich wohl besser leben ließ auf diesem Hof: im Wohnhaus oder im Stall?

Vor ihnen teilte sich der Weg. Kiesig und breit öffnete sich der linke Strang zur Lauter hin, wo am Ufer ein junger Mann mit nacktem Oberkörper stand und mit Bällen jonglierte. Geradeaus ging es weiter zum Vorplatz einer mächtigen Scheune, deren Steinfundament auf halber Höhe von einem Holzaufbau abgelöst wurde. Links von ihr stand ein weiteres Bauernhaus, das nicht ganz so heruntergekommen wirkte wie der Hof hinter ihnen. Der Fluss schmiegte sich eng an ihm vorbei und verschwand im Mischwald, der sich zum Horizont hin höher und höher aufwarf und in dessen von der Sonne ausgebleichtes grünes Kleid die typischen Karstfelsen der Schwäbischen Alb graufarbene Tupfer setzten.

Die Gehöfte lagen gut eineinhalb Kilometer außerhalb des Dorfs, von ihm durch eine Streuobstwiese und eines der unvermeidlichen Maisfelder getrennt. Doch Zita kam es vor, als läge weit mehr Distanz zwischen den Häusern und Höfen im Ort und dem merkwürdigen Gebäudeensemble am Waldrand, als das bloße Auge zu erkennen vermochte.

Der Jongleur warf seine Bälle höher in die Luft als zuvor und drehte sich einmal um die eigene Achse, verlor bei dem Manöver allerdings die Kontrolle. Zwei der vier Bälle plumpsten zu Boden. Der Mann bemerkte die

Polizisten, ließ die Bälle im Sand liegen und kam langsam auf sie zugeschlendert.

»Dauert noch ein bisschen, bis ich damit auftreten kann«, meinte er achselzuckend und warf im Gehen die beiden restlichen Bälle, die er in einer Hand gehalten hatte, abwechselnd hoch. Er war barfuß, trug nur eine knielange, helle Leinenhose, war braungebrannt und hatte ein offenes Gesicht. Die halblangen blonden Haare fielen ihm in die Stirn. Er konnte höchstens 25 sein. Zita fand, er sah gut aus, und sie fühlte sich bei seinem Anblick erleichtert. Er wirkte irgendwie … normal. Sie wusste nicht, was genau sie erwartet hatte. Eine Truppe von tätowierten Grufties in einer dunklen Höhle, die von umgedrehten Kreuzen bewacht wurde? Irgendwas in der Art.

»Gehören sie zu …?« Hektor ließ seine Frage in ein vages Nicken hinüber zu dem Haus und der Scheune münden.

»Zum Sarjana. Ja.«

»Was bedeutet Sarjana?«, fragte Zita.

»Das ist Hindi, in Englisch würde man Creation sagen, auf Deutsch vielleicht Schöpfung.«

Er verzog das Gesicht zu einem verschmitzten Grinsen, als außer skeptischen Blicken keine Reaktion kam.

»Ja, ich weiß, klingt ein bisschen hochgestochen. Sagen wir, der Begriff steht für lebendige, kreative Gemeinschaft. So würde es wahrscheinlich Namito formulieren.«

»Und Sie sind wer nochmal?«, wollte Daimler wissen.

»Ich bin Prem Pantha. Das bedeutet Weg der Liebe. Ist auch ein bisschen abgehoben.« Er lächelte und sah Zita an. »Jedenfalls suche ich noch.«

»Die Frage geht dahin, wie Sie richtig heißen.«

Zita hörte an Hektors Stimme, dass er ungeduldig wurde. Der junge Mann hatte in seiner zur Schau gestellten Lässigkeit etwas Provozierendes an sich.

»Richtig oder falsch, wer mag das schon beurteilen?«, meinte er und widmete sich wieder seinen Bällen. Abwechselnd ploppten sie in seine rechte Hand und flogen wieder nach oben.

Hektor machte einen Schritt auf ihn zu.

»David Kiemer …«, sagte Prem Pantha, drehte sich einmal um die eigene Achse, fing mit jeder Hand einen Ball und deutete eine leichte Verbeugung an. »Steht in meinem Ausweis. Den wollen Sie bestimmt gleich sehen, oder? Aber vorher wäre ich auch gern darüber aufgeklärt, was Sie eigentlich hier wollen. Dass Sie von der Polizei sind, hätt ich auch gecheckt, wenn Sie nicht Ihren blauen Kollegen im Schlepptau hätten.«

Daimler ließ den Finger im Halbkreis herumwandern. »Gehring, Hektor und Benz von der Kripo Ulm. Und das ist Polizeimeister Tränkle vom Ehinger Revier.«

»Und wer ist Namito?«, fragte Zita.

»Bestimmt Ihr Guru«, sagte Hektor mit gepresster Stimme, bevor der junge Mann antworten konnte.

Er zimmert schon an seinen Vorurteilen herum, dachte Zita.

»So würde ich es nicht nennen«, meinte Prem Pantha. »Aber da vorne ist er. Fragen Sie ihn doch selbst.«

Er zeigte mit dem Finger auf das vielleicht fünfzig Meter entfernt liegende Bauernhaus am Fluss, aus dessen Tür drei Personen getreten waren, offenbar in eine Auseinandersetzung verstrickt. Das Gespräch schien recht lautstark geführt zu werden, doch bis zu Zitas

Ohren drangen lediglich ein paar nicht identifizierbare Silbenfetzen. Die Stille im Hintergrund erschien ihr trügerisch. Vom Dorf her hörte man schwach, wie eine Kreissäge sich durch Holz fraß.

Die Gruppe setzte sich in Bewegung. Im Gehen beobachtete Zita, wie eine schwarzhaarige Frau in einem weiten Kleid sich umdrehte, ein lautes Nein ausstieß und davonrannte. Der untersetzte, bullige Mann, der sie schützend gehalten hatte, drohte mit dem Finger und ließ den Dritten, der mit bedächtigen Gesten seine Worte unterstrichen hatte, dann ebenfalls stehen.

»Man sieht, es ist hier wie im richtigen Leben, nur viel spiritueller und bewusster«, sagte Prem Pantha mit spöttischer Stimme und schloss zu Zita auf.

»Gut zu wissen.«

Mehr fiel ihr im Moment dazu nicht ein, weil sie sich ganz auf den Mann, der Namito sein musste, konzentrierte. Er war groß, wohl an die 1,90, und hager. Sein Alter war schwer zu schätzen. Er konnte in seinen frühen Fünfzigern sein, vielleicht aber auch schon knapp an die Sechzig heranreichen. Die langen, dunkelblonden Haare waren sicher in jungen Jahren voller und dichter gewesen, und die hohe Stirn weitete sich zu einer lichter werdenden Fläche. Das rauweiße Leinen, das er trug, unterstrich seine schlanke Gestalt auf eine angenehme Weise, fast so, als wären die locker sitzende Hose und das knapp über den Bund fallende, kragenlose Hemd mit den Dreiviertelärmeln speziell für ihn angefertigt worden.

Zita schien es, als blitzten seine blauen Augen dem Pärchen hinterher, das um die Ecke hinter der Scheune verschwunden war, doch als er den Blick auf die Neuankömmlinge richtete, war er klar und sanft. Für jemanden, der gerade eine ordentliche Meinungsverschiedenheit ausgetragen hatte, schien er erstaunlich schnell zur Ruhe gekommen zu sein. Gelassen wartete er auf die Erklärung, die diesem geballten Anmarsch folgen musste.

Hektor übernahm die Vorstellung und räusperte sich dann. »Sie … tragen hier die Verantwortung?«

»So könnte man es sagen«, antwortete der Hagere. »Wir sind eine Gemeinschaft und treffen die meisten Entscheidungen gemeinsam, aber in gewissen Fragen muss ein Einzelner nach vorne treten. Das bin in der Regel ich, wobei ich gestehe, dass es mich nicht dazu drängt, vor allem, wenn es sich nicht um spirituelle Dinge handelt. Aber manchmal bedingt das eine, das Spirituelle, auch das andere, das Weltliche, und umgekehrt. Vor allem in einer so kleinen Gruppe, wie wir es sind. Mein Name ist Friedrich Thalmann, aber nennen Sie mich Namito, wenn es Ihnen nichts ausmacht.«

Er trat von der abgeschabten, schiefen Stufe des Hauseingangs und gab den Polizisten nacheinander die Hand. Genau getimter Druck, dachte Zita, nicht zu fest und nicht zu lasch.

»Wie viele Leute sind Sie hier, sagten Sie?«, fragte Daimler.

»Knapp 25 derzeit«, antwortete Namito. »Warum?«

»Gehört diese Frau dazu?«

Daimler hielt ihm das Handy hin.

Namito starrte auf das Foto, das keinen großen Zweifel daran ließ, dass man es mit dem Gesicht einer Leiche zu tun hatte.

»Oh nein«, sagte er dann, hielt sich eine Hand vor die Augen und drehte sich zur Seite.

Zita registrierte, dass er nicht »Mein Gott« sagte, wie es wahrscheinlich die meisten anderen Menschen in seiner Situation getan hätten.

Namito wandte sich wieder den Polizisten zu.

»Ist sie tot?«

Daimler nickte.

»Ein Unfall, oder?«

»Das wissen wir noch nicht«, sagte Daimler, »wir wissen noch nicht einmal, wer die Frau ist. Wir hoffen, Sie können uns helfen.«

»Ja, natürlich, aber setzen Sie sich doch«.

Namito wies sie an einen massigen, aus Sandstein gehauenen Tisch, der vor dem Haus halb im Schatten stand und von einfachen, klobigen Holzblöcken umgeben war, die dem Sitzenden wenig Bequemlichkeit versprachen. Die Sonne hatte zu sinken begonnen, und ihre letzten heißen Strahlen brachen sich an der äußersten Nase der Felswand, die auf der anderen Seite der Lauter den Wald teilte. Die Schnelleren, Hektor und Tränkle, schnappten sich die Plätze, die bereits im Schatten lagen. Prem Pantha lehnte sich an die Hauswand und zupfte an seinen Bällen herum, offenbar unschlüssig, wie weit er sich auf das Ganze einlassen sollte.

»Sie heißt Sylvie Wilke«, begann Namito, »und sie lebte erst seit etwa zwei Wochen bei uns im Sarjana. Sie gehörte nicht fest zu unserer Gemeinschaft. Wissen Sie, wir haben hier immer wieder Besucher, die sich, sagen wir, unschlüssig sind, wie sie in Zukunft leben wollen. Sie wollen herausfinden, ob das Leben in einer Gemeinschaft für sie passen könnte, sie wollen direkt und unverfälscht erfahren, ob Osho ihnen etwas zu sagen hat.«

»Osho?«, unterbrach ihn Zita.

»Osho, früher besser bekannt als Bhagwan, ist für uns hier die Richtschnur in dem, was wir tun. Das Sarjana lebt in seinem Geist.«

»Verstehe.« Hektors Gesichtsausdruck ließ das Gegenteil vermuten. »Bhagwan, den Namen hat man ja schon mal gehört. Aber er hat nicht jedem etwas zu sagen?«

Ein feines Lächeln umspielte Namitos Züge. »Natürlich nicht. Schließlich sind ja nicht alle Menschen gleich. Nicht einmal jedes Reiskorn auf der Welt ist gleich. Wer die Individualität des Menschen nicht akzeptieren kann, wer der Gleichmacherei das Wort redet, hat überhaupt nichts begriffen. Und selbst wer die Verbundenheit zu Osho spürt, wird nicht zwingend in einer Gemeinschaft wie der unseren leben wollen oder können. Auch wenn ich persönlich der Meinung bin, dass so der innere Kern seiner Gedanken am besten zum Ausdruck gebracht werden kann.«

»Und Sylvie Wilke wusste noch nicht, was sie wollte«, warf Daimler ein.

»Sie war unentschlossen und unerfahren in diesen Dingen. Ich glaube, sie begann gerade erst, ihre Spiritualität zu entdecken. Und jetzt das …« Namito schüttelte den Kopf.

»Wie kam sie gerade auf Ihre Gemeinschaft? Hatte sie zu jemandem hier eine persönliche Beziehung?«, fragte Zita.

»Nein, es war wohl Zufall, dass sie hierherfand. Wenn man an Zufälle im Leben glaubt.«

Zita machte einen leichten neckarschwäbischen Einschlag in Namitos Tonfall aus. Er machte eine Pause und sah sie aus tiefgründigen Augen an.

»Wissen Sie, die spirituelle Szene, wie Sie es wahrscheinlich nennen würden, ist breit gefächert. Wer etwas finden will, braucht nur zu suchen, und wer sucht, der findet auch. Wir verstecken uns nicht, nur weil wir kein bürgerliches Leben führen. Gehen Sie ins Internet und nehmen Sie sich viel Zeit. Wir missionieren nicht, aber wir sind froh um jeden Menschen, der sich aufmacht, seine Spiritualität zu entdecken.«

»Das heißt, Sie nehmen jeden auf. Ich könnte auch hier einziehen?«, fragte Daimler.

»Das nun wieder nicht. Eine so kleine Gruppe wie unsere kann nicht funktionieren, wenn die Chemie nicht stimmt. Das Beschnuppern ist also für beide Seiten wichtig. Andererseits sagt uns die Erfahrung, dass man viel erreichen kann, wenn man bereit ist, hart an sich zu arbeiten. Ohne Ihnen zu nahe treten zu wollen – Herr Benz, richtig? –, würde ich mutmaßen, dass Sie und Ihre Kollegen einigermaßen hart an sich arbeiten müssten, wenn Sie im Sarjana leben wollten.«

Hektor, den bei diesen Worten ein kurzer Blick Namitos gestreift hatte, machte keinen Hehl daraus, dass er sich mit dieser Vorstellung keine Sekunde lang beschäftigen wollte. Er setzte sich noch aufrechter hin, hob die rechte Hand und ließ sie schräg vor seiner Brust nach unten zucken. Seine typische Geste, wenn er eine Diskussion, deren Weiterführung er für überflüssig hielt, beenden wollte. Zita hatte sie mehr als einmal in den vergangenen Wochen gesehen.

»Hören Sie«, sagte er, »wir müssen dringend die Identität der Frau niet- und nagelfest machen, sonst kommen wir überhaupt nicht weiter mit unserer Arbeit. Wissen

Sie, ob sie aus der Gegend hier stammt, ob sie Familie hat? Und wissen Sie, wo ihre Papiere sind?«

Namito schüttelte bedauernd den Kopf. »Soweit sie mir erzählt hat, als sie hier ankam, ist sie ohne Familie, ohne Bindungen. Ursprünglich kommt sie, warten Sie, ja, sie sagte, aus dem Ruhrgebiet. Ihre Eltern sind tot. Es gibt wohl noch einen Großvater, der lebt in einem Heim, ich glaube in Bonn, und sie sagte, er sei so dement, dass er sie nicht mehr erkenne.«

Daimler stand auf und zückte sein Handy. »Ich fürchte, dann müssen wir Sie bemühen, Herr Namito. Wir brauchen eine ordnungsgemäße Identifizierung.«

»Jetzt gleich?«

»Allerdings«, meinte Hektor, »so, wie's aussieht, haben Sie ja Zeit.«

»Wie meinen Sie das?«

Hektors Finger wies in Richtung des Schilds. »Ich hab vorhin gelesen, dass das Ausdrucksmalen heute ohnehin ausfällt.«

Namito protestierte gegen seine spontane Vereinnahmung, und zwar umso mehr, als er kurz darauf erfuhr, dass er mit ins rechtsmedizinische Institut an der Ulmer Uniklinik kommen musste. Die Leiche von Sylvie Wilke war bereits auf dem Weg dorthin, wie Daimlers Anruf bei den Kollegen auf der anderen Seite von Unterwilzingen ergab. Das passte allerdings auch Zita und ihren Kollegen nicht so recht, und Hektor fluchte, die übertriebene Eile sei sicher dieser unfähigen Ärztin zu verdanken, die möglichst schnell die Verantwortung für das Ganze loswerden wollte. Rolf Ottlik von der Spurensicherung, den Daimler stellvertretend am Handy zur Schnecke machen wollte, stellte allerdings klar, bei der Hitze sei es absolut angeraten gewesen, die Leiche so schnell wie möglich ins Kühlhaus zu schaffen.

Namito erklärte ihnen, dass nicht er die Kurse des Ausdrucksmalens gebe, sondern seine Gefährtin, wie er sich ausdrückte, Rowena Dennbrink, die im Sarjana Satyavati genannt wurde. Er selbst gebe andere therapeutische Kurse und habe am frühen Abend ein Einführungsgespräch. Zudem gehe es Rowena heute nicht gut, sie liege, wohl mit einer beginnenden Sommergrippe, oben im Bett. Doch all seine Einwände nützten nichts, die Polizisten bestanden darauf, dass die amtliche Identifizierung Vorrang habe.

Während Namito seine bettlägerige Freundin ins Bild setzte, ließ sich Zita von Prem Pantha zeigen, wo Sylvie Wilke in den vergangenen zwei Wochen gewohnt hatte. Er führte sie in die Scheune, deren vorderer Teil als Meditations- und Tanzbereich diente. In der Mitte des weitläufigen Raums führte eine breite, gerade Holztreppe bis unters Dach. Jenseits der Treppe war ein Teil der Scheune mit einem staubigen Vorhang provisorisch abgetrennt. Als Zita im Hochsteigen durch den halbgeöffneten Schlitz spähte, erkannte sie eine Reihe von Staffeleien. Sie fragte Prem Pantha nach dem Ausdrucksmalen.

»Es ist ein Weg, zu sich selbst zu finden, wie alles, was wir hier tun«, sagte er nur und ging weiter voran.

Man sah, dass das Dachgeschoss der Scheune erst in jüngster Zeit ausgebaut worden war. Helles Fichtenholz dominierte. Nach links zogen sich zwei kleine Gänge, und Zita konnte regelmäßig angeordnete, rechteckige Einheiten ausmachen. Die Türen wirkten wie für Kinder gemacht. Der Ausbau hatte etwas Provisorisches, Amateurhaftes; Zita ging nicht davon aus, dass die besten Schreiner der Gegend beauftragt worden waren, hier Hand anzulegen. Dieser Bereich diene hauptsächlich als Aufenthaltsort für diejenigen, die nicht fest im Sarjana lebten, erklärte Prem. Jetzt sei die Zeit der Summerworker, die vor allem in der Landwirtschaft mit anpacken würden. Die festen Mitglieder des Sarjana würden dagegen überwiegend nebenan im Bauernhaus leben.

Er öffnete eine der Türen und trat beiseite. Zita schaute in ein winziges Kabuff. Viel gab es nicht zu sehen. Eine unbezogene Matratze, ein Tischchen, auf dem Zigaretten und ein Feuerzeug lagen, eine Reisetasche, aus der Klamotten quollen. Weitere Kleidungsstücke waren wahllos auf dem Boden verstreut.

»Sie hatte nicht viel. Wenn ich es recht mitbekommen habe, war es nur diese eine Tasche«, sagte Prem hinter ihr.

Zita schloss die Tür. Hier würde zuerst die Spurensicherung durchrollen müssen. Ob Rolf Ottlik und seine Jungs allerdings mehr Verwertbares finden würden als – hoffentlich – den Ausweis von Sylvie Wilke, bezweifelte Zita.

Als sie wieder ins Freie treten wollten, fiel Zitas Blick auf das überdimensionale Foto, das an der Innenseite der Scheunentür hing, und sie blieb stehen. Der Mann in dem hellen, schillernden Gewand hatte die Hände zum Gruß gefaltet. Sein langer Bart changierte zwischen einem wolkigen Weiß und grauen Schattierungen. Auf dem Kopf trug er eine Strickmütze, die bis auf die Stirn hinunterreichte. Sein Lächeln war unwiderstehlich. Trotz der unverkennbaren Falten um die Augen ließ es ihn wie einen jugendlichen Mann wirken. Es schien, als wohnte hinter dem Gesicht des Mannes ein zeitloser Geist, der schelmisch mit seinem Dasein spielte. Am beeindruckendsten aber waren die dunklen Augen. Sie blickten scharf und klar und dennoch liebevoll.

Unter dem Porträt stand: »Osho. Never Born, Never Died: Only Visited this Planet Earth between December 11 1931 and January 19 1990.«

»Ich hatte keine Ahnung, dass er schon so lange tot ist«, murmelte Zita.

»Er ist ja nicht tot«, antwortete Prem Pantha, »nur sein Körper ist weg. Seine Energie kannst du immer noch spüren, vor allem hier im Sarjana.«

Zita sah ihn an. Der feixende Unterton war aus seiner Stimme verschwunden. Er sah aus, als meinte er es ernst.

Da auf dem Platz niemand mehr zu sehen war, trat Zita ins Haus und stieß dort auf den Kollegen Tränkle, der sich neugierig umsah. Die unvermutete Chance, das Sannyasin-Gebäude von innen zu inspizieren, hatte er sich natürlich nicht entgehen lassen.

»Ist komisch hier«, raunte er Zita zu.

Sie nickte kaum merklich. An jeder Wand in diesem Haus schien mindestens ein Osho-Foto zu hängen.

Daimler trat gerade aus einer großen Küche in den Gang. Hektor kam aus einem Zimmer, in dem auf langen Stangen aufgereiht Mäntel, Jacken, Kleider und Hemden in allen Farbvariationen hingen. Auf bis knapp unter die Decke reichenden Regalen lagen Hosen, Socken und Unterwäsche. In der hinteren Ecke waren Schuhe gestapelt. Der Raum war ein einziger Schrank.

»Sie haben Gemeinschaftskleidung?«, fragte Hektor den gerade die Treppe herunterkommenden Namito. Die Skepsis ob eines solchen Arrangements war ihm ins Gesicht geschrieben.

»Ja, das vereinfacht das Ganze. Wir waschen, bügeln und pflegen die Wäsche zentral, und jeder kann sich jederzeit holen, was ihm gefällt. Wir teilen hier alles im Sarjana.«

»Auch die Frauen?«

Namitos Augen blitzten, als er Hektor ansah, der dem Blick standhielt. Seine Hand, die auf dem Treppengeländer gelegen hatte, schien sich zur Faust ballen zu wollen. Doch dann drehte er sich weg, so als wäre es der andere nicht wert, dass man ihm auch nur einen Funken Beachtung schenkte.

»Bringen wir es hinter uns«, sagte er nur und trat vor die Tür.

Verdammter engstirniger Macho, dachte Zita. Mit einem Satz hatte es Hektor geschafft, den, zugegeben brüchig scheinenden, Frieden aufzukündigen, den der Führer der spirituellen Gemeinschaft ihnen angeboten hatte.

5.

Die erste halbe Stunde der Fahrt nach Ulm verlief schweigend. Horst Hektor tat sich schwer damit, seine Abneigung gegen den Mann, der hinter ihm auf der Rückbank des Mercedes saß, zu verbergen, den Unmut hinunterzuschlucken, der ihn befallen hatte, seit sie auf diese obskure Sektenheimat gestoßen waren. Er wusste, dass er objektiv bleiben musste, dass er es sich nicht leisten konnte, sich von seinen Emotionen leiten zu lassen. Er hatte Ziele, große Ziele, und er konnte sie nur erreichen, wenn er gerade jetzt seine Stärken ausspielte, die er sich in mehr als 25 Dienstjahren erworben hatte: die kühle Analyse, die unvoreingenommene Betrachtung und schlüssige Einordnung der Fakten.

Aber dieser Thalmann provozierte ihn, auch wenn er nichts sagte und nichts tat, außer ausdruckslos aus dem Fenster auf die vorbeiziehende Alblandschaft zu schauen. Gerade dann! Denn auch auf diese Weise demonstrierte er, dass er sich für etwas Besseres hielt, für moralisch hochstehender, für jemanden, der Dinge über den Lauf der Welt wusste, für die andere zu dumm, zu geistlos, zu plump konstruiert waren. In allem, was er war, griff dieser Namito Hektors eigene Religion, das Christentum, an.

Hektor hatte sich in den 80ern als junger Mann nicht sonderlich für den Bhagwan-Hype interessiert, doch er hatte durchaus mitbekommen, dass all diese orange gewandeten Hippies sich, aufgestachelt von ihrem Guru, verächtlich über die etablierten Religionen äußerten.

Hatten die Kirchen in Deutschland damals nicht zu Recht versucht, dem Spuk ein Ende zu machen? Allerdings hatten die Bhagwan-Jünger ihre Bewegung selbst schnell genug zerstört, wenn er das richtig in Erinnerung hatte. Ihre Hirngespinste waren ihnen zu Kopf gestiegen, damals. In Amerika war das doch gewesen. Und jetzt saß dieser Wiedergänger namens Namito bei ihnen im Wagen. Und bis auf Weiteres waren sie bei dem Fall auf seine Kooperation angewiesen.

Die Kleine brach das Schweigen. Wahrscheinlich konnte sie die Stille nicht mehr länger ertragen.

»Können Sie sich vorstellen, dass jemand aus Ihrer Gemeinschaft etwas mit dem Tod von Sylvie Wilke zu tun hat?«

Eine wachsweiche Frage, die seinem Argwohn Nahrung gab. Die Gehring tat manchmal so, als wäre sie besonders tough, aber Hektor vermutete, dass das reine Fassade war, mit deren Hilfe sie sich den Job im Dezernat für Tötungsdelikte geangelt hatte. Schlau war sie ja; jeder hatte gewusst, dass nur eine Frau für den Posten in Frage kam, aber sie hatte zudem gerochen, dass man einen bestimmten Typus wollte, um die Lücke zu füllen, die Jenny Nies hinterlassen hatte. Gut, man müsste vielleicht mehr Geduld mit ihr haben, aber Geduld war nicht gerade seine größte Stärke. Hektor hoffte jedenfalls inständig, dass bald der Tag kam, an dem er wieder mit Jenny arbeiten konnte.

»Beim besten Willen nicht.« Namito legte die Fingerspitzen aneinander. »Ich habe auch schon darüber nachgedacht, aber mir fällt kein Grund ein, wieso einer von uns betroffen sein sollte. Wir alle sind friedliebend, wir wollen niemandem etwas Böses. Uns geht es um ein inspirierendes Leben und um unsere spirituelle Entwicklung. Ich glaube, es muss ein Unfall gewesen sein.«

»Manchmal ist der Wille zwar da, aber das Fleisch ist schwach«, fuhr Hektor dazwischen. »Kann es sein, dass Frau Wilke bedrängt wurde?«

»Bedrängt? Wie meinen Sie das? Von wem?«

Die Fragen Thalmanns waren rein rhetorisch. Hektor sparte sich eine Antwort.

»Und wenn? Dann hätte sie doch jederzeit gehen können? Das Sarjana ist kein Gefängnis. Oder haben sie irgendwo Gitterstäbe gesehen, Herr Hektor?«

»Apropos spirituelle Entwicklung«, mischte sich Daimler ein, der gedankenverloren am Steuer gesessen hatte. »Was mich interessiert: Dieser Bhagwan, den Sie offenbar so schätzen, ich meine, ich weiß nicht viel über ihn, aber das war doch dieser Guru mit den vielen Rolls-Royces, oder nicht? Das ist doch der pure Materialismus. Wie bringen Sie das denn zusammen?«

Namito lächelte, ein bisschen zu aufgesetzt für Hektors Geschmack.

»Das war doch nur ein Marketing-Gag, ein Trick, um Aufmerksamkeit zu erregen. Im Grunde genommen ein Geniestreich, denn dass es funktioniert hat, zeigt sich immer noch und immer wieder. Bis heute ist diese Rolls-Royce-Geschichte fast immer das Erste, auf das man angesprochen wird, wenn es um Osho geht.«

»Na klar«, meinte Hektor, grimmig lächelnd, »weil es das Einzige ist, was von ihm geblieben ist: die eitle Selbstdarstellung eines Narzissten.«

Namito mimte den Geduldigen. »Sehen Sie's doch mal so: Es ist heute nicht anders auf der Welt als damals, ständig wird eine neue Sau durchs Dorf getrieben. Da muss man schon was dafür tun, um den Leuten im Gedächtnis zu bleiben. Osho hat sich nie davor gescheut, mit Skandalen zu arbeiten, er wollte schließlich wahrgenommen werden. Insofern war die Rolls-Royce-Sache ein genialer Werbe-Witz, auf den alle in unterschiedlicher Weise reingefallen sind.«

»Vielleicht war es ein Stück weit auch Provokation«, sagte Zita. »Seht mal, was ich habe. Denkt mal drüber nach, was das für euch bedeutet.«

Namito nickte. »Auch das. Im Grunde hat er den globalen Autofetischismus ad absurdum geführt.«

»Ich weiß nicht.« Daimler schüttelte skeptisch den Kopf. »Ich zum Beispiel stehe auf Autos. Wenn ich einen Rolls-Royce hätte, würde ich aus dem Jubeln wahrscheinlich gar nicht mehr rauskommen. Wollen Sie mir ernsthaft sagen, der Mann hatte unzählige von diesen Schlitten – und es war ihm völlig egal?«

»Genau das sage ich nicht. Auch Osho liebte Autos, und er liebte es, mit ihnen zu fahren, vor allem schnell zu fahren. Es war ein ganz natürliches Bedürfnis. Und es gefiel ihm natürlich auch, diese vielen schönen britischen Schlitten um sich zu haben, obwohl sie letzten Endes nicht ihm selbst gehörten, sondern der Gemeinschaft der Sannyasins. Der Punkt ist: Es hätte ihm überhaupt nichts ausgemacht, wenn sie alle von einem Tag auf den anderen wieder weg gewesen wären. Das ist Spiritualität, wie Osho sie verstand, ganz im Gegensatz zu purem Materialismus. Man lebt in diesem Leben, und man sollte es genießen, wann und wo immer man kann, das hat er immer wieder betont, aber man darf sich nicht abhängig machen von materiellen Dingen. Besitz kann Freude bereiten, aber mit dem Wert, mit dem inneren Kern des Lebens hat er nichts zu tun.«

Hektor musste an sich halten. Er drehte sich um und fixierte Namito. »Tut mir leid, aber ich finde das lächerlich und pervers. Ich brauche selbstredend keinen Guru, aber wenn doch, dann würde ich mit Sicherheit keinen wollen, der sich an einer protzigen Autoflotte berauscht.«

»Das war ein weiterer Grund für diese Sache, wenn Sie mich fragen«, antwortete Namito ruhig. »Sie diente nicht nur dazu, Leute anzulocken, die über ihn berichteten, die ihn bekannt machten, die im Idealfall auch ein Stück weit seine Botschaft in die Welt trugen – und das kostenlos – sondern …«

»Sondern?«, fragte Hektor spitz.

»… sondern auch dazu, bornierte Geister, die nicht hinter die Fassade blicken können, abzuschrecken. Vielleicht wollte er mit einer gewissen Art von Leuten schlicht nichts zu tun haben.«

Es wurde wieder still im Wagen. Das Tageslicht war fast völlig verschwunden, als sie den Stadtrand von Ulm passierten und Daimler über die jetzt weitgehend freien Straßen den Eselsberg ansteuerte, wo die Uni-Kliniken lagen. Hektor spürte plötzlich, wie erschöpft er war, wie sehr dieser Tag an ihm gezehrt hatte. Eine junge Frau war tot, und er musste sich jetzt diesen Stuss anhören.

Er kämpfte verzweifelt darum, noch eine letzte Dosis Adrenalin durch seinen Körper zu jagen.

»Umso besser«, sagte er, ohne nach hinten zu blicken. Er hätte jetzt ohnehin nur noch ins Dunkel geschaut. »Ich hätte sicher auch nicht mit jemandem etwas zu tun haben wollen, der sich selbst für Gott hält.«

»Stimmt«, meinte Daimler, »jetzt fällt's mir auch wieder ein. Bhagwan heißt ja Gott.«

»Sie sind so ahnungslos.« Auch Thalmann wirkte jetzt müde.

»Dann klären Sie uns doch auf.«

Er seufzte. »Man muss ein bisschen etwas über östliche Religiosität, östliche Mystik wissen. Mit rein westlichem Denken bekommt man vieles in den falschen Hals. Im Osten herrscht das Denken vor, dass in jedem Menschen eine unsterbliche Seele lebt und dass somit jeder Mensch das Göttliche, das überall im Universum existiert, in sich trägt. Denn im Grunde genommen ist alles eins. Den Gott, der abgehoben auf seiner Wolke im Himmel sitzt, kennt man dort nicht.« Er machte eine Pause, wartete offenbar auf Einwände. Als es still blieb, fuhr er fort. »Viele östliche Mystiker erhalten im Lauf ihres Lebens Beinamen, die eine gewisse Ehrerbietung bezeugen. Osho, so nannte er sich ab 1989, wurde als Rajneesh Chandra Mohan geboren. Osho ist japanisch und bedeutet erhabener Meister. Als Rajneesh anfing zu lehren und Anhänger um sich zu versammeln, nannte man ihn Acharya, was auf Hindi im Grunde genau das bedeutet: Lehrer. Und doch ist es ein sehr würdevoller Titel. Später dann nannte er sich Bhagwan, was viele simpel, aber falsch, weil rein wörtlich, mit ›der Göttliche‹ übersetzten. Es bedeutet aber in Wahrheit ›der Gesegnete‹, und zwar deshalb, weil es um einen Menschen geht, der erkannt hat, dass das Göttliche in ihm wohnt, und bei dem dieses Göttliche deshalb sichtbar zu Tage tritt. Gemeint ist also keine Gottheit, sondern die erleuchtete Gestalt einer Person. Im Übrigen«, schloss Namito, »hat zum Beispiel auch Buddha den Hoheitstitel Bhagwan verwendet.«

Zita wandte sich ihm zu. »Was einen allerdings doch wieder zu der Deutung bringen könnte, dass Ihr Osho oder Rajneesh oder Bhagwan einer gewissen Hybris erlegen ist, finden Sie nicht?«

Daimler stöhnte. »Puh, mir ist das ein bisschen zu viel am späten Abend. Ich bin nur ein einfacher Polizist.«

Hektor sagte zunächst nichts zu diesem Vortrag. Eloquent, dieser Thalmann, das muss man ihm lassen, dachte er. Dreht die Dinge immer schön so hin, dass sie genau für ihn passen und andere wie Idioten dastehen. Er nahm sich vor, ab sofort jede Bewegung dieses Namito mit Argusaugen zu verfolgen. Sich umdrehend starrte er auf die dunkle Silhouette im Fond des Wagens.

»Was ändert das schon?«, meinte er. »Ganz egal, wie er heißt, wie er sich nannte, oder wie gut oder schlecht die Übersetzung von welchem Namen auch immer ist, der Punkt ist doch, dass Sie ihn heute immer noch …« Er machte eine wirkungsvolle Pause. »… vergöttern.«

Das Zimmer lag im sanften Halbdunkel. Die weißen Wände und die weißen Vorhänge verliehen dem Raum im Verbund mit dem Licht des Vollmonds, das vom wolkenlosen Himmel floss, einen matten Schein. Die Gestalt, die auf dem breiten, ebenfalls ganz in Weiß bezogenen Bett lag, wirkte unwirklich, als ob sie im Schwinden begriffen wäre. Namito streifte die leichten Lederschuhe von den Füßen, trat zum Bett und ließ sich auf den Laken nieder. Vorsichtig fuhr seine Hand über die langen, weizenblonden Haare, die, so schien es ihm, unter seiner Berührung fast silbern leuchteten. Trotz der Schönheit des Anblicks, dieser spontan schwingenden Farbgebung, knipste er die Nachttischlampe an. Er musste mehr sehen, er musste sich vergewissern, ob Satyavati atmete, ob sie wirklich und wahrhaftig bei ihm war. Sich an sie zu schmiegen, zu spüren, ob ihr Brustkorb sich hob und senkte, wagte er nicht; er fürchtete, sie damit zu wecken. Sie brauchte ihren Schlaf, gerade jetzt, und sie schlief zu selten gut.

Wie so oft, wenn er sie sah, konnte er ihre Zartheit nicht begreifen. Der schmal geschnittene Kopf, die filigranen Linien ihres blassen Gesichts, die schlanken Finger ihrer Hand, die aus der Decke hervorschaute, unter der ihre fast kindliche Gestalt verborgen lag. Namito streichelte jeden Finger einzeln. Ja, sie schlief wie ein Kind. So sollte es immer sein.

Er war erleichtert, denn er hatte das Gegenteil erwartet. Er hatte befürchtet, sie aufgelöst und hektisch vorzufinden, als Nervenbündel, zu dem sie so schnell werden konnte, wenn die festen, ordnenden Pfeiler des Lebens, die er für sie geschaffen hatte, zu wackeln schienen. So hatte er sie fast drei Stunden zuvor verlassen, im Anfangsstadium der Panik. Sie wollte es nicht begreifen, dass die Polizei ausgerechnet ihn auserkoren hatte, die Leiche von Sylvie Wilke zu identifizieren. Sie wollte ihn nicht gehen lassen. Er hatte sie beschwören müssen, ruhig zu bleiben.

Dabei war er selbst voller Unruhe gewesen, als er mit den Polizisten nach Ulm gefahren war, als sie ihn ins Rechtsmedizinische Institut geführt hatten, wo die langen Gänge kein Ende nehmen wollten. In der Kühlhalle waren ihm die gefliesten Wände unangenehm aufgefallen; sie hatten in ihrer Kälte und Funktionalität die gesamte Atmosphäre des Raums negativ durchdrungen. Für eine Minute, bevor sie die Leiche aus der Kammer mit der Nummer 23 herauszogen, hatte er sich in die tröstende Szene einer lauten und bunten indischen Totenverbrennungszeremonie versetzt und war mit der girlandenschwingenden Menge mitgetanzt.

Es war unverkennbar Sylvie Wilke, und sie hatte im Tod ähnlich wenig von ihrer Mutter wie im Leben. Der Gesichtsschnitt ließ keinerlei Rückschlüsse zu, die Stirn war zu breit, es fehlten die hohen Wangenknochen, und der feine Schwung der Nase war zugunsten einer nahezu geraden Kante verloren gegangen. Lediglich die Augen, weit gefächert und tiefgründig, erinnerten an Amrati. Ihre bezaubernde Schönheit suchte man dennoch vergeblich, was jetzt kein Wunder war, bei einer Leiche, die in einem blechernen Kasten in der Rechtsmedizin lag. Doch Namito hatte sie auch schon vergeblich gesucht, als Sylvie frisch und lebendig vor ihm gestanden hatte, als sie unvermittelt das Sarjana zu ihrem vorübergehenden Zuhause gemacht hatte. Und erst recht vergeblich gewesen war die Suche nach Amratis innerer Schönheit, nach ihrem freundlichen, liebenswürdigen Wesen und ihrem selbstlosen Charakter.

Namito versuchte, die Bilder abzuschütteln, die ihn immer häufiger heimsuchten.

Die Polizisten hatten ihn hinausgeleitet und ihm versichert, die Taxifahrt zurück nach Unterwilzingen werde ihm vom Staat ersetzt, sofern er in den nächsten Tagen eine Rechnung in der Geschäftsstelle der Staatsanwaltschaft vorlege. Er musste sich etwas Geld von der jungen Polizistin auslegen lassen, weil er nicht genug dabeihatte. Es war ein wenig peinlich gewesen.

Er hätte nie gedacht, dass Geld in seinem Leben einmal eine so große Bedeutung einnehmen würde wie jetzt. Er hatte das Materielle immer mehr verabscheut, als er zugeben wollte; vielleicht ein Überbleibsel aus der Zeit mit Osho, der in dieser Hinsicht, um es vorsichtig auszudrücken, nicht immer das richtige Augenmaß bewiesen hatte.

Namito ließ den Blick durch den großen Raum schweifen, einen von dreien, die ihm und Satyavati als Wohn-, Schlaf- und Meditationsbereich zur Verfügung standen. Das Provisorische, Unfertige, das dem ganzen Sarjana 2 innewohnte, war hier kaum erkennbar. Das war allein Satyavati zu verdanken, und ihrem künstlerischen Vermögen, das sie auch als handwerkliches Geschick zur Geltung bringen konnte. Die mit Feingips verzierten und modellierten Wände zogen die Blicke an, lenkten sie ab von der tief liegenden Holzdecke und machten den abgelaufenen, bedenklich knarrenden Boden erträglich. Die fast durchsichtigen, aufgebauschten Vorhänge ließen das Zimmer luftig erscheinen, die zurückhaltend mit roten Tüchern gesetzten Farbakzente wirkten wie federleichte, geheimnisvolle Zeichen. Er dachte daran, dass sich die anderen hier winzigste Räume teilten, so wie früher in Poona, so wie später in Rajneeshpuram, wo jeder auf jedermanns Nerven herumtrampeln konnte und dem Ego buchstäblich die Luft abgedrückt worden war. Was war noch übrig bei ihm von dieser Zeit?

Ja, er hatte Privilegien, dieselben, die er schon früher im Sarjana genossen hatte. Hatte er sie gewollt oder hatte man sie ihm aufgedrängt? Er hatte sie jedenfalls ohne Scheu genommen und genossen, vor allem natürlich, um Satyavatis brüchiges Wesen zu stärken. Aber hatte er sie auch verdient? Verdiente er sie noch immer? War er etwas Besonderes?

Bei all den Fragen, die immer häufiger in seinem Kopf rotierten, die seit Neuestem sogar seine Meditationen anfraßen und unfruchtbar machten, war zumindest eines jetzt klar: Das Schwerste war es nicht, Erleuchtung zu erlangen, das Schwerste war es, Erleuchtung zu erhalten. Das Erwachtsein war eine gefährliche Ebene des kosmischen Daseins, vor allem wenn man, wie auch Osho es getan hatte, körperlich und geistig in seinem Dasein gegenwärtig blieb und sich nicht die meiste Zeit über von allen weltlichen Dingen zurückzog.

Namito hatte in den Jahren zuvor immer wieder geprüft, wie weit er gekommen war auf seinem Weg, ob er es bereits bis zum Ziel geschafft hatte oder ob er noch weitergehen konnte, weitergehen musste. Es hatte Zeiten gegeben, in denen er das Gefühl gehabt hatte, endgültig angekommen zu sein. Doch jetzt spürte er, dass er die Sicherheit, über die er früher verfügen konnte, verloren hatte. Und dieser Verlust schmerzte unendlich.

Schlimmer noch war nur, dass in die Lücke, die in ihm entstanden war, sich Angst einzuschleichen versuchte, Angst vor dem Dasein, Angst vor dem, was noch kommen mochte, Angst, weil er nicht wusste, ob er allem gewachsen war. Und er hatte fest geglaubt, längst über diese Ebene hinaus zu sein. Im Leben geht es darum, frei von Angst zu werden. Das waren Oshos Worte gewesen. Wir müssen lernen, dass es nichts gibt, vor dem man Angst haben muss, weil wir alle Teil der kosmischen Kraft sind, die uns umgibt.

Namito stand auf und seufzte. Er würde sich den Fragen stellen, die ihn quälten, er würde sie beantworten – wenn dies hier alles vorbei war.

Vorsichtig schloss er die Tür und ließ sich von seinem Hunger hinunter in die Küche treiben. Merkwürdig, er hatte erwartet, dass der Appetit durch einen Besuch im Leichenschauhaus komplett abgetötet werden würde. Er machte das Licht an, und sein Blick fiel auf den großen Herd mit den acht Platten und auf die Spüle, die wie immer am Abend strahlte und glänzte. Alles war penibel aufgeräumt. Das liebte er an den Sannyasins, für sie waren auch die niederen, scheinbar langweiligen Arbeiten wie das Putzen kein lästiges Übel, sondern ein Weg, im Alltag den Bewusstwerdungsprozess weiterzuführen.

Namito schloss die Tür und blieb dann abrupt stehen. An dem großen, runden Gemeinschaftstisch in der Mitte des Raums saß ein Mann und sah ihn stumm an.

»Ruudchen, was machst du denn noch hier?«

Namito war froh, dass es Ruudchen war und nicht Prem oder Gokul oder einer von den anderen, die immer rebellischer und illoyaler wurden. Ruud Verdreijken war einer der ältesten Sannyasins im Sarjana, ein etwas beleibter, gemütlich wirkender Holländer, dessen wache, braune Augen allerdings stets in Bewegung waren. Er war einer der wenigen, dessen Sannyasin-Name, Dhiraya, sich nicht durchgesetzt hatte; schon seit Poona-Zeiten wurde er von allen nur Ruudchen genannt. Bei ihm hatte Namito das Gefühl, er werde immer zu ihm halten, egal was passierte. Zumindest hoffte er das.

»Ich meditiere, deswegen sind wir doch hier, oder?« Ruudchens Stimme war ruhig, doch Namito hörte den unterschwelligen Ärger heraus. Er kannte den anderen lange genug.

»Oder?«

Es klang jetzt drängender und Namito antwortete endlich widerstrebend: »Ja. Natürlich.«

»Es ist noch Dhal und Bhiryani im Ofen. Punam war heute mit Kochen dran. Es schmeckt richtig lecker. Du musst Hunger haben, du warst lange weg.«

Namito machte sich am Ofen zu schaffen, ging aber nicht auf die kaum versteckte Anspielung ein.

»Du meditierst also im Dunkeln auf einem Küchenstuhl …«

»Ja, daran kannst du sehen, dass ich Fortschritte mache. Wird auch langsam Zeit, in meinem Alter.« Ruudchen ließ ein kurzes, meckerndes Lachen hören. »Allerdings, ein bisschen habe ich auch auf dich gewartet. Prem hat mir erzählt, dass die Polizei hier war und dass das Mädchen tot ist.«

Namito hatte eine Portion Reis und Linsen auf einen Teller gehäuft. Jetzt drehte er sich um. »Das stimmt.«

»Was hat das Sarjana damit zu tun?«

»Ich musste sie identifizieren. Du weißt, dass sie keine Angehörigen hat. Das ist alles.«

»Und die Polizei?«

»Sie wissen noch nicht, ob es ein Unfall war, oder ob jemand, wer auch immer, ihr etwas angetan hat. Wahrscheinlich werden sie morgen wieder hier auftauchen.«

»Die Leute sind verunsichert, Namito. Verdräng das nicht. Du bist viel zu unbewusst geworden.« Ruudchens Stimme klang beschwörend. »Wir alle waren verunsichert, als wir unser altes Sarjana verlassen mussten. Wir hatten uns wieder gefangen, ein Stück weit zumindest, aber jetzt scheint alles immer noch schlimmer zu werden. Viele wollen nicht mehr. Siehst du das?«

Namito antwortete nicht. Ruudchen stand auf und ging zu ihm.

»Prem kam vorhin zu mir. Er hat eine Andeutung gemacht, dass er letzte Nacht etwas gesehen hat. Er sagte, er weiß nicht, was er tun soll, ob er mit der Polizei reden soll.«

Namito schnaubte. »Prem, der soll sich gefälligst da raushalten. Überall hat er seine Nase drin, ständig muss er sich in alles einmischen. Nur weil er einfach nicht stillsitzen kann. Er sollte sich langsam wirklich ernsthafter um seine Bewusstheit kümmern.«

»Du bist immer noch sauer auf ihn, weil er dir zugeraten hat, in den Ashram zu investieren, nicht wahr? Du musst die Vergangenheit loslassen.«

»Es ist seine Art, Ruudchen. Er hat mir nicht geraten, er hat mich regelrecht gedrängt. Und jetzt tut er, als wäre es nie so gewesen. Und du?« Namito wollte es nicht sagen, aber er tat es trotzdem. »Du fandest die Idee doch auch verlockend, in Indien ein neues Buddhafeld aufzubauen. Du hast doch genauso geschwärmt von Rishikesh.«

Ruudchens Augen verengten sich, er klang wütend. »Jetzt hör aber auf. Ich habe nie gesagt, du sollst alles, was wir haben, auf eine Karte setzen. Das hast du schon selbst getan.«

Namito nickte schwer. »Ich weiß«, sagte er heiser. Sein Blick suchte Trost bei seinem alten Freund und Weggefährten, wenigstens für einen kurzen Moment. Ruudchen gewährte ihn. Seine Augen wurden wieder offen und freundlich. Er legte Namito eine Hand auf die Schulter und drückte sie sanft.

»Wir haben nicht mehr viel. Aber mach bitte nicht alles kaputt. Versprich es mir.«

Namito straffte sich. Er hob ebenfalls beide Hände, hielt Ruudchen fest bei den Schultern und sah ihm tief in die Augen. »Ich versuche, alles zu retten. Spürst du das nicht?«

6.

Die Fliegen hatten den Tag begonnen wie immer, mit zielloser Aktivität und hektischem Hin und Her von einem Kuhhintern zum anderen, immer im Bestreben, den peitschenden Schwänzen des Fleckviehs auszuweichen. Erfolgreicher als die Rinder in ihrem Bemühen, die Plagegeister abzuwehren, schienen Prem Pantha die Spinnen, die überall in dem stickigen alten Stall ihre Netze gespannt hatten und sich über Mangel an Beute nicht beklagen konnten. Die klebrigen Gebilde füllten praktisch jeden Winkel aus, den der niedrige Verhau bot, und selbst von der Decke, in der sich graue, schmutzige Betonplatten mit schluchtendurchsetzten Holzbalken mischten, hingen Vorhänge aus staubbeschwerten Spinnweben, an denen bündelweise altes, dunkelgelbes Stroh haftete.

Die Sonne war längst aufgegangen, doch sie erreichte den Stall, den Prem Pantha als dunkle Höhle empfand, so gut wie nicht. Selbst bei helllichtem Tag musste man die wenigen abgewetzten Glühbirnen an der Decke bemühen, denn durch den Staub und den Dreck, der die vier schmalen Fenster nahezu blind gemacht hatte, fand das Tageslicht kaum einen Weg.

Die achtzehn Kühe, die Alfons Schindler noch im Stall hatte, spürten dennoch die fortgeschrittene Stunde, und sie spürten ihre prallen Euter. Ihr unablässiges, lautes Muhen hatte über der Lichtung gelegen, als Prem sich auf den Weg nach Ehingen machen wollte. Schindler selbst schien es wie so oft nicht zu stören. Wahrscheinlich lag er wieder so laut schnarchend oben in seiner

Kammer, dass sein Sägen die vorwurfsvolle Anklage der Tiere mühelos übertönte.

Jetzt war das Gemuhe weitestgehend verklungen, denn Prem Pantha hatte die Tröge mit Heu gefüllt und dazu mit einer Schaufel jedem Rind eine Portion gepresstes Getreide mit Mais spendiert. Das machte er immer, auch wenn Schindler ihn schon häufig gescholten hatte, er solle sparsamer mit dem Kraftfutter umgehen. Prem nahm an, dass der Bauer selbst seinen Tieren den Genuss nur sehr selten gönnte. Lieber gab er die paar Euro, die er damit sparte, aus, um sich zu besaufen.

Prem Pantha griff zu dem altertümlichen Melkgeschirr, das an einem Gestänge an der Decke hing, damit man es an der Führungsstange von einem Standplatz zum anderen ziehen konnte, und legte es der ersten Kuh an. Routiniert begann er zu melken. Er hatte diese Arbeit schon häufig übernommen, aus dem einfachen Grund, weil Schindler oft besoffen im Bett lag, wenn es etwas zu tun gab. Prem Pantha konnte es einfach nicht ertragen, die Tiere leiden zu lassen. Daran, dass Schindler sich jemals bei ihm bedankt hätte, konnte er sich nicht erinnern. Die paar Liter Milch, die er immer fürs Sarjana abzwackte, waren auch nicht die Welt, aber sie wurden gern genommen. Alles, was umsonst war, wurde gern genommen, angesichts des desaströsen finanziellen Zustands der Gemeinschaft.

Manchmal hatte Prem den Eindruck, er sei der Einzige, der wirklich effektiv dazu beitrug, dass wenigstens ein bisschen Geld hereinkam. Die anderen blickten einfach nicht übers Sarjana hinaus. An manchen Tagen hielt er die Gemeinschaft für träge. Doch das stimmte nicht. Alle arbeiteten, fast immer, alle arbeiteten viel. Gut, Namito und Satyavati in letzter Zeit vielleicht ausgenommen, denn mit den Therapien lief es nicht besonders erfolgreich hier draußen in der Wildnis. Spirituelle Sucher waren nun einmal in erster Linie Städter, die von ihrem desillusionierenden Stressumfeld genug hatten.

Die anderen jedenfalls ackerten im wahrsten Sinne des Wortes fast jeden Tag in der Landwirtschaft. Schindler hatte ihnen immerhin rund 50 Hektar Land abgetreten. Doch die Feldarbeit brachte gerade einmal so viel ein, dass sie sich einigermaßen selbst versorgen konnten. Ein erfolgreiches Konzept sah anders aus.

Prem glaubte, dass die Leute im Sarjana ängstlich geworden waren. Seitdem ihr ursprüngliches Heim, das sie sich bei Stuttgart aufgebaut hatten, zusammengebrochen war, lebten sie viel zu zurückgezogen, weggeduckt von allem, wie das Kaninchen vor der Schlange – und die Schlange war die ganze Welt dort draußen. Allen stand die Angst ins Gesicht geschrieben, dass es noch schlimmer kommen könnte. Die fröhlichen Momente, das unbeschwerte Zusammensein – so wie vorgestern unten am Fluss – waren rar geworden. Man konnte sie mittlerweile an einer Hand abzählen. Früher, im Sarjana 1, war es fast immer so gewesen.

Prem fand, dass das Sarjana dabei war, seinen Idealen untreu zu werden. Er selbst war der Einzige, der wirklich nach draußen ging. Hatte nicht Osho gesagt, die Sannyasins sollten in der Welt leben und sich nicht von allem zurückziehen, wie es die traditionsbehafteten indischen Weisen predigten?

Leider hatte Prem Pantha Osho nicht persönlich erleben dürfen, aber seine Lehren, seine Weisheiten hatten ihm von Anfang an in so vielem zugesagt. Besonders gefiel ihm die Idee, auf dem Marktplatz zu sein, wie Osho es genannt hatte. Der Sannyasin sollte in dieser Welt sein, nicht außerhalb von ihr, er sollte an ihrem Betrieb teilnehmen, arbeiten, lernen und genießen, da sein, das Leben feiern, aber gleichzeitig sollte er nicht von dieser Welt sein, sich nicht von ihr beherrschen lassen, sich jederzeit von ihr lösen können, innerlich frei bleiben. Gab es etwas Spannenderes als diese Gratwanderung?

Derzeit hatte Prem Pantha einen Aushilfsjob in einem Supermarkt in Ehingen. Die Regale aufzufüllen mit all den kleinen und großen Sinnlosigkeiten, die die moderne Überflussgesellschaft zu bieten hatte, war in mancherlei Hinsicht die ideale Arbeitsandacht. Für viele andere mochte es stupide sein, ein Sannyasin aber konnte dabei leicht in Meditation verfallen. Und das Staplerfahren hinten im Lagerbereich machte richtig Spaß. Nur würde er heute wahrscheinlich zu spät kommen. Und möglicherweise würde sich der Filialleiter, nicht zum ersten Mal, über den Stallgeruch, der an ihm haftete, mokieren.

Er überlegte gerade, ob er sich noch die Zeit für ein kurzes Bad in der Lauter nehmen sollte, als er das vertraute helle Motorengeräusch des Kleinwagens hörte. Er gestand sich ein, dass er die Melkarbeit nicht gänzlich uneigennützig verrichtet hatte; ein wenig hatte er auch darauf spekuliert, Rosi noch zu sehen. Sie hatte angedeutet, dass sie heute und morgen für die Frühschicht eingeteilt war. Zwar wusste er, dass sie es nicht mochte, wenn er einfach auf sie zuging und sie bei der Arbeit unterbrach – Rosi Dom nahm ihre Arbeit seiner Meinung nach viel zu ernst –, aber mal sehen, vielleicht fiel ja doch etwas für ihn ab. Ein Kuss. Ein kurzer Ausflug seiner Hand unter ihre Hose. Er grinste eine Weile vor sich hin, bis sein Kopf sich wieder einschaltete: Außerdem musste er mit ihr reden, wegen neulich Nacht.

Prem hörte, wie die Autotür zugeschlagen wurde, und hängte das Melkgeschirr auf. Eine halbe Minute blieb er unter dem Vordach des Stalls stehen und blickte auf das Chaos von Drahtgestellen, angespitzten Zaunpfosten, leeren Kanistern, Seilen, Körben und Werkzeugen, das sich zwischen den Feuerholzstapeln an den Wänden und der Güllegrube ausbreitete. Dann schaute er etwas unschlüssig um die Ecke auf den kleinen, weißen Fiat, über dessen Seite mit roten Buchstaben »Mobiler Sozialdienst« geschrieben stand.

Die Entscheidung, ob er ins Haus gehen sollte, wurde ihm abgenommen, denn in diesem Moment fuhren zwei Polizeiautos aufs Hofgelände, und eine ganze Meute dieser staatsdienenden Beamten stieg aus. Zufrieden stellte Prem Pantha fest, dass die junge, gut aussehende Polizistin vom Vortag wieder mit dabei war. Kommissarin Gehring, das hatte er sich gemerkt. Sie gefiel ihm fast besser als Rosi, mit ihrer drahtigen Figur, die punktgenau an den richtigen Stellen üppige Weiblichkeit erkennen ließ, und mit den vollen, braunen Haaren, die über den Schultern in einem neckischen Schwung endeten. Eins hatte sie mit Rosi gemeinsam, das sah er gleich: Auch sie nahm ihre Arbeit ernst, mit ziemlicher Sicherheit zu ernst. Die ganze Spannung, die ihr Gang, ihre Gesten ausstrahlten, wies unverkennbar in diese Richtung. Jetzt sagte sie etwas zu einem der anderen Polizisten, und dabei sah sie aus, als würde sie ihn am liebsten mit einem Raubkatzensprung angreifen. Prem hatte Lust, herauszufinden, ob sie auch nett sein konnte.

Es wäre spannend gewesen, mit ihr und Rosi in einem Raum zu sein und die Energie zu spüren, die sich dabei bildete, aber zu Prems Enttäuschung kam nur der dickliche Polizist, der gestern auch dabei gewesen war, auf das Bauernhaus zu. Die Kommissarin steuerte dagegen mit ihren anderen Kollegen das Sarjana an.

Prem Pantha schnappte sein Bündel, das über der Schwingtür des Kuhstalls hing, und nahm ausnahmsweise den Umweg über den Hinterhof in Kauf, um zur Bushaltestelle im Dorf zu gelangen.

Zita Gehring war nicht besonders gut gelaunt an diesem Morgen. Das war zum einen der Tatsache geschuldet, dass sie morgens äußerst selten gut gelaunt war. Sie war von Natur aus eindeutig den Eulen zuzuordnen, und nicht nur dass sie mit Lerchen nichts am Hut haben wollte, sie hasste sie regelrecht. Deshalb war die ätzende Autofahrt von Ulm hierher zu einer zusätzlichen Tortur geworden, denn die Kollegen im Wagen hatten sich gar nicht mehr eingekriegt vor lauter morgensonnenscheinforcierter Plapperei. Weltumspannend wichtig war der Austausch banaler Nichtigkeiten zelebriert worden.

Das war nun wirklich nichts gewesen, was Zita von den Nachwirkungen der Träume erlösen konnte, die ihre kurze, unruhige Nacht durchzogen hatten und die der eigentliche Grund für ihre schlechte Laune waren. Die Leiche Sylvie Wilkes war in diesen Träumen immer wieder aufgetaucht, in allen Variationen, liegend, sitzend, gehend, sprechend – eine lebende Tote, als ob sie sich ständig Zombiefilme reinziehen würde! –, und dazwischen machte sich Lars zu schaffen, mit einem Metermaß, mit dem er sämtliche nackten, bläulichen

Körperteile der Frau einer Längen-/Breiten-/Größenuntersuchung unterzog, um anschließend endlos über die Ergebnisse seiner Studien zu dozieren.

Zita war wütend auf sich selbst, auf ihren offensichtlichen Mangel an Routine. Ihrem Selbstverständnis nach sollte sie der Anblick einer Leiche nicht eine ganze Nacht lang beschäftigen. Im Gegenteil: Man musste das professionell einordnen und sich dann konzentriert an die Arbeit machen. Darüber, dass Lars sich dermaßen unpassend in die Szenerie ihrer Träume gedrängt hatte, wollte sie lieber gar nicht erst nachdenken.

Als Helmut Kasparcek aus der Abteilung 3 des Dezernats beim Aussteigen auch noch eine sexistische Bemerkung über das mutmaßlich ausufernde Liebesleben von Sannyasins loswerden musste, war ihr der Kragen geplatzt. Sie wisse nicht, ob er das unter Arbeiten verstehe, aber er möge sich doch bitte seine billigen Sprüche für den feierabendlichen Stammtisch aufheben. Irgendetwas in der Art war ihr rausgerutscht.

Jetzt stapfte sie missmutig voraus auf die Behausung der Leute zu, die sie eigentlich gar nicht verteidigen wollte, schon allein, weil sie sich selbst nicht im Klaren darüber war, was sie von ihnen halten sollte. Zita hatte lediglich gestern den Eindruck gehabt, dass Sylvie Wilke überhaupt nicht in das Ambiente dieser spirituellen Truppe gepasst hatte. Doch auf jeden Fall mussten sie hier, an diesem Ort, ansetzen, hier weitermachen, denn etwas anderes hatten sie schlichtweg bisher nicht.

Darin waren sie sich heute Morgen bei einem kurzen Gedankenaustausch im Neuen Bau weitgehend einig gewesen. Vorberg war wieder nicht da gewesen, ebensowenig wie am Abend zuvor. Er leistete sich sogar den Luxus, sein Handy abzuschalten. Briefbogenkopfchef, hatte Daimler kopfschüttelnd gemurmelt. Elke Mendel, die Sekretärin des Dezernats, hatte ihnen mitgeteilt, Vorberg habe schon ganz früh angerufen und durchgegeben, er müsse zu einem wichtigen Termin. Allerdings wolle er angesichts der Dringlichkeit des aktuellen Falles versuchen, ab 12 Uhr im Büro zu sein. Kurzerhand hatten sie beschlossen, die Zeit bis dahin zu einem weiteren Besuch im Sarjana zu nutzen. Hektor hatte mit Loske, dem stellvertretenden Chef des Dezernats, gesprochen und auf die Schnelle zwei Kollegen aus der Abteilung 3 für den Fall losgeeist. Sie sollten zusammen mit zwei Hauptmeistern vom Revier Ehingen abklären, ob irgendjemand in der Nacht, in der Sylvie Wilke vermutlich zu Tode gekommen war, etwas Auffälliges gehört oder gesehen hatte. Zita Gehring und Horst Hektor wollten sich noch einmal mit Friedrich Thalmann unterhalten.

Hektor schloss zu Zita auf, als sie auf das Sarjana zugingen.

»Schlecht geschlafen?«

»Geht so«, brummte Zita.

»Ich schlafe auch immer schlecht, wenn ich eine Leiche gesehen habe«, meinte Hektor in einem ungewohnt vertraulichen Tonfall, »aber das ist ganz in Ordnung so. Das schärft den Jagdinstinkt. Ich will gar keine Ruhe mehr haben, bis ich weiß, wer das getan hat, was ich mir da ansehen musste.«

Zita blickte zu ihm auf.

»Das hat nichts mit Unprofessionalität zu tun«, sagte Hektor schnell, »im Gegenteil: Wenn ich mir klarmache, um was es geht, dass ein Mensch getötet wurde, in den meisten Fällen einfach sinnlos, dann sehe ich noch viel genauer, was zu tun ist.«

»Ich arbeite da noch an meiner persönlichen Strategie«, antwortete Zita nach einem leichten Zögern vage. Was wollte Hektor eigentlich heute Morgen?

»Hören Sie, Frau Gehring, ich bin in der Nacht lange wachgelegen. Manchmal ist es dringend notwendig, den Leuten auf den Zahn zu fühlen. Aber vielleicht war ich gestern ein bisschen zu forsch mit Thalmann. Vielleicht erfahren wir mehr über diese merkwürdige Sippe hier, wenn wir uns ein wenig, sagen wir, verbindlicher geben. Vielleicht kommt der Mann dann eher ins Reden.«

»Sie meinen, er verplappert sich vielleicht.«

»Könnte doch sein.«

»Klar, an mir soll's nicht liegen, ich kann mich bremsen. Wenn Sie es auch schaffen …«

Hektor sah Zita nur an, mit einem Blick, der klarmachte, dass er sich über jeden Zweifel erhaben fühlte.

»Sie sind sich sicher, dass der Tod der Frau etwas mit diesem Ort zu tun hat?«, fragte sie ihn.

»Das sagt mir mein Instinkt. Sehen Sie sich doch nur mal um.«

Hektor wies mit der rechten Hand in einem Halbkreis auf die baufälligen Gebäude, die, das sah selbst das ungeschulteste Auge, schon viel zu lange auf eine gründliche Sanierung warteten. Man konnte allerdings nur schwer sagen, ob das Grün, das jetzt im Sommer, so nah am Waldrand und gespeist vom Fluss, überall hervorschoss, gern dazu in Dienst genommen wurde, die schlimmsten Schäden zu kaschieren, oder ob es das Anliegen der Bewohner war, mit dem üppigen Wuchs an Gräsern, Sträuchern und an den Hauswänden klebenden Flechten einen verwunschen wirkenden Rückzugsort zu schaffen. Das Richtung Wald führende Dickicht zwischen Wohnhaus und Scheune, das von einem Schild mit der Aufschrift »Meditationsgarten« überspannt war, schien auf Letzteres hinzudeuten. Ebenso die durchgesessenen Sofas, die an der Lauter locker um eine Feuerstelle gruppiert waren. An fast jeder Ecke zeigten sich kunsthandwerkliche Gebilde, offenbar Vogelgestalten, aus Steinen aufgetürmt und mit dicken, schweren Schrauben verbunden oder aus ausrangierten Blechteilen zusammengeschweißt. Auf der weitgespannten Grasfläche zwischen den Gebäuden und dem Fluss pickten ein paar Rebhühner im Boden. Um sie herum stolzierte ein Pfau.

Zita fand nicht, dass das Ganze zwingend auf ein mögliches Verbrechen verwies. Sie konnte keine klare Einordnung treffen, dazu wusste sie noch zu wenig über die Menschen, die hier lebten. Doch was sagte ihr eigener Instinkt? War dies hier ein verkapptes Paradies, dessen wahre Schönheit man nur von innen erkennen konnte, oder eine im Sinken begriffene Insel, die nicht die Kraft in sich hatte, sich gegen die Wogen der Realität zu behaupten? Waren hier einfach nur Menschen zuhause, die nicht das Standardverfahren leben wollten, oder war es eine Schimäre für Versager, die auf der Flucht waren, vor sich selbst und vor allem, was sie nicht bewerkstelligen konnten? Zita wusste es nicht, aber sie spürte bei all dem, was sie sah, und vielleicht noch viel mehr bei dem, was sie nicht sehen konnte, eine Diskrepanz zwischen Anspruch und Wirklichkeit, eine tiefe Kluft zwischen Wollen und Können.

Einer der beiden uniformierten Polizisten hinter Zita und Hektor formulierte die Frage, die ihr schon bei ihrem gestrigen Besuch durch den Kopf gegangen war: »Wo sind denn die ganzen Leute, die hier leben sollen?«

Hektor zeigte auf einen niedrigen Anbau auf der rechten Seite der Scheune; er mochte früher vielleicht als zusätzliche Garage gedient haben, als hier noch mehr landwirtschaftliche Fahrzeuge in Betrieb gewesen waren. Davor saß auf einer Holzbank ein grauhaariger, beleibter Mann und ließ sich die Morgensonne auf den Bauch scheinen. Er winkte ihnen fröhlich zu.

»Schönen guten Morgen, die Herren und die Dame. Muss ich befürchten, dass Sie im Dienst sind, oder darf ich mir Hoffnung machen, dass Sie als Kunden kommen?« Er zeigte mit dem Daumen locker auf das Schild hinter sich, das über der Eingangstür des Anbaus hing. »Sarjana-Laden, Homa-Produkte« stand darauf.

»Im Dienst«, antwortete Hektor trocken. »Und Sie?«

»Sozusagen auch im Dienst«, meinte der Grauhaarige, »auch wenn's grad nicht so aussieht. Aber der Zuspruch für unsere Erzeugnisse lässt leider ein wenig zu wünschen übrig. Was mir einen ruhigen Tag verschafft. Hab heute bei der Arbeitsverteilung sozusagen das große Los gezogen mit dem Ladendienst. Die anderen ackern alle auf den Feldern und holen sich 'nen Sonnenbrand.«

»Sie losen hier, wer welche Arbeit zu erledigen hat?«, fragte Hektor ungläubig.

»Ach was, war nur so 'ne Redensart. Das läuft alles fair ab. Rollierendes System. Alle werden im Wechsel für das eingeteilt, was so anfällt. Von ein paar Spezialtätigkeiten mal abgesehen.«

»Und jetzt sind alle anderen auf den Feldern?«

»Die meisten, glaube ich, bis auf Namito, falls sie den suchen, der ist drüben im Haus.«

Dachte ich's mir doch, dass der große Meister keinen Finger krumm macht, sagte Hektors Blick. Er schickte die Kollegen los, damit sie sich von Friedrich Thalmann eine Liste sämtlicher Sarjana-Bewohner geben ließen. Dann stellte er Zita und sich vor.

»Ruud Verdreijken«, sagte der Grauhaarige mit leichtem Kopfnicken, »aber nennen Sie mich ruhig Ruudchen, das tun alle.« Er grinste.

Zita setzte sich neben ihn auf die Bank und blinzelte in die Sonne. Die unsichtbare Bleiweste, die sie bisher durch den Morgen geschleppt hatte, fiel langsam von ihr ab.

»Und wie lange sind Sie schon Sannyasin, Ruudchen?«, fragte sie.

»Praktisch mein ganzes Leben.« Das verschmitzte Grinsen verflüchtigte sich. »Das, was davor war, zählt ohnehin nicht. Ich hab alles mitgemacht: Poona, das war die beste Zeit, dann Rajneeshpuram. In den 90ern war ich lange im Osho-Zentrum in Egmond aan Zee in Holland. Gar nicht weit von dort bin ich geboren.«

»Und jetzt sind Sie hier gelandet«, stellte Hektor fest, der kerzengerade vor dem Laden stehen geblieben war.

»Ich weiß, was Sie meinen. Das Sarjana hat schon bessere Zeiten gesehen, rein äußerlich. Aber das Buddhafeld ist intakt, und das ist viel wert.«

»Buddhafeld? Und was genau ist das?«, fragte Zita, während sie aus ihrer Lederjacke schlüpfte.

»Entschuldigung, Sie kennen sich nicht aus mit unserer Terminologie. So bezeichnen wir die Energie, die fließt und wächst, wenn Sannyasins eng zusammenleben und sich darauf konzentrieren, ihre spirituelle Entwicklung voranzutreiben. Das Buddhafeld ist besonders stark in der Meditation, da kann man richtig spüren, wie die Energieströme dichter und gleichzeitig feiner werden, wie sie schneller zirkulieren und die Bewusstseinsentwicklung von uns allen fördern. Ein gutes Buddhafeld ist hochenergetisch.«

»Aha.«

»Natürlich sind Sie skeptisch, Herr Hektor, das ist verständlich. Das sind Dinge, die man selbst erleben muss.«

»Zufällig haben wir Wichtigeres zu tun«, antwortete Hektor unfreundlich.

Zita warf ihm einen warnenden Blick zu.

»Ja, ich weiß«, sagte Ruudchen, »die arme Sylvie. Sicher ein Unfall. Sie war gerade dabei, sich einzuleben.«

»Was können Sie uns über die Frau sagen?«

»Nicht viel, ich habe kaum mit ihr gesprochen.«

»Und warum nicht?« Zita hatte das Gefühl, dass das einnehmende Wesen, das der Holländer bisher an den Tag gelegt hatte, auf dem Rückzug war.

»Ich weiß nicht. Sehen Sie, sie entstammte einer anderen Generation, da sind die Berührungspunkte nicht ganz so üppig. Und sie war grundsätzlich sehr zurückhaltend.«

Hektor und Zita sahen den älteren Mann nur an.

»Ich weiß, was Sie denken. Was will ein junger Mensch bei diesen alten Knackern hier, stimmt's? Aber Sie verkennen die Situation. Wir haben immer wieder, vor allem im Sommer, wenn es auf den Feldern viel zu tun gibt, Leute hier, die gern wissen wollen, wie es sich in der Gemeinschaft lebt, die mit uns arbeiten, wohnen und meditieren wollen. Osho hat heutzutage gerade auch wieder auf junge Leute eine starke Anziehungskraft. Viele sind von der Gesellschaft enttäuscht und finden in ihm einen neuen Wegweiser.«

Wieder entstand eine Pause, die dem Sannyasin zunehmend unangenehm zu werden schien.

»Verstehe«, sagte Hektor schließlich. »Und vorgestern Nacht, ist Ihnen da was aufgefallen? Irgendwas gesehen? Ungewöhnliche Geräusche?«

»Nein, nichts, tut mir leid.« Die Antwort kam schnell.

Ein bisschen zu schnell, dachte sich Zita.

Und noch schneller legte sich wieder ein Lächeln auf seine Züge, als wäre er nun froh, das Schlimmste an einer Begegnung mit der Polizei hinter sich zu haben. Denn eine solche war den meisten Menschen herzlich unangenehm, auch wenn sie es nicht zugaben. Dessen war sich Zita bewusst, und wieso sollten Sannyasins in dieser Hinsicht anders ticken? Vielleicht war Ruud Verdreijken einfach nur ein älterer Herr, der nach einem ereignisreichen Leben seine letzte Lebensphase in Ruhe gestalten wollte?

Munter sagte er jetzt: »Und Sie wollen wirklich nichts kaufen? Ein bisschen was sollte ich heute schon einnehmen. Und hier steht ja nirgends, dass Polizisten im Dienst nichts bekommen. Wir haben wunderbare Kohlrabi, groß wie Fußbälle, oder ganz exzellente, knackige Salatköpfe?«

»Was ist das eigentlich, Homa?«, fragte Zita, stand auf und zeigte auf das Schild über dem Laden. Entschuldigend fügte sie an: »Ich weiß, ich bin überhaupt nicht auf dem Laufenden.«

»Speziell angebautes Gemüse, nach einer alten vedischen Geheimlehre«, meinte Ruudchen, »aber was die

Details angeht, fragen Sie am besten den da, Gokul, das ist unser Homa-Experte.«

Er zeigte auf einen Mann, der gerade aus einem dreirädrigen Mini-Lieferwagen stieg, den er neben dem Laden geparkt hatte. Von der Ladefläche, auf der Kisten voll Gemüse gestapelt waren, sprang eine Frau mit schwarzen Haaren.

»Hey, die beiden kennen wir doch«, sagte Zita zu Hektor.

Der nickte. Es waren die Frau und der Mann, die sie gestern im Streit mit Namito beobachtet hatten.

Gokul, der mit richtigem Namen Norbert Mokry hieß, und Punam, die sich ziemlich zierte, bis sie ihren Geburtsnamen Hannah Totzick preisgab, waren eines der wenigen Pärchen im Sarjana. Sie lebten »vom Grundsatz her« zusammen, wie es Gokul formulierte. Er mochte etwa 45 Jahre alt sein, war untersetzt, aber dennoch muskulös; man sah ihm an, dass er es gewohnt war, bei der Arbeit tüchtig zuzupacken. Auch Punam hatte sich nicht gescheut, mit schnellen Griffen volle Gemüsekisten von der Ladefläche des Fahrzeugs zu holen, bevor Zita und Hektor die beiden angesprochen hatten. Zita schätzte die Frau ein paar Jahre älter ein als Gokul, aber das konnte täuschen. Auffällig waren jedenfalls, jetzt, da sie direkt vor ihnen stand, die tiefen Linien, die sich über die Backenpartien hinunter zu ihren Mundwinkeln zogen.

Missmutig waren sie beide, und Zita konnte nicht recht einordnen, woran das lag. Vielleicht daran, dass ihr Arbeitsablauf unvermittelt gestört wurde. Oder daran, dass sie so viel Arbeit hatten, dass sie ihnen über den Kopf wuchs. Jedenfalls wirkten sie wie Rotwild, das mit gespitzten Ohren dasteht und beim nächsten Geräusch unweigerlich mit einem Fluchtreflex reagiert.

Gokul taute erst auf, als die Polizisten ihn nach Homa fragten und ihn baten, zu erklären, was es damit auf sich habe. Sofort war er in seinem Element und begann die vielen Vorzüge darzulegen, die die unter Anwendung der Homa-Philosophie angebauten landwirtschaftlichen Produkte besaßen – in einer Ausführlichkeit, die Zita übertrieben schien. Was mochte erst Hektor denken? Zita warf verstohlen einen Blick auf ihren Kollegen, der am dozierenden Gokul vorbei in den Wald hinter dem Sarjana starrte, den Urgrund des Zweifels ins Gesicht gemeißelt.

Sie war sich nicht sicher, ob sie alles verstand. Offenbar ging es um das richtige, ja das einzig wahre Zusammenspiel von Mensch und natürlicher Umgebung. Man müsse das als energetischen Kreislauf sehen, der positiv auf das Energiesystem des Menschen wirke, meinte Gokul. »Heile die Atmosphäre und die Atmosphäre heilt dich«, sei der zentrale Gedanke. Homa sei ein Sammelbegriff für uralte vedische Feuertechniken, mit denen die Atmosphäre von toxischen Zuständen gereinigt werde. Gokul nannte es das wirksamste Gegenmittel gegen die alltägliche Umweltverschmutzung, die die moderne Gesellschaft sich leiste. Es gehe darum, wieder Harmonie in die vom Menschen geschändete Natur zurückzubringen, und das schaffe man mit einem unscheinbaren Feuer, dem Agnihotra, das zu Sonnenauf- und Sonnenuntergang entzündet werden müsse. Die dabei entstehende Asche sei ein phantastischer Energieträger und somit der beste biologische Dünger für jede erdenkliche Art von Pflanzen, schwärmte Gokul.

»Die feinstoffliche Energie entwickelt sich jedoch nur, wenn man die überlieferte Zeremonie der Veden exakt durchführt«, erklärte er Zita und Hektor. »Die speziellen Mantras, die gesungen werden müssen, sind exakt auf die Schwingungsverhältnisse von Sonnenauf- beziehungsweise Sonnenuntergang abgestimmt.«

»Das heißt, Sie müssen jeden Tag im Morgengrauen auf der Matte stehen, um diese Spezialasche zu produ… äh, zu schaffen«, fragte Zita, betroffen von dieser grauenvollen Vorstellung.

»So ist es«, antwortete Gokul sachlich.

Jetzt wunderte sie sich nicht mehr über sein eher missmutiges Wesen. So eine Tagesorganisation musste ja unweigerlich in die Depression führen.

Hektor versuchte, ein Fazit zu ziehen. »Und Sie sind also sozusagen der Leiter dieser landwirtschaftlichen Produktion?«

Gokul nickte. »Ja, das heißt, wir beide.« Er legte den Arm um Punam. »Seit über fünfzehn Jahren beschäftigen wir uns intensiv mit Homa.«

Punam nahm den Ball auf. »Wir produzieren fast alles, was Sie sich vorstellen können: Kartoffeln, Möhren, Rote Beete, Zwiebeln, Knoblauch, Lauch, Kürbisse, Zucchini, Bohnen, alles im Freiland. Dieses Jahr haben wir hier auch wieder Gewächshäuser aufgestellt, für Salat, Spinat, Mangold, Fenchel, Tomaten, Gurken, Radieschen, Rettiche, für Küchenkräuter und Heilpflanzen. Außerdem bauen wir Winterweizen und Roggen für unsere Brotproduktion an und …«

Hektor hob energisch die Hand.

»Gut, gut. Sie sind also bestens versorgt. Aber Sie haben doch sicher auch Abnehmer?«

»Das ist ein wenig das Problem.« Gokul scharrte mit dem rechten Fuß im sandigen Untergrund. »Vorher, im alten Sarjana, bei Stuttgart, hatten wir einen festen Kundenstamm. Wer einmal Homa-Produkte genutzt hat, will in der Regel nichts anderes mehr, aber bis hierher, ans Ende der Welt, fährt natürlich doch keiner.«

»Und die Leute hier, die nehmen uns gar nicht ernst«, meinte Punam kopfschüttelnd und zeigte auf den nicht frequentierten Laden. Ruudchen döste auf der Bank in der Sonne, scheinbar unbedrängt von derlei Problemen. »Die sind so rückständig. Die wollen nur, dass alles so bleibt, wie es angeblich immer war, egal was für Konsequenzen es nach sich zieht. Sie wollen gar nicht wissen, was sie mit ihrer Wirtschaftsart und ihrem Konsumverhalten der Erde antun. Dabei könnte alles so einfach sein.« Sie machte eine abfällige Handbewegung.

»Wir gehen natürlich auf die Märkte hier in der Gegend mit unseren Produkten, aber leider zahlt hier niemand das für die Homa-Pflanzen, was ihre Energie tatsächlich wert ist«, erklärte Gokul.

»Bedauerlich«, meinte Hektor und durchschnitt mit der rechten Hand die Luft zwischen ihnen. Er schien endgültig genug von dem Thema zu haben. »Sie haben gestern mit dem großen Meister, mit Ihrem Namito, ein kleines Scharmützel gehabt. Um was ging es dabei?«

Zita sah, wie Gokul und Punam sich blitzschnell einen Blick zuwarfen. Die Frau wusste plötzlich gar nicht mehr, wohin mit den Händen.

Doch die Antwort ließ auf sich warten.

»Wir waren uns nicht einig«, sagte Gokul schließlich zögernd, »es ging um Homa.«

Kaum hatte er den Satz zu Ende gesprochen, schüttelte Punam unwillig den Kopf, schnappte sich eine Kiste und eilte in den Laden. Zita glaubte, trotz der wild schwingenden Haarmähne einen empörten Ausdruck auf dem Gesicht der Sannyasin zu erkennen.

»Homa scheint ihr wirklich sehr am Herzen zu liegen«, meinte sie leichthin.

Gokul ging nicht auf die Bemerkung ein. Er sammelte sich.

»Namito kritisiert schon seit Längerem, dass wir unsere Produktion zu stark auf Homa ausrichten. Er ist nicht … so sehr davon überzeugt wie andere.« Er sah die Polizisten an. »Vielleicht haben Sie es ja schon mitbekommen. Das Sarjana ist in finanziellen Schwierigkeiten. Namito will, dass wir, zumindest vorübergehend, unsere Arbeitsweise umstellen und versuchen, einen funktionierenden Vertrieb zu organisieren.« Er scharrte wieder mit dem Fuß. »Wissen Sie, die Arbeit mit Homa und Agnihotra kann ein mühseliges Geschäft sein. Das Endergebnis ist im Einzelfall phantastisch, aber man darf das Ganze natürlich nicht unter rein betriebswirtschaftlichen Aspekten betrachten.«

»Natürlich nicht«, meinte Zita und nickte wissend. Um das zu begreifen, hatte Gokuls Crashkurs auf jeden Fall ausgereicht.

»Gut, Herr Mokry, dann wollen wir Sie mal nicht länger von der Arbeit abhalten.« Hektor entließ den Mann, der sich schnell um seine Kisten kümmerte und sich beladen auf die Suche nach seiner Frau, Freundin, Gefährtin, was auch immer machte.

Die beiden Polizisten wandten sich ab.

»Homa-Streit?« Hektor schüttelte den Kopf. »Dass ich nicht lache. Da steckt doch mehr dahinter. Und wenn's auch nur eine ménage à trois ist, die nicht allen so richtig in den Kram passt.«

»Könnte gut sein, außer unsere Punam hat die ungewöhnliche Neigung, bei jedem Gespräch, das sie führt, früher oder später kopflos davonzurennen.«

Als sie am Laden vorbeigingen, klappte Ruudchen die Augenlider hoch. »Und Sie sind sicher, dass Sie nichts von unseren wertvollen Produkten erwerben wollen?«, rief er ihnen heiter hinterher.

Hektor wandte sich im Weitergehen halb um. Über die Schulter hinweg sagte er: »Tut mir leid, da muss ich erst meine Frau fragen.«

Zita schaute erstaunt zu ihm auf. »Haben Sie jetzt tatsächlich einen Witz gemacht, Herr Hektor?«

Seine Augen leuchteten auf, seine Mundwinkel zuckten, aber er sagte nichts.

»Dass Sie verheiratet sind, konnte ich mir ja denken, wegen dem Ring. Aber Sie erzählen ja nie etwas.«

»Sie auch nicht.«

»Ach, bei mir gibt's nichts Spannendes«, meinte Zita und beschleunigte ihren Schritt.

7.

Daimler war erstaunt, dass ihm auf sein Klopfen hin – eine Klingel hatte er an der Tür des alten Bauernhauses nicht entdecken können – eine junge Frau öffnete. Ihre weiße Kleidung, ihre Jugendlichkeit, ihr offenes Lächeln – nichts passte zu dem niedrigen Türrahmen, in dem sie stand, und zu der düsteren Flucht, die sich dahinter auftat. Erst als er auf der aufgenähten Brusttasche ihrer kurzärmligen Bluse die Aufschrift »Mobiler Sozialdienst« entdeckte, konnte er die Erscheinung einigermaßen einordnen.

Rosi Dom erwies sich als die netteste Gesprächspartnerin, die Daimler sich an einem sonnigen Morgen nach einem Leichenfund vorstellen konnte – auch wenn sie anfangs nur von sich erzählte und er sich nach ein paar Minuten zu sorgen begann, dass er zu viel Zeit opfere und ihn diese Unterhaltung keinen Millimeter weiterbringen würde, was den Fall betraf, an dem sie zu arbeiten hatten. Doch die Sorge erwies sich als unbegründet.

Rosi hatte beim Mobilen Sozialdienst eine ganze Reihe pflegebedürftiger Senioren zu betreuen, unter anderem den bettlägrigen Xaver Schindler, und Daimler erfuhr, dass sie viel Freude daran hatte, mit alten Menschen zu arbeiten. Schließlich könne sie alten Leuten so etwas von dem zurückgeben, was diese früher, als sie noch gesund und stabil waren, anderen gegeben hatten. Und das sei ein sehr schönes Gefühl, meinte Rosi. Jeder Mensch habe es verdient, im Alter Fürsorge und Aufmerksamkeit zu erhalten, aber leider gebe es mehr als genug Fälle, wo die Familie dies nicht übernehmen könne oder wolle, aus welchen Gründen auch immer, und da sei sie froh, einen Beitrag leisten zu können, um diesen Missstand ein Stück weit aufzufangen. Und außerdem, fuhr die junge Frau fort, bekomme man von den Alten oft Geschichten aus der Vergangenheit erzählt, und das gefalle ihr sehr, denn das Leben in früheren Zeiten bringe sie immer wieder zum Staunen, weil damals alles anders gewesen sei, so simpel in vielerlei Hinsicht, und doch auch so schwer.

»Und mit dem Staunen kommt dann meistens die Freude darüber, dass es mir heute so gut geht. Können Sie das verstehen, Herr Benz?«

Daimler konnte es nur zu gut verstehen. Er dachte an seine eigenen Eltern, an den Respekt, den sie verdienten, und den sie von all ihren fünf Kindern stets erhalten hatten und auch in Zukunft erhalten würden, so viel stand fest. Bei ihnen gäbe es kein langes Rumgeeiere, wenn etwas passieren würde, wenn es einen Pflegefall geben sollte, da war er sich sicher. Sie würden sich zusammenraufen und eine Lösung finden, alle gemeinsam. So wie sie es in der Familie Benz immer gemacht hatten.

Sie standen in der verrauchten, schmierigen Küche, als Rosi Dom ihm von ihrer Begeisterung für ihren Beruf als Altenpflegerin erzählte, während sie die verschiedenen Boxen mit dem Essen, das sie für diesen Tag mit gebracht hatte, auf einer mit Kratzern überzogenen, in die Ecke gedrückten Spüle ausbreitete. Sie beschriftete die Behälter mit großen Buchstaben und stapelte sie neben einer grauen Mikrowelle, die wie ein Fremdkörper in dem spätmittelalterlichen Umfeld wirkte.

Froh sei sie allerdings, sehr froh, dass sie eine Stelle im Außendienst gefunden habe, ließ Rosi Daimler wissen. Ihre Ausbildung habe sie im Pflegeheim gemacht, aber das sei auf Dauer nicht das Wahre für sie gewesen. Ihr gefalle es viel besser, mit dem Auto von Patient zu Patient zu fahren und in der jeweiligen häuslichen Atmosphäre nach dem Rechten zu sehen.

Wie sie hier auf dem Hof zurechtkomme, wollte Daimler wissen, als die Altenpflegerin eine Pause machte. Ihr kurzes Zögern entging ihm nicht.

Doch, sie komme ganz gerne her, meinte sie dann, auch wenn der alte Hof schon recht düster und der Herr Schindler manchmal ein bisschen schwierig sei.

Rosi warf einen kurzen Blick zur Küchentür hin. Sie blieb geschlossen.

»Allerdings gehört er eigentlich in ein Pflegeheim. Das ist fast nicht mehr tragbar hier.«

»Was fehlt ihm denn?«, fragte Daimler.

»Er ist jetzt 83, und es geht ihm schon seit längerer Zeit nicht mehr gut, aber seit seinem zweiten Schlaganfall vor … ich glaube, es war ungefähr vor einem Jahr, ist er ein Pflegefall. Er liegt fast nur noch im Bett. Die rechte Seite ist gelähmt, und man versteht ihn kaum, wenn er spricht.«

»Und warum ist er dann nicht in einem Pflegeheim?«

Rosi zögerte, als ob ihr plötzlich bewusst geworden wäre, dass sie sich die ganze Zeit mit einem wildfremden Menschen unterhielt. »Herr Benz, ich weiß nicht, ob ich Ihnen das alles erzählen darf. Vielleicht eher nicht. Das sind ja doch private Dinge.«

Daimler versuchte, den richtigen Ton zu treffen. »Machen Sie sich da mal keine Sorgen. Ich setze das ja nachher nicht in die Zeitung. Aber ich finde, Sie sollten mir sogar erzählen, was Sie wissen oder was Sie glauben.

Wie ich Ihnen vorhin sagte, ist hier ganz in der Nähe eine junge Frau ums Leben gekommen. Wir müssen nun mal das Umfeld untersuchen, und wir sind für alles dankbar, was uns weiterhelfen könnte.«

»Heißt das, Sie verdächtigen Alfons?« Rosi Dom wirkte erschrocken.

»Das ist sein Sohn, oder? Im Moment nicht, aber wie gesagt, wir müssen alles untersuchen. Wie stehen Sie zu Alfons Schindler? Dem gehört ja wohl das Ganze hier, schätze ich.«

Daimler setzte sich auf einen der beiden Küchenstühle und schob den anderen leicht in Rosis Richtung. Ihr Blick wanderte wieder zur Tür und blieb dort einen Moment haften. Dann schien sie sich entschieden zu haben.

»Dass Alfons einen Hass auf seinen Vater hat, weiß jeder«, sagte sie leise und setzte sich Daimler gegenüber. »Er macht ja auch kein Geheimnis draus, posaunt es hinaus, wenn er genug geladen hat, an jedem Stammtisch. Und ich erlebe es jeden Tag. Das heißt, wenn er auf ist.« Sie machte eine nickende Kopfbewegung zur Decke hin.

»Wir vom Sozialdienst kommen zweimal täglich, morgens eine Stunde, nachmittags eine Stunde. Aber der Herr Schindler bräuchte im Grunde eine Betreuung rund um die Uhr. Ich weiß, dass der Alfons ihn mal zwischendurch füttert und ihn auch manchmal saubermacht, aber fragen Sie nicht, wie. Liebevoll ist anders, das können Sie mir glauben.«

»Sie mögen ihn nicht besonders?«, fragte Daimler und beobachtete Rosi scharf.

Sie war nicht mehr ganz so jugendlich, wie ihr dunkelblonder Bubikopf auf den ersten Blick suggerierte. Er schätzte sie auf Mitte zwanzig. Jetzt, wo sie saß, spannte die Bluse über ihrer üppigen Brust und im Bauchbereich, und man konnte ahnen, dass sie aufpassen musste, mit zunehmendem Alter nicht zu füllig zu werden. Die zart geröteten Wangen, die ihr ein lebhaftes, gesundes Aussehen verliehen, waren dunkel erhitzt.

Sie zuckte mit den Schultern und warf den Kopf nach hinten.

»Was heißt mögen? Ich mag auf jeden Fall die Art nicht, wie er mit seinem Vater umgeht. Ach, eigentlich wie er mit allem umgeht, wenn Sie's genau wissen wollen. Da liegt viel im Argen.«

»Wenn die beiden nicht miteinander klarkommen, warum gibt er ihn dann nicht in ein Heim?«

Rosi rieb Zeigefinger und Daumen aneinander. »Die haben doch nichts mehr. Schauen Sie sich den Hof doch mal an. Ehrlich gesagt, wir kriegen auch nicht immer alles, was uns vertraglich zusteht. Der Kassenbeitrag allein trägt zwei Besuche pro Tag nicht. Ich hab wirklich Sorge, ob das noch lange gut geht.«

Daimler hätte gern noch mehr über Alfons Schindler erfahren, aber Rosi Dom meinte, sie könne nicht mehr länger plaudern, während der alte Herr Schindler drüben in der Kammer liege und sehnsüchtig auf seine Betreuung und sein Frühstück warte. Das Gehör funktioniere noch verhältnismäßig gut bei dem alten Herrn, normalerweise bekomme er es mit, wenn sie mit dem Auto vorfahre. Also wisse er, dass Rosi schon seit gut zehn Minuten hier sei. Und alte Menschen solle man eigentlich nicht warten lassen. Wobei genau das ihr Problem sei, meinte Rosi, denn je mehr Aufmerksamkeit sie dem einen Klienten widme, umso schwieriger werde es, den nächsten auf ihrer Tour pünktlich zu erreichen. Dieser ewige Zeitdruck sei das, was sie am allerwenigsten möge an ihrem Beruf. Sie schnaubte empört, während sie Tabletten, eine Spritze und Waschzeug auf einem Tablett ordnete. »Man wird in einen Tagesplan reingepresst, als handle es sich darum, was weiß ich, Autos zu putzen, und nicht darum, Menschen zu versorgen.«

Daimler folgte ihr durch den engen Flur. Die kahlen, grauen Wände waren rissig. Nirgends war ein Bild oder ein anderer Wandschmuck zu sehen, der von der Derbheit und abgenutzten Funktionalität der Behausung abgelenkt hätte. Er fragte sich, wie man so leben konnte.

Auch die Kammer des alten Schindler glich mehr einer Höhle, einer Höhle mit einem zusammengeklappten Rollstuhl in der Ecke. Es roch nach Alter und Krankheit. Rosi ließ Licht und Luft herein, aber das machte es nur bedingt besser. Der Anblick von Xaver Schindler schockierte Daimler, und er wusste, dass er ihn nicht lange würde ertragen können. Er stellte sich vor, blieb aber im Türrahmen zurück, während Rosi Schindlers Puls maß, seinen Blutdruck checkte und eine unbefangene Plauderei startete, die sie allerdings im Wesentlichen allein bestritt.

Schindler schien nur aus Haut und Knochen zu bestehen; sein Kopf war fast kahl, lediglich hinter den Ohren lugten ein paar weiße Strähnen hervor. Ein Auge starrte wie blind ins Leere, das andere versuchte verzweifelt, Rosi Doms routinierten Bewegungen zu folgen. Um den Mund hatte sich ein harter, unbarmherziger Zug eingegraben. Aber nein, der war wahrscheinlich schon immer da gewesen, sagte sich Daimler. Er hatte das Gefühl, in dem alten Krankenhausbett, von dessen Gestänge der beige Lack abblätterte, lag einer, der sich krampfhaft ans Leben klammerte, obwohl das, was er hatte, schon lange kein Leben mehr war.

Ein Schnäppchen, meinte Rosi und zeigte auf das Bett. Habe der Landkreis bei der letzten Krankenhausschließung preisgünstig abgegeben. Praktisch zu Selbstabholerkosten. Ein Segen sei es für den Herrn Schindler, und auch für die Betreuerinnen, plapperte sie munter weiter, während sie sich an dem Mechanismus zu schaffen machte und den Kopfbereich mitsamt dem Alten aufrichtete.

Schindlers Lippen bewegten sich kaum, als er mühsam Laute durch den linken Mundwinkel presste. Daimler verstand fast nichts, nur das Wort Alfons und noch ein paar weitere Wortfetzen.

»Ja, ich rede nochmal mit ihm, Herr Schindler, er muss es jetzt wirklich mal machen«, sagte Rosi zu ihrem Patienten. Sie erklärte Daimler, man habe Alfons Schindler schon lange das Versprechen abgerungen, in der Kammer einen Durchbruch nach hinten hinaus zu schaffen, damit man seinen Vater mitsamt dem Bettgefährt ins Freie schieben könne. So würde der alte Herr wenigstens bei schönem Wetter ein paar Sonnenstrahlen genießen können. Alfons behaupte zwar immer, fuhr sie mit gesenkter Stimme fort, dass man ihn ja auch mit dem Rollstuhl an die frische Luft fahren könne, aber das sei letztendlich nur eine faule Ausrede, wie immer, wenn es etwas zu tun gebe. Auf die Idee, den Aufwand mit dem Umlagern vom Bett in den Rollstuhl zu betreiben, komme der Sohn jedenfalls von selbst nie, meinte sie seufzend.

Daimler hatte keine große Hoffnung. Dennoch fragte er den Alten, übertrieben klar artikulierend: »Wie schlafen Sie denn nachts so, Herr Schindler? Gut?«

»Pah.«

Nicht laut, kotzig. Und dazu funkelte ihn der Alte mit dem einen Auge an, als würde er ihn am liebsten eigenhändig zur Tür hinauswerfen. Doch die rechte Hand blieb nutzlos auf dem Laken liegen, und nur die linke machte eine fahrige Bewegung.

Rosi übernahm die Aufklärung. »Der Herr Schindler liegt oft nachts wach. Aber die Schlafpillen müssen wir ganz vorsichtig dosieren, wegen des Blutdrucks.«

»Vorgestern Nacht ist eine Frau zu Tode gekommen, Herr Schindler. Möglicherweise hier in der Nähe. Sie haben nicht zufällig etwas Ungewöhnliches gehört, als sie … wachlagen?«

Xaver Schindler schloss die Augen, sagte eine Ewigkeit lang nichts. Dann murmelte er etwas, was selbst Daimler, der die matschige Artikulation des Alten nicht gewöhnt war, verstand. »Hab Hunger.«

Daimler zuckte die Achseln und wandte sich zum Gehen. Hinter sich hörte er Schindler röcheln. »… Trakker …« verstand er.

»Was?«, fragte Rosi, und Schindler quetschte den Satz nochmal mühsam hervor.

Daimler sah sie an und hob die Augenbrauen.

»Er sagt, er habe ein lautes Brummen gehört, wie von einem Traktor.«

Daimler hatte den Haustürgriff schon in der Hand, sinnierte aber noch über die Bemerkung des Alten, über das, was er wahrgenommen haben wollte. Da hörte er hinter sich das Knarren der Treppe. Als er sich umdrehte, sah er einen Mann über sich, nur mit einer speckigen Hose bekleidet, die Hosenträger über die nackten Schultern und den ausladenden, haarigen Bauch gespannt. Schwerfällig tappte er die Treppe herab, blieb auf der dritten Stufe stehen und blickte auf Daimler hinunter.

Der Polizist dosierte seine Atmung. Das konnte nur Alfons Schindler sein, und er roch, als wäre die Dusche nie erfunden worden. Seine blonden, an manchen Stellen ins Graue wechselnden Haare hingen ihm in wirren Strähnen um den Kopf, sein rötliches Gesicht war von unzähligen Äderchen durchzogen. Die Bulldozer-Version eines Kaspar Hauser, schoss es Daimler durch den Kopf. Er wusste nicht, ob Schindler verstand oder auch nur registrierte, was er ihm über den Tod von Sylvie Wilke und seine Ermittlungsarbeit erzählte, denn es kam keine Reaktion.

Dann polterte der Mann plötzlich ohne Vorwarnung an ihm vorbei – Daimler machte gern freiwillig einen Schritt zur Seite – und verschwand in der Küche. Als Daimler ihm folgte, sah er, wie Schindler an der Anrichte stand und eine Flasche angesetzt hatte.

Er drehte sich um. »Auch einen Schluck? Selbst gebrannt. Der spült einen durch.«

Daimler schüttelte den Kopf.

»Ja, ich weiß schon, im Dienst. Na, dann hören Sie jetzt mal genau hin. Eigentlich hab ich so früh am Morgen keine Lust zu reden, aber ich sag's trotzdem. Wenn Sie schon mal da sind.« Schindler machte eine Pause, nahm noch einen Schluck. »Ich …« Er zeigte mit dem Daumen auf sich. »… hab mit denen da unten …«, der Zeigefinger wies in Richtung Fluss, »… nichts am

Hut, gar nichts. Ich hab den Spinnern das Haus und die Scheune vermietet, das ist alles. Besser ein bisschen Geld einnehmen, als dass das alles leer steht, oder? Was die da treiben, ist mir völlig wurscht. Und wenn sie sich gegenseitig umbringen, ja, da kann ich doch nichts dafür. Und jucken tut's mich auch nicht, verstehen Sie mich?«

Allerdings, dachte Daimler. Das war deutlich. Schindlers Kooperationsbereitschaft verlief offenbar in sehr engen Grenzen. Er versuchte es dennoch.

»Haben Sie denn diese Sylvie Wilke gekannt, Herr Schindler?«

»Welche soll denn das gewesen sein? Ach, egal! Wie gesagt, ich hab mit denen nichts zu tun. Wenn's mal was zu verhandeln gibt, dann geh ich zum Häuptling.«

»Sie meinen Friedrich Thalmann. Namito.«

Schindler nickte und trat an den Küchentisch.

»Was gibt's denn da vielleicht mal zu verhandeln?«

»Ach, was weiß ich. Was halt so anfällt. Mit den Äckern oder so.«

»Ach so, Felder haben Sie den Sannyasins auch verpachtet?«

Wieder nickte Schindler nur. Sein Blick sagte: Hau endlich ab.

»Und vorgestern Nacht, waren Sie da daheim?«

Nicken.

»Haben Sie zufällig was Ungewöhnliches gehört oder gesehen?«

Kopfschütteln.

Daimler seufzte leise. So viel Ignoranz auf einem Haufen war er nicht gewohnt. War Schindler dermaßen verkatert, dass ihn nichts und niemand interessierte? Gingen ihm seine nicht alltäglichen Untermieter wirklich komplett am ausladenden Arsch vorbei? Oder wusste er einfach nur längst Bescheid über das, was in der fraglichen Nacht passiert war, und sparte sich deshalb jegliche Nachfrage – im Glauben, dass Daimler unfähig war, bis auf drei zu zählen?

Im Weggehen sagte er: »Wenn Ihnen doch noch was einfällt …«

Doch bevor er den Satz zu Ende bringen konnte, war Schindler schon an der Küchentür und ließ sie krachend ins Schloss fallen.

Sie fanden Namito bei den Toiletten, einen Wischmopp in der Hand. Er drehte Zita und Hektor den Rücken zu und ließ den in die Plastikhalterung eingespannten Putzlappen mit fließenden Bewegungen über den gekachelten Boden gleiten. Er sah aus wie tags zuvor, abgesehen davon, dass seine Füße nicht in den leichten Wildlederslippern, sondern in moosgrünen Gummistiefeln steckten.

Die Toiletten und der angrenzende Duschbereich erstrahlten in bunter Vielfalt. Die Fliesen deckten praktisch das komplette Farbspektrum ab. An den Wänden verbrüderten sich bis hoch zur Decke die unterschiedlichsten Motive, von Keith-Haring-artigen Figuren bis zu romantischen Sonnenuntergängen. Hier hatte sich wohl jeder aus der Sarjana-Gemeinschaft einmal verkünsteln und ein Zeichen der Lebensfreude setzen dürfen, dachte Zita.

Und der Meister putzte tatsächlich, ordnete sich ein ins Gemeinschaftsgefüge, ließ sich offenbar bis nach ganz unten in der Hierarchie durchreichen. Zita hatte sich schon beim Betreten des Wohnhauses gewundert. Im Flur, vor der großen Tafel, an der jeden Tag abzulesen war, wie die Aufgaben im Sarjana verteilt wurden, hatte sie unter der Spalte »Cleaning – Küche, Toiletten, Dusche, Waschküche« das Magnetschild mit dem Namen Namito entdeckt. Jetzt, als sie sah, wie Friedrich Thalmanns hagere Gestalt mit gebeugtem Rücken dastand und den feuchten Mopp konzentriert in die hinteren, versteckten Winkel zwischen Kloschüssel und Wand führte, fragte sie sich, ob dies tatsächlich das Leben hier widerspiegelte. Hektor schien es ähnlich zu gehen. Er verdrehte die Augen. Was für eine Inszenierung, sagte sein Blick. Wollte sich Namito harmloser und durchschnittlicher präsentieren, als er tatsächlich war? Aber woher hätte er wissen sollen, dass sie heute Morgen schon wieder hier auf der Matte stehen würden? Na ja, dachte Zita, er hätte es sich an fünf Fingern abzählen können.

»Guten Morgen, tut uns leid, Sie bei der Arbeit stören zu müssen«, sagte Hektor, um einen neutralen Tonfall bemüht.

Namito schien zusammenzuschrecken, doch als er sich umdrehte, hatte er sich schon wieder in der Gewalt. Er lächelte.

»Oh, das ist nicht wirklich Arbeit, auch wenn es für Sie so aussieht.« Er nickte ihnen zu. »Frau Gehring, Herr Hektor.« Während er mit dem Fuß die Klappvorrichtung löste und den Lappen ins Putzwasser gleiten ließ, sagte er: »Es ist alles eine Frage der inneren Einstellung, selbst das Putzen. Für uns ist das, wie jede Tätigkeit, die das Leben mit sich bringt, eine meditative Andacht, Worship nennen wir es. Man kann das

Leben in vielerlei Gestalt feiern. Die Möglichkeiten sind endlos. Wenn man loslässt bei dem, was man tut, schwimmt man irgendwann auf der Welle seiner eigenen Energie.«

Er ging in die Knie, um den Lappen auszuwringen.

»Und bevor Sie sich wundern: Hier im Sarjana macht tatsächlich jeder alles. Das hilft ungemein dabei, das eigene Ego im Zaum zu halten. Wenn Sie sich beispielsweise hier austoben«, er machte eine weit ausholende Geste und ließ den Blick über die Fliesen schweifen, »dann haben Sie sich selbst relativ gut gegen größenwahnsinnige Träumereien geschützt.«

Hektor blieb steif stehen, Zita lehnte sich mit verschränkten Armen an eines der Waschbecken, während Namito, gestützt auf den für die nächste Runde bereiten Wischmopp, ihnen freundlich die Prinzipien der Gemeinschaft erläuterte. Zum einen würden die Aufgaben sinnvoll im Wechsel auf alle Kommunemitglieder verteilt. Alle seien materiell gleichgestellt, bekämen dasselbe Taschengeld und könnten gleichberechtigt über die Gemeinschaftseinrichtungen verfügen. Zum anderen gebe es natürlich Personen, die gewisse Dinge lenken und koordinieren müssten, doch bedeute dies keine Rangordnung, die zu Distanz führe, es gebe kein Oben und Unten.

»Man nennt das horizontale Hierarchie, und wenn man mit genügend Bewusstsein lebt, fügt sich alles wie von selbst in ein natürliches Ganzes.« Namito fing Hektors skeptischen Blick auf. »Sehen Sie, für uns haben Strukturen und Positionen nichts mit dem Sein und der Wertigkeit der Person zu tun. Für uns kommt es viel weniger darauf an, was man tut, und viel mehr darauf, wie man es tut. Das ist das Entscheidende, und das hat die Welt dort draußen noch nicht verstanden.«

Namito ließ seine schlanken Finger über die rötliche Stange des Putzgeräts wandern. Zita dachte an vieles gleichzeitig, an den Neuen Bau, an ihr Elternhaus, an Lars, der am Bistrotisch saß und in die Mittagssonne lächelte, an den schönen Schein, der einen mindestens an jeder zweiten Ecke, um die man bog, blendete, an das aufgeblasene Getue, mit dem Tag für Tag mangelnde Kompetenz und fehlende innere Stärke kaschiert wurde, egal wohin man auch sah.

Hektor sagte: »Ach ja, die böse Welt …«

Namito blieb gelassen. »Ich hoffe, dass ich mich nicht ausgerechnet mit Ihnen über den miserablen Zustand der Gesellschaft streiten muss. Sie erleben das Ganze doch jeden Tag von seiner bittersten Seite, nehme ich an.«

»Wir möchten ja gerne glauben, dass hier bei Ihnen alles perfekt ist …«

»Es geht nicht um Perfektion.« Namito hob die Hand. »Aber eins ist doch klar: Wenn ich etwas ändern will an der Welt, muss ich bei mir selbst anfangen. Das war von jeher das Credo der Sannyasins, und das ist das, was wir hier tun. Wir arbeiten an unserer Bewusstheit, wir schärfen sie in der Meditation, jeden Tag, um ein bisschen liebevoller zu werden, ein bisschen aufmerksamer, ein bisschen lebendiger.« Er sah Zita und Hektor an. »Wir sollten ehrlicher sein, weniger Kompromisse machen im Leben, weniger opportunistisch sein. Finden Sie nicht?«

Hektor blickte missmutig auf den blank gewischten Boden.

Zita suchte Namitos blaue Augen. Sie blickten sanft.

»Klingt gut, ist aber nicht so einfach, wie es sich anhört. Meine bescheidene Erfahrung«, sagte sie mit einem Achselzucken.

Namito drehte sich zur Seite und begann großflächig den vorderen Bereich rund um die Toilette zu wischen. »Natürlich. Meditation ist ein mühseliges Geschäft. Man schleift jedes Mal ein winziges Stückchen vom eigenen, riesigen Ego ab. Das ist kein Zuckerschlecken, und deshalb machen auch die meisten einen großen Bogen darum, gelenkt von ihrem Ego. Das ist der Kern des Problems: Das Ego redet uns ein, dass wir allein sind, dass wir getrennt sind von der Existenz, doch in Wirklichkeit sind wir untrennbar eingebunden in unsere Umgebung, in die Welt, ins Universum, ins große Ganze.«

Hektor stöhnte auf. Zita warf ihm einen warnenden Blick zu. Thalmann war dabei, sich warm zu reden, und das war es doch, was sie wollten. Namito stellte den Wischmopp in die Ecke und ging zum nächsten Waschbecken, um sich die Hände zu waschen. Er ignorierte Hektors Mangel an Begeisterung für die Entwicklung spirituellen Bewusstseins und begann, sich über die Wichtigkeit einer echten Gemeinschaft für die Realisierung höherer Ziele auszulassen. Ein stabiles Buddhafeld sei der Schlüssel dafür, das Leben auf eine andere Stufe zu heben. Die todkranke Welt sei heilbar, die Medizin heiße Meditation, denn Meditation schaffe Bewusstheit, und wer sich seiner selbst bewusst sei, wolle der Welt nicht mehr schaden durch sein Tun, denn er habe begriffen, dass er sich damit gleichzeitig selbst schade.

»Leider ist die Sinnsuche, die all das ins Rollen gebracht hat, zur Farce verkommen. Wie bei so vielem ist heute die Substanz verloren gegangen. Die Zahl der vorgeblichen Sinnsucher ist höher denn je, doch die Qualität ist unterirdisch.«

Namito klang bitter, als er vom heutigen Poona erzählte, wo es nur noch Sinnsuche light gebe.

»Es ist ein mondänes Urlaubsresort geworden, komplett künstlich«, sagte er.

Dort, wo Osho früher versucht habe, einen neuen Menschen zu kreieren, würden heute zwar immer noch sehr viele Leute hinfahren, aber in erster Linie, um zwei oder drei Wochen lang Pseudoentwicklung zu betreiben und danach in ihr höchst durchschnittliches Leben zurückzukehren und genauso weiterzumachen wie bisher.

»Und Osho haben sie da zu einer eingetragenen Marke gemacht«, meinte er mit einer wegwerfenden Handbewegung und trat hinaus ins Freie.

»Deshalb ist die Gemeinschaft für Sie so wichtig?«, fragte Zita und folgte ihm.

»Wichtiger denn je. Hier ist noch der Mut da, etwas zu wagen, sich ganz auf den eigenen Weg einzulassen.«

Namito führte sie zu dem Tisch, an dem sie bereits tags zuvor gesessen hatten und auf dem eine große Karaffe mit einer schwarzen Flüssigkeit und drei Türme aus Gläsern standen. Er bot ihnen von dem Holundersaft an.

Es war Hektor, der die Verbindung zu ihrem Fall zog. Ob Thalmann dann nicht auch die Besucher des Sarjana gering schätzen müsse, die ja offenbar nicht den nötigen Mumm hätten, sich auf ein alternatives Leben, wie er es nannte, einzulassen.

Es gehe ihm nicht darum, Menschen auf ihrem individuellen Weg zu kritisieren, meinte Namito beschwichtigend; ein spirituelles Leben könne nur in Freiheit geführt, dürfe nicht mit Verpflichtungen überfrachtet werden. »Ich zeige den Menschen um mich herum nur, dass es nichts gibt, wovor wir Angst haben müssen. Denn wir sind alle ein Teil dieser kosmischen Kraft, die uns umgibt.« Er blickte versonnen in den strahlend blauen Himmel, wieder die Ruhe selbst.

Hektor störte die Idylle, indem er Friedrich Thalmann fragte, wo er in der vorvergangenen Nacht gewesen sei.

Namito straffte sich und blickte ihm direkt ins Gesicht. »Das müssen Sie wohl fragen, in so einem Fall?«

»Reine Routine«, bestätigte Hektor nickend.

»Ich war die ganze Nacht mit Satyavati zusammen, mit Rowena Dennbrink. Es ging ihr nicht gut.«

»Wir würden uns übrigens gern einmal mit Frau Dennbrink unterhalten«, hakte Zita ein.

Das sei schlecht möglich, meinte Namito, denn Satyavati sei immer noch krank. Die Sommergrippe, die sie erwischt hatte, sei ungewöhnlich hartnäckig. Als Hektor und Zita darauf bestanden, wenigstens kurz mit der Frau zu reden, erklärte sich Namito widerstrebend bereit, ins Haus zu gehen und zu schauen, ob sie wach sei. Wenn ja, werde er sie herbringen.

»Aber wirklich nur kurz«, beharrte er.

»Die frische Luft wird ihr guttun«, rief ihm Zita hinterher.

Es dauerte geschlagene fünf Minuten, bis Thalmann mit Rowena Dennbrink an seiner Seite in der Tür erschien. Sie hing an ihm wie ein aus dem Nest gefallenes Vögelchen, fand Zita. Mehr noch: In ihrem langen weißen Kleid, mit den weizenblonden Haaren und der geisterhaften Blässe ihres Gesichts sah sie aus, als wäre sie nicht von dieser Welt. Hektor erinnerte sich offenbar seiner guten Kinderstube, erhob sich und ging auf sie zu. Zita folgte ihm.

Rowena Dennbrink sprach so leise, dass sie sich ihr entgegenbeugen mussten, um sie zu verstehen. Nein, sie habe nichts Ungewöhnliches gehört in dieser Nacht. Ja, Namito sei die ganze Nacht bei ihr gewesen. Sie habe Fieber gehabt, habe aber praktisch nicht schlafen können. Ihre Abwehrkräfte seien schon immer schwach gewesen. Die Nachricht von dem Unglück habe ihr jetzt zudem den Boden unter den Füßen weggezogen.

Ihre Augen flatterten unentwegt, von Namito zum Himmel, vom Himmel zu Namito. Die beiden Polizisten sah sie kaum an.

Namito brachte die Frau wieder ins Haus. Diesmal war er schnell zurück. Doch er blieb im Türrahmen stehen, bat Hektor und Zita nicht mehr an den Tisch.

»Wissen Sie denn mittlerweile schon mehr über Sylvie, ich meine den Todesfall?«, fragte Namito.

Hektor antwortete: »Wir erwarten heute das Obduktionsergebnis.«

»Also, ich vermute, es muss etwas mit ihrer Vergangenheit zu tun haben.«

»Was wissen Sie darüber?«, fragte Zita.

»Eigentlich nichts. Sie hat praktisch nichts erzählt. Mir zumindest nicht. Aber Sie wissen ja, wie sie aussah – ziemlich wild.« Er machte ein schiefes Gesicht, dann sah er Zita und Hektor an. »Tja, wie es scheint, wird der Fall schwierig für Sie. Da möchte ich lieber nicht in Ihrer Haut stecken.«

Hektor funkelte ihn an. »Wir in Ihrer auch nicht.«

»Wie meinen Sie das?«, fragte Namito erstaunt.

»Nun, wir haben gehört, dass es hier finanzielle Probleme gibt.«

»Mehr oder weniger.«

»Klären Sie uns ruhig auf.« Zita verschränkte die Arme vor der Brust und nahm eine wartende Haltung ein.

»Tut mir leid, ich verstehe nicht ganz, was das mit Ihren Ermittlungen zu tun hat.«

»Wer kann das schon wissen?«, fragte Hektor. »Überzeugen Sie uns davon, dass es nichts damit zu tun hat.«

»Ich wüsste wirklich nicht, was. Ja, es stimmt, wir mussten vor etwa eineinhalb Jahren unser erstes Zentrum verlassen. Das Ganze ist uns finanziell über den Kopf gewachsen. Aber zum Glück sind wir hier untergekommen, und wir fühlen uns richtig wohl hier. Sehen Sie sich doch um.« Namito breitete die Arme aus.

Die beiden Polizisten drehten sich um und blickten auf das vom Sonnenlicht überflutete Sarjana-Gelände. Zita konnte die gnadenlose Helligkeit nicht ertragen. Sie setzte ihre Sonnenbrille auf. Braune Erde, verbranntes Gras, Mückenschwärme über der Lauter, mühsam aufrecht stehende Wände, wacklige Gestalten – die ganze Unvollkommenheit. Es geht nicht um Perfektion, hatte er gesagt.

»Paradiesisch.« Hektor konnte den Hohn in seiner Stimme nicht verbergen, wollte es sicher gar nicht.

»Aber manchmal trügt der Schein ja«, setzte Zita hinzu, als sie sich abwandten und Namito stehenließen.

Auf dem Weg zum Auto hatte Zita Zeit, sich darüber zu wundern, dass Hektor und sie gar nicht schlecht harmoniert hatten. Sie zögerte ein paar Schritte lang, dann beschloss sie, ihm ein Kompliment zu machen. Bevor sie es sich anders überlegen konnte, sagte sie schnell, dass er sich wirklich gut unter Kontrolle gehabt habe während des Gesprächs.

»Ja, und dabei war es so eine Show, die dieser komische Heilige hingelegt hat. Ich musste mich wirklich beherrschen.«

»Na ja, ich weiß nicht, das eine oder andere klang für mich nicht komplett aufgesetzt.«

Hektor hob warnend den Zeigefinger. »Lassen Sie sich bloß nicht einlullen von dem Gewäsch, Frau Gehring.«

»Darum geht's nicht«, sagte Zita. »Ich glaube nur, dass dieser Namito ziemlich viel dafür tun würde, um seine Gemeinschaft zu schützen.«

8.

Vorberg saß zusammengesunken auf dem Drehstuhl hinter seinem Schreibtisch. Wie ein vom Wind zufällig hierhergewehtes Blatt, dachte Daimler, welk, eingefallen, irgendwie geknickt. Ein Chef auf Abruf. Die Hände hatte Konrad Vorberg, der Leiter des Dezernats für Tötungsdelikte der Ulmer Kripo, über dem üppigen Bauch gefaltet, die Daumen kreisten unruhig. Daimler, der auf der Couch in Vorbergs Dienstzimmer saß, fuhr sich verstohlen über seine eigene, zunehmend ausladender werdende Mitte und fragte sich, ob er in fünfundzwanzig Jahren, dann selbst die Pension vor Augen, ebenso aus dem Leim gegangen sein würde. Wenn er so weitermachte, ließ es sich wohl kaum verhindern. Iris' Kochkünste waren in der Familie legendär, und der wöchentliche Darts-Abend nicht unbedingt das erfolgversprechendste sportliche Ausgleichsprogramm. Von biergestützten Fußballabenden vor dem Fernseher ganz zu schweigen. So sehr er diesen Sport liebte, die eigene Kickerkarriere hatte er mit 22, kurz nach seinem Eintritt bei der Bereitschaftspolizei, beendet. Die unregelmäßigen Dienstzeiten. War aber sicher besser so gewesen.

»Und, das Spiel gesehen gestern Abend?«, sagte er zu Staatsanwalt René Anheit, einem schnieken Adonis, der ihm gegenübersaß. Vielleicht ein bisschen zu jung für so einen Fall. Ein Überflieger, nach allem, was man so hörte.

»Ja, war ein müder Kick«, antwortete Anheit.

»Es war ein Anfang, Sie werden sehen, der VfB kommt wieder, mit Macht.« Er lächelte munter.

Anheit nickte nur.

Zu nett, du bist einfach zu nett, dachte Daimler. Stimmte das? Das war jedenfalls Iris' Meinung. Als ob sie wüsste, was hier abgeht. Er redete nun mal gern mit den Leuten; hier ein nettes Wort, da eine kleine Anekdote – das war das Schmiermittel, das die tägliche Zusammenarbeit am Laufen hielt. Er war schließlich kein Wissenschaftler in einem einsamen Labor, er hatte es mit der Realität, mit echten Menschen aus Fleisch und Blut zu tun. Und die hatten in der Regel echte Sorgen, echte Bedürfnisse, echte Wünsche.

Iris sah das offenbar anders.

Er hatte gestern nicht wirklich viel von dem Spiel gesehen. Die Kinder waren schon im Bett, als er, erschöpft von den Eindrücken des neuen Falls, nach Hause gekommen war. Nur Jonas, der Jüngste, war noch wach und bestand darauf, dass ihm Daimler eine Geschichte vorlas. Wann hätte er ihm je etwas abschlagen können? Danach, als er Iris von der toten Sylvie Wilke erzählte, nahm seine Frau die Sache zum Anlass für eine Generaldebatte. Ob er nicht auch glaube, dass dies genau die Chance sei, sich zu profilieren, jetzt, wo Vorberg kurz vor dem Ruhestand stehe? Ob er den Rest seines Berufslebens ein kleiner Hauptkommissar bleiben wolle? Einer, der es zwar allen recht mache, aber selbst keinen Schritt vorwärtskomme? Ob er sich schon ausgemalt habe, wie Hektor ihm auf der Nase herumtanzen würde, wenn er es sei, der Vorbergs Nachfolge antreten werde?

Daimler fühlte sich völlig überrumpelt. Er fragte sich, wie lange das schon in ihr brodelte. Nur ein schlechter Tag mit den drei Quälgeistern konnte es ja wohl nicht sein, was ihr so zu schaffen machte, obwohl sie dies auf seine Nachfrage mit einem Nicken bestätigte. Sah sie ihn wirklich so? Und hatte sie am Ende sogar recht?

Gut, er hatte selbst in den letzten Wochen und Monaten ab und zu davon angefangen, dass es Veränderungen geben werde im Dezernat, dass man sich neu aufstellen müsse, er hatte sich über Vorberg geärgert, sich über Hektor zuhause ausgekotzt. Und er hatte gejammert, wenn er ihre Kontoauszüge betrachtete, mehr als früher. Drei Kinder, das Haus – es war schwer, ein paar Kröten auf die Seite zu schaffen. Aber im Grunde genommen ging es ihnen doch gut, oder etwa nicht? Iris war grummelnd, ohne richtige Antwort, ins Bett gegangen.

Daimler sah hinüber zu Zita, die am Fenster stand und stumm hinausblickte. Der Staatsanwalt trommelte mit den Fingern auf der Tischplatte. Vorberg machte keine Anstalten, irgendetwas zu tun.

Was soll's, dachte Daimler und sagte in seinem rauesten Tonfall: »Ich finde, wir sollten anfangen, wir haben ja alle unsere Zeit nicht gestohlen. Hektor wird sicher bald kommen. Ich fasse mal zusammen, was wir bisher haben.«

Er registrierte allseitige Erleichterung. Ermutigt legte er in forschem Tempo dar, dass sie bisher leider recht wenig vorweisen konnten. Daimler hatte kurz zuvor noch einmal mit Rolf Ottlik von der Spurensicherung telefoniert. Die Durchforstung des Fundorts der Leiche hatte nicht das Geringste zutage gefördert, was die Ermittlungen weitergebracht hätte. Das Gewitter in der Nacht von Sylvie Wilkes Tod hatte nichts als ein glänzendes Flussufer und eine nass durchgebürstete Wiese hinterlassen. DNA-Spuren an der Leiche? Bisher Fehlanzeige. Ebenso wenig hatte die Untersuchung von Wilkes Zimmer in der Sarjana-Scheune etwas Brauchbares ergeben. Ihre Tasche hatte nur Kleidung, Wasch- und Kosmetikzeug enthalten, ansonsten keine persönlichen Dinge, aber immerhin einen Personalausweis – und einen Reisepass. In diesem war dokumentiert, dass sie die letzten Monate in Indien verbracht hatte. Möglicherweise ein interessantes Detail, andererseits aber auch nicht allzu ungewöhnlich für jemanden, der sich offenbar für östliche Mystik interessiert hatte, rekapitulierte Daimler.

Was die Familie des Opfers anbelangt, so habe man die Information von Friedrich Thalmann überprüft, es gebe womöglich einen Großvater in einem Bonner Pflegeheim, und sei tatsächlich auf einen Helmut Wilke im Seniorenstift Rheinaue gestoßen. Der Heimleiter, ein gewisser Vilgus, habe am Telefon allerdings bestätigt, dass es sich nicht lohne, den Mann aufzusuchen. Er sei hochgradig dement und vegetiere nur noch vor sich hin. Die Tochter von Helmut Wilke, Christine Wilke, sei seit Jahren nicht mehr gesehen worden, die Enkelin sei sporadisch aufgetaucht. Von weiteren Familienmitgliedern war dem Heimleiter nichts bekannt.

»Vielleicht ist die Mutter ja nach Indien ausgewandert«, warf Zita, einem spontanen Impuls folgend, ein.

»Dann dürfte es schwierig werden, sie aufzustöbern«, antwortete Daimler trocken.

»Hat man die Daten des Opfers in die DNS-Datenbank des BKA eingespeist?«, wollte Staatsanwalt Anheit wissen.

»Das kommt als Nächstes«, schaltete sich Vorberg nun zum ersten Mal ein, »wie immer, wenn wir sonst praktisch nichts haben. Aber selbst bei einem Treffer ist die große Frage, ob uns das irgendwie weiterhelfen wird.«

Müde fuhr er fort: »Wir haben natürlich bereits gestern Abend die erste Pressemitteilung herausgegeben. An der zweiten sind wir grade dran. Das Übliche: Bildung einer Soko. Spurensuche läuft. Wer kennt die Frau? Wer hat etwas Ungewöhnliches im Umfeld des Leichenfundorts bemerkt? Die ersten Hinweise sind schon eingegangen. Aber die Schnellschüsse bringen meistens nichts, das wissen wir ja. Als Erstes kommen immer die Wichtigtuer, die vergessen haben, ihre Brille aufzusetzen.« Vorberg seufzte.

»Wie wär's mit einer Belohnung?«, fragte Anheit.

»Nun mal langsam, das können wir immer noch nachschieben. Ich werde jedenfalls selbst die Pressearbeit koordinieren.«

Tatsächlich, das ist aber mal nobel, Chef, dachte Daimler. Und was gedenken Sie sonst noch zu der ganzen Sache beizutragen?

Er hatte Konrad Vorberg immer gemocht. Sie arbeiteten seit gut zehn Jahren zusammen, und er hatte nie Grund gehabt, die Kompetenz des Dezernatsleiters anzuzweifeln. Im Gegenteil: Bisweilen hatte er seinen Chef als so etwas wie seinen beruflichen Ziehvater gesehen. Irgendwie war Vorberg immer Mensch geblieben, egal wie stark die Polizeimaschinerie auch rotierte. Zumindest hatte es Daimler so empfunden. Doch langsam, aber sicher ging ihm die Apathie, die Vorberg neuerdings pflegte, auf den Zeiger.

Daimler suchte noch nach der passenden Anmerkung, als Hektor, den Obduktionsbericht schwenkend, ins Zimmer stürmte.

»Mann, Mann, Mann, wenn alle so lahm wären wie diese Mediziner, dann könnten wir den Laden dichtmachen.«

Er gab René Anheit die Hand, nickte Vorberg kurz zu und setzte sich. Alle schauten ihn an.

»Immerhin waren sie sich vom Grundsatz her einig: Nichts mit Tod durch Ertrinken; die Frau ist durch Frakturen am Kopf gestorben. Genauer gesagt, haben sie zwei gefunden, und mindestens eine war tödlich. Hat eine massive Gehirnblutung ausgelöst. Sie starb innerhalb von wenigen Minuten.«

»Also erschlagen.« Staatsanwalt Anheit lehnte sich zurück.

»Das nun nicht zwingend. Stefan Pallek und sein Kollege gehen von einem Sturz aus.« Hektor schlug den Bericht auf. »Sehen Sie, die Wilke hatte noch mehrere Blutergüsse, vor allem im Hüft- und Schulterbereich, und dazu ein gebrochenes Handgelenk, hier rechts. Die Rechtsmedizin meint, wenn sie geschlagen worden wäre, hätte das eine wüste Prügelei sein müssen. Und das hätte sicher irgendjemand gehört. Doch das ist nicht der Fall, soweit ich weiß.«

Daimler schüttelte den Kopf. »Praktisch alle, die bisher befragt wurden, haben angeblich nichts mitbekommen in der fraglichen Nacht. Den Todeszeitpunkt haben sie ja hoffentlich eingegrenzt?«

»Ja, wie üblich wahnsinnig exakt«, antwortete Hektor missmutig. »Zwischen 9 Uhr abends am Dienstag und 3 Uhr Mittwochnacht. Sie sagen, es gehe nicht genauer, weil die Leiche so lange im Wasser lag.«

»Ein Sturz, am ehesten also eine Treppe«, sinnierte Daimler und hatte dabei die lange, geschwungene Stiege vor Augen, von der herunter ihn Schindler am Morgen angeglotzt hatte.

»Dann kann es aber auch ein Unfall gewesen sein«, warf René Anheit ein.

»Wohl kaum«, meinte Zita. »In dem Fall hätte wohl niemand ein so schlechtes Gewissen gehabt, dass er die Leiche in die Lauter schaffte, damit sie flussabwärts getrieben wird.«

Daimler stimmte zu. »Sehe ich genauso. Da war Absicht im Spiel, und danach hat der Täter die Tote entsorgt. Vielleicht hat er sogar seinen Traktor benutzt.«

Er erzählte den anderen von Xaver Schindlers Wahrnehmung in der Nacht. Hektor war skeptisch. Ein Traktor sei doch in dieser ländlichen Gegend weiß Gott nichts Ungewöhnliches.

»Mitten in der Nacht schon«, widersprach Daimler, »oder hast du schon mal von Bauern gehört, die auf dem Feld eine Nachtschicht einlegen? Außerdem hättet ihr diesen Schindler, den jungen, den Alfons, sehen müssen. Dem ist wirklich einiges zuzutrauen. Und er hat Dreck am Stecken.«

Daimler berichtete, dass er nach seinem Besuch auf dem Bauernhof im Dorf Erkundigungen eingezogen hatte. Manche Unterwilzinger waren weniger redselig gewesen, manche mehr. Aber einig waren sie sich: Alfons Schindler sei versoffen wie ein Loch, er wirtschafte den Familienhof in Grund und Boden und bringe nebenbei seinen Vater ins Grab. Den Mähdrescher habe ihm die Bank schon vor einigen Jahren abgenommen, und der Rest werde wohl auch bald gepfändet. Aber Schindler sei das offenbar egal; er ziehe lieber durch die

Kneipen der Gegend, von Stammtisch zu Stammtisch, seinen Wastl immer im Schlepptau.

»Näher als der Hund kommt ihm kein anderes lebendes Wesen, heißt es im Dorf«, sagte Daimler. Und sturer als der Alfons, über den man jetzt noch mehr lache, seit er sich dieses komische Volk auf den Hof geholt habe, sei wohl nur der alte Schindler, dem offiziell immer noch alles gehört. Der stehe zwar schon mit einem Bein im Jenseits, weigere sich aber zu verkaufen. »Also, einen Ruf zu verlieren hat man auf dem Schindler-Hof nicht, wenn ich das richtig sehe«, schloss Daimler sein Plädoyer.

Eine Weile herrschte Schweigen. Dann knurrte Hektor: »Und das Motiv?«

»Ja, da müsste man nachbohren«, meinte Daimler, und merkte im selben Moment, wie lahm es klang. Aber schließlich war er kein Hellseher.

»Nachbohren müssen wir vor allem bei diesem Namito. Ein komischer Vogel. Und dann dieses Getue von wegen Meditation und die Welt retten. Hat irgendeiner verstanden, was der ganze Sermon soll?«

»Aber auch hier liegt ein Motiv nicht gerade auf der Straße«, meinte Zita, »zumindest seh ich's noch nicht aufblitzen.«

»Vielleicht hat er die Frau penetriert, und sie wollte ihn bei seiner Freundin, dieser Rowena, verpetzen.«

Penetriert. Aus Hektors Wortwahl sprach die pure Verachtung. Er hatte zwar nichts Konkreteres auf der Hand als Daimler, doch er wollte wieder mal unbedingt recht behalten. Daimler spürte, wie sauer ihm das mittlerweile aufstieß.

»Aber deswegen bringt man doch nicht gleich jemanden um!«

»Wer weiß, wenn sie sich gestritten haben, wenn sie ihn gereizt hat. Ist alles schon vorgekommen. Für mich ist er jedenfalls nicht so heilig, wie er tut.«

»Ich hab da vorhin schon mal ein bisschen recherchiert«, sagte Zita lässig.

Daimler hatte eigentlich keinen wirklichen Grund, sich zu freuen, denn sie lenkte den Fokus von seiner eigenen Betrachtung ab, doch er tat es trotzdem. Er freute sich für Zita, weil sie zeigte, dass sie die Initiative ergreifen konnte, und ein bisschen auch für sich selbst, denn seinem Verständnis nach hatte er sie unter seine Fittiche genommen, als sie vor vier Wochen im Dezernat aufgeschlagen war. Vorberg meistens nicht da, Hektor immer am Maulen, weil er Jenny Nies hinterhertrauerte, was er natürlich nie zugeben würde. Da blieb nur noch er, Daimler, und er hatte gleich gespürt, dass die Kleine nicht ohne war.

Zita erzählte, dass ihr der leichte Dialekteinschlag bei Friedrich Thalmann aufgefallen war. »Und da habe ich ihn gefragt, am ersten Abend nachdem er die Leiche identifiziert hatte und nicht genug Geld fürs Taxi dabeihatte, wo er ursprünglich herkommt. Göppingen, sagte er. Ach, so ein Zufall, sagte ich, genau da komme ich auch her.« Heute habe sie dann bei der Stadtverwaltung in Göppingen angerufen und sich erkundigt, wie viele Thalmanns denn in der Stadt lebten. Es waren drei, und keiner hatte je etwas mit einem Friedrich Thalmann zu tun gehabt, wie Zita feststellen musste. Sie rief nochmal bei der Stadtverwaltung an und bat die Frau im Rathaus zu prüfen, ob es in den Unterlagen der Stadt nachvollziehbare Wohnortwechsel von Bürgern mit dem Namen Thalmann gebe. »Zuerst meinte die

Dame, dass das heute nicht mehr möglich sei, zumal sie gleich Mittag zu machen gedenke, aber ich habe ihr klargemacht, dass sie ihre Beamtinnenhinterbäckchen zusammenkneifen und dieses eine Mal etwas, was man von ihr verlangt, sofort tun soll«, sagte Zita.

Daimler grinste sie an.

»Es dauerte eine Viertelstunde, dann hat sie mich informiert, dass sich ein gewisser Manfred Thalmann vor sieben Jahren ordnungsgemäß in Göppingen abgemeldet hat – um nach Hamburg zu ziehen.«

»Scheiße, wieso immer an den Arsch der Welt?«, entfuhr es Hektor.

»Und?«, fragte Daimler gespannt.

»Manfred Thalmann ist der Bruder von Namito, und er hat mir unglaubliche zwei Minuten seiner kostbaren Zeit geschenkt. Er ist offenbar ein hohes Tier in einer Firma, die Hydraulikzylinder herstellt, und meinte, er möchte doch lieber nichts mehr mit seinem Bruder zu tun haben.«

Alle sahen Zita gespannt an, sogar Vorbergs Miene drückte Interesse aus. Irgendwas hat sie noch, dachte Daimler.

»Aber eine interessante Info hat er mir nicht vorenthalten: Unser Namito war verheiratet und ist Vater einer erwachsenen Tochter. Die Namen hat mir Manfred Thalmann diktiert. Sie wohnen beide noch in Göppingen.«

Hektor ließ ein anerkennendes Pfeifen hören. »Klingt nach einem Bruch in der spirituellen Karriere.«

»Die Tochter habe ich vorhin erreicht«, sagte Zita. »Sie meinte, ich könne nachher vorbeikommen. Sie müsse zwar ihren Sohn zum Klavierunterricht fahren und später ihre Tochter von der Reitstunde abholen, aber dazwischen hätte sie Zeit. Sie wolle mir gern erzählen, was ihr Vater für ein Versager ist.«

Bei Geislingen an der Steige hatte sich Zita heiser gesungen. Die Stereophonics füllten den kompletten Innenraum ihres Fiesta aus. Auf einen Dienstwagen hatte sie verzichtet, da sie dort ihren iPod nicht anschließen konnte. Immer dasselbe Lied. »Maybe tomorrow I find my way home«, grölte sie verbissen mit.

Dass sie den Weg heute nicht finden würde, nicht einmal finden wollte, war sonnenklar, aber auch fürs Morgen hatte sie im Moment wenig Hoffnung. Was war schon ein richtiges Zuhause? Wie viel Glück brauchte man, um im Ernst sagen zu können, dass man eines besaß? Aber wahrscheinlich hatte es mit Glück gar nichts zu tun. Letzten Endes liegt es vielleicht doch an dir selbst, sagte sie sich, an deinem Dickkopf, daran, dass du keine Kompromisse eingehen willst, daran, dass du glaubst, dich immer gegen alles wehren zu müssen, was von außen kommt.

Sie ärgerte sich, dass sie überhaupt bei ihren Eltern angerufen hatte. Das war im Grunde genommen Daimlers Schuld gewesen. Von selbst wäre sie in der momentanen Situation gar nicht auf die Idee gekommen. Nach der Besprechung bei Vorberg hatte er sie beiseitegenommen, ihr »Gut gemacht!« zugeflüstert und dann gemeint, das sei ja wirklich schön für sie: Wenn sie das Treffen mit Katharina Lürr, der Tochter von Thalmann, hinter sich habe, könne sie spontan bei ihrer Familie vorbeischauen. »Dein Mütterlein und dein Väterlein würden sich sicher freuen.«

Daimler schien nie auch nur auf den Gedanken zu kommen, dass es Familien gab, in denen nicht alles so kugelrund lief wie in seiner eigenen, wo man ständig zusammengluckte und auch noch den unbedeutendsten Namenstag der entferntesten Tante mit einem üppigen Festgelage zelebrierte. Manchmal ging er einem auf die Nerven mit seinem Familiengetue. Oder bist du vielleicht nur neidisch, Zita?, dachte sie.

Felicitas, dass man von dir auch mal wieder etwas hört. Der typische Einstiegssatz ihrer Mutter, wenn Zita anrief. Dass sie nicht akzeptieren wollte, dass ihre Tochter ihren Geburtsnamen nicht ausstehen konnte – geschenkt. Aber immer dieser vorwurfsvolle Ton. Schon als Kleinkind hatte das angefangen, als Zita lieber hinter ihren älteren Geschwistern herrannte, als sich von der Mutter verzärteln zu lassen. Dann dieses: Wie kann man nur zur Polizei gehen? Das ist doch nichts für eine junge Frau. Medizinerin, wie der Vater, Psychologin, wie die Mutter, dir steht doch alles offen. Hast du dir das auch wirklich gut überlegt, Felicitas?

Und jetzt? Ihre Eltern waren regelrecht geschockt gewesen, als Zita auch noch beim Dezernat für Tötungsdelikte anheuerte. Sie hatte ihnen erst ganz spät von ihrer Absicht erzählt, als alles praktisch schon in trockenen Tüchern war. Wie immer hatte sie solche Dinge mit sich allein ausgemacht. Was hätte sie auch schon mit dem üblichen »Das ist doch nun wirklich nichts für dich, Felicitas« anfangen sollen?

Zita starrte verbissen auf die Straße. Nach ein bisschen Smalltalk am Telefon war ihre Mutter dann zu ihrem Lieblingsthema übergegangen: Lars und ihre hoffnungsvolle gemeinsame Zukunft. Die allerdings derzeit ein wenig getrübt war, wenn Constanze Gehring ihren »Schwiegersohn in spe«, wie sie ihn immer wieder hartnäckig titulierte, richtig verstanden hatte. Er hatte am Tag zuvor angerufen. Er hat sich nicht beklagt, Felicitas, falls du das denkst, nur erkundigt, ob wir etwas wissen, da du in letzter Zeit ein wenig abweisend und verschlossen seist.

Zita war wütend. Sie hätte sich denken können, dass Lars bei ihren Eltern rumschleimte. Das schlechte Gewissen, das sie den Tag über geplagt hatte, weil sie seine mehrmaligen WhatsApp-Kontaktversuche ignoriert und so getan hatte, als sei sie auf Weltraummission, war urplötzlich verflogen. Sie hasste es, wenn er sich mit ihrer Mutter gegen sie verbündete. Die Aussicht, dass dies zu einem festen Muster in ihrem restlichen Leben werden könnte, ließ sie frösteln.

Sie entschied, Daimlers Empfehlung ersatzlos zu streichen. Ihre Lust auf einen Familienbesuch war endgültig ins Minus gerutscht. Zum Glück hatte sie ihrer Mutter noch nicht gesagt, dass sie auf dem Sprung nach Göppingen war, und so beließ sie es bei der Lüge, sie habe sich nur mal kurz melden wollen, um zu hören, wie es ihnen gehe und ob mit Vaters Herzschrittmacher alles in Ordnung sei. Dass sie seit zwei Tagen eine Leiche am Hals hatten und, so wie es aussah, an einem Mordfall knabberten, erwähnte sie erst gar nicht.

Aber als sie nach knapp 45 Minuten auf der B10 hinunter nach Göppingen fuhr, war sie froh, dass sie die Gedanken, die sie plagten, abschütteln und sich auf ihre Arbeit konzentrieren konnte, auf diesen wichtigen Fall. Wenn sie daran dachte, fühlte sie sich ganz passabel. Der Druck, es in Hektors Windschatten besonders gut machen zu müssen, war schwächer geworden, seit sie

Namitos Tochter aufgetan hatte. Sie war erleichtert gewesen, als Vorberg bestimmt hatte, dass sie allein nach Göppingen fahren sollte, während sich Daimler und Hektor mit den bisher eingegangenen Hinweisen auseinandersetzten. Sie wollte es sich nicht wirklich eingestehen, doch Hektor stresste sie. Er mochte ja mit manchen seiner Vermutungen nicht völlig danebenliegen, aber seine Methode, erst einmal alles niederzuwalzen, behagte ihr nicht. Und dennoch wollte sie nicht zuletzt ihm beweisen, dass sie gute Arbeit abliefern konnte – auf ihre Art. Vielleicht, mit ein bisschen Glück, ließ sich ja aus dem Treffen mit Namitos Tochter etwas herausfiltern, was die Ermittlungen voranbrachte.

Der Horizont war so unerreichbar wie innerer Frieden. Rowena Dennbrink presste ihren schmalen Körper gegen die Wand, schaute in die Ferne und zupfte an dem luftigen Vorhang. In Verbindung mit dem gleißenden Sonnenlicht ließ das Flattern des leichten Stoffs, der in ihr Blickfeld wehte, die Welt noch unwirklicher erscheinen. Dabei wusste sie, dass in diesem Moment alles brutal real war. Die Stimmen sollten aufhören, sie konnte sie nicht mehr ertragen, doch dieses Mal waren sie nicht in ihrem Kopf, sondern draußen vor der Tür.

»Hören Sie, Thalmann, lassen Sie uns jetzt zu unserer Tochter. Wir werden Rowena mitnehmen. Wir lassen nicht länger zu, dass sie Ihrer Gehirnwäsche ausgesetzt ist.« Vater, dröhnend, martialisch.

»Ich will sofort meine Tochter sehen. Auf der Stelle.« Das Echo. Mutter. Hysterienah, dennoch drohend.

Namito blieb ruhig, wiederholte, was er schon zigmal erklärt hatte.

»Satyavati ist eine erwachsene Frau, sie kann leben, wo immer es ihr gefällt, und hier gefällt es ihr. Es gibt keinen Grund, weshalb sie von hier weggehen sollte.«

Seine Ruhe, seine Souveränität, gerade wenn es schwierig wurde, hatten sie von Anfang an angezogen. Er hatte immer so fest mit beiden Beinen auf der Erde gestanden, gleichzeitig den Kopf stets in Richtung Licht gereckt. Sogar jetzt, wo er von Vater und Mutter geifernd und polternd angegangen wurde, was für ein Scharlatan er sei, wie er dazu komme, junge Frauen aus ihrer heilen Welt zu reißen, tat er ihnen nicht den Gefallen, wütend zu werden, ihnen entgegenzuschleudern, dass er sie nicht aus dem Paradies entführt, sondern sie aus der Hölle gerettet hatte, in die sie hineingeboren worden war.

Ihre Hand krallte sich in den Stoff, als wollte sie mit ihren filigranen Fingern jemanden erwürgen. Und doch war es ein Ausdruck der Schwäche, die sie so belastend empfand wie kaum je zuvor. Sie konnte ihnen nicht einmal gegenübertreten. Sie konnte noch nie jemandem wirklich gegenübertreten. Bis auf dieses eine Mal.

Namito wusste es, er wusste alles, er war der Einzige, dem sie von Anfang an alles erzählen konnte. Die passgenau ineinandergreifenden Mechanismen in der ach so angesehenen Familie Dennbrink. Zum Beispiel die unerträgliche Rechthaberei von Mutter, wenn sie abends vom Gericht nach Hause kam, mit ihrem Schwarz-Weiß-Denken, bei dem Rowena immer schwarz war und Thekla immer weiß. Stets wurde sie, ein Jahr älter als ihre Schwester, bei Streitfällen als Schuldige ausgemacht. Es waren Tribunale, die immer denselben, vorhersagbaren Ausgang hatten. Mutter sah nie, dass Rowena in ihrer angeborenen Zartheit sich nicht gegen Thekla durchsetzen konnte, die von Anfang an viel robuster war. Wie auch, sie interessierte sich ja nicht wirklich für das Wesen ihrer Töchter; es ging immer nur um das Benehmen, um die Wohlerzogenheit. Die eigentliche Auseinandersetzung mit den Kindern blieb den wechselnden Au-pair-Mädchen überlassen. Für Rowena waren sie gesichtslos.

Auch Vater hatte oft kein Gesicht, keine Gestalt, war nur ein Name. Als Rowena ihn jetzt unten auf der Wiese des Sarjana toben hörte, spürte sie, wie gewaltig der Zorn auf ihn in ihr loderte, weil er praktisch nie da gewesen war, um sie vor der Dominanz von Mutter zu schützen und für sie Partei zu ergreifen. Er wäre der Einzige gewesen, der Mutter hätte in die Schranken weisen können. In ihrer kindlichen Vorstellung hätte er der weise Herrscher des Hauses sein sollen, der ganz sicher manche Entscheidung zu ihren Gunsten getroffen hätte. Dass er es nie getan hatte, weil ihm andere Dinge wesentlich wichtiger waren – angeblich die Justiz im Lande, ein funktionierendes Staatswesen, die Gerechtigkeit, im Grunde genommen aber wohl nur seine unaufhaltsam höher und höher strebende Karriere –, konnte sie ihm nie verzeihen. Jetzt wollte sie seine Hilfe nicht mehr, sie wollte nur noch, dass er endlich wegging. Weg, weg!

Rowenas Platz war bei Namito, immer noch; bei ihm hatte sie sich so lange behütet gefühlt, zum ersten Mal, nach fast 30 Jahren Mühsal auf bedenklich schwankendem Boden. Er wusste von ihrer Angst vor dem Leben, vor allem, wenn es zu schnell auf sie zukam; bei ihrer ersten Begegnung hatte er es in ihren Augen gelesen. Er wusste von ihrem Gefühl, nutzlos und überflüssig zu sein. Er kannte ihre Unfähigkeit, sich gegen das destruktive Denken zu wehren, wenn es sie wie eine dunkle Wolke zudeckte. Er hatte es geschafft, dass sie ohne die Hilfe der Pillen existieren konnte, er hatte ihr das Ausdrucksmalen gezeigt, das für sie eine Art Selbsttherapie wurde. Namito war immer so voll von echtem Leben gewesen, dass ihr Wunsch, sich von allem abzukapseln, eine Zeitlang fast ganz verschwunden war. Die Erinnerung daran war so schön, so schmerzhaft. Rowena konnte sich niemanden vorstellen, der ein Leben in Freiheit so sehr herbeisehnte wie sie. Die Illusion war bodenlos.

»Satyavati bleibt hier, das ist mein letztes Wort. Und sie will Sie auch nicht sehen. Sie quälen sie doch nur mit Ihren bürgerlichen Ansprüchen. Sie muss jetzt erst einmal wieder richtig gesund werden.«

»Das werden wir ja sehen. Ich verspreche Ihnen, dass Sie das bereuen werden. Es gibt Mittel und Wege.«

Vaters Drohung war nicht aus der Luft gegriffen. Es war nicht das erste Mal, dass sie über ihr Leben bestimmen wollten.

»Sie sind ein Ungeheuer«, keifte Mutter, »aber wir kommen wieder.« Dann gingen sie endlich. Endlich!

Rowena ließ den Vorhang los und glättete ihn sanft, als sie ihren Eltern hinterherblickte. Ihre Erleichterung war so groß, dass sie für einen Augenblick in unbekannte Euphorie mündete. Vielleicht konnte doch alles wieder so werden wie damals, als das Sarjana geblüht hatte, als Namito wie der Baum des Lebens in der Mitte von allem geruht hatte, als sie daraus sogar die Kraft schöpfen konnte, unbefangen und fröhlich auf die anderen zuzugehen. Der Umzug hatte alles kaputt gemacht, und dann das schreckliche Mädchen, das auf allem, was noch da war, herumgetrampelt hatte.

Sie musste wieder volles Vertrauen zu Namito finden. Wieso hatte sie solche Angst davor, ihm das Bild zu zeigen, das sie wie im Rausch gemalt hatte, jedoch ohne die erhoffte Befreiung zu erleben? Vielleicht weil sie wusste, was er sagen würde. Dasselbe wie damals, als sie sich kennengelernt hatten: Lass die Dämonen nicht in deine Seele. Doch das war so unendlich schwer. Er konnte nicht sehen, wollte nicht sehen, dass die Tür wieder offen war, offener denn je.

Das Haus der Familie Lürr stand im Ortsteil Hailing, eine der besten Adressen von Göppingen. Der Anblick der Bauten in dieser Gegend war für Zita nichts Neues. Weit ausladende, villenartige Gebäude mit so viel Grünland drum herum, dass es ohne einen regelmäßig vorbeischauenden Gartenservice kaum zu bändigen war. Ihre Eltern residierten ganz ähnlich. Sie wunderte sich jedoch, dass die Tochter eines Sannyasins in einer so noblen Ecke lebte. Allerdings sollte ihr schnell klar werden, dass nichts von dem, was sie dort vorfand, mit ihren vagen Vorstellungen übereinstimmte.

Katharina Lürr war eine schlanke, streng wirkende Frau von vielleicht dreißig Jahren. Zitas Altersklasse, aber so seriös wie die Chefin eines Wirtschaftsimperiums. In einem klassischen Hosenanzug, das Haar hinter dem Kopf zusammengebunden, öffnete sie ihr die Tür und führte sie durch wie geleckt aussehende Räume auf eine terrakottageflieste Terrasse. Dort warteten Kaffee und eine Käsesahnetorte. Bevor Zita sich dazu durchringen konnte, das Gedeck, den gepflegten Garten, das wunderbare Haus oder alles zusammen zu loben, kam Katharina Lürr ohne große Umschweife zur Sache. Sie lebe hier zusammen mit ihrem Mann, ihren zwei Kindern, ihrem Stiefvater und ihrer Mutter, also der Frau, die Friedrich Thalmann vor über 30 Jahren sitzen gelassen habe. Dann wollte sie wissen, was sich hinter den Andeutungen, die Zita am Telefon gemacht hatte, verbarg. Zita schilderte ihr den Stand der Dinge.

Thalmanns Tochter nickte. »Nicht, dass ich so etwas erwartet hätte, aber seit meiner Kindheit habe ich das Gefühl, irgendwann kommt die große Katastrophe. Das ist die Unsicherheit, wissen Sie?«

Zita bat Katharina Lürr zu erzählen.

Für die Vergangenheit ihres Vaters habe sie sich nie allzu sehr interessiert, dazu sei die Gegenwart mit ihm zu enttäuschend gewesen. Sie wisse im Grunde nur, dass er früh, schon mit 18 Jahren, sein Elternhaus verlassen habe und nach Berlin gegangen sei. Dort habe er wohl die Nachbeben der 68er-Zeit erlebt und sei von der Hochphase des RAF-Terrorismus desillusioniert worden. Das wisse sie von ihrer Mutter. »Danach hieß es bei ihm wie bei vielen: Nicht das Sein bestimmt das Bewusstsein, sondern das Bewusstsein bestimmt das Sein. Also ab nach Indien! Ende der Siebziger hat er bei Bhagwan seine Erfüllung gefunden. Das war wirklich sein Ding, und als das Ganze zusammenbrach, war er am Boden zerstört. Meint zumindest meine Mutter. Die hat ihn 1986 kennengelernt, als er zurück nach Deutschland kam und anfing, als Therapeut zu arbeiten.«

Vermutlich hatte der gelernte Erzieher Namito bei den Rajneeshies, wie seine Tochter die Bhagwan-Anhänger nannte, die eine oder andere Therapieausbildung genossen. Das wusste Katharina Lürr allerdings nicht genau. Jetzt wäre es gut, wenn man die Mutter fragen könnte, meinte sie, doch die genieße gerade eine Urlaubswoche in der Toskana. Wohl verdient, denn ihr zweiter Mann habe wirklich kaum Zeit fürs Privatleben. Ob sie ihr eine schnelle Whats-App-Anfrage schicken solle? Zita winkte ab.

1987 habe dann das Schicksal zugeschlagen. Ungeplante Schwangerschaft, ungewolltes Baby. »Das soll ja auch schon anderen passiert sein, doch bei meinen Eltern überlappte es blöderweise mit dem Zeitpunkt, an dem mein Vater feststellte, dass er es einfach nicht aushalten konnte in Deutschland, dass ihm eine bürgerliche Beziehung komplett zuwider war, dass das Experiment, auf das er sich eingelassen hatte, weil er geglaubt hatte, in meine Mutter verliebt zu sein, sofort beendet werden musste.« Katharina Lürr bemühte sich nicht, die Bitterkeit in ihrer Stimme zu vermeiden. »Soweit ich weiß, war er von einem Tag auf den anderen auf und davon, wieder ab nach Indien, zu irgendeinem anderen Guru. Fragen Sie mich bloß nicht, wie er hieß. Es gibt sie wie Sand am Meer, habe ich mir sagen lassen.«

»Und Ihre Mutter?«, wollte Zita wissen.

»Die hat mich die ersten drei Jahre allein aufgezogen, dann hat sie zum Glück meinen Stiefvater kennengelernt. Sie hat's mit Humor genommen, sagt sie im Nachhinein. Sie ist 'ne tolle Frau. Ich fand's weniger lustig, wenn ich ehrlich sein soll.«

»Kann ich mir vorstellen.«

»Das heißt, mittlerweile bin ich etwas lockerer geworden, wenn es auch eher in Richtung Sarkasmus geht. Manchmal, wenn er anruft ... Ich sehe seine Nummer auf dem Display, und wenn mir danach ist, melde ich mich mit ›Hallo, hier Sheela‹. Aber er lacht nie. Humor ist eine der Eigenschaften, die meinem Vater abgehen.«

Zita runzelte die Stirn. »Sheela?« Wo war der Witz?

»Ma Anand Sheela, heute Sheela Birnstiel. Die Frau, die damals nach Meinung vieler das ganze schöne Bhagwan-Gebilde zusammenkrachen ließ. Mein Vater kann sie nicht ausstehen.«

Zita fühlte sich unwohl. Sie wusste schlichtweg nichts, wie ihr peinlich bewusst wurde. Es war höchste Zeit, dass sie sich über die Geschichte dieser Sannyasins und ihre Hintergründe informierte.

Sie lenkte das Gespräch zurück auf Katharinas Beziehung zu Namito. »Sie haben also noch oder wieder regelmäßigen Kontakt zu ihrem Vater?«

»Das wäre eine falsche Schlussfolgerung aus dem, was ich gerade gesagt habe. Er meldet sich, immer wieder, hartnäckig. Das hat vor … vielleicht vor fünf Jahren angefangen. Er nervt! Ich will eigentlich nichts mit ihm zu tun haben. Für meinen Geschmack hat er mich viel zu lange ignoriert. Ab und zu mal ein Geburtstagskärtchen, vier oder fünf spontane Besuche. An mehr kann ich mich nicht erinnern.«

Lürr starrte in den Garten hinaus. Zita konnte die Enttäuschung, den Zorn, der in ihr brodelte, fast körperlich spüren.

»Ich glaube, es geht ihm in erster Linie um seine Enkel, sie sind jetzt sechs und acht …«

»Dann haben Sie früh geheiratet«, warf Zita ein.

Katharina Lürr lächelte ein dünnes Lächeln. »Die klassische Familienkarriere eines Sannyasin-Kids. Finden Sie oft in der Art. Ich wollte zeitlebens nichts dringlicher als eine stabile Familie. Der sichere Hafen, alles andere ist für mich zweitrangig. Der Erfolg im Leben kommt dann von ganz allein, das ist meine Philosophie. Nicht ganz so ausgeklügelt wie Bhagwans Weltsicht, aber besser, wenn sie mich fragen. Und Sie können mir glauben, ich habe mir das ganze Geschwafel reingezogen. Es gab eine Phase, mit 18, 19, da war ich richtig besessen davon, herauszufinden, wofür ich geopfert worden bin.«

Sie starrte wieder in den Garten. Die Käsesahne war unberührt geblieben.

»Ja, so fühle ich mich tatsächlich: Ich bin geopfert worden für die hehren Ziele. Ich war nicht wichtig, nicht für meinen Vater. Dagegen kämpfe ich bis heute an, gegen dieses Gefühl, nichts wert zu sein. Immer wieder sage ich mir: Du bist wertvoll. Immer wieder sehe ich in die Augen meines Mannes, in die Augen meiner Kinder, und ich frage mich: Zähle ich für euch? Ich glaube nicht, dass sie mich zurücklassen würden, aber ich fürchte mich so sehr davor.«

Die Offenheit der Frau erschreckte Zita. Plötzlich hatte sie das Gefühl, furchtbar ungerecht über ihre eigenen Eltern zu denken. Bei all der Nerverei, die letztlich doch zweitrangig war, hatten sie sicher ihr Leben lang ihr Bestes für sie getan.

»Und Sie haben sich nie mit Ihrem Vater ausgesprochen?«

»Es gab Treffen, es gab Unterhaltungen. Aber ich hatte nie das Gefühl, dass er mich ernst nimmt«, sagte Katharina Lürr. »Ich hatte nie das Gefühl, dass er mich liebt, und darum geht's doch, oder?«

Plötzlich standen ihr Tränen in den Augen. Sie stand abrupt auf und lief ins Haus.

Als sie nach fünf Minuten wiederkam, wirkte sie gefasst. Die Haare waren neu geordnet.

»Entschuldigen Sie, ich weiß natürlich nicht, ob Sie das alles überhaupt in der Art interessiert …«

»Es eröffnet mir auf jeden Fall einen anderen Blickwinkel«, sagte Zita.

»Wissen Sie, ich glaube, dass Sannyasins nur sich selbst lieben können. Das war schon immer so. Sie kamen sich selbstlos vor in all dem, was sie damals taten, dabei waren sie von purem Egoismus getrieben. Ich, ich, ich. Das ist das Zauberwort. Meine zarte Seele, mein spirituelles Selbst, meine persönliche Entwicklung, meine Erleuchtung. Sie wollten und wollen etwas Besonderes sein, dabei sind sie wie alle anderen – karrieregeil, nur eben auf ihrem eigenen Terrain.« Sie machte eine Pause. »Essen Sie Ihren Kuchen«, sagte sie dann und griff zur Gabel.

Mittlerweile ging es auf den Abend zu, und Zita fand es ein bisschen spät für diesen süßen Genuss, aber sie wollte nicht unhöflich sein, nachdem ihr die Frau auf diese Art ihr Herz ausgeschüttet hatte.

Ihre Gastgeberin sah auf die Uhr an ihrem Handgelenk. »Ich muss dann bald los«, sagte sie, »der Fahrdienst für die Kinder raubt einem dermaßen viel Zeit. Aber man macht es ja gern.«

Zita stand auf. Ohne Vorwarnung fragte sie in die entstandene Unverbindlichkeit hinein: »Würden Sie Ihrem Vater einen Mord zutrauen, Frau Lürr?«

Zita spürte, wie die echte Katharina Lürr hinter ihrer seriösen Erscheinung zusammenschreckte. Sich alles von der Seele zu reden, die Wut, den Zorn, das war eins gewesen, über Mord zu sprechen etwas anderes.

Nach langem Zögern sagte sie: »Nein, eigentlich nicht. Ich finde es lächerlich, dass er immer noch wie ein Hippie lebt, er ist ein Spinner, ein Egoist, und oft hasse ich ihn, aber ein Mörder … Das kann ich mir nicht vorstellen.«

Sie ging Zita voraus zur Tür. Dort drehte sie sich um.

»Obwohl … für seinen Bhagwan hätte er ja alles getan.«

Zita sah sie an, hoffte, sie würde weiterreden.

»Das hat er sogar selbst mal zu mir gesagt, als er sich rechtfertigen wollte. Du kannst das nicht verstehen, Katharina, hat er gesagt, du warst nicht dabei. Es war so intensiv, wir waren so erfüllt. Wenn Bhagwan zu mir gesagt hätte, bringe dich um, ich hätte es getan, wenn er zu mir gesagt hätte, du musst jemanden töten, hätte ich es getan. Das waren seine Worte. Aber … wir wissen ja, dass dieser Verrückte selbst schon lange tot ist. Vergessen Sie's.«

Auf der ganzen Rückfahrt nach Ulm, in der Dämmerung, hallte der Satz in Zitas Kopf nach: Wenn er zu mir gesagt hätte, du musst jemanden töten, hätte ich es getan. Konnte man ein derartiges Bekenntnis ernst nehmen oder sagte ein aufgewühlter Sinnsucher so etwas einfach daher, in der Schwärmerei für seinen Guru, wenn ihm das Gehirn vernebelt worden war? Und, wie seine Tochter richtig bemerkt hatte: Der Guru war tot, Namitos Meister lebte schon lange nicht mehr. Doch die Ideen, das Weltbild, die Lehre von Bhagwan oder Osho lebten fort, und Friedrich Thalmann hatte sie in all den Jahren niemals verraten. Das zumindest war offensichtlich. Konnte es sein, dass es irgendetwas in der Lehre dieses Gurus gab, für das Namito bereit gewesen war, einen Menschen zu töten?

Als sie zuhause war, in ihrer kleinen Zweizimmerwohnung, warf sich Zita aufs Bett und fuhr ihren Laptop hoch. Sie checkte flüchtig ihre Nachrichten, antwortete aber auf keine. Dann öffnete sie eine Suchmaschine, gab das Stichwort »Osho« ein und wurde überflutet von Angeboten. Sie las sich ein wenig ein und blieb dann bei den Videos hängen. Hunderte der Lectures, die der Inder regelmäßig in Poona und in Rajneeshpuram gehalten hatte, waren aufgenommen worden. Die grauen Augen des Mannes hielten sie fest, ließen sie nicht mehr los. Und dann diese Stimme! Ein sonderbarer Singsang mit merkwürdigen Betonungen, der dennoch voller Gehalt war. Osho sprach über das Dasein in all seinen Facetten, aus Perspektiven, die Zita noch nie ins Auge gefasst hatte. Sie war unendlich müde, und dennoch hatte sie das Gefühl, ihm die ganze Nacht zuhören zu können.

Amratis Tagebuch

Poona, 27.5.1980

Ich bin jetzt eine Sannyasin! Gestern habe ich Sannyas genommen, wie man hier im Ashram sagt. Es war nicht diese komplett überwältigende Erfahrung, von der andere erzählt haben, nicht dieses völlige Wegdriften in andere Sphären, es war einfach nur sehr, sehr berührend. Als ich vor Bhagwan saß, war es, als hätte ich einen ganz alten Freund wiedergetroffen, und alles ist so schön wie früher, als wir jung und völlig unbeschwert waren, das heißt, noch viel, viel schöner, weil es ja jetzt stattfindet. Es ist schwer, die Gefühle, die ich hatte, in Worte zu fassen: Es war, wie wenn man nach wahnsinnig langer Zeit endlich wieder nach Hause kommt und gleichzeitig ein unglaublich spannendes Abenteuer erlebt.

Ich war die Dritte, die gestern Abend beim Darshan an der Reihe war, und ich war ziemlich aufgeregt. Doch Bhagwan war von einer sanften Klarheit, und als ich nach vorne gerufen wurde, war nichts mehr wichtig, ich genoss nur noch die Nähe zu ihm. In seinen Augen war niemand, dahinter war alles. Ich weiß noch, dass er sagte: »Durch Sannyas wird dir etwas sehr Wichtiges widerfahren. Schließe die Augen und fühle dich wie ein Baum im Wind.« Was er sonst noch sagte, ist wie weggeblasen, nicht wichtig. Als er mit den Daumen auf mein Drittes Auge drückte, fühlte ich, dass er die personifizierte Liebe ist, und seine Liebe strömte in mich wie ein Wasserfall.

Die Mala um meinen Hals fühlt sich noch ungewohnt an. Ich bin glücklich, dass ich Sannyas genommen habe, aber ein wenig Angst habe ich auch, denn jetzt beginnt ein völlig neues Leben. Ich habe mich für ihn entschieden, und das bedeutet, ich habe mich gegen die Vergangenheit entschieden. Sie ist genauso zweitrangig wie die Zukunft. Es zählt nur das Hier und Jetzt.

Ich weiß nicht, weshalb ich so plötzlich den Entschluss gefasst habe, eine Sannyasin zu werden. Die ersten drei Wochen war ich hin- und hergerissen. Diese ganze neue Welt, das war mir oft zu viel. Doch dann hatte ich ganz plötzlich das tiefe Gefühl, das Richtige zu tun. Rainer kann es nicht verstehen, er findet nach wie vor, dass viel von dem, was im Ashram läuft, Show ist. Er kann die Energy nicht spüren. Kein Wunder! Wenn er griesgrämig durch die Gegend rennt, kommt genau das zurück. Wenn er ständig alles in Frage stellt, kann er das Schöne und das Wertvolle, das sich hier abspielt, gar nicht erkennen. Das ist genau das, was Bhagwan sagt: »Du musst dich auf mich einlassen, mit Haut und Haaren. Erst dann kannst du frei werden.«

Poona, 2.6.1980

Rainer ist gestern abgereist. Er sagte, er habe genug von dem Zirkus. Ich glaube, ich bin mehr erleichtert als gekränkt oder enttäuscht. Es hat ohnehin nicht mehr gepasst, unsere Erwartungen waren zu unterschiedlich. Jetzt, wo er weg ist, ist die letzte Leine gekappt. Ja, die Angst ist schon noch da, aber die Vorfreude überwiegt. Ich bin so unendlich neugierig darauf, was alles passieren wird. Die Lethargie, die mich die ganzen letzten Jahre gefesselt hatte, ist weggefegt wie von einem Sturmwind.

Ich habe das Gefühl, dass hier im Ashram das echte Leben herrscht. Und auch ich bin echt, nicht mehr nur diese Hülle.

Das Tagebuchschreiben hilft mir unendlich, es ist essentiell für mich geworden. Ich bin mir nicht sicher, ob ich es als Therapie sehen soll oder als Teil meines Bewusstwerdungsprozesses. Vielleicht ist es beides. Jedenfalls befreie ich mich von dem, was gewesen ist, wenn ich es aufschreibe. Und ich werde ganz dabei. Wenn ich an früher denke, sehe ich, wie groß die Lücke war, die zwischen mir und meinem wahren Selbst herrschte. Ich meine, das war schon auch ich auf diesen Titelbildern, auf diesen Plakaten, in diesen Katalogen; der Körper gehört zum Menschen dazu, und es ist schön, dass das hier auch gelehrt wird – aber es war eben nur der geringste Teil von mir. Und den meisten Menschen hat das genügt, das habe ich immer gespürt. Wie froh ich bin, dieser Oberflächlichkeit entronnen zu sein, nicht mehr die schöne Christine Wilke sein zu müssen.

Ich mag meinen neuen Namen, den er mir geschenkt hat: Amrati, unsterbliches Wesen. Ich glaube, Bhagwan hat wirklich tief in mich hineingeschaut, als ich Sannyas nahm. Und das sieht er in mir! Ich kenne einige hier, die unzufrieden sind mit ihrem neuen Namen. Aber mir hat er damit wirklich etwas gegeben: ein Ziel. Ich kann es in der Ferne sehen. Jetzt muss ich nur noch den Weg dorthin finden.

Poona, 7.6.1980

Es ist paradiesisch im Ashram. Ich verbringe oft ganze Tage hier. Kaum zu glauben, dass diese Oase in einer lauten, stickigen Industriestadt liegt. Der weitläufige Koregaon-Park schmiegt sich an den westlichen Rand von Poona und wuchert mit seinen Pfunden: dichtes, üppiges Grün, tropische Pflanzenwelt, zwischen der alte, verwunschene Palastbauten liegen, Schwärme von

Papageien. Wer diesen Ort vor ein paar Jahren als Residenz für Bhagwan ausgesucht hat, hat wirklich ein Händchen bewiesen.

Es ist alles sauber und sehr gepflegt. Überall sind Sannyasins zugange, die die Anlagen und die Wege putzen und sich um die Gärten und die Pflanzen kümmern. Es gibt alles, was man braucht. Eine Kantine, ein Café, Kleider-Boutique, Buchladen. In der Mitte liegt das zweistöckige Verwaltungsgebäude, die anderen Häuser sind locker, wie hingewürfelt, auf dem großen Gelände verteilt. Bhagwans Foto ist überall.

Bhagwan selbst lebt mit einer Handvoll Vertrauter im Lao-Tse-Haus, streng abgeschirmt, heißt es. Er geht nur zweimal am Tag raus, abends zum Darshan, morgens zur Lecture. Bis zu 3000 Sannyasins hören ihm jeden Morgen zu. Es heißt, er spricht seit Jahren jeden Tag eineinhalb Stunden, völlig frei und ohne schriftliches Konzept.

Im Ashram taucht man ein in ein orangenes Meer von Gleichgesinnten. Immer wieder sieht man Menschen, die sich lange wortlos umarmen. Es gibt auch Tränen. Wenn es jemandem nicht gut geht, kann er das ganz offen zeigen. Das ist hier ganz normal. Schließlich müssen wir alle durch unsere persönlichen Krisen gehen. Ganz ohne Drogen und andere Hilfsmittel. Die sind hier verboten.

Ich liege am liebsten in der nach allen Seiten offenen Buddhahalle auf meiner Matte auf dem polierten Betonfußboden, ziehe mir die Tape-Lectures rein, schaue zu, wie der Wind mit den

Palmblättern spielt, döse im Mittagslicht, das auf das Wellblechdach scheint, und erkenne, dass Zeit nichts bedeutet. In der Meditation finde ich mehr und mehr zu mir selbst. Bhagwan stillt meinen Hunger, meinen Hunger nach Entwicklung, meinen Hunger nach Freiheit, meinen Hunger nach Liebe. Er gibt mir alles, was ich brauche. Und er lässt mich ausprobieren, was gut für mich ist. Ich bin so froh, dass ich hierhergekommen bin, obwohl ich solche Angst hatte, dass ich wie bei all meinen Therapien in Deutschland wieder nur nach heißer Luft greife. Ich finde, ich arbeite ganz schön hart an meiner Entwicklung, aber dennoch fühle ich oft eine Unbeschwertheit in mir und um mich herum. Es ist, als hätte Bhagwan eine riesige Spielwiese hier für uns ausgebreitet.

Wie gerne würde ich im Ashram wohnen und arbeiten. Aber das muss man sich wohl verdienen. Es werden immer mehr Sannyasins, das Gelände platzt aus allen Nähten. Klar, es ist hektisch und betriebsam, an manchen Stellen wie ein brummender Bienenstock, aber die Leichtigkeit, die bei allen mitschwingt, macht es zu etwas Besonderem. Ich habe noch nie so viele gut gelaunte Menschen bei der Arbeit gesehen. Die Leute sind liebevoll, entspannt, voller Energy. Ich habe das Gefühl, dass ich mich zeigen kann, wie ich bin.

Poona, 11.6.1980

Heute in der Lecture ging es um Surrender, um Selbstaufgabe im Zusammensein mit einem Meister. Bhagwan sprach davon, dass darüber im

Westen eine völlig falsche Vorstellung herrscht. Im Osten werden Selbstaufgabe, Hingabe, als Technik benutzt, das spirituelle Selbst zum Wachsen zu bringen. Gleichzeitig warnte er: Man solle sich nur einem Menschen hingeben, der kein Ego mehr hat, denn nur dann ist niemand da, der einen beherrschen kann. Der wahre Meister sei nicht mehr als ein Spiegel, in dem der Sucher sich selbst, ungeschminkt und in voller Klarheit, zu sehen bekommt.

Das möchte ich können, sagte der Sannyasin, der neben mir saß, mich ganz hingeben, mich verlieren, und neu wiedergeboren werden, ohne Ego. Aber es sei so schwer, er kämpfe und strample und komme einfach nicht voran. Spontan nahm ich ihn in den Arm. Er heißt Namito. Wir gingen den ganzen Tag durch den Park. Ich fragte ihn, weshalb er hier sei. Er meinte, um offener und ehrlicher zu werden, freier, selbstbestimmter und liebevoller. Und er hofft, dass Bhagwan ihm dabei hilft, durch seine Präsenz und durch das Buddhafeld, das er hier aufbaut.

Ich weiß nicht mehr genau, was ich zu ihm sagte. Irgendetwas Banales, von wegen, dass es darum geht, einen Schritt nach dem anderen zu machen. Ich habe wohl ziemlich auf ihn eingeredet, dabei bin ich mir in vielem selbst noch nicht sicher. Aber ich kann mir vorstellen, wie er sich fühlt. Neu angekommen, allein in der Fremde, unsicher, und doch, man spürt, dass alles so viel besser ist als zuhause. Nur: Man hat noch so viel von zuhause mit dabei, schleppt es mit sich herum, wie einen schweren Rucksack, den man nicht so einfach ablegen kann. Es ist schlichtweg nicht möglich, von null auf hundert durchzustarten. Ich habe ihm gesagt, er soll einfach nur mitfließen mit der Energy, sich hineinfallen lassen. Ich weiß, das ist leichter gesagt als getan. Aber das ist das Schöne hier: Bhagwan fordert nicht das Befolgen von Vorschriften und Geboten, es geht nicht um leere Rituale, sondern um pure Spiritualität jenseits aller Religionen. Er verlangt von uns »nur«, dass wir uns so leidenschaftlich wie möglich auf das Dasein einlassen. Alles andere kommt mit der Zeit von allein.

Poona, 14.6.1980

Namito ist mir schon so vertraut! Ich habe das Gefühl, ich kenne ihn schon ewig. Er ist so ernst, will alles durchdringen, alles verstehen, und dann bringt er mich wieder mit einer witzigen Bemerkung zum Lachen.

Ich glaube, ich kann ihn ganz annehmen, weil ich gelernt habe, mich selbst anzunehmen. Hier sein heißt: Ich darf so sein, wie ich bin. Bhagwan akzeptiert mich. Das ist der erste Schritt, ein sehr wichtiger, aber es ist nur der Anfang. Ich habe noch lange nicht alle Möglichkeiten ausgeschöpft. Bhagwan sagt, der Mensch sei ein Samenkorn, das zu einem großen Baum heranwachsen kann. Er kann in die Göttlichkeit hineinwachsen. Jeder Mensch kann Gott werden – aber so, wie er ist, ist er nur ein Samenkorn. Man muss diesen Keim schützen und lieben und ihm die Gelegenheit zum Wachsen geben. Und man wächst in Freiheit und in Unsicherheit.

Poona, 15.6.1980

GESTERN ABEND UNHEIMLICHES Drift-Gefühl in der Buddhahalle beim Tanzen. Habe mich in den Samadhi-Tanz hineinfallen lassen und ging voll ab. Ich war nicht mehr da, wie ich zuvor da war. Es war ein Gefühl von Schwerelosigkeit. Tanzen war Fliegen. Alle Grenzen waren weg. In der Nacht mit Namito geflogen. Sehr schön!

Poona, 19.6.1980

ES HEISST, DER Ashram sei das größte Therapiezentrum der Welt. Das stimmt wohl, und das bedeutet gleichzeitig, dass nirgendwo härter gearbeitet wird als hier. Die harten Therapiegruppen müssen sein, damit wir frei werden. Es geht echt ans Eingemachte. Was in den Gruppen passiert, ist nichts anderes, als dass der ganze Schutt der Vergangenheit abgetragen wird. Es geht darum, an die wahren Gefühle heranzukommen. Erst wenn man den Hass zulässt, kann man auch die Liebe zulassen. Viele spüren hier, wie weit sie von den grundlegenden Dingen entfernt sind. Das geht nicht nur mir so. Namito sagt, für ihn ist es genauso. Wir müssen lernen, Berührungsängste abzubauen, die eigene Energy fließen zu lassen, Verklemmtheiten aufzubrechen, Blockaden aufzulösen, Gefühle zuzulassen, spontanen Eingebungen zu folgen. Und letzten Endes das eigene Ego zu brechen.

Der Ashram ist eine Ego-Zerstörmaschine. So hat ihn Namito heute genannt.

Und er hat so recht. Alles hier ist Realität, doch das Ego ist im Grunde pure Illusion. Es ist dem wirklichen Selbst übergestülpt wie eine Theatermaske. Die gesellschaftlichen Einflüsse, Vorgaben und Zwänge haben sie geschnitzt. Und wir schleppen sie mit hierher und können sie so oft nicht abnehmen. Warum nur ist das so schwer? Weil das selbstbewusste, ausstrahlungskräftige Ich, das das Ego ist, als eines der höchsten Güter westlichen individualistischen Glücksstrebens gilt. Deshalb, sagt Bhagwan, reicht zaghaftes Herangehen nicht aus: Das Ego muss ausgebrannt werden! Und diese Arbeit wird hier im Ashram gemacht. Er ist einfach ein gewaltiges Selbsterfahrungsfeld. Wenn du selbstzufrieden und satt wirst, kommt irgendwer des Wegs und drückt deine Knöpfe, bringt dich dazu, wieder alles in Frage zu stellen, macht dir klar, dass dein Weg noch weit ist und dass es höchste Zeit ist, ihn weiterzugehen, anstatt müßig herumzusitzen.

Poona, 23.7.1980

Gestern war der bisher schlimmste Tag in der Encounter-Gruppe. Govindra und die anderen haben mich wirklich an meine Grenze gebracht. Bisher hat er mich immer gelobt für mein ausgleichendes Wesen und meine Hilfsbereitschaft. Heute hieß es plötzlich, ich würde mich nur verstecken hinter meinem guten Aussehen und hinter meiner zur Schau gestellten Naivität. Und alle, ausnahmslos alle, haben ihm zugestimmt. Ich musste mich nackt ausziehen und mich in die Mitte stellen. Govindra sagte, wenn man nackt ist, fallen alle äußerlichen Masken wie von selbst ab, die ganze Falschheit im Gehabe lässt sich nicht mehr aufrechterhalten. Weil man so schutzlos dasteht, bleibt einem gar nichts anderes übrig, als sich wahrhaftig zu zeigen. Bevor ich das wirklich realisiert hab, ging der kleine Italiener auf mich los und schrie mich an: Du hast kein Herz, du hast überhaupt kein Herz, du tust nur so, als würdest du mich verstehen. Immer wieder, bis er weinend zusammenklappte. Sein ganzer Hass auf alle Frauen und wahrscheinlich auf seine Mutter, den Prototyp aller Frauen für ihn, brach aus ihm heraus. Ich weiß das, und dennoch traf er mich mitten hinein in mein angeblich überhaupt nicht vorhandenes Herz.

Es war so schrecklich, dass sich plötzlich alle unter Anleitung von Govindra um den kleinen Italiener kümmerten und mich links liegen ließen. Ich fühlte mich so allein gelassen. Ich wollte berührt werden, geliebt werden, wollte nicht zerfließen ins Nichts. Ich kauerte auf dem Boden wie ein Häufchen Elend, den ganzen restlichen Nachmittag lang. So kam es mir zumindest vor.

Irgendwann kam Govindra. Er schaute mich so verständnisvoll an, dass es mir einen dicken, fetten Kloß in den Hals trieb, der aber nicht aufplatzen wollte, so sehr ich auch darum kämpfte. Er nahm mich zur Seite und sagte mir, wie wichtig es sei, zu erleben, dass man andere wirklich und vollkommen ernst nehmen muss. Überleg es dir, wie oft du anderen schöne Augen machst, wie oft du ein wenig mit ihnen spielst, ohne wirkliches Interesse, und sie dann im Regen stehen lässt.

Tue ich das wirklich? Ja, zumindest war ich so, ohne es zu wissen, ohne es zu wollen. Aber das ist ja gerade das Schlimme: diese Unbewusstheit.

Meine Katharsis begann erst am Abend, als ich ins Hotelzimmer zurückkam und Namito auf dem Bett sitzen sah. Ich flog in seine Arme, und ich konnte nicht mehr aufhören zu zittern und zu heulen. Erst lange später konnte ich ihm alles erzählen. Praktisch mein ganzes Leben habe ich vor ihm ausgebreitet. Er war so lieb.

Trotzdem hörten die Tränen nicht mehr auf, und ich weiß auch, warum. Aber das habe ich Namito nicht gesagt. Ich bin der größte Feigling der Welt! Ja, ich mache ihm schöne Augen, diesem großen, breitschultrigen Typen, der seit ein paar Tagen durch den Ashram streunt. Was ist nur mit mir los?

Poona, 25.7.1980

Habe heute schon wieder mehr Mut und Zutrauen. Ich will mich nicht entschuldigen, für nichts mehr. Ich wollte ein Leben in Freiheit, jetzt habe ich es. Und ich kann nicht mehr geben als meine Liebe, auch wenn sie nicht für jeden genug ist. Das kann ich nicht ändern.

Liebe ist nicht gleich Beziehung. Sex ist nur Energieaustausch. Ich will mich nicht nur lösen von den alten Konditionierungen, ich muss es.

Sexuelle Energie ist die Wurzel des Lebens. Sie zu nutzen, ist Bhagwans Ziel. Wer sie unterdrückt, versündigt sich am Menschen, wer sie aufblühen lässt, befreit sich selbst und läutet wichtige Prozesse ein, putzt die Kanäle, damit alles fließen kann. Das heißt eben nicht, dass man wild durch die Gegend vögelt, es heißt vielmehr, näher bei sich selbst zu sein, sich besser zu verstehen in dem, was man will und was man nicht will, es heißt, echter zu sein.

Heute lag in der Hotel-Lobby ein Magazin herum, mit einem Artikel über Bhagwan, in dem es wieder mal nur um das Eine ging. Das Image vom Sex-Guru mit seiner Orgien-Truppe ist das schiefste Bild, das man sich vorstellen kann. Es zeigt die ganze Falschheit der Welt, wenn das alles ist, was in den Westen transportiert wird und was dort ankommt. Die verstehen wirklich gar nichts. Tatsache ist, dass erst die Tabuisierung des Sex zur Ausschweifung führt. Bhagwan ist nicht für die Unterdrückung des Sex, sondern für seine Transzendierung. Nur wer unbeschwert damit umgeht, kann Sex verstehen und so lernen, wie sexuelle Energie in spirituelle Kreativität verwandelt wird.

Ich warte auf den Monsun.

Poona, 2.8.1980

Er heisst Pramendra! Natürlich ist er aus Deutschland. Er wohnt in einer der Hütten am Fluss unten. Tagelang sind wir umeinander herumgeschlichen. Bis ich ihn einfach gefragt habe, ob er mir nicht den Fluss zeigen will. Ich meinte natürlich die Hütte. Was er sofort kapiert hat. Es ging alles ganz schnell, es war wie eine Explosion. Das war vor drei Tagen. Vorgestern und gestern musste ich sofort wieder hin. Ich weiß nicht, was mich an ihm so anzieht. Er hat eine herbe Art, aber ein volles Lachen. In seinen dichten schwarzen Haaren kann man schön die Hände vergraben. Wenn er mich ansieht, streicht er mit Daumen und Zeigefinger über seinen Schnurrbart, dann weiß ich schon genau, was er will.

Ich war tapfer und habe mit Namito alles durchgesprochen. Es war gar nicht schlimm. Er war ganz ruhig, hat viel Verständnis gezeigt. Lassen wir es fließen, hat er gesagt. Ich hoffe, er hat es ernst gemeint. Er ist viel zu wichtig geworden für mich, als dass ich ihn verlieren wollte.

Poona, 4.8.1980

FÜR PRAMENDRA IST alles in Ordnung so, wie es ist. Jetzt weiß ich, was mich an ihm anzieht. Es ist nicht nur dieses Animalische, es ist auch und vor allem diese Leichtigkeit. Er nimmt das Leben, wie es kommt, er lässt sich wirklich hineinfallen, scheinbar ohne Angst, und er vertraut auf Bhagwan. Immer wieder betont er, dass Bhagwan sagt, man soll das Leben als ein Fest begreifen.

Am meisten mag er an Bhagwan, dass der keinerlei Skrupel hat, sich zu widersprechen. Wenn Pramendra etwas erklärt, klingt das immer ganz simpel, völlig anders als bei Namito. Vorhin sagte er: Bhagwan hat was gegen Logik, und damit liegt er verdammt richtig. Oder findest du, dass das Leben irgendwas mit Logik zu tun hat? Nicht die Bohne! Es ist einfach nur verrückt. Und trotzdem müssen wir da irgendwie durch. Und Bhagwan passt zwar ein bisschen auf mich auf, aber er schreibt mir nicht vor, was ich zu tun und zu lassen habe. Er sagt mir nicht, wie ich leben muss, er zeigt mir, wie ich leben kann. Der Typ ist einfach genial.

Namitos Verständnis ist eine schwere Bürde für mich. Wieso eigentlich? Vielleicht rede ich mir nur ein, dass er leidet. Vielleicht stimmt es ja wirklich, was er sagt, dass das für ihn eine Chance ist, seine Konditionierungen abzulegen. Ich will diese Stimmen auf jeden Fall loswerden, die sich regelmäßig bei mir melden, zuerst leise, dann drängend, dann fangen sie an zu brüllen, zu kreischen, wie irre, die Mahnungen, die Moralpredigten: Du sollst nicht, du darfst nicht, sei brav, sei dumm, sei einfältig … Aber obwohl die Stimmen in mir sind, sind sie nicht ich. Es ist das, was von außen in mich reingepfropft wurde und was sich in mir festgefressen hat, weil ich es zugelassen habe. Es ist meine Erziehung, meine Zurechtbiegung! Alle haben jahrelang ihren Müll in mir ausgeschüttet, und jetzt will ich ihn endlich loswerden. Es drückt und zwickt, ich fühle mich eingezwängt, es ist mein gesellschaftliches Kleid, das ich getragen habe wie eine zweite Haut und das sich natürlich dagegen wehrt, dass ich es ausziehe. Aber das Ding kommt runter, runter, runter!

Poona, 12.8.1980

Ich glaube, ich bin zu weit gegangen. Namito ist weg, er sagt, er braucht Abstand, zumindest eine Zeit lang. Ich blöde Kuh habe ihn vertrieben! Und Pramendra, dem fällt nichts Besseres ein als platte Sprüche.

Die Stimmung war so aufgeladen gestern Abend in der Buddhahalle, die Musik war so voller Energy. Da habe ich zu den beiden gesagt: Kommt, lasst uns an den Fluss fahren. Ich glaube, nicht mal Pramendra hat sofort kapiert, was ich eigentlich meine. Ich habe es ja selbst nicht kapiert, nicht mit dem Kopf, ich meine, es steckte kein Plan dahinter, aber mit dem Körper habe ich es kapiert. Es war nicht nur die Lust, die mich getrieben hat, nicht nur die erregende Vorstellung, vielleicht war es mehr noch der Wunsch, uns alle zu vereinen, auch die Schranken zwischen Namito und Pramendra niederzureißen. Ich wollte, dass sie Brüder werden, sozusagen. Ach, wahrscheinlich mache ich mich jetzt schon wieder besser, als ich bin.

Es war auf jeden Fall ein Fiasko. Wir waren in der Hütte, Pramendra hatte Tee gemacht und irgendwie hatte ich es geschafft, beide aufs Bett zu lotsen. Bei Pramendra war das kein großes Problem, aber Namito hat ziemlich lange gebraucht, bis er verstanden hat, was läuft. Er saß nur stocksteif da, als ich sie beide abwechselnd küsste. Und dann, als er endlich begriffen hatte, sah er mich nur an mit panischem, flehendem Blick, raffte sein Zeug zusammen und rannte davon.

Heute hat er mich gefragt, ob ich eigentlich wisse, wie lange er am Fluss gestanden sei und gewartet habe, dass ich ihm nachkomme. Er habe einfach nicht gehen können, seine Beine hätten ihm nicht gehorcht, er habe sich durch die Nacht gezittert, mit dem Rücken zur Hütte, den Blick auf die große, schwarze Schlange gerichtet, zu der der Fluss geworden sei. Er sprach mit abgrundtiefer Enttäuschung in der Stimme. Im Morgengrauen habe er sich gesagt, dass er nie wieder auf jemanden warten wolle. Auf gar keinen Fall jedoch auf eine Frau, die sich lieber mit einem so oberflächlichen Angeber wie Pramendra vergnüge.

....

9.

»Der Mann war ein Faschist!«
Horst Hektor knallte die Zeitschrift auf den großen Schreibtisch, an dem sich Zita und Daimler, halb von ihren PC-Bildschirmen verdeckt, gegenübersaßen. Der peitschende Schlag lockte Vorberg, der erst zwei Minuten zuvor im Neuen Bau erschienen war, aus seinem Büro heraus. Er blieb im Türrahmen stehen und musterte Hektor, der die Arme verschränkte und knurrend hinzufügte: »Und ein Blasphemist dazu.«

Die Ausgabe des »Spiegel« vom 5. August 1985 war auf Zitas Seite des Schreibtischs gelandet, wahrscheinlich zufällig, doch sie hatte das Gefühl, als würde Hektor sie besonders kritisch mustern und auf eine unangemessene Reaktion warten, nur damit er sofort auf sie losgehen konnte. Sie zog das Blatt näher zu sich heran. Daimler kam um den Schreibtisch herum und stellte sich hinter sie. Auch Vorberg gesellte sich dazu. Auf dem Cover waren nackte Frauenkörper in verschiedenen Hautschattierungen zu sehen, darunter stand »Der Bräunungskult«. Aber Hektor ging es um den Balken, der sich schräg über die Titelseite zog und auf dem stand: »Spiegel-Gespräch mit Bhagwan – Wenn morgen die Welt verdampft …«

Für die nächsten paar Minuten war es still im Dezernat. Zita las den Rundumschlag, zu dem der seinerzeit schon weißbärtige Inder in dem Interview ausgeholt hatte. Unter der Überschrift »Ich möchte gern die ganze Welt übernehmen« legte er praktisch alles, was die westliche Zivilisation als moralische Instanz vor sich herschob, in Trümmer. Er geißelte Heldengestalten, auf die sich schon immer alle einigen konnten, wie etwa Mahatma Gandhi oder Mutter Teresa, als Blender. Und, Gipfel der Impertinenz, er deutete sogar an, so etwas wie Sympathie für Adolf Hitler zu empfinden.

»Ich habe mich ein bisschen in der Stadtbibliothek umgetan, da bin ich auf das da gestoßen«, erklärte Hektor und zeigte mit dem Finger auf die »Spiegel«-Ausgabe, als hätte er sie direkt aus der Kloake gefischt. »Das ist krank!«

»Na ja, ziemlich schräg jedenfalls«, bestätigte Daimler nickend.

Vorberg winkte ab. »Ach, der ›Spiegel‹. Wissen Sie, was mein Deutschlehrer am Gymnasium immer gesagt hat? Der ›Spiegel‹ ist die ›Bild-Zeitung‹ für Intellektuelle.«

»Was soll das denn heißen?«, fragte Hektor gereizt.

Bevor Vorberg antworten konnte, sagte Zita: »Er war kein Faschist, er war ein Provokateur.«

»Wie bitte?«

»Wahrscheinlich wollte er genau das erreichen: Dass sich viele Menschen über ihn aufregen, dass sie verunsichert werden. Nichts verunsichert die Deutschen mehr als das Thema Hitler, oder etwa nicht? Und er spekulierte wohl, dass ihn gleichzeitig viele interessant finden und mehr über ihn erfahren wollen. Das war eine Methode, die er gern angewendet hat.«

»Woher wollen denn Sie das wissen, Frau Gehring, wenn ich fragen darf?« Hektor tigerte vor dem Schreibtisch auf und ab.

Zufällig habe sie auch ein wenig recherchiert, meinte Zita. Und sie habe zwar nicht alles gelesen, gestern in den paar Stunden, die sie zur Verfügung gehabt hatte, aber sie wisse immerhin, dass Bhagwan oder Osho jahrelang durch Indien gezogen sei und Vorträge gehalten habe, dass es mehr als hundert Bücher von ihm gebe, dass er unzählige Stunden von Tonband- und Videomaterial hinterlassen habe.

»Und Sie zimmern sich Ihr Bild aus einem einzigen Zeitschrifteninterview zusammen, Herr Hektor. Weil's grad so schön passt.«

Ein Interview, das noch dazu zu einem Zeitpunkt zustande gekommen war, an dem der Alte schon ziemlich auf dem absteigenden Ast gewesen war, wollte sie noch hinzufügen, ließ es dann aber. Im August 1985 war diese Oregon-Geschichte schon gewaltig am Kippen gewesen, wenn sie sich recht erinnerte.

»Ich bin jedenfalls in der Lage, Menschenverachtung zu erkennen, wenn sie mir ins Gesicht springt.«

»So, jetzt kommen wir alle wieder mal ein bisschen runter«, versuchte Daimler zu beschwichtigen. Immerhin erreichte er, dass der Disput abebbte.

Vorberg hob die Zeitschrift hoch. »Ich möchte sowieso wissen, was das eigentlich mit unserem Fall zu tun hat.«

»Eben«, hakte Zita ein, »gar nichts, meiner Meinung nach. Für mich sieht's nämlich nicht so aus, als wäre unser Namito gerade dabei, eine faschistische Armee aufzustellen.«

»Und damit ist er für Sie aus dem Schneider, wie? Klasse kombiniert.«

Zita versuchte, Hektors feindseligen Ton zu ignorieren. Klar war er jetzt sauer. Für ihn musste es ziemlich vorlaut geklungen haben, wie sie ihm entgegengetreten war. Aber verdammt, sie waren schließlich Kollegen, sollten in einem Team arbeiten, auch wenn Hektor hochoffiziell als Erster Kriminalhauptkommissar ihr Vorgesetzter war. Und immerhin hatte Vorberg, der schließlich für ein paar Monate noch der Boss in diesem Laden war, sie nicht gebremst. Jedenfalls hatte sie den Silberstreif am Horizont ihres Verhältnisses, der sich gestern schüchtern aufgetan hatte, innerhalb von ein paar Minuten wieder komplett zugewölkt.

Zita suchte Hektors Blick. »Nein, im Gegenteil«, meinte sie und versuchte, dabei so sachlich wie möglich zu klingen. Dann erzählte sie den Kollegen von ihrem Gespräch mit Katharina Lürr und der Vermutung, mit der sie Namitos Tochter am Tag zuvor verlassen hatte.

Als Zita ihren Bericht beendet hatte, klingelte drüben in Vorbergs Büro das Telefon. Er holte das Gespräch heran und hörte ein, zwei Minuten schweigend zu. Als er den Hörer auflegte, sagte er zu seinem Mitarbeitertrio: »Die Rechtsmedizin. Sie haben die Obduktion jetzt komplett abgeschlossen. Der Bericht kommt spätestens heute Nachmittag. Zwei interessante Details wollte uns Pallek aber nicht länger vorenthalten: Zum einen, das Opfer hatte in den Stunden vor dem Tod keinen Geschlechtsverkehr. Zum anderen, und jetzt wird's interessant: Sylvie Wilke hatte ordentlich Kokain im Blut.«

Daimler brachte das allseitige Erstaunen mit einem leisen Pfiff zum Ausdruck. »Und ich dachte, bei den braven Sinnsuchern sind Drogen tabu.«

»Passt tatsächlich nicht ganz ins Bild«, murmelte Hektor.

So wie die komplette Sylvie Wilke nun mal nicht ins Bild des Sarjana und der ganzen Sannyasinwelt passte, so vielgestaltig dieses auch sein mochte, dachte Zita.

Was um alles in der Welt wollte die Frau eigentlich dort? Mit ziemlicher Sicherheit hatte sie es nicht darauf angelegt, den Weg zur Erleuchtung gezeigt zu bekommen. Dieses Märchen konnte Friedrich Thalmann langsam einmotten. Oder wusste Namito es nur nicht besser? Doch wenn er log, dann war die nächste Frage, warum er das tat.

»Vielleicht hat sie das Koks ja über Alfons Schindler gekriegt«, platzte Daimler in Zitas Überlegungen hinein.

»Ach komm, der tumbe Bauer als Dealer, das glaubst du doch selbst nicht, Daimler«, meinte Hektor.

Daimler rieb sich das Kinn. »Also, ganz so tumb, wie er tut, ist er mit Sicherheit nicht. Vielleicht ist er aber auch nur ein Mittelsmann. Was weiß ich?« Er schüttelte den Kopf.

Drüben klingelte erneut das Telefon. Vorberg holte das Gespräch wieder auf Daimlers Apparat.

»Ah, Herr Anheit, grüß Gott … ja, ich habe mit ihm gesprochen, Sie auch? Bleiben Sie doch bitte kurz dran.«

Vorberg legte das Gespräch zurück in sein Büro, bedeutete den anderen, kurz zu warten, und schloss die Tür hinter sich.

»Was hat er denn jetzt plötzlich so Geheimnisvolles mit unserem Herrn Staatsanwalt?« Niemand im Raum hatte eine Antwort auf Daimlers Frage.

Als Vorberg fünf Minuten später zurückkam, wirkte er auf Zita, als müsste er sich zusammenreißen. Betont sachlich legte er dar, was seine Mitarbeiter bereits wussten. Dass der Aufruf über die Presse an die Bevölkerung, bei der Aufklärung des Todesfalls von Sylvie Wilke mitzuhelfen, bisher keinerlei verwertbare Hinweise erbracht hatte. Zwar hatten sich etliche Bürger, hauptsächlich Männer, gemeldet und behauptet, das Opfer zu kennen, aber es waren alles Nieten gewesen. Auch heute mussten wieder einige dieser vagen Angaben überprüft werden. Auf der anderen Seite waren nicht wenige Anrufe, ganz offenbar aus der näheren Umgebung von Unterwilzingen, bei der Polizei eingegangen, die sich mit Schmähungen gegenüber dem Sarjana und diskriminierenden Äußerungen an die Adresse der Sannyasins nicht zurückhielten. Die Stimmung war angespannt. In den Lokalzeitungen stieß man auf die ersten grenzwertigen Leserbriefe. Zum Glück hatten die Boulevardmedien noch keinen Wind von der Geschichte bekommen. Angesichts dessen schlug Vorberg vor, die Ermittlungen im Umfeld der Sannyasins zurückhaltend zu führen und der verunsicherten Bevölkerung keinen Grund zu geben, sich in eine Hysterie hineinzusteigern.

Hektor war nicht einverstanden. »Wir sollten den ganzen Laden einmal richtig auseinandernehmen. Ich bin sicher, irgendwas finden wir.«

Nein, meinte Vorberg. Beim derzeitigen Stand der Ermittlungen werde er dafür ganz sicher nicht die Verantwortung übernehmen.

»Aber wir haben doch sonst nichts«, sagte Hektor fast verzweifelt.

»Vielleicht doch«, meinte Zita und hatte mit einem Schlag die komplette Aufmerksamkeit aller im Raum.

Der unvermutete Besuch am frühen Morgen hatte sie völlig überrascht. Sie war richtiggehend erschrocken, als sie das Tor des Neuen Baus passierte und hinter einem der Pfeiler des niedrigen Gewölbedurchgangs zum Innenhof eine Hand hervorzuckte, die sie an der Schulter antippte. Es war Prem Pantha. Er stand ein bisschen verloren unter den dunklen Arkaden, mit seiner flippigen Aufmachung und seiner bunt bestickten Tasche, und er wirkte anfangs auch nicht ganz so selbstbewusst, wie sie ihn zwei Tage zuvor kennengelernt hatte. Mit nach oben ins Büro wollte er auf keinen Fall, er müsse schauen, dass er zur Arbeit komme. Er meinte, er habe lange überlegt, ob er das jemandem erzählen solle, er wolle ja schließlich niemanden zu Unrecht verdächtigen, aber schließlich habe er sich doch entschieden. Vielleicht habe es ja gar nichts zu bedeuten, doch er wolle es ihr jetzt jedenfalls sagen. Trotz dieser Ankündigung blieb er stumm und sah sie nur an, bis Zita ihn ermunterte, weiterzusprechen.

Er sei in der fraglichen Nacht beim Sarjana herumgestreunt, erzählte Prem Pantha, in den Wäldern über dem Fluss, das mache er oft, es sei so schön ruhig und still dort. Aber dieses Mal habe er mitten in der Nacht etwas am Weg bei der Lauter gesehen und gehört, nicht weit vom Sarjana entfernt: Ein Motorrad und dessen Fahrer.

Daimler, Hektor und Vorberg starrten Zita an, als sie diesen Bericht abgab.

»Und das sagen Sie erst jetzt.« Vorberg konnte den Vorwurf in seinem Tonfall nicht rechtzeitig abwürgen. Offenbar musste das zuerst raus, bevor er sich über diese neue Spur freuen konnte.

Zita antwortete nicht, blickte stattdessen demonstrativ auf den »Spiegel«, der immer noch aufgeschlagen auf dem Schreibtisch lag.

Erst nach einer Pause sagte sie, lässig, als wäre es nichts: »Er hat noch mehr gesehen und es mir sogar aufgeschrieben: Wir haben das Kennzeichen.«

»Ja!« Daimler ballte die Fäuste.

»Okay«, sagte Vorberg, »dann konzentrieren wir uns jetzt erstmal auf diesen Motorradfahrer. Geben Sie's in die Fahndung.«

»Schon passiert.«

»Gut gemacht, Frau Gehring.«

Zita ließ das Lob im Raum stehen. Viel geleistet hatte sie bei der Sache eigentlich nicht, fand sie. Und was Prem Pantha sonst noch zu ihr gesagt hatte, naja, das behielt sie bis auf Weiteres lieber für sich.

Horst Hektor war froh, dass seine Kollegen eine halbe Stunde später alle weg waren. Er brauchte ein paar Minuten zum Nachdenken. Daimler hatte den Kopf in sein Zimmer gestreckt und mit hochgerecktem Daumen erklärt, sie hätten den Halter des Motorrads ausfindig gemacht. Das Kennzeichen STA stehe für Landkreis Starnberg, sagte er; Starnberger See, ist mal was anderes, kommst du mit? Hektor hatte abgewinkt. Er glaubte nicht wirklich an diesen Motorradfahrer, an dessen Hinterrad sie sich klemmen und sich so aus dem Schlamassel ziehen lassen konnten, in dem sie steckten. Der junge Sannyasinfreak wollte sich wahrscheinlich nur wichtig machen – oder von seiner eigenen Mannschaft ablenken.

Ein Blinder konnte sehen, dass die Lösung des Falls im Sarjana lag, bei diesem Namito. Dieser Mensch war ihm vom ersten Moment an unsympathisch gewesen, mit seinem unsäglichen Guru-Getue. Hektor hielt sich für einen toleranten Katholiken. Nicht jeder musste seinen Glauben teilen, Gott bewahre. Die Zeiten der eher hemdsärmligen Missionierung waren längst vorbei.

Es lag ja auch kein Sinn darin, andere zu ihrem Glück zu zwingen. Mochte jeder glauben, was er wollte, und wenn es der größte Nonsens war. Aber er hasste es, wenn man es an Respekt fehlen ließ, wenn man Gott lächerlich machte, wenn man nichts Besseres zu tun hatte, als eine jahrtausendealte, kulturhistorisch wertvolle, bewährte und stabile Glaubensgemeinschaft mit Dreck zu bewerfen.

Horst Hektor stand auf. Er durfte sich nicht provozieren lassen. Er musste professionell bleiben, sich an die Fakten halten. Und wie sahen die aus? Mager, immer noch ziemlich mager. Immerhin, jetzt kamen die Drogen dazu. Konnte es sein, dass dieser Namito Sylvie Wilke um die Ecke gebracht hatte, weil er herausgefunden hatte, dass sie seine ach so spirituelle Gemeinschaft neuerdings mit Koks versorgte? Dass sie seine ambitionierte Truppe, die den neuen Menschen oder was auch immer entwickeln sollte, mit ganz banalem Rauschgift unterwanderte? Denkbar wäre es, sagte sich Hektor und ließ, ganz in seine Gedanken versunken, die rechte Hand niederfahren wie ein Fallbeil. Von solchen Fanatikern hatte man schon ganz andere Dinge gehört.

Er ging ein paarmal in dem Raum auf und ab, den er für sich allein hatte, seit Jenny Nies nicht mehr im Dezernat war. Die Gehring hatte ihm am ersten Tag, als sie hier war, gegenübergesessen, dann hatte sie sich rüber zu Daimler verkrümelt. Dieses freche Weib! An manchen Tagen legte sie es regelrecht darauf an, ihn zu provozieren. Ein Buddhafeld, in dem die Energien besonders stark fließen, hatte er gestern gesagt, und dazu ein bisschen schauspielernd mit den Händen gewackelt, da muss man doch seinen Intellekt an der Garderobe abgeben, um das zu glauben. Die reinste Gehirnwäsche sei das. Und die Gehring darauf: Wenn man zum Beispiel an die Jungfrauengeburt glaubt, muss man seinen Verstand doch auch in Urlaub schicken.

Was ihn auch nervte, war, dass sie ständig mit diesen Steckern in den Ohren rumrannte und sich volldröhnen ließ von irgendwelchem Krach. Genau wie seine Söhne, aber die waren 14 und 15 – und offenbar war es heutzutage normal, dass man in diesem Alter in vielerlei Hinsicht auf beiden Ohren taub war. Die Gehring dagegen ging sicher schon auf die dreißig zu. Da durfte man ja doch wohl erwarten, dass sie langsam aufhörte mit solchen Kindereien.

Gerade an sowas konnte ja jeder unschwer erkennen, dass sie kaum halb so cool war, wie sie immer tat. Naja, jeder bis auf Daimler. Unschön, wie der sich an die neue Kollegin ranschmiss. Was seine Frau wohl dazu sagen würde, wenn sie das sehen könnte?

Hektor marschierte rüber in Vorbergs Büro. Wo mochte Vorberg sein? Er hatte nichts gesagt, als er vor einer halben Stunde verschwunden war. Vielleicht bei der Pressetante, um mit ihrer Unterstützung eine weitere nichtssagende Erklärung für die Öffentlichkeit zu formulieren. Egal.

Hektor hatte nichts gegen Vorberg. Er war all die Jahre kein schlechter Chef gewesen, nur bisweilen zu weich – eigentlich in zu vielen Situationen, wenn er es recht bedachte. Das konnte man ihm durchaus vorhalten, und das würde Hektor mit Sicherheit auch nicht unterschlagen, sollte man ihn auffordern, bei Vorbergs offizieller Verabschiedung im Dezember eine Rede zu halten.

Er fragte sich, wie Vorberg sich innerlich bereits jetzt so sehr von seiner Tätigkeit distanzieren konnte. Immerhin hatte sie ihn über mehr als vier Jahrzehnte hinweg ausgefüllt. Und jetzt wirkte er wie ein Geist in seinem eigenen Dezernat. Dabei waren es noch gut fünf Monate bis zu seiner Pensionierung, und Hektor wusste, dass sein Chef immer gern Polizist gewesen war. Er hatte ihn in all den Jahren nie so abwesend erlebt, nicht nur körperlich abwesend, auch mit seinen Gedanken schien er oft ganz woanders zu sein.

Immerhin, heute Morgen war es ein bisschen besser gewesen als die Tage zuvor. Dennoch, es war zwar gängige Praxis, dass der Dezernatsleiter sich nicht direkt in die Ermittlungen, ins unmittelbare Tagesgeschäft einschaltete, doch es war überhaupt nicht normal, dass er sich so gut wie gar nicht darum zu kümmern schien, mit was für einem Fall sie es überhaupt zu tun hatten. Und wenn er sich einmal einmischte und vorgab, die Sache in die Hand zu nehmen, dann bremste er. So wie heute. Im Grunde war es wie immer mit Konrad Vorberg: Er war von seinem Naturell her ein Hasenfuß.

Hektor sah sich im Büro seines Chefs um. Eigentlich war es viel zu groß für einen einzigen Mann. Gut, da war noch die Sitzgruppe unter dem Fenster, zwischen den beiden Palmenpflanzen für Arme, aber wann brauchte man die schon? Andererseits: Wenn man die alten Möbel rauswerfen und das Ganze etwas auflockern würde? Auf jeden Fall war ein neuer Anstrich fällig. Hektor rümpfte die Nase. Es stank eklig nach Rauch hier drin. Dass Vorberg diese Pafferei einfach nicht lassen konnte.

Er war überzeugt, dass er es besser konnte als Vorberg. Den Laden hier führen. Er würde mehr Zug reinbringen. Wenn sie ihn denn ließen. Hektor wusste, dass sein Beliebtheitsgrad im Neuen Bau nicht in den allerhöchsten Sphären lag. Er war schon so manchem auf den Schlips getreten, denn er hatte keine Scheu, seine Meinung zu sagen, und meistens lag er ja auch richtig. Lange Zeit war ihm das egal gewesen, in letzter Zeit fragte er sich dagegen, ob er sich nicht doch diplomatischer geben sollte. Er wollte Vorbergs Stuhl, und vielleicht musste man einfach den einen oder anderen Kompromiss eingehen, wenn man weiterkommen wollte.

Solange man dabei nicht seine Pflicht verletzte, dachte Hektor und ließ sich in den weichen, schwarzledrigen Bürosessel fallen, der hinter Vorbergs völlig unaufgeräumtem Schreibtisch stand. Was Pflicht war, wie viel sie bedeutete, hatte er früh gelernt. Er hatte es eingepaukt bekommen von seinem Vater, in allen Variationen, er hatte es aber auch buchstäblich selbst gerochen, wenn er ihn besuchte auf der Dienststelle in Wiblingen, wo sein alter Herr vierzig Jahre lang Tag für Tag sein Bestes gegeben hatte, um diesen Staat am Laufen zu halten. Wenn er ihm Proviant brachte für die Brotzeit in der Spätschicht, hatte er nicht nur das Bohnerwachs gerochen, das einmal pro Woche auf die Holzböden des dreistöckigen Gebäudes aufgetragen wurde, und er hatte nicht nur die frische Stärke der Uniformen gerochen, wenn ihn die Polizisten in ihre Mitte nahmen, während sie sich kauend über ihre Arbeit unterhielten. Er hatte auch die Pflichterfüllung gerochen, die die gesamte Dienststelle durchzog, und er hatte instinktiv geahnt, dass dies der Kern des Ganzen war.

Noch heute sprach er gern mit seinem Vater über seine Arbeit, über die aktuellen Fälle. Er wusste, dass sein Vater stolz auf ihn war, aber er wäre noch stolzer, wenn er nächstes Jahr hochoffiziell auf diesem Sessel sitzen würde. Und wenn er, Horst Hektor, es wäre, der diesen Fall knacken konnte, würde seine Aktie sicher steil nach oben steigen.

Er spritzte aus dem Sessel. Scheiß auf Vorberg, dachte er. Scheiß auf Zurückhaltung. Fingerspitzengefühl konnte man zeigen, wenn es angebracht war, aber bei Mord hörte der Spaß auf. Vorberg nannte es Verantwortung, für Hektor war es Feigheit. Er würde jetzt dort hinfahren, in dieses Kaff, zu diesen Typen, und diesem Namito mal so richtig auf den Zahn fühlen.

180 zu 110. Das war nicht gut, gar nicht gut. Der Blutdruck von Xaver Schindler spielte wieder mal verrückt. Rosi Dom wusste, dass der Alte einen weiteren Schlaganfall nicht überleben würde. Sie überlegte, ob sie nicht einen Krankenwagen rufen und ihn in die Klinik bringen lassen sollte. Schindler schüttelte heftig den Kopf, als könnte er ihre Gedanken lesen. Oder war es so offensichtlich, was sie dachte, wenn sie ihre übliche Plapperei mal für kurze Zeit einstellte?

Sie setzte sich auf den Stuhl neben seinem Bett und ergriff seine Hand. Rosi wusste, dass der Alte nicht von zuhause wegwollte, dass er sich mit Händen und Füßen dagegen wehrte, auch nur für ein paar Tage zur Beobachtung, zu seiner eigenen Sicherheit und Beruhigung, ins Krankenhaus zu gehen. Aber sie konnte sich nicht erklären, was ihn mit derartiger Macht an dieses Haus band. Gut, alte Leute waren meistens unflexibel, oft stur, aber wer würde freiwillig hier sein wollen? Auf diesem alten, vergammelten Hof, wo es nichts gab als kahle, rissige, schlampig verputzte Wände und Flüche aus dem Mund seines Sohnes.

Alfons wurde immer unberechenbarer. Und die Sauferei war ein echter Graus. Rosi schauderte bei dem Gedanken, wie er sie vorhin an der Tür abgepasst und ihr den Weg abgeschnitten hatte. Seine Fahne war unerträglich gewesen. Nicht ganz standsicher hatte er sich vor ihr aufgebaut und sie mit seinen Schweinsäuglein angestiert. Ob sie glaube, er habe nicht mitgekriegt, dass sie sich neulich viel zu lange mit dem fetten Polizisten unterhalten habe? In seinem Haus! Ob sie wisse, dass er es ums Verrecken nicht leiden könne, wenn sie Dinge ausplaudere, die niemanden etwas angingen? Ihm gefalle ihre Kollegin, die Luzia, hundertmal besser als sie, sagte er und vollführte dabei anzügliche Gesten mit seiner ekligen Zunge, denn die mache ihre Arbeit, halte die Schnauze und verschwinde wieder. Und genau das erwarte er in Zukunft auch von ihr, wenn nicht, könne sie gern einmal erleben, wie es sich anfühle, wenn er ungemütlich werde. Wieder das Züngeln.

»Lass mich in Ruhe, Alfons, ich muss zu deinem Vater«, hatte sie nur gesagt und sich an ihm vorbeigedrängt, wobei sie fast über den Hund gestolpert wäre, der immer um Alfons Schindler herumlag.

Sie löste die Manschette vom Arm des alten Mannes und packte ihre Gerätschaften zusammen. Manchmal ertappte sie sich bei dem Gedanken, dass es besser für Xaver Schindler wäre, wenn er sterben würde. Vielleicht sehnte er sich ja selbst danach, dass alles bald ein Ende fand. Hatte ihr Prem Pantha diesen Floh ins Ohr gesetzt? Vielleicht, aber sie wollte ihn deswegen nicht verurteilen, im Gegenteil.

Rosi wusste nicht mehr, was sie vom Tod halten sollte, seit Lina Sachs, ihre absolute Lieblingsklientin, vor drei Wochen gestorben war. Tags zuvor noch recht fidel für ihre Verhältnisse, hatte Rosi sie am nächsten Morgen kalt und leblos im Bett liegend gefunden. Sicher, mit so etwas musste man immer rechnen als Altenpflegerin. Der Tod gehörte zu diesem Beruf dazu, der schnelle, plötzliche Tod genauso wie das langsame Dahinsiechen, und man wurde ja auch während der Ausbildung auf derartige Situationen vorbereitet. Trotzdem hatte die tote Frau Sachs Rosi völlig aus der Bahn geworfen.

Sie wusste nicht, wieso sie ein paar Tage später nach der Visite bei Xaver Schindler in den Stall gegangen war, ob sie vielleicht irgendetwas gesucht hatte. Und sie wusste nicht, wieso sie dem jungen, hübschen Mann, der auf einem Hocker sitzend eine Kuh nach der anderen molk, erzählte, wie sie ins Bad von Lina Sachs gerannt und ihr Frühstück dort wieder losgeworden war, wie sie danach auf dem Boden im Flur saß, eine Ewigkeit lang, und keinen klaren Gedanken mehr fassen konnte, wie sie den Tod plötzlich als etwas schrecklich Bedrohliches empfunden hatte. Sie wusste nur, dass er ihr zuhörte, wie ihr sonst niemand zuhörte, mit einer Ernsthaftigkeit und Konzentration, als ginge es um das Schicksal der ganzen Welt.

Abends dann, als sie zurückgekommen war und sie zusammen durch den Wald streunten, hinauf zur flachen Kuhle und zur Felsnase, erzählte er ihr, was er vom Tod hielt, und es war anders als alles, was sie zuvor gehört hatte. Prem Pantha sagte, der Mensch betrachte den Tod mit Angst und Widerwillen, weil er ihn fälschlicherweise als etwas vom Leben Abgetrenntes sehe.

Dabei sei der Tod vielmehr ein fundamentaler Teil des Lebens. »Der Tod ist Teil der Existenz. Die Existenz hat dich geboren. Die Existenz bemuttert dich. Und wenn du stirbst, dann gehst du einfach nur zurück zu deiner ursprünglichen Quelle.« Das alles habe er von Osho gelernt, sagte Prem und lächelte sein feines Lächeln.

Rosi hörte fasziniert zu, obwohl sie einiges nicht begriff. Vor allem nicht, wie Prem das Gefühl haben konnte, von diesem Osho vollkommen verstanden und zutiefst im Inneren erkannt worden zu sein. Der Mann war doch schon längst tot, oder? Doch das war egal, als sie im Abendrot in der flachen Kuhle lagen, der Stein noch warm von den Strahlen der Sonne, die Süße des Begehrens zwischen ihnen. Rosi hätte nie gedacht, dass sie so sehr loslassen könnte.

Und doch war alles nur noch mehr aus den Fugen geraten seither. Was soll das werden, Rosi Dom?, fragte sie sich immer wieder. Prem Pantha sagte auch ganz schlimme Dinge, die hier, wo sie herkam, ganz bestimmt niemand hören wollte. »Nur die Angst vor dem Tod, der jeden Tag unaufhaltsam ein Stück näher kommt, führt dazu, dass die Menschen an Gott glauben«, meinte er einmal. »Die Menschen wollen jemanden, der sie vor dem Tod beschützt. Das ist erbärmlich.« Überhaupt, wie sollte sie irgendjemandem, ihren Freunden, ihren Eltern, ihren Kollegen, erklären, dass sie in einen dieser komischen Sannyasins verliebt war? War sie überhaupt in ihn verliebt? Allerdings, hoffnungslos verliebt im wahrsten Sinne des Wortes. Eine auch nur vage Zukunft mit Prem Pantha war völlig illusorisch, das wusste Rosi genau. Ihr Verstand hämmerte es ihr ja permanent ein. Zu unterschiedlich waren die beiden Welten, die hier zufällig miteinander in Kontakt getreten waren. Weder würde ein Freigeist wie er sein bisheriges unkonventionelles Leben hinter sich lassen, um mit ihr, Rosi Dom vom Lande, zusammen zu sein und die Familie zu gründen, von der sie schon immer geträumt hatte, noch würde sie mit ihm durchbrennen und sich auf ein ungewisses Abenteuer im Irgendwo einlassen. Das alles war hochgradiger Unsinn. Sie spielten Verstecken wie kleine Kinder.

Rosi war enttäuscht, in erster Linie von sich selbst. Sie wusste, dass sie nichts Besonderes war, sie war durchschnittlich hübsch, durchschnittlich intelligent und führte ein durchschnittliches Leben, aber sie hatte immer getan, was sie für richtig hielt, hatte immer auf ihre Gefühle vertraut. Und jetzt tat sie alles, damit nicht ruchbar wurde, dass sie ein Techtelmechtel mit einem der Sannyasins hatte, über die man sich in der Gegend wahlweise kaputtlachte oder sich die Köpfe heißredete. Sie hatte nicht einmal der Polizei etwas von dem fremden Motorrad gesagt, das neulich Nacht hier herumgekurvt war, aus Sorge, jemand könnte dann erfahren, dass Prem und sie zusammen durch die Wälder streunten. Je öfter sie darüber nachdachte, desto mehr verabscheute sie sich.

Sie drückte Xaver Schindlers Hand, und er verzog das blasse, faltige Gesicht, als wolle er lächeln. Dann begann er zu murmeln.

»Ja, Herr Schindler, ich weiß, wie gern Sie Kaffee mögen«, sagte Rosi, »aber das geht jetzt wirklich nicht, bei Ihrem hohen Blutdruck … nein, nicht einmal eine halbe Tasse.«

Der Alte winkte sie näher heran.

»Die Frauen kommen von unten rauf. Hier ins Haus …«, wiederholte Rosi und antwortete: »Ja, manchmal habe ich schon gesehen, dass jemand geputzt hat.«

Xaver Schindlers rechtes Auge funkelte, während er sich mühevoll ein wenig aufrichtete und weiterflüsterte. Rosi fragte sich, was er ihr sagen wollte.

»… nicht nur putzen, auch …«

Eine Hand griff von hinten zu und presste ihren Unterarm so fest zusammen, dass sie aufschrie. Alfons Schindler drängte sich an sie heran und raunte ihr bedrohlich ins Ohr: »Höchste Zeit, zu gehen, Rosi, allerhöchste Zeit. Ich wette, dein nächster Patient wartet schon auf dich.«

»Aua, Alfons, lass mich los, du tust mir weh.«

Als er zurücktrat, stand sie ruckartig auf und sah ihn an. Ihr Herz pumpte plötzlich wie wild; sie konnte nicht sagen, welches Gefühl in ihr überwog, Wut oder Angst.

»Bist du verrückt geworden, sag mal?«

»Hau ab.« Es klang kalt, die knappe Kopfbewegung zur Tür hin ließ keinen Zweifel daran, dass er es ernst meinte. Rosi spürte, wie die Angst die Oberhand gewann. Schnell packte sie ihre Sachen zusammen und lief zur Tür.

»Sieh zu, dass du mal Urlaub machst«, rief Alfons Schindler hinter ihr her.

Als das Weibsbild verschwunden war, ging Schindler zurück in die Küche und holte sich ein neues Bier. Wastl folgte ihm auf dem Fuß, in der vergeblichen Hoffnung, es würde etwas für ihn abfallen. Alfons kehrte zurück in die Kammer, lehnte sich mit dem Rücken an die Wand und zog den Stuhl zu sich heran. Er stellte sein linkes Bein darauf, nahm einen langen Schluck und blickte dann hinunter auf seinen Vater, der wie eine lebende Puppe zusammengeschrumpelt in dem ausrangierten Krankenhausbett lag. Wenn jemand, der immer wieder zugeschlagen hat, plötzlich nicht mehr kann, bleibt nicht viel von ihm übrig, dachte er. Eigentlich gar nichts.

»Da pfeifst du aus dem letzten Loch und versuchst trotzdem noch, dieses Mädel zu bezirzen«, höhnte Alfons, »die hat ja leider keine Ahnung, wer du bist.«

Wenn es jemand verdient hatte, so dazuliegen, dann dieses Schwein. All die Prügel die ganzen Jahre über, für nichts und wieder nichts. Luise und Maria, die hatten's richtig gemacht, die waren gegangen, als sie alt genug waren. Aber wohin hätte er auch schon gehen sollen?

Alfons nahm noch einen Schluck. Die Schläge, die er selbst eingesteckt hatte, hätte er vielleicht vergessen können. Aber dass der Alte die Mutter buchstäblich ins Grab geprügelt hatte, das würde er ihm nie verzeihen. Die Mutter, die alles für ihn getan hatte und die doch immer im Weg gewesen war. So sehr im Weg, dass man sie mit der Faust kleinmachen musste, bis sie blutend und jammernd davonkroch.

Er spuckte auf den Boden.

Nicht genug damit, dass der Alte alles blockierte, stur wie ein Stein. Noch immer weigerte er sich, den Hof an seinen Sohn zu überschreiben, und wenn Alfons vom Verkaufen anfing, dann setzte er nur sein dreckiges Grinsen auf. Dabei könnte alles so einfach laufen. Wenn er wieder flüssig sei, könne er sich durchaus vorstellen, in das untere Haus zu investieren, hatte der Häuptling neulich gemeint. Alfons konnte sich die Summe gar nicht vorstellen, die er dann nach und nach in aller Ruhe versaufen durfte. Aber der Alte hasste die Sannyasin-Truppe. Von Anfang an hatte er sie hier nicht haben wollen. Schon immer war er seinem Sohn damit gekommen, dass er nie eine Frau gefunden hatte. Als ob das an ihm gelegen hätte, als ob irgendeine auf diesem Dreckshof hätte leben wollen. Wenn jetzt eine von den Weibern da war, höhnte er hinterher: Zehn Sekunden, zehn Sekunden. Allein dafür hätte ihn Alfons erwürgen können.

Aber jetzt fing er auch noch an, vor anderen das Maul aufzureißen und sein wirres Zeug zu lallen. Und Alfons hatte überhaupt keine Lust, die ganze Zeit auf den Alten aufzupassen.

Er nahm noch einen tiefen Schluck, ließ die leere Flasche fallen und rülpste dröhnend. Dann ging er zum Bett und beugte sich zu der zusammengefallenen Gestalt hinunter.

»Verreck endlich!«, zischte er seinem Vater ins Ohr.

10.

Nach eineinhalb Stunden bei brütender Nachmittagshitze auf dem grauen Asphalt hatte Daimler den Punkt erreicht, an dem er die spontane Entscheidung, an den Starnberger See zu fahren, verfluchte. Er saß für sein Leben gern hinterm Steuer, und der Dienstmercedes lag gut in der Hand, aber all das war letztlich nur ein relatives Vergnügen, wenn mitten im Hochsommer die Klimaanlage nicht funktionierte. Als ob man die überschaubare Fahrzeugflotte im Neuen Bau nicht ordentlich und vor allem regelmäßig warten könnte. Da war jetzt wirklich mal eine Beschwerde fällig, fand Daimler.

Sein Hemd war durchgeschwitzt, er klebte praktisch in seinem Sitz. Immerhin: Der Verkehr floss einigermaßen zügig, obwohl das Wochenende vor der Tür stand. Daimler war extra untenherum über Memmingen und Landsberg gefahren, um erst gar nicht zu riskieren, im Großraum München in einen Stau zu geraten. Wenn es gut lief, konnten sie in einer Viertelstunde in Allmannshausen am Ostufer des Starnberger Sees sein, wo das Haus von Roger Helms lag, der als Besitzer des fraglichen Motorrads gemeldet war.

Trotzdem hätten sie die erste Überprüfung des Mannes auch den Kollegen vor Ort überlassen und Helms dann für den nächsten Tag ins Präsidium nach Ulm bestellen können, dachte Daimler. Das wäre wahrscheinlich gescheiter – und angenehmer – gewesen, zumal sich bei der Fahndung herausgestellt hatte, dass das Motorrad von Helms bei der Polizeidirektion Starnberg als gestohlen gemeldet worden war. Was nicht unbedingt darauf schließen ließ, dass der Besitzer etwas mit der Sache in Unterwilzingen zu tun hatte.

Andererseits hatte es ihn ein wenig stutzig gemacht, dass sich dieser Helms mit der Anzeige ganz schön Zeit gelassen hatte. Erst zwei Tage nach der Nacht, in der Sylvie Wilke zu Tode gekommen war, also am gestrigen Donnerstag, hatte er den Diebstahl bei der Polizei gemeldet und dabei angegeben, das Motorrad fehle seit Dienstag.

Das konnte allerdings tausend Gründe haben. Reichte es als Anlass, sich den Mann sofort anzuschauen? Daimler musste zugeben, dass sie sich wohl zu sehr vom Jagdfieber hatten leiten lassen. Endlich eine Spur …

Zita Gehring brummte nur irgendetwas, als Daimler ihr diese Überlegungen vortrug. Dann hackte sie wieder auf ihr Handy ein und starrte auf den Bildschirm, wie schon die meiste Zeit, seit sie unterwegs waren. Als er sie fragte, was denn los sei, löste er damit nichts anderes aus als eine längere Phase der Schweigsamkeit und der Starre. Er begann, sich unbehaglich zu fühlen. Gut gepanzert, das Mädchen, dachte er, viel zu gut gepanzert. Sonst eher selten um Worte verlegen, fiel ihm jetzt nichts Passendes ein, um seine junge Kollegin aus der anscheinend meilenweit entfernten Abgeschiedenheit des Beifahrersitzes herauszuholen.

Unvermittelt ließ Zita die Stille zerplatzen.

»Ach, mein Freund«, sagte sie seufzend, »er gibt einfach keine Ruhe. Will mich unbedingt treffen heute Abend und nölt rum, weil ich gestern keine Zeit hatte und vorgestern auch nicht. Dass wir mächtig an diesem Fall zu knabbern haben, begreift er gar nicht.« Sie ließ ein freudloses Lachen hören. »Dabei ist er Anwalt. Ich meine, wenn er Bademeister wäre oder sowas, dann könnte ich es nachvollziehen …«

Daimler schaute zu ihr hinüber. Auch Zita hingen einzelne Haarsträhnen schweißverklebt in die Stirn. Trotzdem sah sie ziemlich attraktiv aus in ihrem ärmellosen roten Top. Sie war sicher die hübscheste Kollegin, die er in seinen über zwanzig Dienstjahren gehabt hatte. Er zwang sich, seinen Blick, der vom Hals aus weiter nach unten wandern wollte, zu stoppen.

»Aber es ist nicht nur der Fall, der dich umtreibt?«, fragte er vorsichtig.

»Ich habe einfach das Gefühl, ich brauche Abstand zur Zeit. Wenigstens so 'ne Art Mindestabstand, damit ich die Sache wieder vernünftiger betrachten kann. Ich meine eigentlich nicht vernünftiger. Vernunft sollte ja mit einer Liebesbeziehung gar nicht so viel zu tun haben, oder? Ich meine: Damit ich das Ganze gerechter betrachten kann. Verstehst du? Weil … es läuft einfach nicht rund. Und ziemlich oft hab ich das Gefühl, dass das letztendlich an mir liegt.«

Daimler zögerte ein wenig. »Ich glaub, ich versteh, was du meinst. Im Ansatz. Aber zumindest ein bisschen Feedback solltest du deinem Freund, wie heißt er …?«

»Lars.«

»… deinem Lars schon geben. Wär fair, oder?«

»Ja, wahrscheinlich hast du recht, Daimler.« Sie tippte wieder etwas in ihr Smartphone. Dann sagte sie: »Aber er fängt dann immer an, so komisch nachzubohren und mir unangenehme Fragen zu stellen, auf die ich meistens keine gescheiten Antworten habe. Ach, was soll's.«

Nach einer Weile, als der See im hellen Sonnenlicht silbern aufblitzte, sagte Zita: »Darf ich dich mal was fragen?«

Oje, dachte Daimler und versuchte, bedächtig zu nicken.

»Bist du eigentlich glücklich verheiratet? Ich meine, lassen wir mal den ganzen Kinderhype und das Familiengedöns weg, nur du und deine Frau, wie heißt sie gleich, Iris, nicht? Bist du glücklich mit ihr?«

Eine einzige, simple Frage, und doch eine volle Breitseite. Daimler versuchte, an die vielen schönen Stunden seiner Ehe zu denken, aber er kam nicht weiter als bis zu den Vorwürfen, die Iris vorgestern vor ihm ausgebreitet hatte. War es eigentlich noch in Ordnung zwischen ihnen oder fing es langsam an zu bröckeln? Wollten sie noch dasselbe voneinander oder hatten sich ihre Vorstellungen verschoben und passten jetzt nicht mehr so ideal zusammen wie noch vor Jahren, als sie sich miteinander auf den Weg gemacht hatten? Bis zur nächsten Frage war es nicht mehr weit: War eigentlich noch genug Leidenschaft da? Naja, Konjunktur hatte sie nicht gerade in letzter Zeit, das musste Daimler zugeben. Da müsste man mal wieder dran arbeiten. Aber ist es nicht bereits zu spät, wenn man solche Dinge erzwingen muss? Daimler fand diese Art von Fragen, die sein Gehirn produzierte, unfair. Fakt war einfach, dass Iris ihm sehr, sehr wichtig war, auch wenn sie ihm ab und zu auf die Nerven ging. Womöglich ging er ihr auch ab und zu auf die Nerven.

Trennen konnte er die Zweierbeziehung zu seiner Frau jedenfalls nicht von dem Familiengedöns, wie es Zita genannt hatte. Es gehörte für ihn zusammen, sie hatten sich schließlich gemeinsam etwas aufgebaut. Es waren nicht nur zwei Hände, es waren vier gewesen. Es gehörte ihnen beiden. Und wenn es nach Daimler ging, sollte das auch so bleiben. Er wollte seine Frau um keinen Preis der Welt verlieren; um das klarzustellen, haben die paar Sekunden Reflexion ausgereicht, dachte er mit heimlichem Stolz.

»Glück ist relativ«, sagte er zu Zita, »immer und jederzeit, ein schmaler Grat, auf dem man auch mal abrutschen kann, aber Iris und ich, wir gehören zusammen, so viel steht fest.«

»Klar«, sagte sie und erwiderte seinen ernsten Blick.

Mehr gab es dazu eigentlich nicht zu sagen, fand Daimler, aber dann erzählte er Zita doch, dass Iris versucht hatte, seine Ambitionen auf Vorbergs Nachfolge zu schüren. Das wiederum, fand Zita, müsse aber nun doch ganz allein Daimlers eigene Entscheidung sein, schließlich müsse er hinterher den Job jeden Tag machen.

Ob sie es ihm denn zutrauen würde, fragte Daimler und versuchte, gelassen zu wirken, woraufhin sie, ohne zu zögern, mit einem klaren »Natürlich, warum denn nicht?« antwortete und ein engagiertes Plädoyer für Menschen in Führungspositionen folgen ließ, mit denen man auch mal normal reden konnte.

»So wie wir jetzt. Ein Chef muss nicht immer ein Holzstockverschlucker und ein Nasehochstrecker sein, finde ich.«

Daimler grinste. »Wie Hektor?«

»Wie Hektor«, bekräftigte Zita.

Daimler grübelte ein wenig vor sich hin, während sie am See entlangfuhren und Kempfenhausen passierten. »Allmannshausen sieben Kilometer«, informierte sie ein Schild. Auf dem glitzernden Wasser schaukelten die Segelyachten, sirenenhaft lockend wie Verheißungen eines auf ewig unerreichbaren Lebensstils. Selbst wenn er den kompletten Neuen Bau leiten sollte, könnte er sich kein solches Luxusgefährt leisten, dachte Daimler. Obwohl, dann vielleicht. Aber was sollte er überhaupt mit so einem Ding anfangen?

»Vorberg hat es gut gemacht«, sagte er leise, ohne es zu wollen, »all die Jahre über. Und jetzt reißt er alles ein … ach, lassen wir das.«

»Du musst vor mir nicht den Über-Loyalen mimen. Ich kenne Vorberg nicht so lange wie du, aber ich sehe auch, dass er total abschlafft. Im Grunde genommen bin ich furchtbar enttäuscht von ihm.«

»Ja, es ist beschämend. Ich hätte wirklich nicht gedacht, dass er so früh auf die Pensionsschiene einschwenkt. Aber vielleicht ist das eben so im Alter, was weiß ich.«

»Apropos Alter«, meinte Zita, und Daimler war froh, dass sie das Thema wechselte. Er mochte nicht gern mit anderen über Konrad Vorberg herziehen.

»Hast du dich mal näher mit unserem anderen Alten beschäftigt?«

»Mit wem?«

»Na, mit Osho, oder Bhagwan, wie du willst.«

Daimler zog die Mundwinkel hoch und schüttelte den Kopf. »Nicht sonderlich ausufernd.«

»Vielleicht ist dir trotzdem schon mal aufgefallen, dass diese Gestalt irgendwie wie der liebe Gott rüberkommt. Ich meine, so wie man ihn aus dem Kommunionunterricht kennt oder von Kirchengemälden: Dieser alte, weißhaarige, bärtige Mann auf seiner weißen Wolke, abgehoben.«

»Ja, mag sein … äußerlich gesehen.«

»Kein Wunder, dass die damals so auf ihn abgefahren sind. Die waren ja alle von diesen christlichen Bildern geprägt, auch wenn sie das nicht wahrhaben wollten, und der Mann hatte nicht nur etwas Väterliches, sondern, wenn man so will, etwas Gottväterliches, also dem Klischee nach.«

»Stimmt, irgendwie schon.« Daimler überlegte. »Nur nicht in dem, was er gepredigt hat. Der Gott, mit dem ich aufgewachsen bin, hat jedenfalls, soweit ich mich erinnere, nie gesagt: Gehet hin und treibt es miteinander, das bringt euch der Wahrheit näher.« Er grinste.

»Ganz so plump hat es Osho, glaube ich, nicht gesagt«, meinte Zita und lächelte zurück.

»Aber er hat sein Image ziemlich gut konterkariert. Zum Beispiel soll er seinen Leuten immer Witze erzählt haben, zum Teil sogar ganz schön schlüpfrige. Das habe ich jedenfalls irgendwo gelesen.«

Daimler schaute aufs Navi, hielt kurz an und orientierte sich an den Straßenschildern. Dann fuhr er weiter und lenkte den Mercedes auf die breitflächige Auffahrt eines Bungalows.

»Warte kurz, wie war das nochmal? Willst du einen hören?«

»Klar.«

Daimler stieg aus und blickte mit zusammengekniffenen Augen auf die ausladende Frontfassade des Gebäudes. Sie kam ihm so üppig vor wie die gesamte Reihenhauszeile in der Ulmer Weststadt, in die sich sein eigenes trautes Heim eingliederte. Von der Gestaltung gar nicht zu reden. Über dem Eingangsportal lag ein erkerartiger Vorbau, der von weißen Säulen gestützt wurde, ebenso über der breiten, mit Abstufungen versehenen Fensterkonstruktion. Die mannshohen Fenster des Hauses, nein, der Villa, waren von dunkelgrünen Läden flankiert, die optisch ansprechend mit dem cremefarbenen Ton der Wände korrespondierten. Wenn man den Blick links an dem Gebäude vorbeischweifen ließ, sah man das zum See hin abfallende Gelände, und Daimler hatte keine Mühe, das sich zu einer weiten, gefliesten Terrasse hin öffnende Souterrain und den Garten mit Pool und Teich vorzustellen.

Er kratzte sich am Kinn. »Ich glaube, der ging so: Ein Mann fährt mit dem Auto hinaus in den Wald, eine Frau neben sich. Beiden ist klar, dass sie's aufeinander abgesehen haben. Der Mann parkt und fängt an, die Dame mit ein paar ungestümen Zärtlichkeiten zu bedenken. Doch die Frau sagt: Halt, Sie wissen doch gar nicht, wer ich bin. Ich bin eine Prostituierte und meine Gage beträgt 50 Mäuse. Der Mann zahlt die 50 Steine und macht Liebe mit der Frau. Danach bleibt er still und stumm hinter dem Steuer sitzen und rührt sich nicht mehr. Nach einer Weile fragt die Frau: Was ist denn, worauf warten wir? Ich möchte nach Hause. Der Mann sagt: Tut mir leid, aber ich muss Ihnen gestehen: Ich bin ein Taxifahrer, und der Preis für die Rückfahrt sind 50 Mäuse.«

Zita verzog nur leicht das Gesicht, während sie auf den Prachtbau starrte. »Irgendwas wollte er damit wohl über die Qualität von Beziehungen aussagen«, sinnierte sie, »dass es nicht mal in der Liebe etwas umsonst gibt, schätze ich. Zumindest nicht bei uns Normalsterblichen.«

Roger Helms war barfuß und trug nur Shorts und ein ärmelloses Shirt, das seinen muskelbepackten Oberkörper optimal zur Geltung brachte. Daimlers erste

Assoziation, als Helms die Tür öffnete, war, dass sein Gegenüber problemlos in einem Sandalenfilm einen römischen Schwertkämpfer spielen könnte, und er ärgerte sich über den Neid, den er verspürte, als er sich und Zita vorstellte.

»Also wirklich, ich find's super, dass heutzutage gleich die Kripo kommt, wenn einem mal die Suzuki geklaut wird«, meinte Helms und lächelte sie an. »Früher war sowas doch immer die Sache der Trachtentruppe, oder nicht? Und ich dachte, die öffentliche Hand muss sparen. Hört man zumindest an jeder Ecke.«

Es war schwer zu sagen, wie alt der Mann war, aber Daimler hatte das starke Gefühl, dass Helms zwar um Längen besser in Form war als er selbst, aber dennoch etliche Jahre mehr auf dem Buckel hatte. Die Falten um die Augen verrieten ihn. Außerdem war Daimler, als er Helms durch das Haus folgte und auf das volle Haar schaute, das ihm bis in den Nacken fiel, sicher, dass der Mann seine Haare färbte.

Roger Helms' Villa ließ keine Wünsche offen. Im Gang, der wie ein breiter Strom durch das Gebäude floss, dominierten erdfarbene Töne, gefällig kombiniert mit weißen Flächen und viel Licht, das von überall her zu kommen schien. Rechts und links öffneten sich Blicke in gewaltige Räume, vereinzelt stieß das Auge auf wie zufällig liegen gelassene Kunstgegenstände. Im Wohnzimmer, in das Helms sie führte, setzte sich das Spiel von Rostbraun, Weiß und tiefem Rot fort: Ein Teil der Möbel war hell, stand auf dunklem Grund, ein paar Meter weiter war es genau umgekehrt. Das ergab eine eigenwillige, aber nicht unangenehme Atmosphäre, wie Daimler fand.

Helms servierte Eistee mit Zitronenscheiben. Ein leises Wummern schien durchs Haus zu ziehen.

»Lassen Sie sich nicht irritieren«, sagte der Hausherr, »unten wird nur geprobt. Als ich seinerzeit die Hütte gekauft hab, hab ich mir als Erstes ein Tonstudio einbauen lassen. Von irgendwas muss man ja schließlich leben.«

»Sie sind in der Musikbranche?«, fragte Zita.

»So sieht's aus. Rogrecs heißt meine Produktionsfirma. Steht für Roger Records. Machen Sie zufällig Musik? In Ihrer Freizeit? Schauen Sie mal auf meine Homepage. Breites Angebot, für jeden was dabei.«

»Ich singe hauptsächlich beim Autofahren«, meinte Zita mit einem Seitenblick auf Daimler, »wenn ich alleine unterwegs bin. Ob das noch unter Musik fällt, wage ich allerdings zu bezweifeln.«

»Ach, nur keine falsche Bescheidenheit. Heutzutage, bei der Technik, kann man praktisch aus jedem was rausholen«, meinte Roger Helms kumpelhaft.

Sie saßen sich an einem asymmetrisch geschnittenen Glastisch gegenüber. Daimler sah Helms verstohlen an. Irgendwie passte der Typ nicht in dieses gehobene Ambiente, fand er. Musikbranche? War da nicht mal was? Sex and Drugs and Rock'n'Roll?

»Um was für eine Art von Musik geht's denn bei Ihnen?«, fragte er.

»Ach, alles Mögliche, was gerade anliegt«, antwortete Helms. Er selbst stehe eher auf guten, alten Rock, aber der sei leider auf dem absteigenden Ast, auch wenn immer wieder mal junge Bands bei ihm buchen würden, so wie neulich die Ant Bollocks, »geile Truppe, sag ich Ihnen«. Aber im Grunde genommen müsse heutzutage alles dehnbar sein, Eloquenz besitzen, sonst ziehe es nicht mehr. »Wobei, das mit der Kontinuität ist eh vorbei«, meinte er.

Der Trend mit den Casting-Shows sei einerseits ein Segen für eine Firma wie Rogrecs, weil eben tatsächlich viele junge Leute heutzutage Aufnahmen machen wollten. Und er biete hier schließlich alles an, man könne nur nackte Demos aufnehmen oder das volle Programm bis zum Mastering buchen. Man könne einen Profitechniker dazumieten oder seinen eigenen Toningenieur mitbringen, wenn der fähig sei, die 32 Aufnahmespuren zu bedienen und das eingespielte Material bei Bedarf fachgerecht zu mischen.

»Andererseits kannst du dich auf nichts mehr verlassen.« Helms klang ein wenig gekränkt. »Wenn einer mehr als eine oder zwei Aufnahmen macht, dann grenzt das schon fast an ein Wunder. Vor allem die jungen Mädels. Die haben einfach nicht mehr den langen Atem für 'ne richtige Karriere. Hören wieder auf, bevor's richtig losgeht. Ist manchmal ein bisschen ärgerlich.«

»Und was genau ist nochmal Ihr Part bei dem Ganzen? Vermieten Sie das Studio nur, oder …«, wollte Zita wissen.

»Nö, ich bin schon auch als Produzent dabei, manchmal … Wobei, es ist weniger geworden, geb ich zu. Meistens halt ich mich mittlerweile raus.«

»Aber das Geschäft läuft, wenn ich das richtig verstehe.« Daimler wollte diesen Punkt gern geklärt haben, hatte aber seine Zweifel, ob er der erwartbaren Antwort hundertprozentig trauen konnte.

»Hab so weit keinen Grund, mich zu beklagen«, meinte Helms und deutete mit einer selbstzufriedenen Geste auf die ausladende Wohnlandschaft und das edle

Interieur, das in der Villa ein Plätzchen gefunden hatte. »Sie sehen's ja.«

»Ja, scheint von allem genug da zu sein«, meinte Zita und stand auf. »Vielleicht von manchem sogar zu viel. Fahrzeuge zum Beispiel. Wenn der Fuhrpark zu groß ist, braucht man manchmal eben zwei Tage, bis einem auffällt, dass was fehlt, oder?«

Smalltalk-Runde vorbei, dachte Daimler.

Helms hatte es auch gemerkt und brauste sofort auf: »Was soll das heißen? Wollen Sie hier Stunk machen?«

Daimler warf Zita einen kritischen Blick zu, aber die hatte sich weggedreht und musterte die golden glänzende Marantz-Anlage, die zwischen zwei Sesseln auf einem mit Intarsien verzierten Beistelltisch thronte. Konnte eigentlich keiner seiner Kollegen einigermaßen an sich halten? Zita war da manchmal wie Hektor, so wie auch Jenny Nies gewesen war. Einfach den Leuten mit 'nem Brett vor den Kopf hauen, wenn sie einem nicht passten. Da waren sie grade schön am Reden, und dann würgte man sie ab. Der vorwurfsvolle Ton bewirkte meist nichts anderes, als dass das Gegenüber zumachte, fand Daimler.

Er versuchte, Roger Helms zu beschwichtigen. Es sei nicht so, dass man ihn aus Lust und Laune behellige, aber so wie es im Moment aussehe, könnte es sich bei seinem fehlenden Motorrad, leider, um mehr als um einen banalen Diebstahl handeln. Denn seine Suzuki Intruder C800, das stimme doch, sei in der Nacht auf Mittwoch im Umfeld eines Orts identifiziert worden, in dessen Nähe eine junge Frau zu Tode gekommen sei. Man ermittle wegen Mordes und müsse natürlich jeder Spur nachgehen.

Helms nickte. »Dann werde ich also verdächtigt in dieser Sache?«

»Das nun nicht unmittelbar«, antwortete Daimler, »aber wir müssen natürlich prüfen, seit wann Sie die Maschine tatsächlich vermissen.«

»Tja, genau kann ich's leider nicht sagen, seit wann die Mühle weg ist.«

»Und warum haben Sie's erst am Donnerstagvormittag gemeldet?«, fragte Zita.

»Weil ich's da erst gemerkt habe, kapisch?« Auch Helms stand jetzt auf und begann, die Weiten des Raums zu durchmessen. Daimler fragte sich, ob er sich nicht ein bisschen zu sehr darüber aufregte, dass sie von ihm verlangten, den Ablauf zu rekonstruieren.

»Wollte 'ne kleine Runde drehen. Die Tage davor ging's einfach ziemlich hektisch zu. Die Aufnahmesessions mit den Ant Bollocks waren geil, aber auch chaotisch. Das Haus war voll. Wissen Sie, bei mir geht's da ziemlich locker zu, wenn ich die Leute mag. Da geht viel Volk aus und ein. Musiker, Freunde, Girls. Und nicht jeder macht Tür und Tor hinter sich zu. Das Bike steht in der Garage hinter meinem Porsche und dem Pick-up, und ich schau auch nicht grade jeden Tag um die Ecke, ob das Baby noch da ist.« Helms seufzte. »Aber in Zukunft muss ich wohl wirklich besser aufpassen. Heutzutage kann man offenbar niemandem mehr trauen. Wer zu gutmütig ist, wird ausgenutzt. Ist 'ne Dreckswelt geworden, oder?«

Weder Daimler noch Zita gingen auf die Frage ein.

»Jedenfalls bin ich sofort, als ich gemerkt hab, dass das Teil weg ist, zur Polizei. Und der Versicherung hab ich's auch gemeldet. Ist schließlich ganz schön was wert, der Flitzer.«

»Haben Sie vielleicht einen Verdacht, wer sich das Motorrad unter den Nagel gerissen haben könnte?«, fragte Daimler.

»Ne, beim besten Willen nicht. Ich hatte ja Anfang der Woche echt keinen Überblick mehr, wer hier alles rumfleucht. Wir wollten nur noch das Demo fertigkriegen.«

Helms öffnete eine Vitrine und inspizierte die üppige Auswahl an Spirituosen. »Auch was, um den Eistee runterzuspülen?«

Daimler und Zita lehnten ab. Helms schenkte sich einen Wodka ein.

»Schöne Scheiße«, sagte er dann. »Um was geht's denn eigentlich bei dem Mord, wenn man fragen darf?«

Daimler versorgte Roger Helms mit ein paar dürren Fakten, die so ähnlich auch in den Pressemitteilungen standen, die die Polizei bisher herausgegeben hatte. Sie warteten geduldig, doch ihr Gastgeber schien die Angelegenheit nicht weiter kommentieren zu wollen. Er leerte lediglich sein Glas, hob die Flasche hoch, stellte sie dann aber wieder weg und schloss die Vitrine.

»Na gut, Herr Helms«, meinte Zita schließlich, »ich würde sagen, dann malen Sie uns mal bis spätestens morgen früh eine Liste aller Personen, die in den fraglichen Tagen hier im Haus und im Aufnahmestudio waren. Die müssen alle überprüft werden.«

Helms stöhnte theatralisch. Ob das denn wirklich sein müsse? Der Mann hat die Arbeit nicht erfunden, dachte Daimler, so viel steht fest.

»Ich glaube nämlich eher, dass es jemand von der Straße war«, argumentierte Roger Helms, »jemand, der einfach zugelangt hat, als das Garagentor offen stand.

Hier am See treiben sich Leute rum, die sind gradezu auf sowas aus. Sie glauben gar nicht, wie viel hier gestohlen wird. Hohes Neidpotential, das da ausgelebt wird. Ich Idiot hätte wirklich besser aufpassen sollen.«

Vom Gang her hörte man eine weibliche Stimme. »Hey, bist du hier?«

Helms ließ sich nicht irritieren. »Aber wissen Sie, der mediterrane Touch hier am See verleitet zur Lockerheit, zum Leichtsinn. Grade im Sommer, wenn's so warm ist, lässt man gern alles auf. Im Übrigen kommt da grade mein Alibi …«

Eine junge, blonde Frau in einem gelben Minikleid huschte durch die Tür. Daimler hoffte, dass sie gleich »Hallo Vati« zu Helms sagen würde.

»… nach dem Sie mich sicher ohnehin früher oder später gefragt hätten, nicht wahr?«

Das Mädchen warf sich ihm an den Hals und küsste ihn auf den Mund. Zita und Daimler beachtete sie gar nicht. »Roger, was machst du denn hier oben? Du, ich hab jetzt echt keinen Bock mehr.«

»Ach komm, Sheryl, ihr habt doch vorhin erst angefangen. Habt ihr die Bridge jetzt im Griff?«

»Ja, geht so. Aber mir reicht's für heute.« Sie knetete an den Muskeln seiner Oberarme herum. »Wir wollten doch noch surfen gehen. Ich lern's nie, wenn wir nicht dranbleiben.«

»Na schön.« Helms tat so, als hätte er nach langem, heldenhaftem Kampf aufgegeben. »Bei dem Wetter ist das ja nicht das Dümmste. Jetzt geh schnell runter und mach noch einen Take, Süße, ich komm gleich.« Er klopfte Sheryl leicht auf den Hintern, und sie huschte wieder davon.

Daimler merkte plötzlich, dass er ziemlich deplatziert mitten im Raum stand. Er kam sich vor wie bestellt und nicht abgeholt. Glotz nicht wie ein Ochsenfrosch, ermahnte er sich.

Roger Helms machte eine ausholende Handbewegung, wie um anzudeuten, dass es an der Zeit sei, den weiten Marsch zur Eingangstür anzutreten.

»Wenn's sonst nichts mehr gibt, Herr Benz, und, wie war der Name nochmal, Frau Gehring, genau, dann würde ich unseren kleinen Plausch gern beenden. Sie sehen ja, ich bin ein bisschen im Stress.«

Durch das dunkelgrüne Dach aus Efeu glitzerte das Sonnenlicht wie der Schein von über dem Horizont ausgeschütteten Diamantensplittern. Die wilden Rosen reckten ihre gelben und roten Köpfe der lebensspendenden Kraft entgegen, instinktiv spürend, dass sie vor ihrer Urgewalt, die Verbrennung und Ausdörren bringen konnte, geschützt waren. Namito wartete vergeblich darauf, dass der Blick auf diese Schönheit oder der süße Duft, der durch den Meditationsgarten zog, ihm neue Kraft verlieh. Er fühlte sich beladen und niedergedrückt wie der schwer nach unten hängende Goldregen-Vorhang, der sich, bereits halb verblüht, bis zum Waldrand hinzog. An Meditation war nicht mehr zu denken, seit der schlaksige, bärtige Kommissar jegliche Ruhe, jede leise aufkeimende Ahnung von Harmonie zunichte gemacht hatte. Dieser Hektor erinnerte ihn an einen Dobermann – die angespannte Haltung, der lauernde Blick, das aggressive Hineinpreschen in jede Begegnung.

Namito erhob sich von der aus Steinquadern errichteten Bank und blickte nach draußen auf die Wiese, wo der Pfau umherstolzierte. Der schöne, aber auch eitle Vogel wirkte hier deplatziert. In Poona hatten die Pfauen zwischen ideenreich angelegten Teichen und exotischen Pflanzeninseln ihr Rad geschlagen, dorthin hatten sie gepasst, dort waren sie eine stimmige Ergänzung des bunten und vielgestaltigen Geschehens gewesen. Auch im Sarjana 1, das in vielerlei Hinsicht dem Ashram in Poona nachempfunden gewesen war, waren die Pfauen ein stilvolles Element der blühenden Gemeinschaft gewesen. Vier der Tiere hatten sie verkauft vor dem Umzug; Ruudchen, der alte Nostalgiker, hatte darauf bestanden, wenigstens einen der Vögel zu behalten.

Sie hatten so viel verkaufen, so viel zurücklassen müssen, und obwohl sie froh sein konnten, dass sie hier untergekommen waren, hatte Namito manchmal das Gefühl, der alte Geist der Sannyasin-Bewegung sei nicht mehr da. Vielleicht war er ebenfalls zurückgeblieben, für immer verschüttet unter den Trümmern des Sarjana 1, auf denen gierige Investoren, schneller, als man es begreifen konnte, sieben oder acht attraktive Wohnkomplexe erstellt hatten.

Namito wusste, dass er für all das die Schuld trug, auch wenn niemand gewagt hatte, es laut auszusprechen. Arrogant und eitel wie der Pfau war er gewesen, hatte sich mitreißen lassen von der Aussicht, am Gangesufer, mit dem Himalaya im Rücken, die nächste Stufe zu erklimmen, hatte sich blenden lassen von der Vision, dort ein neues Buddhafeld zu gestalten, wo der Energiefluss nie abriss. Er war verliebt gewesen in Rishikesh, das er einmal als junger Mann besucht hatte, und er wusste längst, dass seine Verliebtheit blinder Natur gewesen war. Doch erst heute gestand er sich ein, dass er auch deshalb diesen verrückten Plan gefasst hatte, weil er tief im Inneren hoffte, nach all den Jahren wieder auf Amrati zu treffen, von der man sich in Sannyasinkreisen erzählt hatte, dass sie zurückgezogen dort lebe.

Ohne Netz, ohne doppelten Boden, ohne wirkliche Absicherung hatte er das Geld eingesetzt, hatte sich in Bereichen bewegt, von denen er nichts verstand, und hatte sich eingeredet, so mache man das als Sannyasin, so habe man das immer gemacht als treuer Verfechter einer authentischen Haltung dem Leben gegenüber. Osho selbst hatte immer gesagt, man müsse Vertrauen in die Existenz haben, wer sich nicht fallen lassen könne, wer sich absichern müsse, wer keinen Mut besitze, keine Risiken eingehen könne, der sei bereits tot.

Doch nie hätte Namito gedacht, dass Menschen, denen er vertraute, so geräuschlos verschwinden könnten, dass Geld in Kanäle fließen könnte, in denen es auf wundersame Weise einfach versiegte. Geld, das ihm nicht gehört hatte. Geld, das fehlte, um die Raten für das Sarjana 1 zu bezahlen; die Bank hatte nicht lange gezögert mit der Zwangsversteigerung. Und Geld, das sogar jetzt fehlte, um Alfons Schindler regelmäßig die Miete für diese armselige Behausung hier bezahlen zu können.

Ein Anflug von Verzweiflung ergriff ihn. Er könnte in Rishikesh sein, umgeben von Frieden und Harmonie, stattdessen saß er hier, in Unterwilzingen, und kämpfte ums Überleben.

Sei nicht eitel, ermahnte Namito sich, verschaff dir Bewusstheit darüber, wer du bist. Er war in die Falle seines Egos getappt, das konnte er zwar nicht vor den anderen zugeben, aber immerhin sich selbst heute eingestehen. Viele ahnten es ohnehin. Sein Ruf in der spirituellen Szene hatte gelitten, das war ihm klar.

Und noch etwas anderes war ihm klar: Kommissar Horst Hektor wartete nur darauf, dass er einen Fehler machte. Und so sehr Namito auch darunter litt, dass er nicht mehr über das Maß an Bewusstheit verfügte, das ihn in früheren Jahren ausgezeichnet hatte, so wichtig war es gewesen, dass er dem Polizisten gegenüber keine Schwäche gezeigt und keinerlei Zweifel daran gelassen hatte, wie wertvoll all das war, woran er zeit seines Lebens mit aller Kraft arbeitete.

Namito setzte sich wieder auf die Bank, schloss die Augen und ließ das Gespräch, das Hektor vor fünfzehn Minuten wutentbrannt abgebrochen hatte, Revue passieren.

Der Polizist war schon aufgewühlt im Sarjana erschienen. Er hatte mit simplen Fragen nach Namitos Vergangenheit angefangen, doch Hektors lauernder Blick, seine angespannte, zum Sprung bereite Haltung hatten ahnen lassen, worauf er abzielte.

Er wollte wissen, wie es war, Osho zu treffen, mit ihm zusammen zu sein.

»Das Interessante war, dass es jeder von uns irgendwie anders empfunden hat«, hatte ihm Namito erklärt. »Für mich war es, als ob ein Loch in mir selbst plötzlich gefüllt worden wäre. Die erste Begegnung mit ihm war eine Erfahrung von totaler Stille und Tiefe. Er war auf eine Weise gar nicht da und auf eine andere Weise vollständig da, verstehen Sie?«

Natürlich hatte der Kommissar nicht verstanden. »Ich sehe jedenfalls nicht, dass es zu irgendetwas Verwertbarem geführt hat, was Sie damals getrieben haben, was Sie heute noch treiben«, hatte er geknurrt.

»Vielleicht ist es auch nicht leicht zu sehen. Osho war ein Mystiker. Sie können ihn nicht mit dem Verstand durchschauen. Seine Experimente waren multidimensional, und Sie können auch deren Ergebnisse nicht mit dem Verstand bewerten. Es handelt sich um individuelle Erfahrungswerte, völlig singuläre, tiefgreifende Erkenntnisse. Im Grunde geht es um Liebe, und um Dankbarkeit für den Weg, den er eröffnet hat. Osho ist ein Schlüssel, ein Wegweiser, eine Brücke, ein Adler, der einen über die Begrenzungen trägt, innerhalb derer Menschen wie Sie verhaftet bleiben.«

»Geschwafel!« Hektor war immer aufgebrachter geworden. »Dieser Osho war ein Mensch, der Unterwerfung forderte, von allen, die ihn umgaben, und Sie ziehen hier jetzt dieselbe Nummer ab.«

Namito hatte gelächelt. »Es geht nicht um Unterwerfung, das ist es heute nicht, und das war es auch damals bei Osho nicht, sondern um die Bereitschaft zur ungeschminkten Selbstbegegnung. Es geht um Hingabe, Surrender, wie wir sagen, und das hat mit blinder Abhängigkeit absolut nichts zu tun. Osho war, wie alle wahren Meister, nur eine Projektionsfläche, wie ein blankgeputzter Spiegel, in dem man sein wahres Ich erkennen konnte, wenn man dazu bereit war. Ich habe mich ihm nicht unterworfen, ich habe mich ihm hingegeben, das ist ein fundamentaler Unterschied. Aber das können Sie nicht verstehen, Herr Hektor, dazu braucht man ein wenig Kenntnis und Einfühlungsvermögen in östliche Philosophie und Mystik.«

»Ich brauche keinen östlichen Schnickschnack.« Hektor hatte ihn angesehen, als wollte er sich gleich auf ihn stürzen. »Ich habe meinen Glauben.«

»Ach so, jetzt verstehe ich«, hatte Namito nickend gesagt, »jetzt weiß ich, warum Sie so angespannt sind. Was hier passiert, was in Poona und in Rajneeshpuram passierte, ist ein Tritt vors Schienbein Ihres Christentums. Wir sind mehr am Hier und Jetzt, am üppigen Dasein der Welt interessiert als am Jenseits, für das Sie tagtäglich so schwer schuften müssen. Und ob es letztendlich reicht fürs Himmelstürchen, ist noch sehr die Frage, bei den vielen Fehlern, die Sie machen. Ich sage Ihnen gern, Herr Hektor, dass Ihre Religion meiner Ansicht nach alles andere als unschuldig am traurigen Zustand dieser Welt ist. Es fing nämlich alles mit diesem ›Macht euch die Erde untertan‹ an. Wenn Sie mich fragen, ist das gründlich gescheitert. Und zwar, weil es ohne Bewusstheit geschah. Osho hat erkannt, dass es einen neuen Menschen braucht, um den Karren aus dem Dreck zu ziehen, einen Menschen mit Bewusstheit.«

Hektor hatte ihn böse angefunkelt. »Ja, Sie sind wahrhaftig ein Meister, Thalmann, ein Meister im Verdrehen der Dinge. Sie stellen alles so hin, dass es Ihren Zwecken dienlich ist. Meinen Sie, ich durchschaue Sie nicht? Was wirklich gescheitert ist, ist doch Ihr größenwahnsinniges Experiment damals in Oregon. Show abgezogen, Menschen bedroht, Millionen verzockt, alles zusammenbrechen lassen, zurück nach Indien gekrochen, so war es doch? Und trotzdem machen Sie hier weiter mit dem ganzen Mist, nur tausendmal kleiner und armseliger.«

Diese letzte Bemerkung hatte Namito getroffen, doch er ließ es sich nicht anmerken. Mit sanfter, ruhiger Stimme hatte er geantwortet: »Noch ist es nicht ganz so weit, noch überwiegen die kritischen Stimmen.

Aber mit etwas mehr Abstand, und es hat schon begonnen, wird die Welt erkennen, dass damals in Oregon ein großartiger Versuch unternommen wurde, der leider nicht von Erfolg gekrönt war, weil wir von zu viel Hass, Neid und Missgunst umgeben waren. Doch Rajneeshpuram kann viele Aufschlüsse darüber geben, wie der spirituelle Mensch ein Leben in Gemeinschaft gestalten kann. Sollen wir jetzt den Kopf in den Sand stecken? Oder sollen wir aus dem, was war, lernen und es wieder versuchen? Sollen wir nicht immer aufs Neue unser Bestes geben?«

Namito hatte Hektor angesehen. Die Augen des Polizisten flackerten.

»Was ist, wenn Sie diesen Fall nicht lösen können, Herr Kommissar? Wenn es Ihnen nicht gelingt, den Mörder von Sylvie Wilke zu fassen? Wofür Sie nicht nur gut bezahlt werden, wie ich schätze, sondern was auch Ihr hehres Ziel, Ihr großer Ehrgeiz ist. Das, was Sie nachts nicht schlafen lässt. Was tun Sie dann, Herr Hektor? Hören Sie auf, Polizist zu sein? Gehen Sie kellnern? Oder versuchen Sie es beim nächsten Fall wieder, geben Sie wieder Ihr Bestes, und wieder und wieder?«

»Warum haben Sie es so eilig, mich auf den nächsten Fall anzusetzen, Thalmann? Wir haben hier ja noch gar nicht richtig angefangen. Aber ich verrate Ihnen was: Ich bin mir ziemlich sicher, dass wir bei Ihnen etwas finden werden.«

Hektor war näher an ihn herangetreten. Er hatte Schweißperlen auf der Stirn.

»Ich glaube nämlich, dass Sie es waren, Thalmann. Vielleicht nicht mit Ihren eigenen Händen, vielleicht haben Sie einen aus Ihrem Fußvolk beauftragt. Ich weiß noch nicht, warum, aber ich weiß, dass man in Ihrem Verein noch nie Skrupel hatte, wenn man die eigenen Ziele durchdrücken wollte.«

Namito hatte gelächelt. »Wirklich eine äußerst durchdachte Theorie, Herr Hektor, Kompliment. Allerdings bin ich bisher davon ausgegangen, dass in Ihrer Welt nur Fakten und Beweise zählen.«

»Ich werde Ihnen das Handwerk legen. Darauf können Sie sich verlassen.«

Mit diesen Worten war Hektor davongestürmt.

Wütend. Sehr wütend. Das war gut, fand Namito, als er sich überlegte, was der Kommissar als Nächstes tun könnte. Denn wer wütend war, dachte nicht richtig nach.

Er selbst war ruhiger geworden durch die Rückschau. Wenn diese Dobermann-Ausgabe eines Polizisten geglaubt hatte, mit so einem durchschaubaren Auftritt könne man ihn einschüchtern, dann hatte er sich gründlich getäuscht.

Vielleicht würde er doch noch versuchen, in die Meditation zu gehen. Er brauchte Energie für das, was kommen würde. Für morgen Abend hatte er ein Sarjana-Treffen angesetzt, eine Aussprache über die Geschehnisse der letzten Zeit. Namito wusste, dass er nicht länger darum herumkam, den anderen ein Stück weit Rede und Antwort zu stehen. Hektor hatte keine Ahnung. Sie waren nicht alle brave Lämmer, die sich ewig hin und her treiben ließen, vom Stall zur Weide und wieder zurück.

Namito seufzte tief auf, bevor er sich im Lotussitz im Gras niederließ. Wann würde diese unselige Episode endlich zu Ende sein? Wann konnte er sich endlich wieder ganz auf seine Spiritualität konzentrieren, auf seinen Weg zum Kern der Existenz? Er hatte viele, viele Jahre gebraucht, bis er begriffen hatte, was Erleuchtung wirklich bedeutete. Jetzt wusste er es: Erleuchtung bedeutete, nichts anderes haben zu wollen als das, was ist. Und gleichzeitig wusste Namito, dass er weiter von diesem Zustand entfernt war denn je.

Für einen Freitagabend war das »Ofenrohr« nicht besonders voll. An den mit der langen Theke verbundenen Tischen saßen sich nur wenige Pärchen in trauter Zweisamkeit gegenüber, besprachen leise ihre Beziehungsangelegenheiten oder schmachteten sich über ihre ausgefallenen Pizzakreationen hinweg an. Wobei vor allem von Letzterem im Fall von Zita Gehring und Lars Prekup nicht die Rede sein konnte. Zumindest nicht aus Zitas Sicht, obwohl sie die taxierenden Blicke von Lars durchaus registrierte und sich ganz gut vorstellen konnte, worauf er nach der Ouvertüre und dem Mittelteil spekulierte. Schließlich war sie keine Nonnenversteherin, und es war auch nicht das erste Mal, dass sie einen Abend im »Ofenrohr« begannen. Meistens hatte der Ausklang in ihrem oder in Lars' Bett stattgefunden, aber diese Zeiten schienen ihr heute tausend Jahre her zu sein.

Eigentlich mochte Zita das ausgefallene Restaurant mit seinem schwarzgrauen, gemauerten Ambiente. Wände, Decke und Tische waren mit glutroten Flammenzungen verziert, und die Pizzen wurden mit langen Holzschaufeln direkt aus der Küche gereicht. Und so hatte sie Lars' Vorschlag, sich dort zu treffen, leichtfertig zugestimmt – nachdem sie auf der Rückfahrt vom Starnberger See beschlossen hatte, nicht länger wie ein kleines, ihre Allüren pflegendes Mädchen auf Tauchstation zu bleiben. Jetzt spürte sie, dass sie das enge Zusammengepferchtsein, das die Aufteilung im »Ofenrohr« mit sich brachte, kaum ertragen konnte. Ihr Teller stand praktisch unberührt neben ihr, sie hielt sich stattdessen an ihrem Rotweinglas fest.

Zita fühlte sich müde wie eine alte Hündin; die letzten beiden mit viel zu wenig Schlaf gepolsterten Nächte machten sich gnadenlos bemerkbar, und der Tag heute hatte ihr den Rest gegeben. Im Grunde genommen wollte sie das Treffen mit ihrem Freund – denn das war er ja schließlich, zumindest offiziell, immer noch – nur so schnell wie möglich hinter sich bringen. Dann nach Hause fahren, und zwar allein, in ihr Bett schlüpfen und zügig wegdämmern, nur daliegen wie eine Schubkarrenladung Blei, bis zum nächsten Morgen. Das Problem war, unter anderem, dass sie überhaupt nicht zu Wort kam, weil Lars wie üblich tonnenweise Zeug zu berichten hatte, obwohl sie sich nur zwei Tage nicht gesehen hatten.

Andererseits war Zita froh um den Aufschub, da sie keinen Schimmer hatte, was sie ihm eigentlich sagen wollte. Am liebsten hätte sie ihn einfach nur gefragt, ob das alles mit ihnen beiden überhaupt noch einen Sinn hatte – in der Hoffnung, er würde mit einem klaren Nein antworten und ihr damit die Entscheidung abnehmen. Was utopisch war. Er würde vielmehr erst gekränkt reagieren und sie dann stundenlang zulabern, wie und warum doch alles wieder ins Positive gewendet werden konnte.

Feige Tante, schalt sie sich selbst. Aber sie konnte sich einfach nicht zu einem klaren Statement durchringen, nicht jetzt, wo ihr der Fall so zu schaffen machte, wo sie sich nicht befreien konnte aus dem Gedankengewirr, in das sie der Tod dieser jungen Frau gestürzt hatte. Im Grunde genommen war jetzt die denkbar schlechteste Zeit, um über Wohl und Wehe ihrer Beziehung zu entscheiden, das war ihr in einem der hinteren Winkel ihres Bewusstseins dumpf bewusst.

Sie hörte Lars nur mit einem halben Ohr zu, während er von einer Zeugin der Staatsanwaltschaft erzählte, die die Chuzpe gehabt hatte, ihm mitten ins Gesicht zu lügen, ohne in ihrer Naivität damit zu rechnen, dass ein aufgeweckter Verteidiger wie er über Mittel und Wege verfügte, ihr Lügengebäude wie ein Kartenhaus zusammenfallen zu lassen.

Ihre Gedanken kreisten um Roger Helms und dass er überhaupt nicht ins Bild passte. Auf den ersten Blick schien es so, als ob die Motorradspur im Sande verlaufen würde, außer es gelang ihnen, den vermeintlichen Dieb des Gefährts aufzutun. Was wenig erfolgversprechend war. Wenn Zita daran dachte, welche Recherchearbeit sich hinter der Überprüfung der Ant Bollocks und ihres offenbar weitläufigen Umfelds verbarg, wurde ihr regelrecht schlecht. Zumal es mindestens genauso wahrscheinlich war, dass irgendjemand, der entweder zufällig oder in ebendieser Absicht in der Seegegend unterwegs gewesen war, die günstige Gelegenheit genutzt und sich die Maschine unter den Nagel gerissen hatte.

Oder war Daimler auf der richtigen Fährte, der nicht so recht an den Diebstahl glauben wollte und auf der Rückfahrt angedeutet hatte, dass Roger Helms sein komfortables Leben mit Drogendeals finanzieren könnte? Deals, die er vielleicht unter anderem über Alfons Schindler abwickelte. Zita hatte ihre Zweifel an dieser Theorie. Man musste verdammt viel dealen, um sich solch eine Villa plus land- und wassergestütztem Fuhrpark leisten zu können, und wie der mächtige Boss einer großflächig agierenden Drogenorganisation hatte Helms nun nicht gerade gewirkt.

Wahrscheinlich hatte er tatsächlich nichts mit der Sache zu tun.

Andererseits schleppte sie seit dem Nachmittag das Gefühl mit sich herum, dass mit dem Mann irgendetwas nicht stimmte. Das sind deine Vorurteile, sagte eine Stimme in ihrem Kopf, weil du sein affektiertes Machogetue nicht ausstehen kannst. Ja, es stimmte: Roger Helms hatte sich präsentiert wie ein Muskeltier auf zwei Beinen, und Zita war abgestoßen gewesen. Sie traute einem Typen, der sie so großspurig empfangen hatte, der so protzig im Zentrum seines eigenen Lebens hockte, der so vehement auf Ich-bin-der-König-der-Welt machte, durchaus zu, dass er auch die eine oder andere kleine Lüge im Repertoire hatte. Oder dass er es zumindest mit der Wahrheit nicht ganz so genau nahm. Hauptsache, er war fein raus und alles lief zu seinen Gunsten.

Aber wenn Roger Helms doch irgendwie seine Finger im Spiel haben sollte, was hatte dann das alles noch mit dem Sarjana, mit Friedrich Thalmann und seiner Gefolgschaft zu tun? War das Ganze vielleicht doch nur eine harmlose, pittoreske Kulisse, in die Sylvie Wilke im Drogenrausch rein zufällig gestolpert war? Welchen Grund konnte es schon geben, sich in ein solch exotisches Umfeld zu verirren? Vielleicht die Abgeschiedenheit? Vielleicht war das ganze Sannyasin-Getue nur billige Fassade, um Gott-weiß-welche-Machenschaften zu verschleiern.

Zitas Kopf dröhnte. Sie musste so schnell wie möglich nochmal nach Unterwilzingen und versuchen, hinter diesen spirituellen Schleier zu blicken, der rings um das Sarjana wehte. Auf einmal schien es zu passen, dass David Kiemer, dieser Prem Pantha, sie heute Morgen eingeladen hatte, am Wochenende einfach mal vorbeizuschauen. Verschmitzt hatte er sie angesehen und gemeint, er könne ihr das eine oder andere zeigen, in aller Ruhe. Zita war perplex gewesen. Sie konnte nicht recht einordnen, was er eigentlich von ihr wollte. Du gefällst mir, weißt du das?, hatte er noch gesagt, auf eine nette, sensibel wirkende Art. Sie konnte nicht einmal explodieren und sich eine solch plumpe Anmache verbitten. Mal sehen, hatte sie nur gesagt und sich seine Handynummer geben lassen.

»Der Staatsanwalt stand ganz schön blöd da, das kannst du mir glauben.«

Zita nickte nur. Was hätte sie auch sagen sollen, wo sie doch die Geschichte nicht mal zur Hälfte mitbekommen hatte? Sachte klopfte das schlechte Gewissen bei ihr an. Zumindest dass sie ihm zuhörte, hatte Lars doch wohl verdient, wenn sie ihm sonst schon nichts bieten konnte zur Zeit. Andererseits wissen gute Redner, wie sie ihre Zuhörer fesseln, wie sie Dinge auf den Punkt bringen und wann alles gesagt ist. Ansonsten sind sie nichts als Schwätzer, oder?

Was Prem Pantha anbelangte, so würde sie sich morgen wohl tatsächlich mit ihm treffen müssen, aber natürlich nur, weil sie hoffen konnte, auf diese Weise in dem Fall ein Stück weiterzukommen. Aus keinem anderen Grund.

Und wenn das so war, so definitiv harmlos, dann konnte sie Lars auch ohne Scheu von dem jungen Mann erzählen, dachte sie, während sie beobachtete, wie er sich seiner kalt gewordenen Pizza widmete. Allerdings hatte es im Grunde verdammt wenig Sinn, Lars gegenüber von dem Fall anzufangen, von den Zweifeln und der Unsicherheit, die sich ihrer zunehmend bemächtigten. Die Reaktion stand jetzt schon so fest, als wäre sie für alle Ewigkeit in Stein gemeißelt: Tja, Zita, das verstehe ich sehr, sehr gut, glaub mir, aber ich habe dir von Anfang an gesagt, dass dieser Job nicht das Richtige für dich ist. Du solltest …

Sie orderte noch ein Glas Rotwein, ihr drittes.

»Du hast mich noch nicht einmal gefragt, wie es mir geht«, platzte sie vorwurfsvoll heraus.

Lars sah sie ausdruckslos an. »Du mich auch nicht.«

Das stimmte, aber wozu hätte sie ihn das fragen sollen? Ihm ging es ohnehin immer gleich. Er war nie gestresst, nahm die Dinge meistens so, wie sie kamen, blieb relaxed, schwamm immer oben, wie ein Korken, egal wie miefig die Brühe auch war. Er kann einfach nichts falsch machen, so wie er das Leben sieht, dachte Zita, weil er immer schon im gemachten Nest gesessen hat.

»Komm, lass uns morgen zu meinen Eltern fahren, und am Sonntag nehmen wir uns so richtig Zeit füreinander«, schlug Lars vor und zwinkerte ihr zu.

Ich muss mich mit jemand anderem treffen. Mit Prem Pantha. Einem jungen, interessanten Sannyasin. Sie arbeitete hart an derartigen Sätzen, aber sie wollten ihr nicht über die Lippen kommen. Weil sie nicht unnötig grausam sein wollte, sagte sie sich. Weil du feige bist, flüsterte eine andere Stimme in ihrem Kopf.

»Geht nicht, ich muss arbeiten am Wochenende. Wir sind doch seit Mittwoch an diesem Todesfall dran, wahrscheinlich Mord, und noch keinen Schritt weitergekommen.«

Auf gar keinen Fall würde sie sich morgen schon wieder der kritischen Begutachtung durch seine Eltern aussetzen. Andererseits wurde erwartet, dass sie wenigstens an einem Tag in der Woche auftauchten; es gehörte quasi zum Standardrepertoire der Familienführung. Zita wusste, dass sie bei Jörg und Liliane Prekup nicht wirklich gut gelitten war, und das nicht nur, weil sie bereits zu viele Wochenenden hatte sausen lassen. Als lederjackentragende Polizistin, die nie ohne ihren iPod aus dem Haus ging, hing sie immer irgendwie schief im Bild der heilen Familienwelt. Gut, sie konnte es schaffen, auf lange Sicht halbwegs akzeptiert zu werden, wenn sie sich sehr anstrengte – aber der Zeitplan war eng.

Aus Prekup-Sicht wurde es langsam Zeit, dass Lars, auch wenn er einen etwas fragwürdigen Frauengeschmack an den Tag legte, den Deckel draufmachte. Schließlich waren seine beiden älteren Geschwister, wie gemalt den Zwei-Jahres-Rhythmus pflegend, schon relativ weit fortgeschritten in der Familienplanung. Lars schien diese vorherbestimmten Szenarien, die bei seiner Familie zur Selbstdefinition gehörten, als natürlich zu empfinden. Zumindest hatte er, ohne auch nur mit der Wimper zu zucken, dieselbe Richtung eingeschlagen, neuerdings mit durchgedrücktem Gaspedal.

Wieso war eigentlich ihr Glas schon wieder leer? Sie bestellte noch einen Rotwein.

»Wenn wir schon beim Thema Eltern sind, könntest du bitte aufhören, dich mit meiner Mutter gegen mich zu verbünden?«

»Ich hab mich doch nicht mit ihr gegen dich verbündet«, protestierte Lars, »ich hab nur versucht, herauszufinden, was in letzter Zeit mit dir los ist.«

Das gab Zita den Rest. Wozu rief er da ihre Mutter an? Genauso gut hätte er die nächste Wand fragen können.

»Was mit mir los ist? Nichts, gar nichts. Ich komme nur nicht mehr klar, mit allem. Mit deiner Art, durchs Leben zu ziehen. Ich habe das Gefühl, ich gehöre einfach nicht richtig dazu, ich werde nie richtig dazugehören.«

Überrascht, ja schockiert von diesem plötzlichen Ausbruch schaute er sie an. Aber jetzt hatte sie sich von der Leine gelassen, jetzt musste sie auch weiterjagen.

»Und das liegt an mir. Denn ich will gar nicht dazugehören, verstehst du? Weil … das ist mir zu wenig. Es sieht aus, als steht dir die Welt offen, dabei bewegst du dich auf den ewig gleichen Bahnen. Es sieht aus, als hättest du unendlich viel Spaß, dabei ist es wie bei einem Kind, dem man eine Fahrt auf dem Karussell bezahlt, damit es endlich für eine Weile Ruhe gibt. Alles, was du tust, wirkt auf den ersten Blick wie die Freiheit, sein eigenes Ding zu machen, dabei ist es eine gefakte Freiheit, eine Freiheit zweiter Klasse, die du aber ganz gern hinnimmst, weil dir auf die Art nichts passieren kann, weil alles geregelt ist. Und ich passe da einfach nicht rein. Wenn ich mein Leben leben will, werde ich ständig von allen Seiten zurückgepfiffen.«

»Was für eine gefakte Freiheit? Was faselst du denn da?«

»Oh, das Ganze ist natürlich gut getarnt. Nimm zum Beispiel die Hühner; es ist kein Käfig, für jeden sichtbar, es ist eher so eine Art Freilandhaltung.«

Zita spürte, wie ihre Zunge schwerer wurde, aber der Vergleich gefiel ihr.

Lars kapierte natürlich nichts, wie meistens. »Was denn für eine Freilandhaltung?«

»Weißt du noch, am Anfang, als es losging zwischen uns, da hast du mir mal gesagt, du möchtest auf keinen Fall so sein wie all die anderen. Denn die meisten hocken eng zusammengequetscht wie Legehennen auf ihren Stangen, hast du gesagt, sie können sich kaum bewegen, sehen nie das Tageslicht, müssen jeden Tag ihre Eier legen und sind letztendlich doch zufrieden mit ihrem Schicksal oder finden sich damit ab, die einen, weil sie nichts anderes kennen, die anderen, weil sie gar nichts anderes könnten. Und du hast ja recht: Mit so einem banalen Leben gibst du dich nicht zufrieden, du willst mehr, und du bildest dir ein, dass du ein besonders tolles Huhn bist, denn du scharrst im Freien herum und fühlst dich großartig, weil du die Sonne siehst und deiner Wege gehen kannst.«

Zita schnaubte verächtlich und nahm noch einen Schluck Wein.

»Nur: Was du nicht siehst, nicht sehen willst, ist, dass du in Wirklichkeit gar nicht frei bist. Man gönnt dir nur ein kleines bisschen Auslauf, um dich ruhig zu halten, und dein Bewusstsein reicht nicht mal so weit, dass du den Zaun erkennen kannst, der dich davon abhält, die Welt zu entdecken, der verhindert, dass du wirklich frei bist und dein Leben selbst in die Hand nimmst. Das stört mich an dir.«

Lars hob hilflos die Hände. »Ich weiß nicht, was du meinst. Ich tue, was ich will. Das war schon immer so.«

Aber Zita hatte sich endgültig in Rage geredet.

»Du tust immer nur das, was man von dir erwartet. Du befriedigst deine Umgebung mit deiner lässigen Art, du ziehst die Sonne am Himmel auf, auch wenn es null Grund dafür gibt, selbst mitten in der Nacht. Du hast dir noch nie zugestanden, anders zu sein, weil du niemanden irritieren willst. Du bist nie … echt!« Sie sah ihn durchdringend an, doch er sagte nichts.

»Du bist Jurist geworden, weil Mami und Papi es so wollten. Klar haben sie dich nicht von vornherein völlig eingeschränkt, sie haben dich nicht auf die Stange gesetzt und gesagt: drei Eier pro Tag. Du hättest auch Medizin studieren können, gar kein Problem. Aber nie im Leben hättest du aus dem Prekup-Raster ausbrechen dürfen, um von mir aus Kneipier oder Landschaftsgärtner oder was weiß ich was zu werden. Das meine ich mit Freilandhaltung, verstehst du? Du bist ein Huhn, ach, von mir aus auch ein Hahn, der glaubt, er habe das große Los gezogen, dabei ist dein Horizont so erbärmlich eingeschränkt.«

»Das habe ich nie so empfunden«, rechtfertigte sich Lars lahm.

»Natürlich nicht, das ist ja das Problem«, brauste Zita wieder auf, »ich hab's auch lang nicht gesehen. Der Punkt ist, dass ich das Gefühl habe, ich bin so langsam dran, meine Rolle in dem Ganzen auszufüllen. Ich bin nicht die Idealbesetzung, das ist mir schon länger klar, aber ich darf mitmachen, allerdings nur, wenn ich funktioniere: Wenn ich langsam in die Gänge komme, das Polizistinnengetue hinten anstelle, das brave Frauchen gebe und dem werten Herrn ein Pärchen Kinder schenke. Auf jeden Fall fühle ich mich von allen Seiten, ja, und vor allem von dir, Lars, in diese Richtung gedrängt. Gestoßen!«

Sie seufzte. »Verstehst du, ich glaube einfach nicht, dass ich mich auf deinem Territorium wohlfühlen kann auf Dauer. Diese Freilandhaltung ist nicht mein Ding. Ich weiß nicht, was bei meinem Leben letztendlich rauskommt, aber zumindest sehe ich den Zaun hinter den scharrenden Hühnern und dahinter den Horizont, und irgendwie habe ich das Gefühl, dass da noch was ist, was ich finden muss.«

Lars sagte nichts, starrte sie nur an. Plötzlich tat er ihr leid. Sie hatte ihn nicht so überfahren wollen. Andererseits fühlte sie sich nun befreit. Endlich war sie losgeworden, was die ganzen letzten Tage über an ihr genagt hatte. Ob sie in allem recht hatte, konnte sie immer noch prüfen, wenn sie wieder ganz klar im Kopf war.

Zita lächelte schief. »Sorry, ich wollte dich nicht komplett in den Wind stellen. Denk einfach mal drüber nach.«

Dann drehte sie sich um und winkte dem Kellner.

»Die Rechnung übernehme ich«, sagte sie. »Tut mir leid, aber mehr ist für dich heute einfach nicht drin.«

Amratis Tagebuch

Poona, 7.2.1981

Es ist so schön hier am Fluss. Die schwarzen Felsen türmen sich hier und dort zu Quaderbergen auf. In den oberen Regionen nisten Vögel, unten im Flachen meditieren Sannyasins, wie auf dunklen, runden Decken, beschützt vom Schatten der Palmen. Die Raben kreischen, ab und zu sorgt ein Reiher für einen hellen Farbtupfer.

Die Hüttensiedlung ist ein richtiges kleines Dorf geworden. Wir nennen es Lao-Tse-Village. Auch Namito hat jetzt eine Hütte bekommen, für fünfundzwanzig Mark im Monat, die von Varesh, die gestern wieder nach Deutschland zurückgegangen ist. Es ist nur ein Katzensprung bis zu meiner und Pramendras Ecke, aber wir zahlen beide nur zwanzig für die Dächer über unseren Köpfen.

Für Namito läuft es gut zur Zeit, er hat seit Kurzem einen Job im Ashram, in der Küche. Er hat lange bei Laxmi im Büro nerven müssen dafür, ich glaube, er war jeden Morgen dort und hat sich angedient. Draußen würde man das, was er tue, als Sklavenarbeit ansehen, meint er, die Küche sei organisiert wie ein Kasernenhof. Deeksha, die Leiterin, führe sich auf wie eine Diktatorin. Das Arbeitstempo sei extrem, man werde ständig angetrieben, selbst die blitzsauberste Fläche müsse nochmal gewienert werden, wenn es Deeksha oder einer anderen Ma aus ihrer Truppe in den Sinn komme. Aber er ist glücklich dabei. Nicht nur, dass er in Bhagwans Nähe sein kann und etwas Sinnvolles zum Ganzen beiträgt, für Namito ist es auch, tja, was eigentlich? Ich glaube, einfach ein Experiment. Er experimentiert mit der Egozerstörung. Bhagwan hat recht, hat er neulich gesagt, es ist wirklich so: Wenn du dich der Arbeit total hingibst, hat der Kopf keine Zeit mehr, in alten Mustern zu denken. Pramendra meint, Namito ist ein Streber.

Ich hätte zur Zeit für sowas gar nicht die Kraft. Wo ist meine Sicherheit nur hin, meine Standfestigkeit? In den letzten Wochen bin ich ständig im Netz meiner Gedanken gefangen. Sitze fest in meinem selbst gewobenen Fadengefängnis wie eine Spinne. Und habe das Gefühl, ich fresse mich selbst auf. Es geht mir schlecht, ich fühle mich irgendwie … verloren. Nicht mal mehr zum Schreiben hatte ich Lust und Kraft. Die Situation mit Namito und Pramendra macht mir so zu schaffen. Manchmal halte ich es nicht mehr aus. Von wegen, wir überwinden alle unsere Egos und dann stehen wir am Tor zum Paradies. So viel Neid und Missgunst, so wenig Verständnis für die anderen! Ich weiß, ich muss einen von beiden in die Wüste schicken. Oder am besten gleich beide! Ist das noch Liebe? Und wenn ja, für wen?

Das Schlimmste ist, dass ich selbst nicht frei bin von dieser beschissenen Eifersucht. Ich zeige es nicht, ich laufe nicht mit Namitos Duldermiene herum, aber innerlich koche ich, wenn ich merke, dass Pramendra wieder eine neue Ma aufgetan hat. Das ist doch nicht normal, oder? Vielleicht sieht er einfach nur zu gut aus. Kein Wunder, dass so viele Weiber hinter ihm her sind, bei dem Frauenüberschuss im Ashram. Er sagt, er liebt mich, und er fragt, warum es Betrug sein soll, wenn er mit einer anderen Frau schläft. Ich habe keine Antwort. Ich weiß, Liebe ist nichts Exklusives, das man in ein Gefängnis sperren kann. Das heißt, man kann schon, aber dann tötet man sie, lässt sie langsam und qualvoll ersticken.

Und er hat auch noch Bhagwan auf seiner Seite. Ich habe mir das Tape mit der Lecture ein Dutzend

Mal angehört. Er sagt: »Liebe ist nicht Geld. Liebe ist nicht Besitz. Liebe ist nicht Quantität. Liebe ist ein völlig anderes Phänomen. Wenn man das einmal verstanden hat, hört das Leid auf. Man kann Eifersucht überwinden, aber wenn man es tut, dann überwindet man damit auch gleichzeitig den Wunsch, in einer Beziehung zu leben.«

Ha, wenn es denn nur eine wäre! Wozu brauche ich gleich zwei? Aber das ist keine Maßlosigkeit. Namito und Pramendra sind für mich die zwei Seiten ein- und derselben Medaille. Wie könnte ich mich von einer trennen? Sie sind für mich die helle und die dunkle Seite des Mondes. Wer wäre so verrückt, den Mond zu halbieren?

Ich muss da durch, aber ich weiß nicht, wie ich es schaffen soll. Im Moment habe ich wenig Hoffnung.

Poona, 9.2.1981

Es GEHT IMMER auf und ab. Wann komme ich endlich in meiner Mitte an? Es gibt Tage, da schwanke ich wie besoffen zwischen Bliss und Misery. Hinauf auf den Berg, Blick auf die strahlende Sonne, und dann wieder hinunter ins tiefste Tal, bevor sich die Schönheit auch nur annähernd um meine winzige Gestalt winden kann. Ich bin des Wanderns müde, genervt vom Hoch und Runter, ich will ankommen – jetzt!

Was für naive Gedanken. Sie zeigen meine ganze Unreife, zeigen, wie wenig ich bisher von dem verstanden habe, was ich jeden Morgen in der Lecture höre. Dabei geht es ja überhaupt nicht ums Verstehen, es geht ums Erfahren. Ich weiß nicht, welches Geheimnis sich hinter Bhagwan verbirgt. Ich weiß auch nicht, ob ich es wissen will. Bhagwan ist einfach jemand, der bedingungslose Liebe ausstrahlt. Wenn das nicht genug ist. Und das sollte für uns alle das Ziel sein!

Poona, 14.2.1981

Der Ashram wirkt auf mich manchmal wie ein mittelalterlicher Hofstaat. Die Privilegierten scharen sich um den Herrscher und schauen auf die anderen herab, die es nicht so weit gebracht haben. Das Fußvolk dagegen bemitleidet die Neuen, die gerade aus dem Westen gekommen sind und von Tuten und Blasen noch keine Ahnung haben. Der Ashram wird geradezu überschwemmt. Bhagwans Leute suchen fieberhaft nach einem größeren Platz. Man spürt die Aufbruchstimmung.

Die Machtspiele sind dagegen immer dieselben, und sie gehen mir zur Zeit ziemlich auf die Nerven. Es gibt hier regelrechte Stars, diese ganze Therapeutenriege und ihr Anhang; dann natürlich die, die die Kohle haben und ihre Taschen ganz weit aufmachen. Morgens und abends in der Buddhahalle dürfen sie ganz vorne sitzen. Namito beneidet sie, ich weiß es. Er will auch dorthin. Ich finde es nur kindisch. Deswegen sind wir bestimmt nicht hier. Hoffe ich zumindest.

Egal, die Rituale mögen zum Teil dämlich sein, die Oberfläche schal, doch wenn Bhagwan hereinkommt, ist alles wie weggeblasen, dann ist alles andere unwichtig. Ich spüre, wie mein Widerstand gegen Surrender schwindet, ich will mich ganz vor Bhagwan ausbreiten. Wenn ich vor ihm sitze, wenn er zu mir spricht, dann weiß ich, dass ich mich von der Knebelung durch meinen westlichen Verstand frei machen kann. Ich will einfach nicht mehr der Sklave meines Minds sein, er trennt mich nur vom Wesentlichen.

Poona, 15.2.1981

NAMITO IST WIEDER zu, zu, zu! Verschlossen wie eine Auster, schon seit Tagen. Nach langem Bohren meinte er schließlich, er stelle sich immer wieder die eine Frage: Warum lieben wir nicht? Darauf wolle er eine Antwort finden, doch er tappe immer weiter ins Dunkel. Manchmal rührt mich seine Tiefgründigkeit, manchmal nervt sie mich. Dann denke ich: So etwas fragst du dich nur, um dich ungestört in dir selbst vergraben zu können. Und ich denke: Mensch, leb endlich mal! Und dann zieht es mich wieder zu Pramendra. Bin ich eine Verräterin?

Poona, 26.2.1981

ICH WASCHE HIER so viel wie nie zuvor in meinem Leben. Jeden Tag frische Kleider, das ist das Wichtigste. Ich habe keine Lust, wegen mangelnder Hygiene vor der Lecture zurückgewiesen zu werden. Die Schnüffler kennen kein Pardon. Und es heißt, Bhagwans Asthma habe sich in letzter Zeit sehr verschlimmert. Manche sagen, er müsse Indien verlassen, man suche einen Ort für ihn, an dem das Klima besser sei.

Pramendra schwänzt zwar jede zweite Lecture, wenn er abends in der Buddhahalle getrommelt hat, und danach … was weiß ich, aber er hat unmerklich angefangen, mir seine Sachen unterzuschieben, wenn ich am Fluss waschen gehe. Und ich blöde Kuh hab's zuerst gar nicht gemerkt, hab gedankenlos sein stinkendes Zeug mitgecleant. Heute Morgen denke ich auf einmal: Was mache ich denn hier? Lasse mich als Frauchen missbrauchen, als säßen wir altersschwach in einem langweiligen deutschen Reihenhäuschen. Also schmeiß ich ihm sein Zeug vor die Füße, dem Bongohelden, wortlos, und er plustert sich auf wie ein Gockel, klar. Er rennt mir nach, wortschwallig. Ich sage ihm, er soll mich in Ruhe lassen, ich diskutiere mit ihm nicht darüber. Aber wir können uns doch abwechseln mit Waschen, gar kein Problem, lenkt er scheinbar ein. Haha, den Trick kenn ich. Ach, mir ist heute nicht gut, ach, ich muss noch schnell in die City, ach du, ich treff mich nachher mit Ma Soundso, kannst du nicht … Nein! Jeder wäscht seinen Scheiß ab jetzt selbst und basta. Hat sich richtig gut angefühlt, als er kleinlaut abgezogen ist. Ja, ich weiß, es ist mein Ego, das triumphiert, weil ich's ihm gegeben hab. Aber recht hab ich trotzdem!

Poona, 4.3.1981

Die Hypnotherapiegruppe gibt mir neue Kraft. Ich kann wieder bewusster wahrnehmen, was um mich herum vorgeht, kann wieder mehr das große Ziel sehen, auf das wir zusteuern, sehe das Leben als Ganzes, verliere mich nicht mehr so kindisch in meinen eigenen, kleinen Märchengeschichten.

Heute fragte Devakirti jeden in der Gruppe der Reihe nach, ob man lieber ein Stein sein wolle oder eine Rose. Jeder hatte die Wahl und ging mit seiner Wunschvorstellung nach draußen. Ich wählte den Stein, denn ich wollte natürlich nicht hart, aber unverwundbar sein, ich wollte der Welt begegnen, ohne Angst haben zu müssen, wollte mich nicht herumschubsen lassen müssen. Aber das war nur Einbildung, ein alter, eingetrichterter Schutzmechanismus, den ich immer noch nicht ausgemerzt habe. Ich wusste plötzlich, ein Stein, den man nicht herumschubsen kann, der muss riesig sein, so groß, dass andere ihn nur als unnahbaren Felsen wahrnehmen und Angst davor haben, von ihm erdrückt zu werden. Plötzlich gestand ich mir ein, dass ich das Leben teilen will, dass ich mich selbst teilen will mit anderen, und der Stein, der ich vielleicht immer war, zerbrach mit einem Mal, er zerfiel in tausend Teile. Ich weiß nicht mehr, wo ich stand oder saß, aber ich sah das alles vor meinen Augen, als würde es genau so passieren. Und dann spürte ich, wie etwas zu wachsen begann. Die Rose! Sie ist noch ganz klein, und sie ist verletzlich, aber sie ist lebendig, und wie! Ich bin sie, und gleichzeitig bin ich umgeben von ihren zarten Blütenblättern, und wenn der Wind durch sie hindurchstreift, könnte ich laut aufjauchzen.

Als ich zurück in den Gruppenraum kam, muss ich geleuchtet haben im Gesicht. Devakirti sah mich an mit seinen großen, braunen Augen, und er sagte: »I knew for sure, you are a roseflower.«

Poona, 7.3.1981

BHAGWAN WILL UNS nicht belehren, er will uns erwecken. Er macht genau da weiter, wo Gurdjieff damals aufgehört hat. Es geht ihm nicht darum, uns gut zuzureden, sondern darum, uns wachzurütteln. Seine Widersprüche sind bewusst kalkuliert. Sie sollen uns klarmachen, dass es nicht auf Worte ankommt, sondern gerade darauf, ihre Inhalte und Bedeutungen fallenzulassen. Und er liebt die Provokation. Er scheut sich nicht, die alten Religionen als Schuldige für die existentielle Spaltung des Menschen und für die Ausbeutung des Planeten anzuprangern. Er geht auch die indischen Politiker hart an. Namito meint, er will die Konfrontation, um Spannung, Reibung und damit Energie zu erzeugen. Und er kann der leidenden Menschheit nur helfen, nur dann etwas tun, wenn er Publicity hat, wenn er im Gespräch bleibt. Nur deshalb fährt er jeden Tag die 200 Meter vom Lao-Tse-Haus zur Buddhahalle mit dem Rolls-Royce.

Jedenfalls sieht es so aus, als ob es ernst wird mit der Konfrontation. Die Stadtverwaltung will morgen alle Hütten am Fluss abreißen, das heißt, gut 500 Sannyasins sollen von einem Tag auf den anderen ihr Dach über dem Kopf verlieren. Wir alle haben einen offiziellen Schrieb erhalten, dass wir das Gelände zu räumen hätten. Wir wollen tanzen, singen und passiven Widerstand leisten, aber nicht zurückschlagen, wenn die Polizei auf uns losgehen sollte.

Wir haben keine Angst! Endlich sind sich sogar mal Namito und Pramendra einig.

Poona, 8.3.1981

KEINE PLANIERRAUPEN. DIE Polizei hat sich nicht blicken lassen. Die Räumungsaktion ist abgeblasen worden. Aber das schlechte Verhältnis zur Stadt löst sich nicht einfach in Luft auf. Mittlerweile bekommt man als Sannyasin den Unmut der Einheimischen recht deutlich zu spüren, wenn sie nicht gerade Geschäfte mit einem machen.

Unnötige Lasten sollte man fallen lassen, das, was einem die Schultern niederdrückt, abschütteln. Erst dann kann das Leben beginnen. Bhagwan gab heute Morgen in der Lecture ein schönes Bild dafür. Es schien mir, als hätte er es nur für mich ausgesucht. Er sagte, manchmal sei es so, als ob man ständig und bei allen Verrichtungen zwei Eimer voll Sand mit sich herumträgt und einfach nicht darauf kommt, sie abzustellen. Er sagte: Bleib stehen, stell sie ab und dann geh weiter. So einfach und so weise. Genauso werde ich es machen.

Wie immer strahlte Bhagwan eine unheimliche Ruhe und Gelassenheit aus. Jedes Mal, wenn ich ihn sehe, wenn ich ihn sprechen höre, denke ich: Der hat keine Angst, der ruht völlig in sich selbst. Pramendra, die olle Pantoffel, hat wieder mal alles verpennt. Namito hat ihm das nach der

Lecture vorgeworfen, und Pramendra hat sich ziemlich aufgeregt. Was er eigentlich glaube, wer er sei, hat er Namito gefragt, und wieso er immer an ihm rumkritteln müsse. Es geht nicht darum, was Bhagwan sagt, für mich ist nur seine Gegenwart wichtig. Für mich hat das mit Vertrauen zu tun, aber genau das fehlt dir eben, du musst immer alles durchchecken, hat er Namito angeblafft, bevor er mit seinen Bongos runter an den Fluss verschwunden ist. Wahrscheinlich hat er ja recht, Bhagwan ist eben für jeden etwas anderes, genau das ist sein Geheimnis.

Als Pramendra weg war, wollte Namito unbedingt mit mir schlafen. Aber ich hatte keine Lust. Toll, jetzt sind beide sauer.

Poona, 10.3.1981

HEUTE IN DER Hypnotherapie war die Aufgabe, den Tag zu leben, als wäre es mein letzter. Was habe ich getan? Ich habe zuerst mit Pramendra geschlafen und später mit Namito. Und ich habe an Bhagwans Worte gedacht: Alles, was du akzeptierst an dir, wogegen du nicht mehr kämpfst, hat seine Macht über dich verloren. Ich kämpfe nicht mehr gegen mich!

Als ich abends Namito erzählt habe, wie direkt und unvermittelt mich jede einzelne Stunde angesprungen hat, meinte er: Ja, genau darum geht es hier: Man begreift, wie wichtig es ist, im Augenblick zu leben, ganz bewusst zu sein. Mit mir könne er das. Und ich mit ihm, bei ihm. Manchmal meine ich, er ist ein Teil meiner Seele. Ja, ich weiß, jeder hat seine eigene Seele. Aber es ist trotzdem ein schöner Gedanke für mich. Mit ihm will ich heute einschlafen.

Poona, 2.4.1981

BHAGWAN IST IN silence gegangen. Er hält keine Lectures mehr. Schade, mir fehlen sie richtig. Ich bin noch nicht so weit, ohne seine Worte klarzukommen. Bevor er zu schweigen anfing, hat er noch einmal betont, dass das Ziel ist, die Automatisierung zu überwinden, einen neuen Menschen zu schaffen, der wach und voller Bewusstheit lebt. Es geht darum, das Materielle und das Spirituelle in Harmonie miteinander zu bringen, ein materieller Spiritualist zu sein, Zorba the Buddha zu werden, wie es Bhagwan genannt hat.

Der Ashram bleibt eine Alchemistenküche, in der negative in positive Energy umgewandelt wird. Und das Energiepotential ist höher als je zuvor, scheint mir. Trotz oder vielleicht wegen der ganzen Unsicherheit, die an jeder Ecke zu spüren ist. Alles scheint im Aufbruch. Die schwüle Hitze ist kaum noch zu ertragen.

Niemand weiß etwas Genaues. Aber es heißt, es stehen große Dinge bevor.

11.

Zita sah alles andere als frisch aus, als sie am nächsten Tag im Dezernat auftauchte. Auf Daimler machte sie nicht den Eindruck, als hätte sie eine entspannte Nacht hinter sich. Immerhin, sie war da, obwohl es Samstag war. Alle waren da, weil weder ein Besuch im Freibad noch im Fußballstadion wirkliche Ablenkung versprach, weil ihre Gedanken um den Fall rotierten, weil sie hofften, dass sich endlich ein brauchbarer Hinweis ergeben würde, der sie den entscheidenden Schritt voranbrachte. Keiner wollte diesen Moment verpassen, der für die Mühen entschädigte, die es gekostet hatte, so weit zu kommen, der auf einen Schlag vergessen ließ, dass man zuvor nur Millimeter für Millimeter vorwärtsgekommen war. Fast keiner, korrigierte sich Daimler. Vorberg schien es egal zu sein, er ließ sich nicht blicken, war bereits am frühen Freitagabend, ohne weitere Anweisungen zu hinterlassen, verschwunden. Der Mann schien mit der Polizeiarbeit abgeschlossen zu haben.

Daimler musterte Zita, die trotz der Hitze in ihrer Lederjacke und in Jeans erschienen war. Sie warf die Jacke über die Stuhllehne und ließ sich ihm gegenüber am Schreibtisch nieder. Daimler hatte den Verdacht, dass diese Montur einen gewissen Schutz für sie darstellte, dass sie, wenn es ihr nicht besonders gut ging, auf keinen Fall auf dieses Outfit verzichten konnte oder wollte.

»Und, wie war dein Date?«, fragte Daimler leichthin und versah das letzte Wort mittels Fingerwackeln mit imaginären Anführungszeichen.

Zita hob nur genervt die Augenbrauen.

»Okay, dein Gespräch«, ruderte er zurück.

Sie sah ihn mit strengem Blick an.

»Bitte, Daimler … lass uns schweigen.«

Sie fischte nach ihrer Tasse, die sich zwischen zwei Papierbergen verborgen hatte, und schlich ins Vorzimmer, wo die Kaffeemaschine stand.

»Sei doch nicht immer so verschlossen, Zita. Du weißt doch, dass du mit mir reden kannst«, rief Daimler hinter ihr her.

Dreißig Sekunden vergingen, bevor sie wieder um die Ecke bog.

»Ich bin nicht verschlossen, es ist einfach noch zu früh für solche Themen.«

Daimler hob die Hand und prüfte seine Uhr. »Naja, halb zwölf.« Er wackelte mit dem Oberkörper und setzte einen skeptischen Gesichtsausdruck auf, um anzudeuten, dass er sich nicht ganz sicher war, ob man diese Tageszeit noch als früh bezeichnen konnte. Doch für Zita schien das Gespräch beendet.

Daimler zuckte die Schultern und gönnte sich einen Flashback auf sein eigenes Date am gestrigen Abend. Auf der Rückfahrt vom Starnberger See war ihm klar geworden, dass er mit seiner Frau ins Reine kommen musste. Und so hatte er seine Schwester Sandra zum Kinderhüten verdonnert und Iris spontan zum Essen ausgeführt. Zwischen einem saftigen Steak und Vanilleeis mit heißen Himbeeren hatte er ihr erklärt, wie wichtig sie für ihn war, und hinterher hatten sie sich so viel Zeit füreinander genommen wie schon seit Ewigkeiten nicht mehr.

Er unterdrückte ein Grinsen und lugte zu Zita hinüber, die sich an ihren Schreibtisch gesetzt hatte und gerade ihren PC hochfahren wollte. Dabei fiel ihr Blick auf das Blatt Papier, das auf der Tastatur lag. Ihre Gesichtszüge verzerrten sich.

»Ich könnte ihn umbringen«, murmelte sie, schnappte sich einen Rotstift und schrieb mit forschem Schriftzug etwas quer über das ganze Blatt.

»Wen? Lars?«

Zita machte eine Kopfbewegung hinüber zu Hektors Zimmer. »Na, ihn!«

Durch die offene Tür hörten sie, wie ihr Kollege telefonierte. »Klar, ich kann schon verstehen, dass so einer größenwahnsinnig wird. Man muss sich das nur mal vorstellen. Du lehrst Philosophie und latschst durch halb Indien, und die Leute hören dir stundenlang zu, wahrscheinlich weil sie nichts Besseres zu tun haben. Dann päppeln dich ein paar Jünger finanziell immer mehr auf und kaufen dir sogar einen eigenen Ashram. Und plötzlich fängt die westliche Jugend an, zu dir zu strömen, du ziehst sie magisch an, weil du irgendeine besonders irre Meditationsform entdeckt hast. Du kannst es selbst nicht glauben, dass dein Ashram aus allen Nähten platzt. Und später, als du Knall auf Fall nach Amerika gehst, folgen sie dir zu Tausenden. Sie balgen sich darum, in deiner Stadt leben zu dürfen, sie zahlen dir Geld, viel Geld, Unsummen, nur um in deiner Nähe sein zu dürfen. Wer wäre da nicht übergeschnappt? Seien wir ehrlich, es wäre ein Wunder gewesen, wenn er normal geblieben wäre.«

Zita verdrehte die Augen.

»So geht das schon den ganzen Morgen«, erklärte Daimler seufzend. »Er klappert die Sektenbeauftragten der Kirchen und all diese Leute ab, weil er hofft, so irgendetwas aufzutun, was die Tote und diesen Namito unter einen Hut passen lässt.«

Er machte eine Kunstpause, lehnte sich in seinem Drehstuhl zurück und legte die Fingerspitzen über der Wölbung seines Bauchs aneinander.

»Dabei ist es ja nicht so, dass wir nicht etwas Neues hätten heute Morgen.«

Er genoss es, wie Zitas Augen größer wurden. Endlich hatte er ihre Aufmerksamkeit.

Er erzählte ihr, dass ein Kollege vom BKA vor einer guten Stunde einen Treffer in der bundesweiten Datenbank gemeldet hatte. Sylvie Wilke war vorbestraft. In den letzten Jahren war sie mehrfach in Berlin und in Leipzig wegen Einbrüchen und Einbruchsversuchen in Apotheken verurteilt worden.

»War wohl auf Stoffsuche«, meinte Zita.

»Genau, unsere Sylvie war ein ganz schönes Früchtchen, wenn du mich fragst. Wenn's irgendwie ging, war sie high. Sie stand wohl in erster Linie auf Koks, vom Heroin hat sie scheint's lieber die Finger gelassen. Hat sich wohl durch die Szenen gekellnert, wenn's sonst nirgendwo was zu holen gab. War auch mit Typen zusammen, die sie ausgehalten haben und ihr ihre Drogen finanziert haben, wenn's gut für sie lief.«

»Prostitution?«, fragte Zita.

»Ist nicht gesichert, aber wer weiß, was da noch alles abging.«

»Apropos wissen: Was weiß man sonst noch von ihr? Da gibt's doch sicher Berichte von Vernehmungen und Gerichtsverhandlungen.«

»Allerdings. Was meinst du, was ich den ganzen Morgen gemacht habe? Alles durchgeackert, was auf die Schnelle zu kriegen war. Ist noch einiges übrig, falls du dich einklinken möchtest.«

»Daimler, sei ein Schatz und gib mir die Kurzversion.«

Daimler richtete sich auf und begann, die Dartpfeile neu zu ordnen, die immer griffbereit neben seiner PC-Tastatur lagen.

»Sylvie Wilke ist überwiegend von ihren Großeltern in Bonn aufgezogen worden. Die Mutter ist immer wieder nach Indien entfleucht. Überraschung: Sie war wohl viele Jahre lang eine Anhängerin von unserem guten alten Bhagwan. Als Sylvie vierzehn oder fünfzehn war, ist die Mutter endgültig verschwunden. Die Kleine hat dann begonnen, auf Punk und Grufti zu machen. Dumm war sie nicht, aber unwillig. Eine Ausbildung als pharmazeutisch-technische Assistentin hat sie zwar mit Ach und Krach fertig gemacht, aber kurz danach ist sie in der Apotheke, in der sie gearbeitet hat, rausgeflogen, weil sie immer wieder mal verschiedene interessante Medikamente mitgehen ließ, um ihre Drogenerfahrung zu erweitern, was natürlich früher oder später aufgefallen ist. Von da an ging's bergab, so wie's aussieht.«

»Interessant«, meinte Zita nach einer Weile, »aber es erklärt nicht, was sie eigentlich im Sarjana wollte. Hört sich für mich jedenfalls nicht so an, als hätte sie unbedingt ein Interesse daran gehabt, auf dem Pfad ihrer Mutter zu wandeln.«

Daimler hob einen Dartpfeil hoch und ließ ihn in die Scheibe krachen, die an der Wand hinter Zita, einen halben Meter über ihrem Kopf, befestigt war. Für ihn ergaben die neuen Informationen durchaus einen gewissen Sinn, allerdings in umgekehrter Richtung. Vielleicht hatte Sylvie Wilke aufgrund ihrer offenbar nicht ganz so glücklichen und sorgenfreien Kindheit eine Abneigung gegen Bhagwan-Sinnsucher mit sich herumgeschleppt, eine Abneigung, genährt vom Zorn über das Verlassenwerden von der Mutter, eine Abneigung, die so tief war, dass sie irgendwann den Entschluss gefasst hatte, eine solche Truppe mit Drogen zu unterwandern. Und wenn sie Hilfe gehabt hätte …

Er ließ den zweiten Pfeil sausen, verfolgte die Flugkurve. Dann erst nahm er Zita wieder wahr.

»Würdest du das bitte lassen, Daimler.«

Er sah, wie ihre Mundwinkel zuckten; ein Zeichen, dass sie wütend wurde.

»Ach, ein bisschen Sport kann doch nicht schaden«, tat er unschuldig. »Außerdem kann ich gut denken beim Darts.«

»Und ich hasse es, wenn mir deine Pfeile um die Ohren fliegen, das habe ich dir schon mal gesagt.«

Daimler wurde selbst ein wenig ungeduldig. Er wollte diesen Gedanken, um den er den Morgen über behutsam herumgeschlichen war, weiter wachsen lassen. Die Richtung, die er nahm, erschien ihm ziemlich plausibel.

»Nun stell dich doch nicht so an, Mädchen. Jenny hat das auch nie was ausgemacht.«

Zita funkelte ihn an. Sie ist wirklich nicht besonders gut drauf heute, dachte Daimler.

»Naja, meistens saß sie ja auch bei Hektor drüben«, schob er nach.

»Vielleicht deswegen. Schon mal drüber nachgedacht?«

Bevor er etwas entgegnen konnte, schnappte sie ihre Lederjacke und rauschte aus dem Zimmer. Daimler sprang auf und rief ihr hinterher, wo sie denn schon wieder hinwolle, erhaschte aber nur ein kurzes »Recherchieren« als Antwort.

Diesen Abgang fand er einigermaßen überspannt. Was war schon dabei, wenn man ein paar Dartpfeile in die Scheibe jagte? Doch als er an den Schreibtisch trat und auf das Blatt Papier blickte, das dort lag, musste er grinsen. Mit blauer Farbe stand dort: »Frau Gehring, das Ganze ist zu unübersichtlich. Machen Sie mir eine Liste aller Sarjana-Bewohner mit ihren bürgerlichen und ihren Sannyasin-Namen, H. Hektor.« Zita hatte mit Rotstift drübergeschrieben: »Herr Hektor, ich bin nicht Ihre Sekretärin, Z. Gehring.«

Daimler wollte gerade zu Hektor hinübergehen und das Blatt mit einem Schmunzeln auf seinen Schreibtisch flattern lassen, als sein Telefon klingelte. Es war Rosi Dom. Sie fragte ihn unsicher, ob er heute im Dienst sei und vielleicht kurz Zeit habe. Sie habe die halbe Nacht wach gelegen und nachgedacht, und sie wisse nicht, ob es überhaupt wichtig sei, aber sie glaube, sie müsse ihm etwas erzählen.

»Es geht um Xaver Schindler«, sagte Rosi, »und um seinen Sohn Alfons.«

Zita ließ den Wagen an der Einmündung des schmalen Teerwegs stehen, der an rechteckig angelegten Maiswucherungen entlang zum Sarjana führte, und ging die letzten fünfhundert Meter zu Fuß. Prem Pantha hatte spöttisch gemeint, es wäre sicher besser, wenn sie nicht gerade mit Blaulicht und Martinshorn anrauschen würde. Unterwegs hatte sie sich mit einem Sandwich und zwei Bechern Kaffee gestärkt, doch so richtig fit fühlte sie sich immer noch nicht.

Sie ärgerte sich über sich selbst. Als sie gestern Abend nach Hause gekommen war – den Kopf voller Gedanken und wirrer Szenarien – hatte sie ganz hinten in der Vorratsecke ihres Küchenschranks noch eine Flasche Rotwein ausgegraben und sie in der Nacht bis auf den Grund geleert. Natürlich ohne dass dies auch nur den geringsten Beitrag zur Klärung ihres konfusen Zustands geleistet hätte. Im Gegenteil: Mit fortschreitender Dauer war sie immer weniger sicher gewesen, ob all das, was sie Lars an den Kopf geworfen hatte, überhaupt einen Sinn ergab. Irgendwann war sie dann doch weggenickt.

Warum passierte ihr das immer wieder? Am nächsten Tag verfluchte sie sich dafür. Einerseits um sich zu bestrafen, andererseits in der Hoffnung, sich so auf den richtigen Weg zu treiben, hatte sie irgendwann mit sich selbst einen unglücklichen Deal geschlossen: Nach solchen Nächten durfte sie sich höchstens eine Kopfschmerztablette gönnen. Falls die nicht reichen sollte, musste sie die Folgen eben aushalten. So wie heute.

Zita zückte ihr Handy und checkte die Uhrzeit, als sie bei dem verwitterten Schild ankam, das Prem als Treffpunkt bestimmt hatte. Sie war eine Viertelstunde zu früh. Ihr Blick kreiste. Der Schindler-Hof hinter ihr lag wie ausgestorben da. Dort rührte sich nichts. Vorne im Sarjana herrschte mehr Leben. Heute schienen nicht alle Sannyasins auf den Feldern zu sein und der geheimnisvollen Homa-Agrikultur die Ehre zu geben. Vielleicht war ihnen der Samstag aus irgendeinem Grund heilig, dachte Zita. Aber wohl eher nicht, solche selbst auferlegten Einschränkungen passten kaum zu dem freiheitlich ausgerichteten Denken der Osho-Jünger. Wahrscheinlich war es einfach zu heiß, um in den Mittagsstunden auf den Feldern herumzurobben. Der Sommer hatte nochmal mächtig zugelegt, die Hitze war jetzt noch drückender als zu Wochenbeginn. Zita konnte sich nicht vorstellen, dass sich irgendjemand beschweren würde, sollte später am Tag ein Gewitter die aufgestaute, stickige Luft reinigen.

Sie konnte nicht mit Sicherheit sagen, ob die Sannyasins bereits feierten oder ob sie ein Fest für den Abend vorbereiteten. Vom Fluss her hörte man Musik, sphärische Klänge, zu denen sich der eine oder andere Körper am Wasser wiegte. Eine Gruppe saß unter einem an Holzstangen befestigten Sonnenschutz bei den um die Feuerstelle platzierten Sofas zusammen und schien mit Essenszubereitungen beschäftigt. Sie erkannte Ruudchen, den grauhaarigen Holländer, der wie ein lebender Buddha im Schneidersitz auf einer Holzbank saß und mächtiges grünes Gemüse, vermutlich Zucchini oder Gurken, schälte. Er schaute zu ihr her, lächelte und winkte. Zita hob als Antwort kurz die Hand. Auf das Lächeln verzichtete sie.

Sie verspürte keine Ambitionen, noch länger wie ein nicht abgeholtes Paket in der prallen Sonne herumzustehen, und machte sich auf zur Scheune. Schon seit sie das erste Mal dort gewesen und an diesem Malatelier oder was es genau sein mochte vorbeigekommen war, wollte sie in Ruhe einen Blick hineinwerfen.

Die Tore der Scheune standen weit offen, dennoch war es heiß und stickig im Inneren. Davon unbeeindruckt, lagen drei oder vier Sannyasins in dem großen, mit Osho-Bildern reich gesegneten Raum auf dem Boden und widmeten sich der Meditation. Das musste angesichts der unter dem Holzdach herrschenden Temperaturen eine besondere Herausforderung sein, dachte Zita und war froh, dass sie nicht beachtet wurde.

Behutsam bewegte sie sich auf den hinteren Teil der Scheune zu. Sie hatte das Gefühl, dass sie langsam wieder ihre Normalform erreichte; ihr Kopf fühlte sich nicht mehr so unangenehm matschig an wie am Morgen. Sie ging an der Treppe vorbei, die nach oben zu den Zimmerausbauten führte, und blieb ein paar Sekunden unschlüssig vor dem samtartigen roten Vorhang stehen, der sich über die gesamte Breite des Gebäudes zog und das Atelier vom Rest der Scheune abtrennte. Zita ließ den Blick kreisen, erwartete aber nicht wirklich, irgendwo ein »Betreten verboten«-Schild zu entdecken. Dann schlüpfte sie schnell hinter den Vorhang.

Sie fand sich tatsächlich in einem Malatelier wieder. Wie fast alles in diesem merkwürdigen Sinnsucher-Resort hatte es einen improvisierten Charakter. In einem Kreis angeordnet standen etwa zehn Staffeleien mit halbfertigen Werken. Die Mitte gehörte einem großen Tisch, der bedeckt war mit einer Vielzahl an Gouachefarben und allen möglichen Malwerkzeugen: Pinsel, Spachteln, Schwämme. Bewegliche Holzregale, gefüllt mit Töpfen, Tuben, Flaschen und Pasten, und dreibeinige Schemel, auf denen farbverschmierte Tücher wie ungewaschene Tischdeckchen hingen, waren im ganzen Raum verteilt. An die Wände gelehnt sah Zita Reise um Reise zu inneren Landschaften, auf Leinwand gebannt.

Es waren fließende Farben, bunt und vielgestaltig, und zuerst war sie fast ein wenig geblendet und überwältigt von der Fülle des Farbspektrums, das sie umgab. Es wirkte beinahe wie ein Kaleidoskop, wenn sie sich mit Tempo drehte. Was sie aber schnell wieder bleiben ließ, weil ihr davon schlecht zu werden drohte. Als sie dann den Blick gemächlich von Bild zu Bild wandern ließ, drängte sich mehr und mehr der Eindruck einer gewissen Gleichförmigkeit auf.

Zita sah fast überall fließende Formen, sie stieß auf Kreise, Ströme, geschwungene Linien, Wellen; es schien im Innenleben der Menschen, die hier gemalt hatten, keine Linien und Ecken, keine Kanten zu geben – oder waren diese Bilder Wunschvorstellungen? Illusionen, die nicht wahrer wurden, weil man sie mit Farben auf eine Leinwand presste? Doch wer war sie schon, das beurteilen zu wollen? Ihr schlechtes Gewissen meldete sich. Was um Himmels willen suchte sie denn? Eigentlich sollte sie gar nicht hier sein. Eigentlich durfte sie diese Bilder gar nicht betrachten. Sie gehörten einzig und allein den Menschen, die sie gemalt hatten.

Zita hatte im Internet ein wenig über Ausdrucksmalerei recherchiert. Dort stand, dass es dabei nicht nur zuallerletzt, sondern überhaupt nicht darum gehe, für andere zu malen, das Geschaffene einer Kritik auszusetzen, es bewerten zu lassen. Ganz im Gegenteil: Ausdrucksmalerei galt als absichtsloses Tun, als reines Spiel mit Farben und Formen, um so im Idealfall zu einer neuen Verbundenheit mit sich selbst und dem Leben zu finden.

Und dennoch: Zita konnte nicht erklären, wieso sie das Gefühl nicht losließ, diese Bilder könnten ihr etwas Wichtiges erzählen. Nur was? »Humbug«, murmelte sie und wollte wieder gehen, da Prem Pantha bestimmt schon draußen auf sie wartete. Womöglich hat er in der Zwischenzeit sogar eine bessere Beschäftigung gefunden, schoss es ihr durch den Kopf.

Da sah sie im hinteren Teil des Ateliers im Halbdunkel einen ebenfalls mit einem Vorhang abgetrennten Bereich. Zita ging darauf zu und stieß auf einen Verschlag, wie erwartet vollgestellt mit Bildern. Das, das ganz hinten stand, war als Einziges mit einem weißen Tuch verdeckt, und als sie es hochhob, sah sie sofort, dass es sich grundlegend von allen anderen unterschied, die sich in dieser Scheune befanden.

Das Bild mochte einen Meter auf siebzig Zentimeter groß sein, und es zeigte Figuren, die real und doch nicht real schienen, eine Mischung zwischen Agieren im Diesseits und Traumgebilde. Zita spürte, dass hier kein Laie am Werk gewesen war. Auf dieser Leinwand hatte jemand gearbeitet, der mit dem Pinsel umgehen konnte, der verstand, was Farben und Formen waren und wie man sie einsetzte. Gleichzeitig wirkte das Bild auf sie wie eine Art Skizze, als hätte der Maler die Szene in Eile hingeworfen, vielleicht in einem ersten euphorischen Ansturm einer Idee. Was Zita sah, wirkte wie der Umriss eines auf Ausgestaltung wartenden Motivs, wie das Versprechen eines üppigen Werks.

Im oberen Bereich, die rechte Hälfte der Leinwand einnehmend, sah man, praktisch frei schwebend, eine Gestalt, mit einer Hand lässig gestützt auf eine Stein- oder Holzkonstruktion. Die andere Hand zeigte in die Tiefe, auf eine fallende, vielleicht ins Bodenlose stürzende Figur, den langen Haaren nach eine Frau; die Gesichtszüge waren unkenntlich, der grotesk große Mund jedoch schien zu einem stummen Schrei geöffnet. Ihre Finger griffen im Sturz nach dem wehenden Mantel der dominanten Figur. Der Mantel wiederum vervielfältigte sich und flatterte unerreichbar immer weiter nach unten, wo er auf dem Grund der Szene mit einer mäandernden, surrealen Grubenlandschaft verschmolz, die Zita nur als Höllenschlund deuten konnte. Am markantesten an der ganzen Szene war jedoch der Kopf des Aggressors, obwohl oder gerade weil das Gesicht nicht zu erkennen war. Denn es war bedeckt von einer Maske, und wenn Zita je eine Teufelsfratze gesehen hatte, dann war es diese. Der Ausdruck fesselte den Betrachter völlig, es war der allumfassende Triumph über den Sturz der anderen Gestalt.

Zita wusste nicht, wie lange sie in die Betrachtung des Bilds versunken war. Ein Knarren ließ sie hochfahren. Auf der anderen Seite des Ateliers war jemand durch die schmale Holztür geschlüpft, die, vom Meditationsgarten aus, einen zweiten Eingang in die Scheune bildete. Es war Rowena Dennbrink, die sich barfuß und in einem langen, weißen Leinenkleid einem der Bilder auf den Staffeleien zuwandte, ohne die Polizistin zu bemerken. Zita zog sich leise zurück, räusperte sich und tat so, als hätte sie gerade erst den Vorhang zur Seite geschoben und das Atelier betreten.

Rowena zuckte erschrocken zusammen und drehte sich um. Bei Zitas Anblick entspannte sie sich zwar ein wenig, meinte aber verwirrt: »Tut mir leid, zur Zeit findet kein Ausdrucksmalen statt.«

Zita ging auf sie zu. »Erinnern Sie sich nicht an mich? Zita Gehring, Kriminalpolizei Ulm. Wir haben uns …« Sie musste selbst kurz überlegen. »… wir haben uns doch vorgestern kurz unterhalten.«

»Ah ja, richtig.« Rowena schien immer noch auf der Suche nach der richtigen Schublade für Zita. »Ich weiß, wegen …« Sie brach ab und senkte den Blick.

Schwieriges Mädchen, dachte Zita. Viel zu wenig Boden unter den Füßen. Sie überlegte, wie sie ein wenig Vertrauen zu … ja, was war sie eigentlich? Zu Namitos Geliebter aufbauen könnte. Smalltalk war eigentlich nicht ihre große Stärke, aber vielleicht war das hier auch nicht gefragt. Dennoch fiel ihr auf die Schnelle nicht mehr ein, als zu fragen: »Und, geht es Ihnen mittlerweile etwas besser?«

»Ja, ein wenig.«

Tatsächlich kam sie Zita noch blasser vor als bei ihrer ersten Begegnung. Das Weiß stand ihr überhaupt nicht, im Verbund mit ihrem strohblonden langen Haar sah sie aus wie eine Geistererscheinung. Zita fragte sich, ob überhaupt Leben in ihr herrschte oder ob sie es mit einer Puppe zu tun hatte. Steif stand Rowena vor ihr und scheiterte kläglich an der simplen Frage, was sie mit ihren Händen tun sollte. Aber doch, da war Leben, vielleicht sogar zu viel davon, dachte Zita, das verrieten am Ende allein die flackernden Augen, der unruhig und ängstlich hin und her huschende Blick, der keine Ruhe kannte.

»Was tun Sie eigentlich hier genau?«, fragte Zita freundlich und breitete die Arme aus. »Das ist doch Ihre Werkstatt, Ihr Atelier, oder? Erzählen Sie mir vom Ausdrucksmalen.«

Rowena Dennbrink taute ein wenig auf und erklärte Zita, dass es sich um intuitives Malen handle, um einen inneren Dialog mit den entstehenden Farben und Formen, dass man einen besonderen Ort brauche, frei von störenden äußeren Einflüssen, mit einer besonderen Atmosphäre, um den eigenen Malprozess bewusst erleben zu können. Sie erzählte von den fünf Ebenen, die Laurence Fotheringham, einer der Begründer des

Ausdrucksmalens, identifiziert habe, und auf denen man vom Spielerischen letztendlich zum Spirituellen gelangen könne. Es war wie ein Vortrag.

»Ihre Bilder?«, fragte Zita an der ersten möglichen Stelle, die sich für eine Unterbrechung eignete, und wies rundum.

»Nein«, sagte Rowena, »meine sind dahinten.« Sie wies auf den Verschlag. »Die hier sind vom letzten Kurs. Im Moment ist ja leider Pause. Ich musste … als ich krank wurde.« Sie stockte und ihr Blick huschte kurz zu Zita hinüber. »Wissen Sie, meine Konstitution lässt leider zu wünschen übrig; ich war noch nie besonders robust.«

Zita nickte. Das sieht allerdings ein Blinder, dachte sie.

Rowena trat zu dem Tisch in der Mitte des Raums, hob einen Pinsel hoch und starrte ihn an, als wäre er ein lebendes Wesen.

»Man könnte viel über das Ausdrucksmalen sagen, Frau Gehring«, meinte sie schließlich, »aber für mich war es im Grunde genommen ein Rettungsanker in meinem Leben, in mehrerlei Hinsicht.«

»Zum Beispiel?«

»Naja, ich habe eigentlich schon immer gern gemalt, solange ich denken kann, und ich hatte Talent, das kann ich wahrscheinlich sagen, aber als ich alles andere hinwarf, um ernsthaft in die Kunst zu gehen … wissen Sie, meine Eltern waren überhaupt nicht begeistert davon.«

»Das kenne ich«, meinte Zita trocken.

»Tatsächlich.« Rowena wandte sich ihr zu.

»Ja, ich hätte Ärztin oder Psychologin oder sowas werden sollen.«

»Ich Juristin. Und in den Augen meiner Familie habe ich alles falsch gemacht.«

Zita nickte wissend. »Das Gefühl drückt einen nieder.« Aber sie meinte es nur halb so ernst, wie sie es sagte. Wir Wohlstandskinder, dachte sie, uns geht's ja so schlecht, nur weil wir's nicht immer allen recht machen können oder wollen. Dabei haben wir Wahlmöglichkeiten, nach denen sich viele andere die Finger lecken würden. Vielleicht war es Zeit, dass sie den Jammerhahn endlich zudrehte. So schlecht wie ihrem Gegenüber hinter ihrer papierdünnen Blässe konnte es ihr ohnehin zum Glück nie gehen, das spürte Zita instinktiv.

Und Rowenas weitere Worte bestätigten diese Vermutung. Diese Familiengeschichte hätte Zita nicht geschenkt haben wollen. Vielleicht hatte Rowena Vertrauen zu der fast gleichaltrigen Polizistin gefasst, vielleicht erzählte sie ihre Geschichte auch öfters, weil es ihr ein Herzensanliegen war, den Weg, den sie genommen hatte, ihren Kursteilnehmerinnen darzulegen, um das Feuer fürs Ausdrucksmalen zu schüren. Jedenfalls sprach Rowena jetzt lebendiger, als Zita es je von ihr erwartet hätte, von ihrem abgehobenen, entrückten Vater, von ihrer dominanten Mutter, beide mehr in Gerichtssälen zuhause als im eigenen Heim, von der ein Jahr jüngeren, aber stärkeren, robusteren Schwester, die sie rechts überholt hatte, in allem, gleich nach den ersten paar Jahren, und schließlich auch im Jurastudium, das die Jüngere mit Glanz und Gloria abschloss, während Rowena noch im zweiten Staatsexamen steckte.

»Das Gefühl, auch in diesem Fall wieder den Kürzeren gegen Thekla zu ziehen, einfach nicht mit ihr konkurrieren zu können, hat mir damals jegliche Motivation für das Studium genommen. Ich hab's ja ohnehin nur auf Drängen meiner Eltern und in Ermangelung einer besseren Alternative gemacht. Und es wäre auch absolut nichts für mich gewesen. Gleichzeitig ist mir klar geworden, dass ich im Grunde genommen nur über das Malen, nur über meine Bilder mit der Welt kommunizieren kann. Auch wenn es in gewisser Weise natürlich eine einseitige Kommunikation ist.« Sie lächelte schüchtern, und Zita fragte sich, warum sie das nicht öfters machte. Es tat ihren Gesichtszügen gut, nahm ihnen die beständige Spannung, unter der sie litten. »Aber hinterher hatten es natürlich alle schon immer gewusst.«

»Wie meinen Sie das?«

»Na, es hat eben nicht funktioniert. Ich habe gemalt wie verrückt, schon während des Studiums, die Bilder waren recht gut, und eine Freundin hat mich unterstützt und eine Ausstellung für mich organisiert, und eigentlich hätte alles wunderbar klappen müssen.«

»Was ist passiert?«, fragte Zita behutsam und trat neben Rowena Dennbrink, die jetzt ins Leere starrte.

»Ich bin abgehauen, mitten während der Vernissage, ich konnte den Trubel, all die Leute, all die Erwartungen einfach nicht ertragen. Noch schlimmer: Ich wusste plötzlich, dass ich es nie würde ertragen können. Dass ich auch dafür nicht gemacht war. Verstehen Sie, ich hatte das Gefühl, ich wäre für gar nichts gemacht, außer …« Sie stockte wieder. »… außer zum Sterben.«

Eine Zeit lang herrschte Stille in dem Atelier. Ganz leise hörte man, wie sich draußen an der Lauter eine Flöte in die Höhe schraubte, getragen von akustischen Gitarren und weichen Trommelklängen. Zita wusste nicht, wie sie weitermachen sollte. Sie blickte auf die Farbströme auf den Staffeleien und wünschte sich, mit ihnen davonfließen zu können. Rowena Dennbrink war eine Frau, die selbst den goldensten Sommertag verdüstern konnte. Dagegen bist du selbst ja der reinste Sonnenschein, dachte Zita.

Schließlich sagte sie: »Aber dann haben Sie im Ausdrucksmalen Ihren Frieden gefunden.«

Rowena lachte leise und bitter auf. »Nicht sofort, zuerst kamen ein paar Jahre Dunkelheit.«

Sie drehte sich weg. Ihr Tonfall machte klar, dass sie nicht gewillt war, über diese Zeit zu sprechen.

Zita suchte nach einem neuen Ansatz.

»Wie haben Sie Namito kennengelernt?«

Rowena wandte sich ihr wieder zu, blickte ihr aber nicht in die Augen, sondern sah an ihr vorbei.

»Besagte Freundin, Charlotte, hat mich damals ins Osho-Zentrum in Stuttgart mitgenommen, weil sie dachte, es würde mir guttun. Tatsächlich habe ich mich dort auch wohl gefühlt. Man musste nicht viel sagen, nicht viel erklären, es genügte, da zu sein. Wer reden wollte, konnte eine Therapiegruppe machen. Namito leitete damals einige Seminare dort. Er hat es geschafft, dass irgendetwas in mir aufgebrochen ist. Dinge, die mich unendlich belastet haben, konnten nach draußen strömen. Es ging um die Angst, verlassen zu werden, die Angst, nicht gut genug zu sein, die Angst, sich zu öffnen, wirklich gesehen zu werden.«

»Aber ihm gegenüber konnten Sie sich öffnen, oder?«

»Ich habe mich natürlich dagegen gewehrt, aber er hat einfach in mich hineingeschaut. Es war … er hat mich sehr berührt.«

»So sehr, dass Sie Sannyasin geworden sind. Wie lautet Ihr neuer Name nochmal?«

»Satyavati. Er bedeutet so viel wie ›die Wahrhaftige‹. Ich mag ihn nicht übermäßig, im Grund ist es mir lieber, wenn man mich Rowena nennt. Ich bin auch keine besonders gute Sannyasin, wenn Sie's wissen wollen. Eigentlich habe ich nur Namito zuliebe Sannyas genommen, weil ich wusste, dass er es sich wünschte. Ich wollte ihm noch näher sein.«

Sie machte eine Pause und fing an, Farbtöpfe in einem Regal neu zu ordnen. Endlich hat sie etwas zu tun, dachte Zita.

»Wissen Sie, für mich war es immer Namito, der mein Leben verändert hat, nicht Osho, obwohl Namito darauf beharrt, dass alles, was er tut, von Osho kommt. Aber es war Namito, der mir mein wahres Selbst gezeigt hat. Er hat gespürt, dass das Ausdrucksmalen mich weiterbringt, dass es mir hilft, meine Dämonen zumindest im Zaum zu halten. Ich nahm Kurse, und dann, viel später, als ich anfing, mit anderen Menschen zu arbeiten, und spürte, dass ich tatsächlich anderen etwas geben kann … das war wie eine Offenbarung für mich, verstehen Sie?«

»Natürlich.« Zita nickte. Was musste das für ein Moment gewesen sein, in dem die Frau, die mit einem goldenen Löffel in der Hand geboren worden war, zum ersten Mal das Gefühl hatte, etwas wert zu sein? Da fiel es nicht schwer, sich vorzustellen, dass Rowena Dennbrink bereit war, ihrem Retter und Beschützer überallhin zu folgen, nach Unterwilzingen und bis ans Ende der Welt, dass sie bereit war, alles für Friedrich Thalmann zu tun.

»Lieben Sie ihn?«, fragte Zita.

Rowena hörte auf, mit den Farbtuben zu hantieren, und ließ ihren Blick wieder über Zitas Gesicht huschen. Zita versuchte, ihn einzufangen, aber es gelang ihr nicht.

»Liebe ist ein banales Wort, das in unserer bemitleidenswerten Gesellschaft jeglichen Wert verloren hat«, antwortete sie und legte einen verächtlichen Ton in ihre Stimme. »Sie fragen mich vermutlich, weil Sie sehen, dass Namito fünfundzwanzig Jahre älter ist als ich, und weil sie vermuten, dass diese Jahre uns trennen.«

Zita konnte sich lebhaft vorstellen, dass ihr genau das schon des Öfteren gepredigt worden war.

»Sehen Sie, wir leben eine spirituelle Beziehung, Äußerlichkeiten bedeuten uns nichts. Für verwandte Seelen sind ein paar Jahre nicht der Rede wert. Aber auch die üblichen Konzepte, nach denen die Menschen ihre Zweisamkeit aushandeln, spielen für uns keine Rolle. Stärke und Schwäche, Rechthaben und Schuld, Vorwürfe und Forderungen, um all das geht es in einer spirituellen Beziehung nicht mehr.«

»Um was geht's dann?«

»Darum, im Gegenüber zu erkennen, wer wir wirklich sind.«

Puh, dachte Zita, der Anspruch war einigermaßen hoch.

Brüsk sagte sie: »Und wenn er ein Mörder ist, erkennen Sie das dann auch.«

Rowena sah sie mit flackerndem Blick an, als fiele ihr erst jetzt wieder ein, dass Zita Polizistin war. Vielleicht war es so, vielleicht schoben sich ihre Wahrnehmungsebenen unregelmäßig in- und übereinander. Zita fragte sich, ob Rowena ihren Unpässlichkeiten bisweilen mit Medikamenten zu Leibe rückte.

»Namito könnte niemals jemandem etwas zuleide tun«, brach es aus Rowena heraus. »Er hat nichts mit dieser schlimmen Sache zu tun.«

Noch nie hatte Zita Rowena Dennbrink so laut sprechen hören. Es klang, als glaubte sie zu hundert Prozent, was sie sagte.

Doch der kurze Ausbruch schien alle vorhandenen Energiereste aus der jungen Frau herausgepresst zu haben. Sie griff sich mit beiden Händen an den Kopf und begann zu schwanken.

»Ich kann … nicht …«, murmelte sie.

Zita wollte nach ihr greifen, aber sie wich zurück.

»… muss mich hinlegen.«

Rowena drehte sich nicht um, sondern ging langsam rückwärts, als würde sie verfolgt, anscheinend ohne Zita noch richtig wahrzunehmen. Dann huschte sie schnell durch die Tür hinaus in den Garten und war verschwunden.

Zita hätte ihr gern noch gesagt, wie sehr ihr das einzige Werk in diesem Raum, das mit Ausdrucksmalen offenbar nicht das Geringste zu tun hatte, gefalle, und sie gefragt, wer, wenn nicht Namito, hinter der Teufelsmaske stecke, doch das musste offenbar warten.

Prem Pantha legte ein ordentliches Tempo vor, was ihn jedoch nicht davon abhielt, ununterbrochen zu reden. Zita war bald durchgeschwitzt, obwohl es im Wald bei weitem nicht so heiß war wie unten am Fluss. Dafür ging es nahezu stetig bergauf. Zwischendurch fragte sie sich, was das hier werden sollte, denn eigentlich war sie davon ausgegangen, dass Prem Pantha sie eingeladen hatte, um ihr das Sarjana näherzubringen, und nicht, um sie in die Wildnis zu führen. Doch er hatte gemeint, er müsse ihr unbedingt den »Wahnsinns-Ausblick« zeigen, und Zita ließ es erst einmal laufen.

Sie fühlte sich gut, die Bewegung unter den schattigen Bäumen und die frische Luft vertrieben den Rest ihres Katers, und Prem Panthas angenehme Erscheinung tat ein Übriges. Nach dem mühsamen Gespräch mit Rowena Dennbrink war die Unterhaltung mit ihm wie eine frische Brise, die ihr den Kopf und das Herz freiblies. Es war so einfach, sie wollte nicht viel sagen, und sie musste auch nicht viel sagen. Ein paar Brummlaute und der eine oder andere aufmunternde Blick genügten, damit er ihr seine gesamte Lebensgeschichte erzählte.

Zita kam schnell zu dem Schluss, dass Prem Pantha zu den Menschen gehörte, die praktisch immer gut gelaunt waren, komme, was da wolle. Die Frage war nur, ob das allein ein ausreichender Grund war, ihm zu trauen. Er hatte sie mit einem breiten Grinsen beim Schild empfangen, obwohl sie ihn eine gute halbe Stunde hatte warten lassen. Die Zeit hatte er sich mit seinen Jonglierbällen vertrieben, und als Zita ihn von der Scheune aus beobachtet hatte, war ihr unvermutet die Frage durch den Kopf geschossen, ob für den jungen Sannyasin alles, diese absonderliche Situation hier, das ganze Leben, nur ein Spiel sein mochte. Ein Spiel, das er ganz allein nach seinen eigenen Regeln spielte; zwar gehörte er zu der Gemeinschaft, die hier an der Lauter Unterschlupf gefunden hatte, aber er nahm auch eine Sonderrolle ein und schien sich nicht wirklich in die Gruppe einzuordnen wie all die anderen.

Während des Marsches durch den Wald mahnte sie sich zur Vorsicht. Es schwang zu viel Sympathie zwischen ihnen, mehr, als ihrer professionellen Haltung guttat. Schließlich war sie in erster Linie gekommen, um Erkenntnisse im Fall Sylvie Wilke zu sammeln. Und in zweiter Linie? Nein, sie erhoffte sich nichts.

Und doch tat es gut, Ähnlichkeiten festzustellen, Verbindungslinien freizulegen, von denen sie nichts geahnt hatte. So hatte Prem gleich zu Anfang gesagt, an Osho gefalle ihm vieles, vor allem aber, dass er sich stets gegen Autoritäten aufgelehnt habe, die außer heißer Luft nichts zu bieten hatten, dass er sich nie einschüchtern ließ von angeblichen Koryphäen und den Machtstrukturen, die sie vertraten, dass er unbeirrt seinen Weg gegangen war. Und Zita hatte, seit sie sich mit dem Thema beschäftigen musste, den Eindruck, dass genau dies einer der Aspekte war, den sie am meisten an dem Weißbart schätzen konnte.

Für Prem Pantha war die Osho-Bewegung mehr als seine zweite Heimat. Sie war seine einzige, wie er freimütig einräumte. Seine Eltern waren bei einem Autounfall ums Leben gekommen, als er acht Jahre alt gewesen war. Die Versuche, ihn bei Adoptionsfamilien unterzubringen, scheiterten kläglich. Im Grunde genommen sei er immer allein gewesen, bis er mit Osho in Kontakt kam, erzählte er heiter, als wäre dies das gnädigste Schicksal, das man auf der Welt haben könnte.

Sie machten eine kurze Pause, als der Eselspfad den Blick nach oben freigab, wo er auf eine Lichtung zu münden schien. Zita lehnte sich gegen den Stamm einer dicken Buche und schnaufte durch.

»Wir sind gleich oben, du Bergziege«, sagte Prem, tätschelte Zitas Arm und berichtete munter weiter. »Ich bin nicht auf den Kopf gefallen, aber das mit der Schule, das war nichts. Mehr als ein Hauptschulabschluss war für mich nicht drin. Mein Ding ist mehr, was mit den Händen zu machen. Ich bin dann auf den Bau, hab bei einem Dachdecker gejobbt und in einer Landschaftsgärtnerei. Mit 19 bin ich dann nach Poona gegangen, da gibt's so ein Programm, Work as Meditation. Ich hab monatelang nichts anderes gemacht, als in der Arbeit zu worshippen und Oshos Lectures zu hören. Der Mann hat echt was zu sagen.«

Zita nickte bloß.

»Ich meine, ich kann echt viel davon nachvollziehen und unterschreiben, aber eigentlich war's für mich eher 'ne Gefühlssache als was Kopfmäßiges. Ich war mir einfach sicher, für mich das Richtige gefunden zu haben.«

»Versteh ich nicht ganz, was hat Sie so sicher gemacht?«, fragte Zita.

Prem Pantha duzte sie die ganze Zeit schon, als wären sie gute alte Freunde, doch sie konnte sich nicht überwinden, es ihm gleichzutun. Eigentlich lächerlich, sagte sie sich, es war ja ohnehin niemand da, dem man den Anschein übermäßiger Distanz vorgaukeln musste.

»Schwer zu erklären. Weißt du, mir ist in meinem Leben noch nie jemand so nahe gekommen, dass ich sagen könnte: Der oder die kennt mich wirklich. Und bei Osho hatte ich sofort das Gefühl, er versteht mich, er erkennt mich. Und dabei war er schon längst tot.« Er lächelte sie an. »Das war faszinierend und ein bisschen verstörend am Anfang, das gebe ich zu. Aber es hat etwas Wunderbares, und weißt du auch, wieso? Dieses Gefühl wird mich nie verlassen. Osho wird mich nie im Stich lassen, er wird immer meine natürliche Verbindung zu der universalen Kraft bleiben, die uns umgibt.«

Prem Pantha sah Zita mit großen Augen an. Die Freude über diese Verbundenheit stand ihm ins Gesicht geschrieben. Zita ahnte, welche Sicherheit ihm dieses Arrangement mit dem Guru, dem Meister, was auch immer, geben musste. Prem war wohl ein Mensch, der in den Tiefen seines Wesens sehr nach Geborgenheit lechzte, der sich aber gleichzeitig nicht nochmals der Gefahr aussetzen mochte, sich in Abhängigkeit von realen Menschen zu begeben. Die konnten ihn ja schließlich, aus welchen Gründen auch immer, verlassen. Was das für seine Liebes- und Beziehungsfähigkeit bedeuten mochte, stand natürlich auf einem ganz anderen Blatt.

»Und bei Osho bin ich frei«, fuhr er fort. »Es ist mein Weg, den ich gehe, also kann ich ihn auch gestalten, wie ich will. Alles andere wäre widersinnig. Das ist für mich der Kern dessen, was Osho vermittelt hat. Ich finde auch, dass Meditation nicht immer sein muss. Da bin ich anders als die anderen. Wenn ich keinen Bock drauf habe, dann habe ich keinen Bock drauf. Ich meditiere sowieso am besten, wenn ich was tue.«

»Naja, das passt ja eigentlich ganz gut, wenn ich das richtig verstanden habe. Eure Worshipperei ist ja so eine Art Meditationsdienst.« Gar nicht so weit weg von den Katholen mit ihrer Beichte, dachte Zita flüchtig. Einmal kurz geputzt und schon ist wieder alles gut. »Und bei euch da unten putzt ja sogar der Chef das Klo.«

Prem Pantha lachte. »Komm, lass uns weitergehen.« Über die Schulter sagte er: »Du meinst, weil Namito sich neulich bequemt hat, den Putzlappen zu schwingen. Das hab ich allerdings schon seit langem nicht mehr bei ihm gesehen.«

»Ach, und ich dachte, das sei so üblich hier.«

»Außer man ist gerade zu sehr mit der eigenen Erleuchtung beschäftigt«, spottete Prem.

Oder mit was auch immer, dachte Zita.

»Also ehrlich gesagt, das mit der Erleuchtung leuchtet mir sowieso nicht richtig ein.«

Prem drehte sich im Laufen um und lächelte, offenbar amüsiert über ihr Wortspiel.

»Was meinst du?«

»Was ich nicht auf die Reihe kriege, ist Folgendes: Erleuchtung soll Befreiung vom Ego sein, oder nicht? Aber gleichzeitig ist die Suche nach Erleuchtung doch der größte Ego-Trip, den sich der Mensch nur vorstellen kann. Schon allein die Aussage: Ich will erleuchtet werden; das ist doch ein Widerspruch in sich. Finde ich jedenfalls.«

»Geht mir irgendwie genauso«, sagte Prem unerwartet ernsthaft.

Im nächsten Moment traten sie auf die Lichtung, und die oberschwäbische Landschaft breitete sich vor ihren Augen aus. Ein dunkles Meer aus Bäumen zu ihrer rechten und ihrer linken Seite, durchschnitten von Ackerland und wenigen grünen Wiesen. Die Lauter zog sich unter ihnen zu der Handvoll von Höfen und Gebäuden, die die Ortschaft Unterwilzingen bildeten, und verlor sich dann nordöstlich im tiefen Grün. Sie standen auf einem massigen, in der Mitte mit Moosflechten bewachsenen Stein, der sich wie eine graue Matratze in die umgebende Vegetation schmiegte. Vorne am Abhang reckte sich der Felsen gleich einer wulstigen Hand mit gekrümmtem Zeigefinger, bevor er steil in die Tiefe abfiel.

»Das ist die flache Kuhle«, sagte Prem und ging in die Hocke, »mein absoluter Lieblingsplatz. Fühl, wie warm der Stein ist.«

Zita fuhr mit der Hand über das Gestein. Es war nicht nur warm, es war erhitzt, aufgeladen von der beharrlichen Arbeit, die die Sonne den ganzen Tag über geleistet hatte.

Zita trat ganz nach vorne und legte die rechte Hand um die Felsformation. Es mochte 60, 70 Meter nach unten gehen. Der Felsen war zerklüftet und machte einen leichten Bogen nach außen, bevor er in der brav und gemütlich dahinfließenden Lauter verschwand. Konnte dies der Platz sein, von dem Sylvie Wilke in den Tod gestürzt war? Erzählte Rowena Dennbrinks Bild diese Geschichte?

Zita drehte sich um und musterte Prem Pantha, der seine Tasche abgelegt hatte und mit gekreuzten Beinen in der flachen Kuhle saß. Am Oberkörper trug er nur eine leichte, ärmellose Lederweste, die vorne offen stand und seine glatte Brust freilegte. Auf seinen braun gebrannten Armen leuchteten feine, blonde Härchen. Die blauen Augen glänzten unter den Strähnen hervor, die in seine Stirn fielen. Er lächelte sie an. Fast ein wenig zu einladend, dachte Zita.

»Kommen viele aus dem Sarjana hierher?«, fragte sie.

Er schüttelte den Kopf. »Ne, normalerweise ist hier nie jemand. Nur Satyavati hat mal gesagt, dass sie den Platz auch sehr gern mag.«

»Ach, tatsächlich.« Unvermittelt ging Zita nun auch zum Du über. »Hast du eigentlich was mit ihr?«, fragte sie nicht sonderlich freundlich.

Prem sah sie mit einem Unschuldsblick an. »Mit Satyavati? Das kannst du vergessen. Die hat doch nur Augen für Namito. Die lässt doch niemand anders an sich ran.« Er sah kurz weg, blinzelte in die Sonne. »Ich würde auch gar nichts von ihr wollen«, sagte er dann.

Es klang irgendwie widerwillig in Zitas Ohren, nicht so leicht akzeptierbar wie Prems bisherige Beteuerungen. Lag das an ihr? Reiß dich zusammen, du blöde Pute, schalt sie sich.

»Komisch«, meinte sie und bemühte sich um einen leicht klingenden Tonfall, »das ist doch für Sannyasins gar nicht so typisch, dass sie so aneinanderkleben, oder?«

»Weißt du, das ist bei uns genauso wie in der normalen Welt: Du findest auch in der Liebe alle möglichen Variationen.« Er überlegte kurz. »Gut find ich's allerdings nicht. Sie haben Osho nicht richtig zugehört, wenn du mich fragst. Er hat immer unterschieden zwischen Alleinsein und Einsamkeit. Einsamkeit ist eine Wunde, sagt er, man vermisst den anderen, denkt ständig an ihn und vergisst völlig zu leben. Alleinsein ist eine Gabe, ein Segen, du bist ganz bei dir, bist glücklich mit dir, und lässt dich nicht terrorisieren von Gedanken an den anderen.«

Zita erinnerte sich, dass sie eine Lecture von Osho über dieses Thema im Internet angehört hatte. Wann war das gewesen? Gestern? Vorgestern?

»Osho hat ein schönes Bild für das Verhältnis von Liebe und Alleinsein gefunden«, fuhr Prem Pantha fort. »Er sagte: Wähle niemals nur das eine. Liebe und Alleinsein sind wie die zwei Flügel eines Vogels. Du kannst nicht mit einem Flügel fliegen. Du brauchst immer beide. Wie recht er hat, findest du nicht?«

Zita lächelte. »Klingt gut. Simpel und wahr.«

Sie wollte es nicht tun, doch sie ging auf ihn zu und setzte sich ihm gegenüber. Um ihn nicht berühren zu müssen, fuhr sie mit den Fingern über die Mala, die Kette der Sannyasins, die um Prems Hals hing. 108 Rosenholzperlen für die 108 verschiedenen Wege der Meditation und dazu ein Bild des Weißbarts. Sie spielte mit den Perlen und blickte Prem dabei nicht an, bemerkte aber aus dem Augenwinkel wohl, dass er sie aufmerksam betrachtete. Als seine Hand sich in ihre Richtung bewegte, drehte sie sich weg.

»Warst du eigentlich oft mit Sylvie Wilke zusammen?«

Zita spürte seine Verärgerung. Nervten ihn ihre inquisitorisch anmutenden Fragen in mehr als einer Hinsicht?

»Wieso willst du das wissen?«, meinte er unwirsch. Das Glänzen war aus seinen Augen verschwunden.

»Nun, Sylvie Wilke ist tot, und ich bin Polizistin. Genauer gesagt Kriminalkommissarin beim Dezernat für Tötungsdelikte, und ich werde bezahlt dafür, dass ich rausfinde, wer's getan hat.«

»Ach so, ja klar. Das frage ich mich natürlich auch die ganze Zeit.« Sein Blick wurde wieder offen, aber wirklich glücklich schien er nicht zu sein mit der Perspektive, die Zita ins Gespräch gebracht hatte. Dennoch begann er zu erzählen. Dass er sich von Anfang an gewundert habe, was Sylvie überhaupt im Sarjana wollte, dass sie komplett anders gewesen sei als alle anderen Summerworker.

»Alle fanden es merkwürdig, dass sie im Prinzip gar nichts getan hat, dass sie sich aus sämtlichen Gemeinschaftsaktivitäten komplett rausgehalten hat. Aber Namito hat uns von Anfang an darauf geeicht, dass wir sie in Ruhe lassen sollen.«

Er machte eine Pause, schaute ins Leere. »Aber sie hat mich nicht in Ruhe gelassen. Manchmal kam sie abends in mein Zimmer und hat angefangen, mich zuzulabern, von wegen ich solle mein Leben nicht mit diesem Bhagwan-Schrott verplempern. Ich sei viel zu schade für diesen Laden hier. Ich solle nicht so blöd sein wie ihre Mutter, die auf das ganze Zeug reingefallen sei.« Er imitierte ihr Auftreten. »Hach, was hat die nicht alles weggeatmet, um die Welt ein bisschen besser zu machen, und was hat's gebracht? So hat sie dahergeredet.«

»Du mochtest sie wohl nicht?«, folgerte Zita.

»Sie war furchtbar. Arrogant, und kaputt. Du hättest sie hören sollen. Sie hat sich nur über uns lustig gemacht. Hat gemeint, wir würden in einer Märchenwelt leben, in der jeder Wurm ein göttliches Wesen sei und in der durch jeden dürren Ast die Kraft des beschissenen Universums fließe. Den Spruch hab ich nicht vergessen.«

»Wusstest du, dass sie gekokst hat?«

Prem Pantha lächelte schief. »Leider. Wenn sie sich das Zeug reingezogen hatte, war sie total aufgedreht. Und dann … wollte sie was von mir. Sie hat's probiert. Sie war wirklich aufdringlich. Aber auf die Art … das ist nichts für mich.«

»Wusste es Namito auch?«

»Mit dem Koks? Da musst du ihn selbst fragen.«

Sie suchte seinen Blick, aber er starrte zwischen seine Beine, knetete an seinen Händen herum.

»Glaubst du, dass Namito sie umgebracht hat?«

Lange Zeit blieb er stumm. »Nein«, sagte er und sah sie endlich doch an. »Namito überschätzt sich, und er hat viel Mist gebaut in letzter Zeit. Ich glaube, es ist höchste Zeit, dass er von seinem Sockel steigt, aber bei allem, was er sonst so treibt … Ich kann mir nicht vorstellen, dass er Sylvie getötet hat.«

Es klang unsicher, fand Zita, unsicherer als alles, was Prem Pantha den ganzen Tag über von sich gegeben hatte.

»Weißt du sonst noch was?«, fragte sie drängend und bohrte jetzt ihren Blick in seine Augen. »Hast du vielleicht irgendwas mitbekommen von ihren Drogendeals? Wenn ja, dann sag es mir. Jetzt!«

»Mehr weiß ich wirklich nicht. Wie gesagt, keine Ahnung, weshalb sie sich überhaupt hier eingenistet hat. Ich hab sie auch nie danach gefragt. Ich hab mich ferngehalten von ihr, so gut es ging.«

Er rückte näher heran. Zita merkte, wie sein Blick auf Halbmast ging. Seine Finger schoben zuerst eine Locke aus ihrer Stirn und fingen dann an, über ihren Arm zu streicheln. Sie verspannte sich ein wenig.

»Obwohl es normalerweise nicht meine Art ist, mich fernzuhalten von attraktiven Frauen«, murmelte Prem.

Zita wusste nicht, ob sie erfreut oder verärgert sein sollte, dass in diesem Moment ihr Handy klingelte, geschweige denn, was sie getan hätte, wenn sich das Ding nicht zwischen sie und Prem Pantha gemogelt hätte.

Es war Daimler. Er glaubte, eine Spur gefunden zu haben, und er behauptete, unbedingt Zitas Hilfe zu brauchen. Er saß im »Adler« in Lauterach, und was er erzählte, klang in Zitas Ohren, als hätte er schon fünf oder sechs Bier intus.

12.

Der Himmel war erleuchtet. Ein sattes Orange breitete sich vor Ruud Verdreijken am Horizont aus, durchzogen von schimmernden Schleifen, deren Farbtöne zwischen Rostrot und Gelb changierten. Doch in nicht einmal einer Stunde würde das Licht, das jetzt noch so verschwenderisch mit seiner Leuchtkraft prahlte, völlig verschwunden sein, verflossen in der Dunkelheit, weggekippt über den Rand des Tages. Und hoffentlich auf dem Weg, ihm acht oder neun Stunden später wieder einen frischen, energiespendenden Blick auf die Welt zu ermöglichen, dachte Ruudchen. Sein Zutrauen in den Lauf der Dinge, in die Kraft des Universums, in den machtvollen Strom des Lebens war dieser Tage ziemlich angeschlagen.

Obwohl es noch nicht nötig gewesen wäre, hatte er die Kerzen in der Scheune bereits angezündet und sie so in dem großen Raum verteilt, wie es ihm sein Gefühl gesagt hatte, immer drei, vier kleine Teelichter mit zwei oder drei großen, schweren Kerzen als Ensemble zwischen den Bastmatten. Er hatte keinen Zweifel, dass sich das Treffen in die Länge ziehen würde, das für heute Abend anberaumt war – das Namito hatte einberufen müssen, weil der Unmut der Sannyasins mittlerweile lähmend wie eine Dunstglocke über dem Sarjana lag. Und er wollte weder, dass sich der bevorstehende Austausch in der Dunkelheit vollzog, noch dass er sich im grellen Licht abspielte, das die nackten Lampen an der Decke der Scheune warfen.

Ruudchen hatte auch Dufthölzer neben den Kerzeninseln platziert und zum Glimmen gebracht. Er hatte lange überlegt, welche Duftnote er wählen sollte, und sich schließlich für Rosenholz entschieden, das sowohl nach seiner Erfahrung als auch nach allgemeiner Einschätzung entspannend, ausgleichend und harmonisierend wirkte. Wenn er in sich hineinhörte, hegte er allerdings wenig Hoffnung, dass sein Arrangement spürbar deeskalierend wirken könnte. Im Gegenteil: Er rechnete mit dem Schlimmsten.

Die Gruppe um Gokul und Punam schien nicht länger bereit, die Dinge weiterlaufen zu lassen wie bisher. Ihre Geduld war zu Ende. Das Sarjana war – unter der Führung Namitos, wie man nicht umhinkam, festzustellen – zu tief hinabgesunken in die Niederungen des gemeinen Lebens, hatte sich immer weiter entfernt von den ehrgeizigen Lebensentwürfen und den spirituellen Visionen, die seine Bewohner einst zusammengeführt hatten. Viele wussten nicht mehr, wie es weitergehen sollte.

Auch er selbst nicht, wie Ruudchen sich eingestand. Wenn er ganz ehrlich war, beschlich ihn in letzter Zeit sogar immer wieder ein Gefühl, das er zunächst gar nicht benennen konnte, weil es schon lange keinen Platz mehr in seinem Leben gehabt hatte. Es war Angst, Angst vor der Zukunft. Ein Gefühl, wie er es zuletzt am Ende von Rajneeshpuram erlebt hatte, als alles, was sie sich aufgebaut hatten, auf einen Schlag verloren gegangen war. An schlechten Tagen fragte sich Ruudchen, ob jetzt auch das Sarjana dem Untergang geweiht war. Oder sah er zu schwarz? Was war nur aus seinem Optimismus geworden, der ihn 64 Jahre lang durchs Leben getragen hatte?

Ruudchen seufzte tief. Teils wegen der Traurigkeit, die die ungesunde Situation, in der sie derzeit lebten, in ihm auslöste, teils wegen der Pracht des Sonnenuntergangs vor ihm, die er unmöglich ignorieren konnte. Er gab sich redlich Mühe, das Wunderbare, das sich ihm darbot, in sein Herz zu lassen. Das Leben konnte so schön sein, selbst hier, versteckt hinter endlosen Maisfeldern, im Schatten des Waldes, in Nachbarschaft zu Menschen, die seine Gemeinschaft nicht mochten und sie nur mit der Faust in der Tasche duldeten.

Ja, gerade hier, dachte Ruudchen, wo sich trotz allem etwas aufbauen ließ, im Einklang mit der Natur. Er war damit zufrieden, auch wenn es nie so eine ideale Heimstatt werden konnte, wie es das Sarjana 1 gewesen war. Für ihn war es genug. Innerlich hatte er sich ohnehin längst nicht mehr verbunden gefühlt mit überambitionierten Zielen, mit der großen Zukunft, mit dem glorreichen Rishikesh. Sicher, er hatte es nicht kommen sehen, dass Namitos Pläne, sein New-Ashram-Projekt, so gründlich scheitern würden, doch im Grunde hatte er das Ganze von Anfang an für ein fragwürdiges Vorhaben gehalten, für eine kindische Schwärmerei, ja für ein unerleuchtetes Ansinnen.

Ruudchen atmete noch einmal tief durch. Es war ein langer Weg gewesen von Zandvoort, als kleiner Junge, als junger Mann. Osho hatte ihn aus dem Tiefschlaf geweckt, vor fast vierzig Jahren, und dafür war er ihm bis heute dankbar. Ja, es hatte auch andere spirituelle Meister gegeben; zwei Jahre lang hatte er sich beispielsweise ganz auf Krishnamurti konzentriert. Doch Krishnamurti war eine Abendmusik gewesen, eine wunderbare Sonate, Osho dagegen war Rock'n'Roll. Ruudchen lächelte in der Erinnerung.

Bis hierher war er gekommen, im Geiste Oshos. Und er wollte nicht, dass all das geopfert würde, so viel war ihm klar. Es war ihm zu teuer, und es war alles, was er besaß.

Er drehte sich um, betrat die Scheune und schlenderte zu seinem Platz links vorne. Im Zentrum saßen Gokul und Punam und ihre Leute, die dicke Neera, Gokuls rechte Hand Keval und einige andere, an deren Körperhaltung man absehen konnte, dass Frieden nicht die Basis dieses Meetings sein würde. Etwa 25 Sannyasins verteilten sich auf ihren Matten in der Scheune, alle waren da, nur Namito noch nicht. Und natürlich fehlte auch Satyavati. Ruudchen glaubte nicht, dass sie ausgerechnet heute auftauchen würde. Sie machte sich rar bei Gemeinschaftstreffen, und in letzter Zeit hatte man sie so gut wie gar nicht mehr gesehen.

Ruudchens Blick fiel auf das Podest, auf dem Namitos Matte lag. Es war nicht sehr ausladend, man saß auf ihm kaum dreißig Zentimeter vom Boden abgesetzt, und dennoch hatte Namito sich lange dagegen gewehrt, »sich erhöhen zu lassen«, wie er es nannte. Schließlich, als die Satsangs, die Zusammenkünfte mit dem spirituellen Lehrer, immer größer geworden waren, als Woche für Woche immer mehr Menschen gekommen waren, hatte er nachgegeben. Er war nie einer gewesen, der sich zwanghaft in den Vordergrund gedrängt hatte, der verzweifelt die Führungsposition gesucht hatte, wie ein Verdurstender das Wasser suchte. Das Leben hatte Namito seine Rolle geschenkt – »aufgebürdet«, wie er sich bisweilen auch schon bei Ruudchen beklagt hatte –, aufgrund seiner natürlichen Autorität, aufgrund seiner inneren Stärke, aufgrund der Erkenntnisse, die er erworben hatte. Und als ihm das klar geworden war, akzeptierte er es.

Ruudchen erinnerte sich, wie stark, wie tiefgreifend die Satsangs mit Namito einst gewesen waren. Sie hatten etwas Mächtiges, etwas Ehrfurchteinflößendes ausgestrahlt. Kein Wunder, dass zu den besten Zeiten, als sie das Sarjana 1 etabliert hatten, bis zu hundert Menschen am Abend kamen, um mit Namito zu meditieren und über Erleuchtung zu sprechen. Trotz der vielen Sucher, und trotz der Fülle an Erwartungen, die sie mitbrachten, blieb Namito vollkommen gelöst, sprach und bewegte sich zwanglos, wirkte frei wie der Wind.

Satsang mit Namito war, wie in einen See von tiefster Glückseligkeit einzutauchen. Man hatte das Gefühl, an einen Ort jenseits von Gut und Böse versetzt zu werden. Wenn man mit ihm zusammensaß, musste man nicht erst gegen Gedanken und Gefühle ankämpfen, die sich dazwischendrängen wollten, sondern man verfiel sofort mühelos in Meditation und tauchte ein in tiefere Bewusstseinsebenen. Alles war erfüllt von Nähe, Vertrautheit und Liebe.

Wann war es zuletzt so gewesen?, fragte sich Ruudchen wehmütig. Als sie das Sarjana 1 verloren hatten, war etwas bei Namito weggebrochen. Seit sie davongejagt worden waren, weil sie sich finanziell ruiniert hatten, schwankte er. Zuletzt hatten kaum noch Sucher den Weg zu ihnen gefunden. Und seit ein paar Wochen, genau genommen seit diese Frau gekommen war – die Frau, die tot im Wasser gelegen hatte und jetzt auf ihr Begräbnis wartete –, hatte Namito überhaupt nicht mehr zum Satsang eingeladen. Er habe im Moment nicht genug zu geben, hatte er eines Abends zu Ruudchen gesagt.

Zita blickte auf das in der ausklingenden Dämmerung liegende Sarjana. Das Scheunentor stand weit offen und wirkte im Halbdunkel wie ein aufgerissener Mund, dem ein Schrei entfahren will. Kleine Lichter blitzten ihr sternenartig entgegen. Ansonsten konnte sie nur Schemen erkennen; aber die Sannyasins mussten alle dort sitzen und debattieren. Die große Besprechung. Prem hatte Andeutungen darüber fallen lassen, als er sie am Nachmittag zurück zu ihrem Wagen begleitet hatte.

Über dem Wald grinste ein fahler Mond auf die Lichtung herunter. Die Wolkengebilde, die sich im Lauf des Abends hoch über den Bäumen gesammelt hatten, waren mit einem leichten Wind davongehuscht, als hätte es sie nie gegeben. Die Luft blieb drückend. Zita fiel das Atmen schwer. Das konnte aber auch an dem Kloß liegen, der in ihrem Hals steckte. Das Gewitter würde jedenfalls heute nicht mehr kommen.

Sie drehte sich um und blickte zurück. Daimler hatte sich in eine der mannshohen, würfelartigen Einkerbungen zurückgezogen, die die Maisfelder alle zwei-, dreihundert Meter aufwiesen. Sie konnte sein Gesicht im schwindenden Licht nicht erkennen, aber sie sah, dass er die rechte Hand hob, vermutlich mit nach oben gerecktem Daumen.

Er war so überzeugend gewesen wie noch nie, vorhin im »Adler«. Und er war stocknüchtern. Lauterach lag kaum fünf Kilometer östlich von Unterwilzingen, und es war mehr als doppelt so groß. Ein richtiges Dorf, wie Rosi Dom mehrmals betont hatte. Ihren Eltern gehörte der »Adler«, ein altehrwürdiges Wirtshaus, das von den Einheimischen nur »Geier« genannt wurde, und zwar seit sie denken konnte, wie Rosi ihnen versicherte. Zita fand die Bezeichnung treffend, vor allem, als sie sich unter schwer herunterhängenden Balken auf eine klobige Eckbank in einem Hinterzimmer, das zwischen Küche und Vorratsraum lag, niedergelassen hatten. Was sie von Rosi Dom halten sollte, war ihr weniger klar. Sie hatte ein offenes, freundliches Gesicht, und sie schien ein patentes Mädchen zu sein. Immer wieder hastete sie kurz davon, um ihren nicht mehr ganz taufrischen Eltern in der Wirtsstube unter die Arme zu greifen. Aber für Zitas Geschmack redete sie ein bisschen zu viel.

Sie kannte bereits Rosis halbe Familiengeschichte: Dass es fast zum Zerwürfnis gekommen wäre, weil ihre Eltern wollten, dass sie den »Geier« übernimmt, sie aber ihre Erfüllung in der Betreuung anderer Menschen in der Altenpflege gesehen hatte, und wie ungerecht das gewesen war, weil ihren drei Brüdern bei der Berufswahl keine Steine in den Weg gelegt worden waren. Das alte Lied, auf dem Land wurde es immer noch gesungen: Die Männer durften tun, was sie wollten, die Frauen mussten tun, was man ihnen sagte.

Daimler schien begeistert von Rosi Dom. Vor allen Dingen von dem, was sie vom Schindler-Hof zu berichten hatte. Rosi hatte in letzter Zeit selbst schon bemerkt, dass am Wochenende ein wenig sauber gemacht, manchmal auch gekocht worden war. Und bei ihrem letzten Besuch hatte der alte Schindler ihr zugeflüstert, dass sich ab und zu dort Sannyasin-Frauen blicken ließen.

»Nicht nur zum Putzen, hat er gesagt«, berichtete Rosi, »ich hab ihn kaum verstanden. Aber der Alfons ist daraufhin total wütend geworden, hat mir richtig den Arm abgedrückt. Es hätt nicht viel gefehlt, und er wäre ausgetickt. Und da hab ich mir hinterher gedacht, vielleicht war diese eine Frau, die Tote, ja auch einmal da, und …«

Daimlers Schlussfolgerung war einfach: In dieser Ecke hier liefen Drogendeals. Sylvie Wilke war abhängig und brauchte dringend Geld, sie war sicher für jedes Geschäft zu haben. Roger Helms war durchaus zuzutrauen, dass er mit illegalen Aktivitäten sein luxuriöses Leben finanzierte. Und Alfons Schindler musste eine Mittler- oder Laufburschenfunktion innehaben, vielleicht stellte er auch nur – gegen Bares – ein ruhiges, abgelegenes Plätzchen zur Verfügung. Die Frage war, wer alles beliefert wurde. Die Sannyasin-Frauen hatten aber anscheinend das Erleuchtungsgequatsche so satt, dass sie mittlerweile einer »Line« Koks gegenüber nicht abgeneigt waren. Doch neulich musste irgendetwas schiefgelaufen sein, etwas, das Sylvie Wilke nicht überlebt hatte.

Im »Geier« hatte das in Zitas Ohren einleuchtend geklungen. Daimlers Theorie bot immerhin eine Erklärung für das ungute Gefühl, das sie beschlich, wann immer sie an Roger Helms dachte. Zita berichtete Daimler von ihren Gesprächen mit Rowena Dennbrink und Prem Pantha und von dem Bild, das sie im Atelier entdeckt hatte.

»Vielleicht ist die Figur mit der Maske ja Helms oder Schindler; irgendjemand hat ihr die Szene geschildert, und da ist sie von der Muse geküsst worden«, meinte

Daimler achselzuckend. Sein Interesse an diesem Aspekt schien sich in Grenzen zu halten.

»Ich würde eher meinen, sie hat sie selbst gesehen«, antwortete Zita und verfiel dann ins Grübeln. »Aber es ist grausam schwierig, mit ihr zu sprechen, und wenn man sie ein bisschen härter anfasst, muss man sie wahrscheinlich ruckzuck auf die Intensivstation bringen.«

Mehr hatte Zita nicht zu bieten gehabt, und so stand sie jetzt hier vor dem Schindler-Hof. In Sandalen, einem geblümten Rock und einer etwas zu großen weißen Bluse, alles aus dem Kleiderschrank von Rosi Dom, damit sie wenigstens annähernd wie eine Sannyasin aussah. In der Hand hatte sie einen Korb, in dem zwei panierte Schnitzel und eine Schüssel mit Kartoffelsalat verstaut waren, in Unkenntnis des Verwendungszwecks gestiftet vom Gasthaus »Adler«. Und sie hatte Pudding in den Knien, was sie aber Daimler geflissentlich verschwiegen hatte.

Die Anspannung rührte zum großen Teil daher, dass sie nicht wusste, was auf sie zukam. Bisher hatte sie mit Alfons Schindler nichts zu tun gehabt, ihn nicht einmal gesehen. Deshalb meinte Daimler auch, dass es funktionieren könnte, dass es Zita gelingen könnte, ihn auszuhorchen; mit ein bisschen Glück würde er sich verplappern und ihnen einen hoffentlich handfesten Hinweis liefern, was hier gelaufen war oder immer noch lief, vor allem aber, was in der Nacht von Sylvie Wilkes Tod passiert war. Der Hellste war er ja sicherlich nicht. Zita wusste, dass sie ein wenig schauspielern konnte. Sie hatte schon einmal einen ähnlichen Auftritt gehabt, als sie sich bei einem Betrugsdelikt in einem Szenelokal umgehört hatte. Zwar hatte sie nichts besonders Erhellendes zutage fördern können, aber immerhin war sie auch nicht aufgeflogen.

Zum Teil war sie auch deshalb nervös, weil es nicht ganz koscher war, was sie und Daimler hier trieben. Sie hatten nicht darüber gesprochen, aber Zita war klar, dass sie beide danach lechzten, in diesem Fall endlich den entscheidenden Schritt vorwärts zu machen, und beide wollten sie diesen Schritt liebend gern machen, bevor ihn Horst Hektor tat. Es wäre ein Genuss, ihm eine heiße Spur, wenn nicht gar die Lösung zu präsentieren, während er mit seinen Sektenbeauftragten beim Kaffeekränzchen zusammensaß.

Aber sie mussten aufpassen, dachte Zita, das Ganze konnte leicht Schlagseite bekommen. Zumindest hätten sie Vorberg über ihren Plan informieren sollen. Und sie mussten höllisch achtgeben, dass sie in kein Fettnäpfchen traten; das, was sie möglicherweise herausfinden würden, musste später auch bei einer Gerichtsverhandlung Verwendung finden können.

Sie zögerte. Wahrscheinlich brachte die ganze Aktion überhaupt nichts. Und wenn schon, in dem Fall brauchte auch niemand etwas davon zu erfahren. Langsam wandte sie sich dem verschrumpelten Hauseingang zu. Nun mach schon, sagte sie sich, deswegen bist du doch zur Polizei gegangen. Oder war es vielleicht, weil du so gerne Berichte schreibst? Und dann kam der Gedanke, der ihre Beine endlich in Bewegung setzte: Jenny Nies hätte bestimmt nicht so lange herumgeeiert.

Namito erschien lautlos. Er betrat den mit gespannter Erwartung erfüllten Raum, faltete die Hände zum indischen Willkommensgruß und ließ sich auf seiner Matte nieder. Seine Autorität war immer noch groß genug, um das Murmeln und Flüstern ringsum von einem Moment auf den anderen ersterben zu lassen. Ruudchen hatte dennoch das Gefühl, dass Namito Mühe hatte, sich so sicher zu bewegen wie sonst. Fast konnte er spüren, welche Unruhe in dem anderen brodelte. Hatte er sogar Angst vor diesem Abend, vor der Konfrontation, die ihm bevorstand?

Ruudchen hatte gehofft, eine starke Meditation zu Beginn des Treffens würde den Druck, der sich aufgebaut hatte, wie durch ein Ventil verdampfen lassen. Aber nichts dergleichen geschah. Noch selten war das Buddhafeld in ihrem Kreis unergiebiger, flacher, leerer gewesen. Ruudchen fand überhaupt nicht in die Meditation. Er kam nicht zur Ruhe, konnte seine Gedanken nicht abstellen, die sich unablässig um die Situation des Sarjana drehten – und um das Schicksal von Namito. Er öffnete die Augen und musterte den hageren Mann, der drei Meter vor ihm saß und dessen Züge ihm noch nie so eingefallen und grau vorgekommen waren. Namito tat ihm unendlich leid. Ja, dachte er, es gibt so etwas wie verlorene Erleuchtung.

Er wollte nicht behaupten, dass Namito bereits erleuchtet war, aber eines konnte niemand leugnen, der ihn kannte: Er war auf einem sehr guten Weg gewesen. Die Wahrheit war aber vor allem, dass man sich niemals sicher sein konnte auf dieser Welt. Nicht einmal Erleuchtung war etwas, was man für immer garantiert bekam. Alles Schöne konnte einem entrissen werden. Das war das Grausame am Leben.

Als hätte Namito Ruudchens Gedanken gelesen, beendete er die Meditation. Es konnten nicht mehr als zehn Minuten vergangen sein. Zehn Minuten, die fast kontraproduktiv gewesen waren, fand Ruudchen; die Unruhe schien jetzt in jeder Ecke, in jeder Ritze der Scheune zu sitzen und auf sie herabzugrinsen.

Namito tat so, als spürte er nichts davon. Er blickte lange und durchdringend in die Runde, ergriff dann das Wort und malte mit seiner warmen, sonoren Stimme ein Bild des Sarjana, dessen Farbgebung in erster Linie von der Harmonie der Vergangenheit lebte. Man sei nun schon so lange zusammen, im Geiste Oshos, auf der Basis von Liebe und getragen vom Wunsch der spirituellen Weiterentwicklung. Man meistere den Alltag stets im Respekt voreinander und im Respekt vor der Natur, der Welt und dem Universum, vor den Kräften, die überall zu finden seien, wenn man sich nur mit offenem Herzen und wachem Geiste auf die Stunden einlasse, die einem geschenkt seien.

Ruudchen hatte nicht das Gefühl, dass diese Worte auf fruchtbaren Boden fielen. Dazu hörten sie sich zu abgestanden an.

Man habe viel gemeinsam durchgemacht, fuhr Namito fort, nicht immer sei es einfach gewesen, den dogmenlosen Lehren Oshos zu folgen, als Sannyasin zwar in dieser Welt zu sein, an ihrem Betrieb teilzunehmen, zu lernen und zu genießen, da zu sein und das Leben zu feiern, aber gleichzeitig doch nicht von dieser Welt zu sein, sich nicht von ihr beherrschen zu lassen und sich jederzeit lösen zu können von den Verhaftungen des Daseins. Er wisse, dass es in letzter Zeit besonders schwer gewesen sei, die Richtung zu halten, das Vertrauen nicht zu verlieren. Es seien Dinge passiert, die viele von ihnen dazu gebracht hätten, an ihre Grenzen und darüber hinaus zu gehen, meinte Namito voller Verständnis und breitete die Arme aus. Doch gleichzeitig sei es so, dass die Gemeinschaft auch wieder enger zusammengerückt sei, und es erfülle ihn mit unbändiger Freude, wenn er sehe, mit welcher Entschlossenheit das Sarjana gegen alle Widerstände seinen Weg gehe.

Ruudchen registrierte Grummeln und Kopfschütteln ringsum, vor allem bei den Frauen.

»Spürt ihr es denn nicht?« Namito hob die Stimme. »Wir waren oft satt und träge, doch seit wir hier sind, sind wir wieder mit weniger zufrieden. Und wo es uns an Materiellem fehlt, wachsen wir spirituell. Seit wir hier sind, werden wieder die richtigen Knöpfe gedrückt, das Ego von vielen ist schmaler geworden. Und das Buddhafeld ist stärker geworden. Die Dinge, die passiert sind, haben uns als Gemeinschaft wieder viel enger zusammengeschweißt …«

»Du predigst Illusionen«, platzte Gokul dazwischen, der sich, den heftigen Windungen seines Oberkörpers nach zu urteilen, schon lange zurückgehalten hatte. »Von welcher Gemeinschaft sprichst du überhaupt, Namito? Ich sehe hier nur Ungleichheiten, und ich leide darunter«, meinte er mit einem Seitenblick auf Punam.

»Das Leiden!« Es klang, als hätte Namito nur auf dieses Stichwort gewartet. »Das Leiden überfällt uns, wenn wir uns zu sehr an das klammern, was wir nur scheinbar haben, was wir im Grunde unseres Herzens besitzen wollen. Je mehr wir festhalten wollen, umso mehr überfällt es uns und quält uns. Doch unser Ziel ist es, und das wisst ihr genau, uns in den Strom der kosmischen Energie zu werfen und von ihm mitgetragen zu werden. Aber dazu müssen wir zuerst einmal loslassen, Stück für Stück, von Althergebrachtem, von Konditionierungen, von Erfahrungen, von der Vergangenheit, auch vom stofflichen Leben, wenn es uns bindet. Man darf an gar nichts festhalten, nur dann erlebt man und lebt man mitten in diesem Strom. Aber dazu braucht es Mut.«

Einige Sannyasins nickten, doch Gokul rief zornesrot: »Mut, der dir fehlt! Wo ist denn deine Satyavati? Wieder mal nicht da, wieder mal nicht Teil der Gemeinschaft. Wo nimmt sie eigentlich ihre Sonderrechte her?« Er machte eine Pause, um dem zustimmenden Gemurmel Gelegenheit zu geben, sich auszubreiten. Leiser, mit kälterer Stimme fuhr er fort: »Dass du es überhaupt wagst, von Mut zu sprechen. Dass du diesem dreckigen Schindler unsere Frauen angedient hast, hat das Sarjana vergiftet, da hilft auch dein Heile-Gemeinschaft-Getue nichts. Das war dein Sündenfall, da verliert der schönste Platz seinen Zauber. Aber dass du Satyavati schön rausgehalten hast, während von den anderen jede mindestens einmal gegangen ist, das war mutlos. Feige!«

Namito trat den zustimmenden Rufen entgegen. »Die Abmachung mit Schindler war nicht allein meine Entscheidung, das weißt du genau. Wir haben darüber gesprochen. Und wir haben uns nur darauf eingelassen, weil uns nichts anderes übrig geblieben ist. Wir sind am Boden, wir sind pleite. Das wisst ihr.«

»Ja, weil du alles in den Sand gesetzt hast«, rief Punam wütend, »mit deinen hirnverbrannten New-Ashram-Plänen.«

»Wir waren uns einig …«

»Wir waren uns nicht einig, dass du unseren ganzen Besitz riskierst.« Der Zwischenruf von Keval löste eine Flut zustimmender Rufe aus.

Namito verspannte sich zunehmend. Ruudchen war klar, dass es mit seiner Beherrschung nicht mehr weit her war. Er musste etwas tun. Er war kein großer Redner und hielt sich gern im Hintergrund. Aber er konnte nicht tatenlos zusehen, wie sich alle gegen Namito wandten.

»Das ist wirklich unglücklich gelaufen, niemand konnte das ahnen«, sagte er laut und versuchte, seinen holländischen Slang im Zaum zu halten, »wir sind alle übers Ohr gehauen worden und haben Lehrgeld gezahlt. Aber es hätte uns trotzdem nicht umgeworfen. Wir sind hier untergekommen. Namito hat diesen Platz entdeckt. Nennt es Zufall, nennt es Glück, nennt es Vorsehung. Fakt ist, dass das wenige, was wir noch hatten, unwiederbringlich zusammengeschmolzen ist, weil wir mit Homa hier einfach nichts erreichen können. Namito hat schon lange gesagt, wir müssen endlich effizienter werden.«

»Und ich habe schon lange gesagt, wir sollten dringend unser Therapieangebot auf Vordermann bringen«, giftete Gokul.

»Ja, und was ist mit den Satsangs?«, fragte ein anderer Sannyasin. »Die Spenden, die da früher immer reinkamen, haben uns richtig gutgetan.«

Namito stand auf und hob die Hände. »All das wird wiederkommen. Wir werden alles wieder in die richtige Richtung bringen.«

»Ach ja?« Punam sprang auf und zeigte mit dem Finger auf Namito. »Ich glaube dir kein Wort mehr. Wahrscheinlich wird die Polizei als Nächstes alles hier auseinandernehmen, nur weil du deine Spielchen treibst. Was war eigentlich mit diesem Weib? Weißt du, was bei mir das Fass zum Überlaufen gebracht hat? Ich habe neulich gehört, wie du zu diesem Schindlerschwein gesagt hast: ›Tut mir leid, Alfons, ich kann dir die Kleine nicht geben, und wenn du mich noch so sehr anbettelst.‹ Da konntest du mal so richtig den großen Macker spielen, oder? Wen hast du gemeint, deine heilige Satyavati oder die Neue?«

»Ja, und was wollte die überhaupt hier?«, fragte Neera und wuchtete sich hoch. »Hat sich ja immer nur verkrochen, wenn was anstand.«

Namito zögerte. »Sie brauchte Zeit, sie war eben … schüchtern.«

Das war ein Fehler, dachte Ruudchen. Die Sannyasins waren hilflos in ihrer jetzigen Situation, sie fühlten sich verloren und ohne festen Boden unter den Füßen, aber sie waren nicht dumm. Prompt brandete ringsum höhnisches Gelächter auf.

Ruudchen wünschte sich insgeheim, Namito würde jetzt reinen Tisch machen. So wie es aussah, war das die einzige Möglichkeit, wieder Ruhe in die Gemeinschaft zu bringen, die einzige Chance, auf eine positive Zukunft hoffen zu dürfen. Doch Namito würde verschlossen bleiben. Das spürte Ruudchen, als er ihm in die Augen sah. Sein Blick war starr, unbeugsam.

»Schüchtern?«, höhnte Keval, »das war sie sicher nicht. Sie hatte ein freches Maul. Aber das war's dann auch schon. Viel mehr hatte sie nicht zu bieten.«

Mittlerweile standen sich alle in der in sanftes Licht getauchten Scheune im Halbkreis gegenüber. Namito straffte sich, sein Gesicht wurde vom Kerzenschein erhellt. Er trat ganz nah an Keval heran. »Täusch dich nicht.« Er flüsterte es fast. »Sie hatte etwas, was uns sehr bald wirklich helfen wird. Es wird all unsere Probleme lösen.«

Auch Gokul sprach leise, aber drängend. »Jedenfalls ist sie jetzt tot. Viele hier fragen sich, warum. Weißt du es?«

»Nein, ich weiß es nicht«, antwortete Namito. »Es ist auch nicht wichtig für euch. Denn ich bin mir sicher, dass es mit dem Sarjana nichts zu tun hat. Das wird auch die Polizei bald begreifen und uns in Ruhe lassen.« Er atmete tief ein, hob den Kopf und lenkte seinen Blick auf das Deckengebälk der Scheune, das im schwachen Lichtschein kaum zu erkennen war. »Ruhe. Das ist das Wichtigste. Dass wieder Ruhe in unsere Gemeinschaft einzieht.«

Ruudchen dachte schon, Namito hätte es geschafft, sie alle davon zu überzeugen, dass es das Beste sei, ihr Schicksal wieder vertrauensvoll in seine Hände zu legen. Da hörte er Punam kreischen. Es war ein gequälter, entsetzlicher, die Stille zerfetzender Schrei.

»Nein! Mich kannst du nicht mehr blenden. Es gibt hier keine Ruhe, solange Frauen von uns diesem ekelhaften Bauern zu Willen sein müssen, nur damit er uns die Gnade gewährt, hierbleiben zu dürfen. Weil ihr Schwätzer nicht einmal dafür genügend Geld zusammenbringt. Ich war einmal bei ihm, ein zweites Mal ertrage ich nicht. Nie mehr gehe ich zu diesem Schwein und lege mich für ihn auf den Rücken. Es gibt nichts Ekligeres als seine Finger, als seinen …« Schluchzend ging sie auf die Knie und verbarg den

Kopf zwischen den Armen. Gokul sah Namito an, als würde er ihn am liebsten auf der Stelle umbringen. Dann beugte er sich hinunter und begann, die weinende Punam zu wiegen.

»Du brauchst nicht mehr zu ihm zu gehen«, sagte Namito beinahe feierlich. »Es ist vorbei. Wir sind so gut wie gerettet. In ein paar Tagen werden wir so viel Geld haben, dass wir uns das ganze Gelände kaufen können, und den Schindler-Hof dazu. Das verspreche ich euch.«

Irgendjemand wollte dazwischenfragen: »Aber wie …?«

Doch Namito hob nur die Hand und schüttelte bedächtig den Kopf. Plötzlich schien jede seiner Gesten wieder Gewicht zu haben. Wir müssen an ihn glauben, dachte Ruudchen, was haben wir schon für eine Alternative? All diejenigen, die noch ein anderes Standbein hatten, die vielleicht klüger gewesen waren, waren nach dem Ende des Sarjana 1 abgesprungen. Wer jetzt noch dabei war, dem blieb kaum etwas anderes übrig, als darauf zu hoffen, dass ihr Führer die Dinge zum Guten wenden würde.

»Das Sarjana wird wieder blühen.« Namitos Augen glänzten. »Vertraut mir.«

Dann wandte er sich Punam zu und legte ihr eine Hand auf den Kopf. »Ich weiß, dass es schwer war«, sagte er sanft, »sehr schwer. Aber du hast es für die Gemeinschaft getan, wie die anderen auch, und wir alle sind dir dankbar dafür. Du hast dein Ego in die Schranken gewiesen, als du zu Alfons Schindler gegangen bist. Und glaub mir, ich hätte dasselbe getan, wenn wir hier nicht von einem Bauern, sondern von einer Bäuerin abhängig gewesen wären. Ich wäre der Erste gewesen, der zu ihr gegangen wäre.«

Zita fand keine Klingel an der Eingangstür des Schindler-Hauses. Dann erinnerte sie sich, dass Daimler spöttisch gesagt hatte, derartige technische Errungenschaften gebe es nicht in dieser heruntergekommenen Hütte. Auf ihr Klopfen hin regte sich zunächst nichts, doch dann hörte sie ein Winseln und ein Scharren an der Tür. Vorsichtig drückte sie die unhandliche, schwergängige Klinke nach unten, schob die Tür gegen den Widerstand einen Spaltbreit auf und sah auf Kniehöhe einen Hundekiefer nach vorne stoßen. Sie wich unwillkürlich einen halben Schritt zurück, aber der Hund, ein zotteliges Tier mit großväterlich-graubärtiger Schnauze, beachtete sie gar nicht, sondern drückte sich nur durch den Spalt, der entstanden war, und rannte dann über den Schotterweg in die nächsten Büsche. Offenbar hatte er schon lange auf die Gelegenheit gewartet, sein Geschäft zu verrichten. Kein gutes Zeichen, dachte Zita.

Ihre Finger ertasteten einen Lichtschalter, doch die Lampe an der Decke war von einem Strickbezug umhüllt, in dem man den Staub der Jahre förmlich kleben sehen konnte und der den eigentlichen Sinn der ganzen Konstruktion ziemlich behinderte. Zita war betroffen von der Kahlheit des Hauses. Der rissige Putz an den Wänden, über den sie ihre Fingerspitzen streifen ließ, fühlte sich an wie Schmirgelpapier mit 40er Körnung. Die niedrige Decke im Flur schien sie automatisch in eine gebückte Haltung zu drängen. Rechts über ihrer Schulter sah sie eine grobe Holztreppe, die hinauf ins Obergeschoss führte, vor ihr ging zu jeder Seite eine Tür ab. Sie ging ein paar Schritte, hielt dann inne, straffte sich und rief halblaut: »Hallo!«

Zita glaubte, hinter der geschlossenen Tür auf der rechten Seite einen leisen Brummton zu hören. In der Kammer dahinter musste nach Daimlers Beschreibung der alte Schindler liegen. Die Tür zu ihrer Linken, die zur Küche führte, war einen Spaltbreit offen und ein schwacher Lichtschein drang heraus. Sie hörte ein Knurren, das aber menschlicher Natur zu sein schien.

»Ich bin's, von unten«, rief sie und versuchte, dabei fröhlich zu klingen. Sie blickte an sich hinunter, auf den wallenden Rock, schwenkte ihren Korb und kam sich vor wie Rotkäppchen auf dem Weg zur falschen Großmutter. Dann fiel ihr ein, dass sie sich gar keinen Namen zurechtgelegt hatte, den sie Schindler präsentieren konnte, sollte er sie danach fragen. Ganz sicher würde er nach ihrem Namen fragen. Sie schnappte sich das Erstbeste, was ihr durch den Kopf schoss: Tara. Was soll's, dann bin ich eben Tara, dachte sie, dieser Bauer wird ja wohl kaum Experte für indische Sannyasin-Namen sein.

Sie trat in die Küche und ihr Blick fiel als Erstes auf den ausladenden Herd, ein quadratisches Ungetüm, das weit in den Raum hineinreichte. Am Ofenrohr klebte der Ruß von Jahrzehnten. An den Wänden daneben hingen fünf, sechs nachtschwarze Pfannen, doch auf der Heizplatte, die kaum weniger groß war als der Stammtisch im »Geier«, stand einsam ein altertümlicher Wasserkessel, aus dem eine dünne Dampfschwade entwich. An der Wand schräg gegenüber befand sich ein klotziger Tisch, der einzig und allein als Abstellplatz für leere Flaschen zu dienen schien, die ihren eindeutigen Zweck brav erfüllt hatten. Die Luft war stickig, als wäre der Raum seit der letzten Ernte nicht mehr gelüftet worden.

Zita gegenüber saß Alfons Schindler auf der schmalen Bank, die sich um einen lindgrünen Kachelofen zog. Bei seinem Anblick hätte sie sich am liebsten umgedreht und wäre schnurstracks davongelaufen.

Schindler sah sie mit tief liegendem Blick an, als schätzte er eine Kuh auf ihren Wert ab. Das Weiße in seinen Augen sah trübe und gelblich aus, und Zita fragte sich, ob das an der schummrigen Beleuchtung lag oder ob er irgendeine Krankheit mit sich herumschleppte. Gut, dass das Trinken ihn krank machte, sah sie sofort, dazu hätte er nicht den Flachmann ansetzen müssen, während er sie taxierte.

Schindlers Alter war nicht leicht zu schätzen, er mochte die fünfzig bereits überschritten haben. Das schüttere Haar hing ihm wie Fäden grauer Sockenwolle über die Ohren und in die Stirn. Über die roten Wangen hatte ihm der Alkohol Netze geplatzter Äderchen geworfen. Das Schlimmste war jedoch der Mund, fand Zita. Die Unterlippe hing unnatürlich weit nach unten und gab den Blick auf eine Anzahl schief stehender Zähne frei, zwischen denen genug Platz war, dass es sich diverse Essensreste gemütlich machen konnten. Der Zug, der um Schindlers Mund spielte, war schwer zu deuten. Er wirkte nicht wirklich spöttisch, auch gewieft war nicht ganz das richtige Wort. Verschlagen, dachte Zita. Das war es, wie Schindler bei ihr ankam.

Ihr Blick glitt an seinem schweren, massigen Körper hinunter. Sein kariertes Hemd, über das braune Hosenträger gespannt waren, hing aus der speckigen Lederhose. Die nackten Füße standen in einer rostigen Blechwanne, in der heißes Wasser dampfte. Daneben stand eine Flasche mit der Aufschrift »Tannen-Öl«. Das rechte

Bein sah gar nicht gut aus, rotblaue Verfärbungen zogen sich von den gekrümmten Zehen über den Spann bis hinauf über den Knöchel.

»Na, sag bloß, der Häuptling hat es sich wieder anders überlegt.«

Seine Stimme hörte sich kratzig an. Ein Grinsen machte sich auf seinem Gesicht breit, und dann verfiel er langsam in eine Mischung aus Meckern und Husten, sein Oberkörper schüttelte sich, und Zita dachte schon, er würde gleich vornüberkippen. Dann endlich begriff sie: Er lachte, und er konnte gar nicht mehr aufhören.

Ihr Blick fand einen Stuhl, der zwischen Tisch und Kachelofen gequetscht war, und sie stellte den Korb darauf ab. Krampfhaft überlegte sie, wie sie Schindler zum Reden bringen könnte. Während sie ein wenig Platz auf dem Tisch schaffte, sagte sie: »Ich hab was Leckeres mitgebracht.« Sie versuchte sich an einem Lächeln. »Und es ist nicht für Vegetarier.«

Schindler stand auf, trat aus der Wanne und schob sie mit einem Fuß beiseite, ohne darauf zu achten, dass durch die unkoordinierte Bewegung eine Welle über den Rand schwappte und den Holzboden wässerte.

»Na, du bist ja ein knackiges Mädel«, sagte er mit schiefem Grinsen und begann, mit seiner schwieligen Hand Zitas Oberarm zu kneten. »Bist neu bei den Spinnern, oder?«

»Mmh, ziemlich neu.«

Zita hatte nicht erwartet, dass es ein gemütlicher Abend werden würde, aber das hier war ätzend. Wie sollte sie nur aus diesem Wrack etwas herausbekommen? Sie brauchte wenigstens ein bisschen Bewegungsfreiheit, mehr Luft zum Atmen. Doch Schindler stellte sich breitbeinig vor sie, und Zita fühlte sich eingepfercht zwischen dem Tisch, dem hässlichen Kachelofen und der massigen Gestalt, die sich jetzt noch näher an sie heranschob.

Sie hob die Plastikschüssel mit dem Kartoffelsalat hoch. »Haben Sie irgendwo Teller?«

Schindler schnaubte wie ein Bulle. »Wirklich nett vom Häuptling. Muss ich schon sagen.« Er nahm ihr die Schüssel aus der Hand und pfefferte sie zwischen die Flaschen, von denen drei oder vier scheppernd auf dem Boden landeten. »Es ist schon wieder verdammt lang her«, sagte er und beugte sich ihr entgegen, so dass Zita seinen alkoholverpesteten Atem mitten ins Gesicht bekam. Angewidert drehte sie sich weg.

Sie spürte, dass sie zu schwitzen begann. Der wenig hilfreiche Gedanke, dass Schindler offenbar keinen Appetit hatte, schoss ihr durch den Kopf. Alles war unwirklich, sie wünschte sich, weit weg zu sein. Erst als er beide Hände auf ihre Brüste legte und auf ihnen herumdrückte, als wollte er sie melken, dämmerte ihr, dass sie in einer ziemlich miesen Position war.

»He, lass das«, fuhr sie Schindler an und stieß ihn von sich weg.

Er torkelte ein wenig, aber er war nicht betrunken genug, um wegen eines kleinen Schubsers aus dem Gleichgewicht zu geraten.

»Willst dich zieren, häh? Brauchst gar nicht blöd zu machen«, sagte Schindler drohend. »Jetzt zieh die Lumpen aus.« Mit gierigem Blick sah er an ihr herunter.

Das war der Moment, in dem Zita endlich begriff. Hier ging es nicht ums Kochen und ums Putzen, es ging nicht einmal um Drogen. Es ging um das, worum es immer ging, worum es schon immer gegangen war, wenn geifernde alte Männer am Drücker waren. Es ging um billige Gelüste, es ging um das Bearbeiten von nacktem Frauenfleisch, darum, dass sie etwas bekamen, wo sie ihren dreckigen Schwanz hineinstecken konnten. Wie hatte sie nur so dämlich sein können?

Wut packte sie. »Leck mich«, zischte sie Schindler an und versuchte, sich an ihm vorbeizudrängen. Aber sie hatte keine Chance. Er packte sie mit beiden Händen an den Oberarmen und drückte sie hinunter auf die schmale Bank. Ihr Rücken scheuerte über die Ofenkacheln. Das Schlimmste war, dass sie das Gefühl hatte, er setze nicht mal die Hälfte seiner Kraft ein, und doch kam es ihr vor, als wäre sie in einem Schraubstock gefangen. Er trat ganz nah an Zita heran und presste ihr seinen Unterleib ins Gesicht, fing an, wie wild hin und her zu reiben. Mit der Rechten griff er ihr in die Haare und wickelte ein Bündel um seine Finger. »Wenn du meinst, du musst beißen, reiß ich dir die Haare raus«, flüsterte er drohend.

Zita hätte nicht gewusst, wie sie das machen sollte. Sie bekam nicht einmal Luft, so brutal schnürte er sie ein. Etwas Hartes stieß in ihre Augen und der Geruch, der sie umgab, ließ sie schier ohnmächtig werden. Scheiße, dachte sie, du dumme Kuh, das hast du jetzt davon. Zu mehr war ihr Hirn offenbar nicht mehr fähig.

Er riss sie hoch, und als sich ihre Augen für einen kurzen Moment trafen und sie die Entschlossenheit in Schindlers Blick las, glühte sie in heller Panik. Einen Augenblick lang war ihre rechte Hand frei und seine Flanke offen, aber sie konnte sich beim besten Willen nicht daran erinnern, welcher Griff, welche Angriffsvariante jetzt erfolgversprechend einsetzbar wäre. Sie hatte viel Jiu-Jitsu trainiert während der Ausbildung, und auch noch danach, wenn sie Zeit hatte – aber es war alles weg, in den Boden gestampft von der brutalen Kraft des Speckberges vor ihr, narkotisiert von den Ausdünstungen, die Schindlers geiferndes Maul absonderte. Nichts von dem, was sie gelernt hatte, als sie in Turnhallen weißgewandeten, jungen, gutaussehenden Kämpfern gegenüberstand, war präsent, denn es hatte nicht das Geringste zu tun mit dem, was sich jetzt in der engen, schmierigen Küche des Schindler-Hofs abspielte. Du kommst hier nicht ungeschoren raus, dachte sie verzweifelt.

Schindler packte Zita, zog ihr die Füße weg und drückte sie zu Boden. Ihr Rücken krachte auf die Blechwanne, in der Schindler sein Fußbad genommen hatte. Mit den ganzen hundert Kilo, die er wiegen mochte, presste er sich auf sie. Zita lag mitten in der Wasserlache und ihr Strampeln half überhaupt nichts, doch als sie plötzlich spürte, dass sie eine Hand frei hatte, griff sie in Richtung seines Kopfes und krallte ihre Fingernägel in seine Wange. Er schrie grunzend auf und zuckte zurück, dann hieb er ihr die rechte Faust gegen den Wangenknochen, und für ein paar Sekunden wurde es schwarz vor ihren Augen. Wenigstens glaubte sie, dass es nur ein paar Sekunden gewesen waren, denn als sie wieder auftauchte und automatisch den Kopf schüttelte, um klarer zu werden, spürte sie, wie er ihr den Rock hochzerrte und an ihrem Slip herumriss, bis dieser in Fetzen ging. Der Stoff schnitt ihr ins Fleisch, und sie schrie auf. In dem Moment platzte ein Knoten, der sich in den Sekunden und Minuten zuvor in ihrem Hirn gebildet hatte; es war wie eine Erleuchtung, und Zita begann um Hilfe zu rufen. Daimler, hör mich, betete sie.

»Halt's Maul!«, schrie Alfons Schindler sie an. Er stützte sich mit einer Hand auf dem Boden ab, wollte Zita die andere auf den Mund drücken, doch er rutschte auf dem nassen, glitschigen Holzboden ab. Und plötzlich war sein Unterleib frei und Zitas rechtes Knie ebenfalls. Sie sah es mit einem Blick, und wie ein in die Enge getriebenes Tier erfasste sie instinktiv ihre Chance. Mit aller Kraft, die sie in ihrer liegenden Position aufbringen konnte, riss sie den Fuß nach oben und trieb ihr Knie, so tief es ging, in Schindlers Weichteile. Sein Blick wurde glasig, der Laut, den er herauspressen wollte, blieb ihm im Hals stecken, und er kippte leicht zur Seite. Zita reagierte wie in Trance. Sie richtete sich ein wenig auf, und noch bevor Schindlers Hände, die sich schützend nach unten begeben wollten, dort angekommen waren, hatte sie schon ein zweites Mal zugetreten.

Schindler krümmte sich und begann, schreckliche Flüche auszustoßen, während Zita sich hochrappelte.

»Ich bring dich um, du Sau!«, schrie Schindler, sich wälzend, bekam die Blechwanne zu fassen und schleuderte sie auf Zita. Sie wich aus, konnte sich zwar auf den Beinen halten, verlor aber kurzfristig die Orientierung. Der Bauer kam auf die Knie und warf sich mit einem Hechtsprung, den sie diesem Fleischberg niemals zugetraut hätte, erneut auf sie. Er riss sie halb zu Boden, doch Zita konnte sich am Herd festhalten und versuchte verzweifelt, sich nicht wieder in seine Gewalt ziehen zu lassen. Ihre Finger umfassten die Herdklappe, die aufschwang und sie so Schindler, der ihre

Beine umklammerte, wieder ein paar Zentimeter näher brachten.

Auch sie schrie ihn jetzt an: »Nimm deine Drecksgriffel weg!«

Dann traf sie ihn mit einem Bein am Kopf, und er musste ein wenig locker lassen. Aus einem Grund, den sie nicht begriff, erfasste ihr Verstand mit einem Mal glasklar eine Tatsache, die ihr entscheidend vorkam: Auf dem Herd stand noch immer der Wasserkessel. Sie robbte weiter rückwärts, fasste hinter sich und bekam tatsächlich den Griff des Kessels zu fassen. Plötzlich war sie eiskalt, nur für eine Sekunde. Sie ließ zu, dass Schindler sich weiter auf sie zuwälzte, und als er auf der richtigen Höhe war, zuckte ihre Hand nach vorn und hämmerte ihm den gefüllten Aluminiumkessel auf den Schädel.

Er sackte zusammen, befreiendes Rot brach sich Bahn und ergoss sich auf den Küchenboden. Zita stemmte sich hoch und blieb einen Augenblick unschlüssig stehen. Schindler begann zu stöhnen, doch sie gab dem Impuls, dem auf dem Boden kauernden Bauern noch einmal einen satten Tritt in sein hoffentlich bald verrottendes Schwanznest zu verpassen, nicht nach. Stattdessen drehte sie sich um und rannte zur Tür hinaus, so schnell sie konnte.

Sie rannte so lange, bis eine Hand sich auf ihre Schulter legte und einfach nicht loslassen wollte, so oft sie auch dagegen schlug. Es dauerte lange, bis ihr klar wurde, dass es Daimler war.

Er brachte sie nach Hause. Zita lag auf der Rückbank des Wagens und wünschte sich, keinen Körper zu haben. Die Nacht war warm, aber alles fühlte sich kalt an. Sie zitterte vom Kopf bis zu den Zehen.

Rajneeshpuram, 2.7.1982

Ich bin total erschlagen, aber ich muss unbedingt noch ein paar Eindrücke aufschreiben, bevor meine Augen zufallen. Ich glaube, ein bisschen Jetlag ist auch noch dabei, aber das ist egal. Alles ist egal, ich bin so froh, so glücklich, endlich angekommen zu sein. Ich war noch nie hier in diesem weiten Land, aber es fühlt sich an, als wäre ich nach Hause gekommen. Namito liegt neben mir, schaut aus dem Zelt und zählt die Sterne am Himmel. Er ist immer noch so ernst wie früher, und ich könnte die ganze Zeit grinsen, wenn ich ihn ansehe.

Heute Morgen ging es von Portland aus drei Stunden lang mit dem Bus durch Oregon, zuerst durch dichte Tannenwälder, später durch flache, leere Ebenen, und je weiter wir die Zivilisation hinter uns ließen, umso deutlicher wurde mir bewusst, dass wir in eine Welt fahren, in der man sich selbst finden kann. Trotzdem: Ein wenig befangen war ich schon, bin ich vielleicht noch immer, bei all dem Neuen. Wir stoppten an der Grenze der Big Muddy Ranch, bei einem Markstein aus Marmor. Zwei Tauben im Flug waren in ihn eingraviert, darunter die goldene Inschrift: »Willkommen in Rajneeshpuram«. Irgendwie durchzuckte mich der Impuls, in die Knie zu gehen und den Grenzstein zu umarmen, aber ich traute mich nicht. Ich spürte die Blicke der anderen in meinem Rücken.

Der eine oder andere meiner Mitfahrer war erstmal enttäuscht von der Landschaft, die sich uns darbot, das merkte man. Randhir, ein Sannyasin aus Belgien, erzählte, er habe gehört, Bhagwan sei es ähnlich ergangen, auch er sei anfangs nicht spontan begeistert gewesen. Ich weiß nicht, warum, doch ich war sofort fasziniert von diesem abgeschiedenen Tal. Ja, es ist karg, und dennoch ist es wunderschön in meinen Augen. Diese auf- und absteigenden, braun-grünen Hügel, wie schlafende Körper in der Landschaft liegend, gesprenkelt mit dunklen Baumtupfern, überall, wo das Auge hinblickt. In der Ferne eine schneebedeckte Bergkette, die das Hochland Ost-Oregons von der grünen Küstenebene trennt, die dahinterliegen soll. Das Land hat etwas Geheimnisvolles in seiner Kargheit. Ich weiß, es klingt wie ein Widerspruch, aber es birgt in sich ein Versprechen von Fülle. Und das ist es, was ich will.

Der Grenzübertritt war dann etwas nervig. Die Kontrollen werden sehr ernst genommen, man muss auch einen Medizincheck absolvieren. Das Ganze zog sich ziemlich in die Länge. Aber es ist ja auch verständlich. Niemand kann wollen, dass hier etwas eingeschleppt wird, seien es Waffen, Drogen oder Geschlechtskrankheiten.

Und der Strom der Sannyasins ist fast unüberschaubar. Aber das ist ja auch kein Wunder. Bhagwan hat selbst gesagt, er würde am liebsten alle seine Sannyasins hier sehen bei diesem ersten Weltfestival. Es heißt, gut fünftausend würden extra anreisen aus der ganzen Welt, zusätzlich zu den tausend, die bereits fest hier leben. Ich kann nur staunen, wie sie das hier organisatorisch auf die Reihe kriegen. Sie haben drei Zeltstädte mit Tausenden von Zelten aufgebaut in den Seitentälern: Zarathustra, Sokrates und Buddha. Ich kam nach Sokrates. In den Zelten lag für jeden ein Schlafsack, eine Matratze und ein frisch bezogenes Kopfkissen. Es gibt Trailer mit Duschen und WCs, Großküchen mit leckerstem vegetarischen Food. Und das Beste: Namito hat mich gleich gefunden in all dem orangeroten Treiben. Gute Beziehungen zum Office, meinte er lächelnd. Wir hatten uns so viel zu erzählen.

Ich kann nicht mehr, der Stift ist schwer wie ein Baumstamm. Will jetzt nur noch zu Namito rüberrutschen. Nicht viel, nur ein bisschen kuscheln, wärmen, riechen. Und träumen. Morgen werde ich Bhagwan wiedersehen. Ich glaube, es ist das Paradies hier.

Rajneeshpuram, 3.7.1982

Man merkt, dass wir hier im Westen sind. Das Freakige, Ausgeflippte, das in Poona vorherrschend war, hat sich ein wenig verflüchtigt. Die Kleidung ist vielfältiger geworden, obwohl nach wie vor Rot dominiert; man sieht Cowboyhüte, Jeans, Stiefel, Sonnenbrillen. Und die Vermarktung von Bhagwan hat zugenommen. In der Boutique in Rajneeshpuram findet man sein Konterfei in allen Variationen und Facetten: Auf T-Shirts, Jacken, Taschen, Bettwäsche, Tassen, Schlüsselanhängern und Kugelschreibern. Ich musste ein bisschen schlucken wegen des ganzen Klimbims, heute Morgen bei meinem ersten kleinen Rundgang. Aber andererseits: Bhagwan hat die spirituelle Welt nie von der materiellen getrennt, hat immer betont, dass alles eins ist, dass man nicht gezwungenermaßen äußerlich arm sein muss, um innerlich reich zu sein. Und es leuchtet mir auch ein, was der Sannyasin in dem Shop gesagt hat, als ich ihn drauf angesprochen habe: »Hey, der Aufbau von Rajneeshpuram muss schließlich irgendwie bezahlt werden, oder?«

Ja, die Dimensionen sind gewaltig; nicht nur das Land, nicht nur die Vision dahinter, einfach alles. Zum Beispiel die neue Meditationshalle, in der heute Morgen der Satsang stattfand. Sie heißt Rajneesh Mandir, soll zehntausend Leute fassen und liegt weiß und glänzend wie ein fremdes Raumschiff zwischen den Bergen. Sie ist mindestens dreimal so groß wie die alte Buddhahalle in Poona, und es heißt, sie wurde ungenehmigt errichtet, wie so manches hier. Deswegen, damit sie sich künftig ihre eigenen Baugenehmigungen ausstellen können und nicht auf das Goodwill der alteingesessenen Amerikaner angewiesen sind, haben die hiesigen Sannyasins auch vor ein paar Monaten das nächste Nest, Antelope, übernommen und stellen dort jetzt den Bürgermeister.

Solche Storys kriegt man hier überall zu hören, und es vertreibt einem die Zeit beim Warten. Vor dem Satsang heute Morgen mussten wir wirklich lange anstehen. Und die Sonne kann hier ganz schön knallen im Sommer. Aber der Satsang war etwas ganz Besonderes. Seit über einem Jahr war Bhagwan das erste Mal wieder so nah mit seinen Sannyasins zusammen. Ich finde, er hat sich überhaupt nicht verändert, auch wenn das Drumherum etwas gewöhnungsbedürftig war. Zum Beispiel war der Weg, den er nahm, von seinem Rolls-Royce bis auf die erhöhte Bühne, von Wachpersonal gesäumt, das gewichtig tuend in Funkgeräte sprach. Aber als Bhagwan auf das Podium kam, lächelte er verschmitzt wie immer, und der Glanz in seinen Augen reichte bis zu mir. Gesprochen hat er noch nicht wieder, es war ein stiller Satsang, a communion from heart to heart. Aber seine Energie war überall spürbar, vermischte sich mit der unaufgeregten Freude der vielen Tausend, die auf dem weißen Linoleumboden saßen, vermengte sich mit meinem Glück, ihn wiederzusehen, nach all den Monaten, die ich von ihm getrennt war.

Und er hatte ein Geschenk für mich. Wieder draußen, stolperte ich in all dem Gewühl, den Freudentänzen und zwischen allerlei überschwänglichen Wiedersehensszenarien auf Pramendra zu, und wir fielen uns in die Arme. Das alte Kribbeln war sofort wieder da. Er sieht sehr gut aus, braungebrannt, muskulös. Er erzählte mir, wie sehr er die ersten Monate hier genossen hat, die Pionierarbeit auf dem komplett brachliegenden Land, das »erste Zähmen«, wie er es nannte, das Reiten auf den schweren Bulldozern. Er hat sich verändert, finde ich, so viel Begeisterung für eine Sache war ich bisher nicht von ihm gewohnt.

Und er meinte, er habe jetzt einen Super-Job, er kümmert sich um Bhagwans ständig wachsende Rolls-Royce-Flotte.

Rajneeshpuram, 4.7.1982

ICH MUSS WOHL erst wieder lernen, richtig Vertrauen aufzubauen. Ich wusste ja, dass Pramendra hier irgendwo sein musste, aber so unvermittelt auf ihn zu treffen, hat mich doch ein bisschen verunsichert, wenn ich ehrlich bin. Später beim Essen machte ich mir dann auch eine Weile lang Sorgen, dass es wieder zu Knatsch zwischen Namito und Pramendra kommen könnte. Aber es war alles ganz easy. Wir haben alle zusammen die ganze Nacht zertanzt im Rajneesh Mandir. Hab Dhiraya, Vanshi und 'ne Menge anderer Leute wiedergetroffen, die ich seit Poona nicht mehr gesehen habe. Bin auch »ein bisschen« müde heute. Aber egal, ich fessle meinen Schweinehund, ich will ja was sehen, will alles wissen. Und heute steht eine Sightseeing-Tour an.

Rajneeshpuram, 5.7.1982

ICH BIN ÜBERWÄLTIGT von dem, was in nur einem Jahr hier geschaffen wurde. Hier wird tatsächlich die Vision von einem besseren Leben Wirklichkeit.

Wir waren den ganzen Tag gestern auf der Ranch unterwegs, unsere Führerin Krishnapriya hat uns alles gezeigt und viele Dinge genau erklärt. Das Tal ist riesig, 260 Quadratkilometer gehören uns, wenn ich die Zahl richtig abgespeichert habe. Die »Stadt« Rajneeshpuram ist keine Stadt im herkömmlichen Sinn. Vielmehr sind die einzelnen strategisch wichtigen Punkte durch ein kostenloses Bussystem sinnvoll miteinander verknüpft.

Krishnapriya erzählte zu Beginn der Fahrt, wie Sheela letztes Jahr in Bhagwans Auftrag unterwegs war, um ein geeignetes Gelände für die neue Kommune zu finden, und was für ein Glück es war, dass sie auf das längst aufgegebene Ranchgebiet hier gestoßen ist. Nur sechseinhalb Millionen Dollar habe das ganze Gelände gekostet, meinte unsere Führerin in verschwörerischem Tonfall, aber die Steppe und die Berge waren nicht unfruchtbar, das sah nur so aus. Andererseits sei es knochenharte Arbeit gewesen, das Land wieder urbar zu machen, die Erosion zu stoppen, Felder anzulegen, Plantagen zu erstellen, das Bewässerungssystem aufzubauen.

Es ist in der Tat unglaublich, was die Sannyasins hier bereits erreicht haben. Wo früher die alten Farmhäuser standen, gibt es jetzt eine zentrale Busstation, Restaurants, Discos, Boutiquen, ein Postamt, eine Buchhandlung, das Office und ein großes Verwaltungsgebäude. Drei oder vier Kilometer entfernt liegt die Magdalena-Kantine. Sie ist so groß wie zwei Fußballplätze und kann 6000 Menschen versorgen. Wieder ein paar Kilometer weiter, in einem anderen Seitental, liegen die Ambulanz, das Rathaus und die Universität, die Rajneesh International Meditation University, wo die Festivalbesucher und die Summerworker

Kurse und Therapien belegen können. Man hat sogar einen Staudamm errichtet und ihn Krishnamurti-Damm genannt. Auf die anderen Seitentäler verteilt findet man einen Flugplatz für die Rajneesh Air und alles, was man braucht, um das Geschehen am Laufen zu halten: Tankstelle, Steinbruch, Zementwerk, Autowerkstatt, Wäscherei, Gärtnerei und und und.

Das Kommune ist wirklich weitgehend autark. Aber das ist nicht einmal das, was mir am meisten imponiert. Rajneeshpuram ist nicht nur von unglaublicher Effektivität getragen, sondern man spürt in allem, was man sieht, den Geist von Bhagwan. Es steckt ein ungeheuer großer Respekt vor dem Leben, vor der ganzen Existenz in der Art, wie hier mit der Natur umgegangen wird. Ich glaube, das geht weit über das hinaus, was man sonst als ökologisch bezeichnet. Das ist Liebe zu allem, was da ist, was es zu nutzen gilt. Was hier auf dieser Ranch passiert, ist mustergültig und vorbildlich. Würde sich doch die ganze Welt an uns ein Beispiel nehmen, dann sähe es anders aus auf diesem Planeten.

Die Euphorie und der Enthusiasmus sind überall, auf Schritt und Tritt, zu spüren. Ja, wir wollen eine avantgardistische, spirituelle Kommune aufbauen. Rajneeshpuram soll Modellcharakter haben – egal, ob es um natürliche Landwirtschaft geht, um funktionierendes Recycling, um harmonisches Arbeiten im Einklang mit dem Dasein oder um spirituelles Wachstum. Und ich werde dabei sein!

Rajneeshpuram, 6.7.1982

Gleich Mitternacht. Heute war Master's Day, der letzte Tag des Weltfestivals, und er war gekrönt vom schönsten Regen meines Lebens.

Wie hier jeden Tag nach dem Essen üblich, hatten sich alle Sannyasins gegen 14 Uhr an der Mainroad für das Drive-by aufgestellt – eine kilometerlange Schlange. Bhagwan kommt dann, normalerweise im Schritttempo, angefahren und grüßt seine Leute vom Steuer seines Rolls-Royce aus. Die Leute grüßen zurück, lachen und feiern. An vielen Stellen stehen Sannyasins mit Instrumenten, mit Trommeln, Flöten und Gitarren, und tanzen am Straßenrand. Manche legen Blumen auf die Motorhaube des Wagens und hoffen, dass sich Bhagwan eine davon nimmt. Namito und Pramendra haben erzählt, dass er manchmal, wenn er besonders guter Laune ist, hier und dort aussteigt und ein bisschen die Arme zur Musik schwingt oder irgendjemandem ein kleines Geschenk macht. Auf jeden Fall ist für viele hier das Drive-by das Highlight des Tages.

Aber heute war es etwas ganz Besonderes – zur Feier des Master's Day. Als wir an der Straße standen und tanzten, näherte sich ein Flugzeug im Tiefflug, zog über uns seine Kreise und warf Millionen roter Rosenblätter ab. Immer neue dunkelrote Rosenwolken ballten sich vor dem stahlblauen Himmel, fächerten sich auf und fielen dann wie ein Liebesregen auf uns herab. Der Rolls-Royce war über und über mit Blättern bedeckt, sie hingen in unseren Haaren, machten die Straße und die Hügel zu einem Meer aus samtenen Wangenkitzlern. Wir sammelten sie auf, warfen sie mit beiden Händen in die Höhe und ließen es wieder und wieder rot regnen, verfielen in einen regelrechten Rosenrausch.

Rajneeshpuram, 10.7.1982

Viele Festivalbesucher verlassen nach und nach die Ranch. Ich bin eine von denen, die bleiben dürfen. Heute habe ich mein residence permit bekommen, wie versprochen. Der ganze Aufwand in Deutschland, das Abwickeln, das Geldbesorgen, das Brückenabbrechen hat sich also gelohnt. Ich könnte auf den nächsten Hügel klettern und laut losjubeln. Stattdessen überlege ich noch, wie ich es »meinen Männern« sagen soll, welchen Rahmen ich dafür wählen soll. Vielleicht lade ich beide zusammen in die Eisdiele ein. Denn egal wem ich es zuerst sage, der andere ist sicher zu Tode beleidigt. Ich spüre doch, wie sie sich schon wieder umschleichen, wie sie sich kritisch beäugen. Ich will wirklich nicht, dass sie sich wieder in etwas hineinsteigern, hab keinen Bock mehr auf Eifersuchtsshows. Dafür ist das, was wir hier vorhaben, zu wichtig. Ich hatte eigentlich gedacht, wir hätten das hinter uns gelassen, als wir der Reihe nach Poona verlassen haben. Aber genau in diese Richtung scheint es wieder zu laufen.

Rajneeshpuram, 12.7.1982

MANN, TUN MIR die Füße weh! Heute mit Namito eine lange Wanderung gemacht. Er wollte mir das andere Gesicht der Ranch zeigen, dasjenige, das man nicht gleich sieht, wenn man im Rajneesh Mandir tanzt oder über die staubigen Straßen fährt. Er führte mich auf einem schmalen Pfad ins Tal des John-Dale-Flusses, wo die Gemüsefarm liegt. Der Pfad verlor sich und wir suchten uns unseren eigenen Weg durch ein Wacholderwäldchen. Eine Zeitlang folgten wir einem murmelnden Bach, auf Lichtungen umkreisten uns bunte Schmetterlinge, und Rehe ästen im Gras. Mit dem Beginn der Baumgrenze fanden wir uns zwischen Granitblöcken wieder, die wir entweder umgehen oder erklimmen mussten. Über uns kreisten Vögel; Habichte, meinte Namito. Dicht unter der Bergspitze legten wir uns auf so eine Steinwiese und brutzelten in der Mittagssonne. Am Horizont zogen drei schneebedeckte Vulkane das Auge an, unter uns glitzerte der See, auf dem Bhagwan manchmal Wasserski fährt. Ich war hin und weg.

Namito ist so stolz auf das, was wir aus diesem Stück Land gemacht haben. Er erzählte, dass die Amerikaner es uns zu Anfang nicht zugetraut hätten, es hier zu schaffen. Und ihre Skepsis sei berechtigt gewesen. Die Ranch habe schon lange zu nichts anderem mehr getaugt als zur Kulisse für Wildwestfilme. Und es habe wahrscheinlich nur funktioniert, weil wir beseelt waren, inspiriert von einer großen Vision, erfüllt von Bhagwans Energie.

Aber Namito wäre nicht Namito, wenn er nicht nachdenklich bleiben würde. Immer noch liege viel Arbeit vor uns, meinte er. Und wir würden es nur schaffen, wenn wir sie als tiefe Meditation verrichten würden. Vierzehn Stunden am Tag auf den Beinen zu sein und zu arbeiten geht nur, wenn du es als Worship betrachtest, sagte er. Für ihn sei das kein Problem, meinte er, denn er wolle ein guter Sannyasin sein.

Das Einzige, was ihn stört, ist die Art, wie Sheela die Kommune leitet. Bhagwan hat ihr offenbar alle Macht übertragen und hält sich aus dem Alltagsgeschehen komplett heraus. Namito hat ziemlich über Sheela abgelästert. Dass sie keinen Funken Spiritualität in ihrem Wesen hat. Über die Art, wie sie die Kommune führt, wie eine menschliche Schlagbohrmaschine, hat er gesagt. Am meisten ärgert ihn aber ihre provokative Art, Bhagwans Sache in der Öffentlichkeit zu präsentieren. Namito ist der Ansicht, dass sie einiges dazu beigetragen hat, dass unsere Nachbarn uns immer kritischer beäugen und dass ihre Skepsis wächst, weil wir immer mehr werden. Der Gouverneur von Oregon scheint ohnehin kein großer Freund von Rajneeshpuram zu sein, aber anstatt die Leute ringsum für die Sache einzunehmen, beleidige Sheela die Bevölkerung auch noch mit Vorliebe. Sie hört sich viel zu gern reden, meinte er, vermutlich hat sie das größte Ego in ganz Rajneeshpuram.

Was soll ich sagen? Mich hat sie schon in Poona genervt, als sie noch nicht das ganz große Rad gedreht hat wie heute.

Rajneeshpuram, 25.7.1982

NACH ZWÖLF TAGEN Arbeit auf der Gemüsefarm mein erster freier Tag heute. Es ist nicht gerade mein Traumjob, aber manchmal schaffe ich es tatsächlich für ganze Stunden, meinen Kopf abzuschalten. Trotzdem: Eigentlich würde ich lieber Bus fahren, ich glaube, das würde mir gefallen. Aber ich weiß ja, wie das bei Bhagwan läuft: Was du dir total wünschst, kriegst du sowieso nicht, außer er richtet es absichtlich so ein, um dich zu provozieren bis zur Katharsis.

War heute bei Pramendras Arbeitsstelle. Er hat mich eingeladen, wollte mir alles zeigen. Da kann man tatsächlich neidisch werden, obwohl er natürlich wieder mal total übertrieben hat, als er behauptete, er würde die Rolls-Royce-Flotte verwalten. Was er wirklich tut, und zwar den lieben, langen Tag über, ist, die Wagen zu waschen und in Schuss zu halten. Aber immerhin: Er ist ziemlich in Bhagwans Nähe, auch wenn er ihn meistens nur kurz vor oder nach den Ausfahrten zu Gesicht bekommt. Ich durfte nur bis zu dem zwei Meter hohen Zaun.

Bhagwans Villa, das Lao-Tse-Haus, liegt versteckt hinter einem Hügel. Die Zufahrt wird von bewaffneten Uniformierten bewacht. Pramendra hat behauptet, im Haus sei alles mit Marmor und teuren Hölzern ausgekleidet, an den Haupttrakt der Villa sei eine gläserne Schwimmhalle angebaut, und im Garten fühle man sich wie in einem bunten Tropendschungel. Eine Ma aus Bhagwans engstem Kreis habe ihn mal heimlich durchgeführt. Pramendra will sogar erfahren haben, dass es Geheimgänge unter dem Grundstück gibt, die zu verschiedenen Fluchtpunkten führen. Nur für den Fall, dass eine Situation eintritt, in der Bhagwan schnell in Sicherheit gebracht werden muss. Keine Ahnung, ob ich ihm das glauben soll.

Der Parkplatz und die weiß verputzten Großgaragen für die Rolls-Royce liegen etwa hundert Meter vom Haus entfernt, nahe an dem Maschendrahtzaun, durch den ich mich mit Pramendra verstohlen unterhalten hab. Ich fühlte mich nicht wohl dort, irgendwie kam's mir vor, als würden wir beobachtet, und dann wollte er auch noch anfangen, durch dieses blöde Gitternetz zu knutschen.

Aber ich kann seine Euphorie ja verstehen. Er hätte nie gedacht, dass ihm seine Kfz-Mechaniker-Lehre, die er in Deutschland gemacht hat, mal so einen Posten bringen würde. Er war ziemlich am Schwärmen. Zwar hat Bhagwan zwei Spezialkräfte, die sich irre gut mit Rolls-Royce auskennen, aber die sind oft unterwegs, um neue Schlitten aufzutreiben, und dann sind Pramendra und die anderen, die in seiner Truppe sind, gefragt, um die Limousinen zu warten. Die Karren werden jeden Tag gewaschen, und die, die nicht in die Garagen passen, müssen mit Leinenüberziehern gegen Staub und Sonne geschützt werden.

Pramendra tat so, als müsste er jeden Tag Schwerstarbeit verrichten, dabei hing ihm ständig sein neckisches Grinsen in den Mundwinkeln.

Im Moment sind es 32 Rolls-Royce, und es heißt, Bhagwan will einmal 365 besitzen, für jeden Tag des Jahres einen.

Später gingen wir dann zu Pramendra. Er wohnt in der kleinen Siedlung, die erst vor Kurzem entlang des Bachs errichtet wurde. Die einstöckigen Häuser, die sich mehrere Sannyasins teilen, ziehen sich in gedeckten Farbschattierungen am Hang hoch. Ringsum stehen frisch gepflanzte Ahornbäume, in liebevoll angelegten Beeten blühen bunte Blumen. Es ist richtig schnucklig.

Pramendra fühlte sich gut an, und ich habe den Eindruck, er ist erwachsener geworden. Er meinte, er fühle sich frei hier, freier als in Poona. Er findet es gut, dass die Gruppen nicht mehr so wichtig sind, dass nicht mehr ständig so viel Tamtam darum gemacht wird, sich selbst zu finden, dass hier wirklich etwas getan wird. Andererseits meinte er, dass ihm die aufgeblasenen Egos der Hardcore-Sannyasins, die alles besser wissen, nach wie vor auf die Nerven gehen. Ich weiß schon, wen er damit auch gemeint hat, aber ich habe nichts dazu gesagt.

Ich wünsche mir, dass wir aufhören, uns zu beharken, dass wir erkennen, an was für einem wunderbaren Modellprojekt wir arbeiten, dass jeder seine Begabungen, sein Bestes dafür einbringen kann. Das ist schwer genug. Ich hoffe nur, man lässt uns wenigstens in Ruhe. Als wir vorhin auf der Veranda saßen und die Abendsonne genossen, fuhr plötzlich ein richtiger Konvoi von Jeeps und Lkws mit offenen Ladeflächen auf der County

Road unter uns vorbei – besetzt mit den klischeehaftesten Rednecks, die man sich vorstellen kann. Breitkrempige Hüte, schwere Stiefel, Gewehre im Anschlag. Gejohle, Flüche und drohende Blicke. Solange sie auf einer öffentlichen Straße bleiben, kann sie niemand an der Durchfahrt hindern. Aber wer garantiert uns schon, dass sie nicht eines Tages anhalten und anfangen, wild um sich zu schießen? Es bleibt uns wohl nichts anderes übrig, als uns selbst zu schützen.

13.

Die Sonne prügelte gnadenlos vom azurblauen Himmel herunter und machte das Auto zu einer durchhitzten Blechbüchse. Am Horizont, an dem sich majestätisch die Alpenkette entlangschlängelte, blitzten auf dem einen oder anderen Berggipfel winzige weiße Flecken auf und bildeten einen Kontrapunkt zu den vielfältigen Grüntönen, in denen die satten Wiesen und die auf Hügelkämmen ruhenden Wälder rechts und links der Straße leuchteten.

Zita hatte keinen Blick für die Schönheit der Tölzer Landschaft. Sie sah nur das graue Band, auf dem sie ihren Fiesta verbissen vorwärtstrieb. Der Wagen war ausgefüllt mit den harten Klängen von Billy Talent. Zita hatte die Compilation aus ihren Lieblingsstücken der Band voll aufgedreht, und doch nahm sie die Musik nur gedämpft wahr. Es kam ihr vor, als ob sie in einem Kokon steckte, der die Außenwelt nicht an sie heranließ, der alles, was um sie herum geschah, auf Distanz hielt. Sie fragte sich, was die Abschottung, die ihr Autopilot initiiert hatte, nützen sollte. Das eigentlich Unerträgliche, die Realität, in der sie gestern zehn, fünfzehn oder zwanzig Minuten – ihr Zeitgefühl war zerstört – gefangen war, hatte sich ja bereits unverschämt und feist grinsend in ihr festgesetzt. Die Wirklichkeit, die sie in der Nacht zuvor erlebt hatte, wollte einfach nicht aufhören, in ihrem Innersten zu rumoren.

Das Zittern war nicht mehr vergangen. Nicht in der Nacht, in der sie zusammengerollt wie ein Baby, auf Schlaf hoffend, in ihrem Bett gelegen war. Nicht am

Morgen, als sie sich verzweifelt abgemüht hatte, sich einen Kaffee zuzubereiten. Nicht danach, als sie lange mit hochgezogenen Knien vor dem Telefon gesessen und nicht gewusst hatte, wen sie anrufen sollte.

Im Grunde genommen hätte sie sich gar nicht ins Auto setzen dürfen in ihrem Zustand. An einem normalen Wochentag wäre sie wahrscheinlich zum Arzt geschlichen und hätte sich krankschreiben lassen – Fall hin oder her. Sie hatte es ohnehin versaut. Wie hatte sie nur so blöd sein können, sich auf dieses Schmierentheaterstück einzulassen? Es fiel Zita schwer, sich daran zu erinnern, was sie sich eigentlich genau von ihrer Nacht- und Nebelaktion versprochen hatte.

Zum hundertsten Mal sah sie in den Rückspiegel, an dem ein gitarrenbehängter Plastik-Springsteen baumelte. Die Sonnenbrille mit den bienenwabenartigen Gläsern, die sie sich an einer Autobahnraststätte gekauft hatte, schaffte es nicht, von dem hässlichen dunkelblauen Hügel auf ihrer Wange abzulenken. Nicht nur der Punkt, an dem Schindlers Schlag sie getroffen hatte, schmerzte höllisch, ihre gesamte linke Gesichtshälfte schien in Flammen zu stehen.

Andererseits war das ihr geringstes Problem. Sie umklammerte das Lenkrad fester, in der Hoffnung, das Zittern eindämmen zu können. Wieso hörte das nicht auf? Und wieso musste sie sich ständig umblicken, als wäre immer noch jemand hinter ihr her? Wieso hörte sie Alfons Schindlers Keuchen in ihrem Kopf, und wieso hatte sich der ekelhafte, nach Schnaps stinkende Atem des Bauern in ihren Kleidern festgesetzt, die gestern noch frisch gewaschen in ihrem Schrank gelegen hatten?

Das, was Alfons Schindler hatte tun wollen, was ihm fast gelungen wäre, war das eine. Und das war schlimm genug. Noch nie in ihrem Leben war Zita von solch panischer Angst durchdrungen gewesen wie gestern Nacht. Doch das, was sie aus diesem Debakel in dem alten Bauernhaus mitgenommen hatte, was an ihr klebte wie Dreck, der sich nicht abwaschen ließ, war fast noch schlimmer: das Wissen, dass sie nicht damit klarkam. Gut, sie hatte sich befreien können und war Schindler entkommen, und eigentlich hätte sie sich wie die große Siegerin fühlen müssen. Das Gegenteil war der Fall: Sie fühlte sich wie ein Wrack, ausgenommen und durch den Wolf gedreht. Von wegen toughe Lady. Sie hatte keinen Boden mehr unter den Füßen, und sie war bitter enttäuscht von sich selbst und ihrer Reaktion. So schnell konnte es also gehen, dass man seine Mitte und seine Sicherheit verlor. Oder hatte sie etwa nie wirkliche Sicherheit besessen? Mehr hilflos als wütend schlug Zita aufs Lenkrad ein.

Nach der endlos scheinenden Nacht hatte sie sich heute Morgen eingestanden, dass sie das drängende Bedürfnis verspürte, mit einem anderen Menschen darüber zu sprechen, was mit ihr geschehen war. Nur fiel ihr niemand ein, mit dem sie darüber reden wollte. Die Kollegen kamen nicht in Frage. Wenn sie an Daimler dachte, spürte Zita heftigen Zorn, obwohl ihr klar war, dass sie ihm nicht die Schuld dafür geben durfte, dass die Aktion dermaßen danebengegangen war. Vorberg wäre vor Kurzem noch eine Möglichkeit gewesen, doch er hatte sich zu sehr verändert, und ohnehin war es besser, im Neuen Bau die Zahl derjenigen, die von der misslungenen Aktion wussten, so gering wie möglich zu halten. Die Familie? Die hatten ja alle sowieso schon immer gewusst, dass Zita für den Job nicht gemacht war. Lars? Nein, selbst wenn sie ihn vor zwei Tagen nicht dermaßen von oben herab abgekanzelt und sein gesamtes Leben in Bausch und Bogen verurteilt hätte, sie konnte ihm nicht anvertrauen, wie sie sich fühlte. Auch er hätte sich wie ein verkannter Prophet aufgeführt. Es gab noch Selina aus dem Betrugsdezernat und zwei, drei andere Freundinnen aus der Studienzeit, aber der Kontakt zu ihnen war jämmerlich dünn geworden und in den letzten Monaten praktisch komplett versiegt. Sie konnte sich nicht vorstellen, sich gerade jetzt auf die alten Zeiten zu berufen und einen Sonntagsüberfall zu starten.

Zita fiel nur ein Mensch ein, bei dem sie glaubte, durchblicken lassen zu können, was die gestrige Nacht mit ihr angestellt hatte, wie machtlos sie dem gegenüberstand, was Schindlers Brutalität in ihr ausgelöst hatte. Es war eine Frau, mit der sie noch nie gesprochen hatte, aber die vielleicht verstehen konnte, wie sie sich fühlte.

Jenny Nies war unscheinbarer, als Zita sie von einigen flüchtigen Begegnungen auf den Gängen des Neuen Baus in Erinnerung hatte. Vielleicht lag es an der Gehhilfe. Menschen schienen sich automatisch zu krümmen und ihren aufrechten Gang zu verlieren, wenn sie auf so ein Ding angewiesen waren. Zita wusste nicht genau, wie es zu Jennys Verwundung gekommen war; seit sie im Dezernat für Tötungsdelikte war, hatte nie jemand den Eindruck gemacht, die Story vollständig erzählen zu wollen. Aber es war natürlich getratscht worden im Neuen Bau. Es hieß, Nies habe bei dem Einsatz zu unbesonnen gehandelt, sie sei vorgeprescht, anstatt auf die Kollegen vom Sondereinsatzkommando zu warten, und bei dem unnötigen Schusswechsel, der gefolgt war, hatte eine Kugel ihr Becken zertrümmert. Die alte Jenny Nies werde es nicht mehr geben, munkelte man im Neuen Bau.

Zita schob den lamellenbesetzten Stuhl zurück und stand auf, als die blonde Frau, die vielleicht 40 Jahre alt sein mochte, langsam auf sie zukam. Das Bistro der Rehaklinik wirkte wie ein Palmengarten. Doppelt mannshohe Fächerpalmen waren überall zwischen den Tischen gruppiert. In der Mitte des weitläufigen, achteckigen Raums, dessen große Flügeltüren hinaus in den unter der Hitze stöhnenden Klinikpark führten, murmelte ein Springbrunnen. Wenn man den Blick zur verglasten, von mächtigen blauen Metallstreben durchzogenen Decke hob, fühlte man sich an die Kuppel eines Raumschiffs erinnert.

»Nett hier, nicht?«, meinte Jenny Nies im Plauderton. »Hat was Mediterranes.« Sie blieb stehen und zuckte mit den Achseln. »Aber irgendwie krieg ich dieses Urlaubsfeeling nicht zu fassen.«

Ihre Stimme war rauh und klang noch dunkler als am Telefon. Jenny hatte völlig unkompliziert auf Zitas Anruf und ihre vorsichtig vorgetragene Anfrage reagiert und gemeint, sie könne jederzeit vorbeikommen. Zita habe ja keine Ahnung, wie zäh und langweilig ein Sonntagnachmittag in der Rehaklinik sei. Da vermisse man sogar die Quälerei bei der Krankengymnastik.

Jetzt, als Jenny vor ihr stand, ein klein wenig außer Atem, sah Zita, dass sie in etwa gleich groß waren, doch die ältere Frau war um einiges schlanker als sie, fast schon mager. In Zitas blasser Erinnerung war sie nicht immer nur Haut und Knochen gewesen. Das glatte Haar hatte sie streng zurückgekämmt und zu einem Zopf zusammengefasst. Die hellblauen Augen hätten das Gesicht dominiert, wenn nicht die beiden tiefen Kerben gewesen wären, die sich an den Nasenflügeln vorbei hinunter zu den Mundwinkeln zogen. Zita fragte sich, ob diese Furchen schon länger dort lagen oder ob sie sich erst nach dem Vorfall in das Gesicht ihrer Kollegin gegraben hatten.

Jenny Nies ließ sich langsam auf den Stuhl sinken, den Zita ihr hingeschoben hatte, und sah sie geradeheraus an. Die Frau war herb, aber nicht unnahbar. Zita fand sie sofort sympathisch.

Jenny hielt sich nicht lange mit Smalltalk auf. »Warum sind Sie hier?«, wollte sie wissen, während sie schwarzen Kaffee tranken und Himbeerkuchen aßen.

Zita hatte nicht erwartet, Jenny Nies so angeschlagen vorzufinden. Insgeheim hatte sie damit gerechnet, dass die Kollegin kurz vor der Rückkehr in den Neuen Bau stehen würde. In Wirklichkeit schien die Frage eher zu sein, ob Jenny überhaupt jemals wieder in den Polizeidienst zurückkehren konnte. Deshalb war es Zita fast ein wenig peinlich, ihre eigene Geschichte auszubreiten. Andererseits war sie nun schon einmal hier; sie war annähernd drei Stunden durch die Gegend gefahren, obwohl die Arbeit an einem ungelösten Fall auf sie wartete, da wollte sie auch reinen Tisch machen. Zita bemühte sich allerdings, so wenig larmoyant wie möglich zu klingen, als sie von Alfons Schindler und seiner Attacke erzählte. Was gar nicht einfach war, wenn man sich so richtig ausheulen wollte.

»Und es hat mich aus noch einem Grund hierhergezogen«, sagte sie abschließend zu Jenny, »glaube ich zumindest. Wissen Sie, im Dezernat, da sind Sie die ganze Zeit wie ein Schatten über mir geschwebt, ein dunkler, riesiger Schatten, unnahbar und bedrohlich.«

Jenny lächelte schief. »Und? Ist es wirklich so schlimm?«

»Nein, gar nicht.« Zita lächelte zurück.

»Es ist wegen Hektor, stimmt's?«

Zita nickte fast unmerklich. »Ja, auch.«

»Ich weiß, es ist nicht einfach mit ihm. Man muss ihn zu nehmen wissen. Und seit das … mit mir passiert ist, ist er auch irgendwie durch den Wind. Ich glaube, er kann es noch weniger akzeptieren als ich. Ich weiß, dass er sich schuldig fühlt.«

»Wieso schuldig?«, fragte Zita.

»Im Grunde ist es lächerlich.« Jenny hob den Kopf und blinzelte in die Lichtreflexe, die die Glaskuppel produzierte. »Er war im Urlaub damals, als es passierte. Und jetzt quält er sich, weil er nicht da war und mir nicht helfen konnte. Redet sich ein, es hätte mich deshalb erwischt. Vom Verstand her ist das natürlich Stuss, aber so sind die Menschen nun einmal.«

»Verstehe«, meinte Zita. »Und immer, wenn er mich sieht, wird ihm nicht nur bewusst, wie sehr Sie ihm fehlen, sondern auch, dass er es vermasselt hat. Und dann muss er sofort Dampf ablassen.«

»Könnte hinkommen.«

Eine Weile lang sagte keine der beiden Frauen etwas. Zita beobachtete die Menschen um sich herum. Das Bistro hatte sich zusehends gefüllt. Viele Patienten gingen an Krücken oder trugen Halskrausen, über deren Ränder sie sich mit ihren Verwandten und Bekannten unterhielten. Kinder sprangen zwischen den Tischen hin und her. Zita fragte sich, wieso Jenny Nies, eine durchaus attraktive Frau in den besten Jahren, an einem so strahlenden Sommersonntagnachmittag mit ihrer Gesellschaft vorliebnehmen musste.

»Ich glaube nicht, dass es irgendjemandes Schuld war«, sagte Jenny unvermittelt und blickte an sich hinunter. »Es war einfach nur Pech.«

Zita nickte in Jennys Richtung. Und du hattest Glück, sagte sie zu sich selbst. Also, worüber beklagst du dich? Als sie auf ihre Hände sah, kam es ihr vor, als hätten sie aufgehört zu zittern.

»Man muss immer hinter die eigene Fassade schauen, um zu wissen, wie's wirklich aussieht. Mir ist erst jetzt klar geworden, wie oft ich mich davor gedrückt habe.« Jenny machte eine ausholende Bewegung mit der rechten Hand. »Man hat hier eine Menge Zeit zum Nachdenken. Manchmal nervt mich das, aber im Endeffekt ist es wahrscheinlich ganz gut für mich. Wissen Sie, ich war die coolste Polizistin weit und breit, aber das hat mir kein bisschen geholfen, als diese Kugel auf mich zugeflogen kam. In dem Moment war das sowas von irrelevant. Jetzt sitze ich hier und kann mich nicht schneller bewegen als eine Schnecke und habe keinen Schimmer, ob ich je wieder normal ticke.« Sie tippte sich mit dem Finger an die Stirn. »Diese beschissene Kugel hat nicht nur meinen Beckenknochen zertrümmert, sondern auch da oben alles auf den Kopf gestellt.«

»Aber Sie akzeptieren, was passiert ist, und Sie geben nicht auf, das imponiert mir«, sagte Zita und hoffte, dass es nicht allzu sehr nach hohler Phrase klingen würde. Jenny imponierte ihr tatsächlich über die Maßen.

Jenny schnaubte. »Aufgeben kann ich gar nicht, selbst wenn ich wollte, das ist gegen meine Natur. Aber akzeptieren?« Sie schüttelte den Kopf. »Ich weiß nicht. Zumindest arbeite ich dran. Klar ist mir nur eins: Das, was bisher war, mein Leben, meine ganze Person, ist pulverisiert worden, und ich muss den Staub, der übriggeblieben ist, irgendwie neu zusammenbacken.« Sie sah Zita mit festem Blick an. »Und das neue Bild von mir wird garantiert nicht mehr so aussehen wie das alte.«

Mühsam erhob sie sich und erklärte Zita, dass sie nicht länger sitzen könne. Nach einiger Zeit fühle es sich immer so an, als stäche jemand mit heißen Nadeln in ihre linke Seite.

»Vielleicht sollte ich noch einen Abstecher ins Thermalbad machen, bevor die Suppe fertig ist.« Sie zwinkerte Zita zu. »Bringen Sie mich hin?«

Auf dem Weg durch die mit gesprenkeltem Linoleum ausgelegten Gänge sagte Jenny: »Was haben Sie sich eigentlich gedacht? Dass man einen Zusammenstoß mit so einem derben Kerl einfach so wegsteckt? Als ging's um einen abgerissenen Fingernagel oder sowas? Schön wär's, läuft aber nur im Fernsehen so. Das dreht einen gehörig durch die Mangel, und das ist auch gut so, denn nur dadurch kann man dazulernen. Und ehrlicher zu sich selbst sein«, fügte sie nach einer Pause hinzu. Nachdenklich fuhr sie fort: »Ich weiß, wie es ist. Wir Frauen denken immer, wir müssten einen Tick besser sein, ein bisschen mehr Gas geben, nicht damit wir mithalten können, das können wir sowieso, sondern damit die Typen einfach nicht mehr leugnen können, dass wir genauso gut sind wie sie. Das ist Blödsinn. Wir sind gut genug, auch mit unseren Fehlern und Schwächen.«

Die Rehaklinik kam Zita vor wie eine mäßig gelungene Schlossimitation. Die einzelnen Gebäude hatten verschiedene Größen und Formen; Erkerchen und Türmchen glänzten weiß im Sonnenlicht. Das Thermalbad lag hinter einem See, in dem sich Enten tummelten. Sie kamen nur langsam voran.

Jenny bat Zita, von dem Fall zu erzählen, der sie beinahe in die Fänge von Alfons Schindler geführt hatte. Das Sannyasin-Umfeld schien sie zu interessieren. Zita berichtete, dass sie aus der ganzen Sache einfach nicht schlau wurde, dass sie aber gestern Nachmittag den Eindruck gewonnen hatte, dass Rowena Dennbrink ihnen etwas verheimliche.

»Manchmal, wenn man nichts in der Hand hat, muss man sich auf seine Ahnungen verlassen«, sagte Jenny Nies, als sie vor dem Thermalbad angekommen waren. Sie hob eine Hand und zog Zita zu sich heran. »Vertrauen Sie auf Ihre Intuition.«

Zita umarmte sie vorsichtig.

»Ich hoffe, dass wir irgendwann zusammenarbeiten werden. Ich bin sicher, Sie schaffen es.«

Als sie ein paar Schritte gegangen war, fiel ihr etwas ein und sie drehte sich nochmal um.

»Eins noch, Jenny. Haben Sie wirklich mit keiner Wimper gezuckt, als Ihnen Daimlers Dartpfeile um die Ohren geflogen sind?«

Jenny Nies lachte. Ein offenes, fast fröhlich klingendes Lachen. »Dieser Spinner! Ich habe es gehasst. Von wegen: Ein bisschen Sport kann nicht schaden. Hab meinen Schreibtisch rüber zu Hektor verlegt, der war, zumindest in dieser einen Hinsicht, erträglicher.«

Hätte mich auch wirklich gewundert, dachte Zita und grinste in sich hinein.

»Ich kann das wirklich nicht mehr länger verantworten, Arthur. Wir müssen hier etwas unternehmen, verstehst du?« Konrad Vorberg versuchte krampfhaft, den nötigen Nachdruck in seine Stimme zu legen. Er klemmte sich den Telefonhörer zwischen Ohr und Schulter, weil er sich eine weitere Zigarette anzünden wollte, aber die leichte Bewegung genügte, um ihn vor Schmerzen zusammenfahren zu lassen. Er stöhnte und wartete ein paar Sekunden mit verkrampften Gesichtszügen, bevor er sich die Kippe in den Mund steckte und das Feuerzeug aufflammen ließ.

»Bist du noch da?«, fragte Arthur Dennbrink am anderen Ende der Leitung.

»Der Chef sitzt mir langsam ganz schön im Nacken wegen dieser Geschichte«, sagte Vorberg statt einer Antwort. »Hektor tanzt schon seit Tagen vor meinem Schreibtisch herum, und die Boulevardpresse zeigt mittlerweile auch Interesse an dem Fall. Hat mich sowieso gewundert, dass die bisher so zahm geblieben sind. Jetzt fangen sie an unruhig zu werden, wie Hunde, bevor es auf die Jagd geht.«

»Ich verstehe das völlig, Konrad, und ich bin dir unendlich dankbar für alles. Ich verspreche dir, morgen ist alles vorbei, dann könnt ihr mit den Brüdern machen, was ihr wollt. Ich habe die Papiere noch heute beisammen, und gleich morgen früh holen wir Rowena da raus.«

Vorberg fuhr mit der linken Hand vorsichtig über seine schmerzende Schulter. Er konnte die tiefe Resignation, die ihn durchdrang, nicht begreifen. Das Gespräch mit Arthur Dennbrink, die kurze Analyse der Situation in diesem unangenehmen Fall, die erneute Mahnung an seinen Freund, sich zu beeilen, hatten ihn erschöpft und ausgelaugt. Er wünschte sich, seinen Gesprächspartner einfach wegklicken zu können.

Dabei mochte er Arthur Dennbrink, hatte ihn immer gemocht; ansonsten hätte er sich überhaupt nicht auf dieses Arrangement eingelassen. Sie kannten sich seit ewigen Zeiten, hatten gemeinsam ihre Jugend in Stuttgart verbracht. Beruflich gab es zwar in der Regel kaum direkte Berührungspunkte, seit Vorberg in der Polizeidirektion Ulm Dienst tat, während Dennbrink als angesehener Richter am Oberlandesgericht in Stuttgart eine große Nummer war. Aber über die CDU-Schiene war der Kontakt nie abgerissen; Dennbrink war Vorstandsmitglied im Kreisverband Stuttgart, Vorberg saß seit vielen Jahren für die Union im Ulmer Gemeinderat. Arthur Dennbrink hatte nie ein Blatt vor den Mund genommen, war immer geradeheraus gewesen. Merkwürdigerweise hatte sich das immer gut mit Vorbergs eigenem, eher besonnenen, ausgleichenden Wesen vertragen. Für beide war Kompetenz und nicht Geschwätz die ausschlaggebende Kategorie gewesen, nach der sie ihre Berufs- und Parteikarriere ausgerichtet hatten. Dennbrinks etwas ruppige Art hatte sich mit dem Alter ein wenig gelegt, und Vorberg hatte das Gefühl, sie standen sich näher denn je.

Doch auch das reichte nicht aus, um sich ein Herz zu fassen und dem anderen von seiner Krankheit zu erzählen.

Von einer Krankheit, die ihn weich und hilflos gemacht hatte, dachte Vorberg mit Bedauern. Er war Arthur Dennbrinks Flehen, seinen Schmeicheleien und sanften Drohungen erlegen, denn er wusste, sein Freund litt darunter, dass er nie viel Zeit für seine Familie aufgewandt hatte. Vielleicht kämpfte er auch deswegen jetzt so sehr um seine Tochter, weil er sein schlechtes Gewissen besänftigen wollte. Der Druck auf ihn war jedenfalls extrem: Rowena bewegte sich zwar bereits seit einigen Jahren in einer Umgebung, die man bestenfalls nicht ernst nehmen konnte, die den Eltern aber auch tiefste Sorgenfalten auf die Stirn treiben musste, doch nun schien sie Leuten ausgeliefert, die von Gehirnwäsche möglicherweise zu Mord übergegangen waren.

»Du hast also auch ein Gutachten vorliegen, mit dessen Hilfe du eine gesetzliche Betreuung erreichen kannst?«, fragte Vorberg.

»Zumindest eins, das ausreicht, um sie erst mal mitnehmen zu können. Zwei kompetente Leute sitzen dran und schließen es gerade ab. Ich habe wirklich alle Kontakte ausgeschöpft, das kannst du mir glauben.« Arthur Dennbrink seufzte. »Und nebenher alles getan, damit Cornelia nicht überschnappt.«

In der Hinsicht hielt sich Vorbergs Mitleid in Grenzen. Er hatte nie verstanden, weshalb Arthur seine Frau ein Leben lang an seiner Seite behalten hatte. Cornelia Dennbrink war eine erfolgreiche Anwältin, beruflich absolut unangreifbar, aber als Ehefrau und Mutter eine Katastrophe. Im Alltagsleben kalt wie ein Fisch, lediglich in unregelmäßigen Abständen in einen einzigen Gefühlszustand verfallend: Hysterie. Selbst für den unbeteiligten Betrachter war stets offensichtlich gewesen, dass sie Thekla bevorzugte und Rowena kleinhielt. Umso heuchlerischer schien es Vorberg jetzt, dass sie sich plötzlich in unermessliche Sorge um ihre ältere Tochter hineingesteigert hatte. Cornelia Dennbrink hatte, soweit er es beurteilen konnte, ihren guten Teil dazu beigetragen, dass Rowena von einem introvertierten Kind zu der verhuschten, verunsicherten und manipulierbaren Frau geworden war, die er ab und an flüchtig zu sehen bekommen hatte. Zuletzt vor fünf oder sechs Jahren auf ihrer Vernissage, ganz kurz bevor sie wie von Furien gehetzt in der Nacht verschwunden war.

»Also, wir sind dann um acht Uhr da.« Dennbrink steuerte auf das Ende des Gesprächs zu. »Ich bringe meine beiden Anwälte mit und zwei Pflegerinnen. Kannst du noch ein paar Leute von der Dienststelle hinschicken, falls diese Typen Ärger machen?«

»Ja, geht klar, Arthur. Mach dir keine Sorgen.«

»Danke, wirklich. Das vergess ich dir nicht, Konrad. Du bist ein wahrer Freund.«

Vorberg legte auf und schüttelte den Kopf. Freundschaft hin oder her – früher hätte er sich nicht auf einen solchen Deal eingelassen. Früher, als ihm noch nicht alles egal gewesen war. Denn was er getan hatte – die Ermittlungen, nun ja, nicht gerade blockiert, aber ein wenig gebremst, damit Dennbrink sich organisieren konnte –, das hatte er eigentlich nicht für seinen Freund getan, auch wenn es leicht gewesen wäre, sich genau das vorzumachen. Nein, er hatte es getan, weil er nicht die Kraft hatte, sich einer Konfrontation mit ihm zu stellen. Weil er nicht mehr über die Stärke verfügte, ihn zurückzuweisen. Weil er nicht mehr die Energie hatte, darauf zu pochen, dass das Berufsethos über den persönlichen Befindlichkeiten zu stehen hatte. Weil er zu schwach war, dachte Vorberg bitter, auf dem zu bestehen, was ihn sein ganzes Berufsleben lang ausgezeichnet hatte: ehrlich und pflichtbewusst die ihm anvertrauten Aufgaben zu erfüllen. Er empfand Abscheu vor sich selbst, weil er nicht imstande gewesen war, die selbstverständliche Grenze zu ziehen.

Damit nicht genug: Er hatte die Ermittlungsarbeit im vollen Bewusstsein manipuliert, so dass es ihm und seiner beruflichen Karriere schweren Schaden zufügen konnte, wenn die Sache rauskam und Kreise zog. Es konnte ihm den würdigen Abschied, der so kurz bevorstand, komplett versauen. Aber auch das war Konrad Vorberg mittlerweile egal. Das Loch, in dem er saß, seit er die niederschmetternde Diagnose erhalten hatte, war zu tief und zu dunkel. Kein Lichtschein drang zu ihm hinunter.

Vorberg schob den mit dunkelbraunem Schweinsleder bespannten Schreibtischstuhl nach hinten und wuchtete seinen massigen Körper in die Höhe. Sein Leben lang hatte er Ärzte und Krankenhäuser gemieden wie die Pest. Die Schmerzen in seiner Schulter waren schon wochenlang unerträglich gewesen, bevor er endlich zum Arzt gegangen war und sich hatte untersuchen lassen. Die Diagnose hatte ihn umgeworfen. Natürlich hatte er an Lungenkrebs zuallerletzt gedacht. Obwohl er seit vierzig Jahren mindestens zwei Schachteln pro Tag rauchte, hatte er den Gedanken, dass er davon krank werden könnte, aus Prinzip nie in sein Leben gelassen. Mein Gott, er war erst 62.

Er hasste den Arzt, nicht so sehr wegen des Befunds, wegen der beiden Tumore in der Lunge, die bereits großflächig gestreut hatten. Drei Monate noch, hatte er gesagt, vielleicht ein halbes Jahr. Er hasste den mitten im Leben stehenden Mann mit seiner breiten Brust, seinen vollen Haaren und seinem weißen Kittel, weil er bei allem salbungsvollen Verständnis für Vorbergs aussichtslose Lage durchblicken ließ, dass er selbst durch seinen Lebenswandel den Boden bereitet hatte, auf dem diese verdammten Zellen hatten wachsen und wuchern können. Er hasste ihn vor allem deshalb, weil er so offensichtlich recht hatte.

Vorberg ging schleppend zum Fenster seines Arbeitszimmers und blickte hinunter in den Garten. Hildegard inspizierte die Blumenbeete, umschwirrt von ihren beiden Enkeln. Eigentlich hatte er seinen Ruhestand nutzen wollen, um sie heranwachsen zu sehen. Für ein paar Minuten gab er sich schwermütigen Träumereien hin, dachte daran, was er alles mit ihnen zusammen unternehmen, was er ihnen zeigen und beibringen wollte.

Als er wieder aufblickte, wässerte seine Frau die Rosen. Er hatte ihr schon hundertmal gesagt, dass es Unsinn war, dies in der Mittagshitze zu tun. Doch manche Dinge nahm sie einfach nicht auf. Auch das war egal. Er konnte sich nicht mehr erinnern, warum er sich früher oft über solche Kleinigkeiten geärgert hatte.

Nicht zum ersten Mal in diesen Tagen durchzuckte ihn der Impuls, nach unten zu gehen und ihr einfach freiheraus zu sagen, wie es um ihn stand. Doch er konnte es nicht. Wie festgewurzelt blieb er stehen. Zu groß war die Angst vor ihrer Reaktion, obwohl er gar nicht wusste, welche Reaktion er zu erwarten hatte, geschweige denn, welche er überhaupt wollte. Tränen? Mitleid? Unterstützung? Vergebliche Hoffnung? Vorwürfe? Er wollte überhaupt nichts davon. Er wollte nur eines: dass alles wieder so war wie damals, bevor dieses unsägliche Kapitel seiner Geschichte begonnen hatte. Gleichzeitig war ihm klar, dass das nicht möglich war. Und er staunte selbst, wie mutlos ihn das machte.

Konrad Vorberg blickte hinunter auf die bunte Pracht seines ausladenden Gartens. In seiner Schönheit, ja Vollkommenheit hätte er ein Sinnbild für ein erfolgreiches Leben sein können und gleichzeitig schlicht ein Platz, um in Ruhe und Frieden zu altern. Vorberg war sich bewusst, dass er immer der Starke gewesen war, von frühesten Kindesbeinen an, sei es im Beruf, sei es in seiner Ehe. Er hatte sich nie unterkriegen lassen, hatte sich Problemen nicht nur gestellt, sondern keine Ruhe gegeben, bis sie gelöst waren. Jetzt war er fassungslos über sich selbst, darüber, wie schwer ihn die Diagnose getroffen hatte, wie schwach seine Reaktion ausfiel, wie unfähig er war, im bewährten Modus weiterzumachen. Und wie tiefgreifend seine Furcht davor war, mehr und mehr zu verfallen, schwächer und schwächer zu werden.

In den Momenten, in denen er ehrlich zu sich selbst war, gestand er sich ein, dass der Konrad Vorberg, den alle kannten, schon jetzt langsam verblasste. Vermutlich hatte er davor am meisten Angst: die Stärke und Souveränität, die ihn stets ausgezeichnet hatten, zu verlieren. Diese Angst lähmte ihn. Er hatte das surreale Gefühl, wenn er noch einen Schritt weiterginge, wohin auch immer, wäre es vorbei mit dem alten Vorberg.

Also machte er dasselbe wie so oft in den vergangenen Tagen: Er hielt still und tat nichts.

Es war fast halb sieben, als Zita vor dem Osho-Zentrum in München stand, einem unscheinbaren, kastenartigen Bau in der Nähe des Westparks. Mit dem Routenplaner auf ihrem Handy war es nicht schwer gewesen, die Einrichtung zu finden, auch wenn sie sich am Mittleren Ring einmal verfahren hatte und dann relativ lange herumgeirrt war, um einen Parkplatz zu finden. Sie hätte nicht sagen können, was sie sich von dem Besuch versprach. Sie hatte Bad Heilbrunn mit dem Gefühl hinter sich gelassen, dort eine namenlose Last abgelegt zu haben, und war, für ihre Verhältnisse, gemütlich wieder nordwärts getuckert. Eine Zeitlang war ihr Kopf einfach nur leer gewesen. Kurz vor München war dann plötzlich Jenny Nies' Rat in ihrem Denken aufgeblitzt: Folgen Sie Ihrer Intuition. Und Zita hatte keinen Zweifel mehr, was das bedeutete: Wer immer für den Tod von Sylvie Wilke verantwortlich war, er hatte mit den Sannyasins zu tun. Was konnte es also schaden, wo sie ohnehin schon in der Gegend war, einen Abstecher zu machen und einen Blick in diesen kleinen Außenposten des Osho-Paralleluniversums zu werfen?

Der Eingangsbereich des Zentrums erinnerte an das Entreé eines gut geführten, sauber instand gehaltenen Mittelklassehotels. An einer Art Rezeption saß eine Frau mit einer mattenartigen Frisur, in der sich Grau- und Blondtöne munter mischten, und hantierte vor einem Bildschirm mit einer Maus. Vor ihr standen drei jüngere Besucher und wollten wissen, ob heute Abend die Band spiele.

»Klar, jeden Sonntag bei der Abendmeditation«, sagte die Frau, die laut ihrem Namensschild Mahabodhi hieß, freundlich. Sie lächelte und wies auf die Wand hinter ihnen. »Da steht unser ganzes Programm.«

Zita wandte sich zu dem Schwarzen Brett, an dem fein säuberlich aufgelistet das Angebot des Zentrums zu finden war. Sie staunte über das bunte Sammelsurium an Möglichkeiten, das dem geneigten Sinnsucher hier geboten wurde. Man konnte beispielsweise nach Art der Derwische meditieren, das Deuten der Tarot-Karten erlernen oder eine Lachmeditation ausprobieren. Natürlich gab es, über die Woche verteilt, alle von Osho selbst konzipierten und erprobten Meditationen wie Kundalini oder Nataraj, und selbstverständlich jeden Morgen die Dynamische. Dazu eine große Vielfalt an Therapieangeboten: von Rebalancing über Reiki bis zu modernen westlichen Ansätzen wie Bert Hellingers Familienaufstellen. Die Preise waren nicht zu saftig; offenbar schien die Erleuchtung für den Normalsterblichen erschwinglich zu sein, fand Zita.

Sie überlegte kurz, ob sie ihren Dienstausweis vorzeigen und sich als Polizistin zu erkennen geben sollte. Aber wozu? Sie hätte nicht gewusst, wen sie wonach befragen sollte. Sie wollte einfach nur ein besseres Gefühl dafür bekommen, mit welcher Lebenseinstellung sie es zu tun hatte; sie hoffte, irgendetwas zu finden, das ihr weiterhalf, das es ihr möglich machte zu verstehen, was Sylvie Wilke ins Sarjana getrieben hatte. Denn dieser Fleck war immer noch genauso dunkel wie zu Beginn ihrer Ermittlungen. Also ging sie zu Mahabodhi und erstand bei ihr für fünf Euro ein Ticket für die Abendmeditation.

Ihr Blick fiel auf das Schild, das zum vegetarischen Restaurant wies, und wie auf Knopfdruck machte sich ihr Magen knurrend bemerkbar. Ihr wurde bewusst, dass sie außer einem trockenen Brötchen, das sie am Morgen in ihrer Küche entdeckt hatte, und dem süßen Himbeerkuchen in der Rehaklinik heute noch nichts gegessen hatte.

Das Restaurant war klein und gemütlich eingerichtet. Zita, die ein gutes Stück Fleisch durchaus zu schätzen wusste, hatte ein wenig Mühe mit der vegetarischen Speisekarte. Schließlich blieb ihr nichts anderes übrig, als zu hoffen, dass der überbackene Topinambur mit Broccoli, den sie wählte, in der Lage war, den Heißhunger, der sie mit einem Mal überkommen hatte, zu stillen.

Eine Weile beobachtete Zita aus den Augenwinkeln die anderen Gäste. Hinten in der Ecke redete eine junge Frau mit hochtoupierten Haaren auf einen Mann ein, dessen braun gebrannte, haarige Beine in ausgelatschten Sandalen steckten. Die abgeschnittene Jeans, die seine mageren Oberschenkel kaum bedeckte, sah aus, als hätte er sie schon vor vierzig Jahren in Poona getragen. Die Frau erklärte ihm gerade lautstark, dass es keineswegs darauf ankomme, ob man Osho seinerzeit noch »in body« erlebt habe, und wenn er glaube, er könne daraus irgendwelche Sonderrechte ableiten, dann sei er hier nun wirklich völlig fehl am Platze. Rechts von Zita saß ein Pärchen, das sich minutenlang bewegungslos umarmte. Sie glaubte, die beiden gemeinsam summen zu hören; ob sie in Liebe, in Trost oder in unlösbarer Problematik vereint waren, vermochte sie nicht zu entscheiden. Ein in Rottönen gewandeter Sannyasin ging durchs Restaurant und legte auf jedem Tisch ein Flugblatt ab. Auch Zita erhielt ein Exemplar, nachdem er die Hände vor der Brust gefaltet und ihr ein »Namaste«, den indischen Willkommensgruß, entgegengehaucht hatte.

Zita musterte das Papier. »Wehrt euch gegen die Allmachtsphantasien und den Kontrollwahn aus Pune«, stand dort in dicken Buchstaben über einem Bild von Osho, der den Leser mit großen Augen anblickte. Mit harschen Worten wurde kritisiert, dass der Innere Zirkel, der seit Oshos Tod die Sannyasin-Bewegung lenke, hinterlistig und verlogen agiere, um eine Art Kirche zu kreieren, die jedoch nichts weiter sei als ein Macht- und Kontrollinstrument. Es sei höchste Zeit, diese Machenschaften zu entlarven, da sie alles, wofür Osho zeit seines Lebens eingetreten war, in den Schmutz zögen. Denn gesteuert von Pune aus strebe der Innere Zirkel an, Osho zu einer Trademark zu machen. Ziel des Ganzen sei es, alle Osho-Zentren rund um den Erdball mitsamt ihren Finanzen und Programmen zu kontrollieren, las Zita. Wie bei einem Franchise-System solle man vorgegebene Grundsätze anerkennen, die eigene Unabhängigkeit verlieren und nutzungsbedingte Geldbeträge abführen. »Wenn es nur noch darum geht, an Osho zu verdienen, ist sein Lebenswerk komplett zerstört«, hieß es abschließend. Die Wut der Verfasser sprang einem aus jeder Zeile entgegen.

Zita blickte sich um, doch der junge Sannyasin, der die Flugblätter verteilt hatte, war nirgends mehr zu sehen. Sie zerteilte ihren Topinambur und fing an zu grübeln. Konnte hierin, in internen Streitigkeiten der Osho-Bewegung, ein Motiv liegen für die Dinge, die im Sarjana vor sich gingen? Doch ihr wollte beim besten Willen keine Verbindungslinie einfallen, die sie von diesem Ansatzpunkt zu Sylvie Wilke führte und zu dem, was sie dort getrieben haben mochte. Wir kommen einfach nicht weiter, dachte sie frustriert.

Während sie aß, zückte sie ihr Handy und prüfte die eingegangenen Nachrichten, was ihr missbilligende Blicke von dem Pärchen gegenüber einbrachte, das sich mittlerweile voneinander gelöst hatte. Offenbar war es hier verpönt, dem Essen nicht die volle Aufmerksamkeit zu widmen. Dabei war Zita mehr als erfreut über das, was auf dem Teller vor ihr lag. Es schmeckte ausgezeichnet.

Trotzdem hatte sie plötzlich das Bedürfnis, sich bei Daimler zu melden, dessen Kommunikationsversuche sie den ganzen Tag über ignoriert hatte. Jenny hatte schon recht. Man konnte Daimler zwar vorwerfen, dass er gestern mit seinem kruden Plan übers Ziel hinausgeschossen war, aber nicht, dass er Zita bewusst zu etwas getrieben hatte, was sie gar nicht wollte. »Daimler ist keiner, der die Leute manipuliert«, hatte Jenny gemeint. »Wenn Sie gesagt hätten, dass Sie das nicht machen wollen, hätte er sicher sofort eingelenkt.«

Ja, es führte kein Weg daran vorbei: Sie war selbst schuld an dem, was gestern Nacht passiert war.

Sie schrieb ihm eine kurze Nachricht: »Keine Sorge, bin okay.«

Daimler rief umgehend bei ihr an, und diesmal ließ sie ihn nicht auf die Mailbox laufen, sondern ging sofort dran. Er teilte ihr mit, dass er und Hektor den ganzen Tag an der »blöden Geschichte geknabbert« hätten. Hektor habe sich sofort auf Namito gestürzt und ihn mit dem Vorwurf der Zuhälterei unter Druck gesetzt, doch der habe ihn kühl abgewiesen und behauptet, mit diesen Dingen nichts zu tun zu haben. Wer sich hier freiwillig mit wem einlasse, gehe ihn nichts an, auch wenn er als Leiter des Sarjana fungiere. »Die Sannyasin-Frauen, die wir befragt haben, haben auch alle so getan, als hätten sie keinen Schimmer, was wir von ihnen wollen, dabei war offensichtlich, dass sie logen. Du hättest allein schon ihre Körpersprache sehen sollen.« Daimler klang genervt.

»Und Schindler?«, fragte Zita.

»Aus dem war kein einziges Wort rauszukriegen. Er hat nicht mal reagiert, als wir ihm eine Vorladung in die Hand gedrückt haben.« Nach einer Pause fragte er: »Willst du Anzeige erstatten?«

Zita überlegte kurz. »Erstmal nicht. Vielleicht ist es besser, wir kochen diese Sache bis auf Weiteres auf kleiner Flamme, findest du nicht?«

Zita glaubte zu hören, dass Daimler erleichtert aufatmete.

»Ja sicher, ist wohl besser. Was treibst du eigentlich den ganzen Tag?«

»Bin dabei, mich wieder aufzurappeln.«

»Verstehe. Da ist noch was, Zita. Heute Morgen haben die Kollegen das Motorrad von Roger Helms gefunden. An einem Abhang hinter einem Autobahnparkplatz in der Nähe von Augsburg. Bisschen zerschrammt, aber ansonsten so weit in Ordnung.«

»Und?«

»Naja, dem ersten Check zufolge sind auf dem ganzen schönen Maschinchen keine fremden Fingerabdrücke drauf, nur die von Roger Helms selbst. Also entweder waren die Typen, die das Ding angeblich geklaut haben, absolute Profis, oder der gute Mann muss seine Angaben nochmal überdenken.«

»Profis, die ein Bike klauen und es ein paar Tage später in der Pampa entsorgen? Noch nie von solchen Vögeln gehört«, meinte Zita trocken.

»Geht mir genauso. Wir haben die Starnberger Kollegen heute Nachmittag bei Helms vorbeigeschickt, aber es hat niemand aufgemacht.«

»Wahrscheinlich ist er wieder beim Segeln. Mit Sheryl. Oder war's Windsurfen?«

Daimler kicherte leise. »Wer weiß, was die so alles treiben. Wir werden ihn morgen nochmal bearbeiten.«

»Okay, bis dann.«

Zita beendete das Gespräch schnell, denn mit dem anderen Ohr hatte sie wahrgenommen, dass zum dritten Mal ein Gong ertönte. Vermutlich das Signal, das zur Abendmeditation rief. Sie sah aufs Display ihres Handys: Punkt 19 Uhr. Einen Moment lang überlegte sie, ob sie nicht einfach nach Hause fahren sollte, um in Ruhe über Roger Helms nachzudenken. Ach, was soll's, sagte sie sich dann und folgte den Klängen der Musik, die eingesetzt hatte.

Etwa 30 Menschen verteilten sich in einem schlauchartigen, in Weiß gehaltenen Raum, dessen linke Seite eine große Fensterfront bildete. Vorne standen fünf Musiker und brachten auf semi-professionelle Art und, wie Zita fand, mit durchwachsenem Sound, dafür aber sehr selbstversunken sphärische Klänge unters Volk. Viele der Sannyasins hatten die Lebensmitte bereits überschritten, Zita sah aber auch ein paar ganz junge Gesichter. Die Körper wiegten sich zur Musik, in alltagstauglicher Kleidung. Rote oder weiße Roben, wie sie in manchen Osho-Zentren bei der abendlichen »White Robe Celebration« getragen wurden, von der Zita im Internet gelesen hatte, waren nicht zu sehen.

Sie hielt sich im Hintergrund und schlenkerte nur ein wenig mit den Armen, auch als die Musik sich immer mehr steigerte, schneller und intensiver wurde und schließlich in ein Finale mündete, bei dem alle um Zita herum wild die Köpfe schüttelten. Sie spürte, wie sich Wärme im Raum breitmachte, die nicht von den lauen Sommerabendtemperaturen draußen abgezapft war, und wäre fast so weit gewesen, sich auf die Atmosphäre einzulassen, als die Musik in einem langen Schlussakkord ausklang. Die Sannyasins warfen die Hände in die Höhe und riefen drei Mal hintereinander laut »Osho«. Dann sackten sie alle ein wenig in sich zusammen und verfielen für ein paar Minuten in ein unverständliches Gebrabbel und Gemurmel. Das taten sie, um den Kopf leer zu machen und aufnahmefähig zu werden für das, was ihnen ihr Meister gleich erzählen würde, erinnerte sich Zita. Auch über dieses Gibberish genannte merkwürdige Gebaren war sie bei ihrer Netzrecherche gestolpert.

Plötzlich erklang ein lauter Paukenschlag, und völlige Stille trat ein. Oshos sanfte Stimme schwebte im Raum: »Be silent. Close your eyes. Relax. Just watch your Buddha inside.« Zita begann zu suchen, konnte aber in sich nichts Buddhaähnliches entdecken.

Nach zwei oder drei Minuten entspannte sich die Menge, eine Leinwand wurde an der Stirnseite des Raums, dort, wo die Band gespielt hatte, heruntergelassen, und die Lecture begann. Die meisten setzten sich im Schneidersitz auf den Boden und lauschten den Ausführungen des Meisters, manche rollten sich aber auch auf einer Decke oder Matte zusammen und ließen sich von der sonoren, schwingenden Stimme Oshos in ein kurzes Nickerchen wiegen.

Auch Zita setzte sich, aber sie fand an diesem Abend keinen Zugang zu dem, was der Weißbart vorne auf der Leinwand kundtat. In dem Video, das präsentiert wurde, sprach er über Meditation als Medizin, der einzigen Medizin, die dem kranken, westlichen Menschen helfen konnte. »It is not only you, but almost everybody is running, as fast as he can, from himself.« Das mochte ja stimmen, und das mochte vielleicht sogar ziemlich genau auf sie selbst zutreffen, aber sie hatte jetzt keinen Nerv, sich auf diese Weise von einem längst verstorbenen Mann beraten zu lassen, wie speziell sein Ruf als Mystiker mittlerweile auch immer sein mochte.

Eine seltsame Unruhe hatte sie ergriffen. Dies war nicht ihre Welt. Natürlich nicht. Aber was tat sie dann hier?

Sie konnte nicht mehr stillsitzen. Ruckartig stand sie auf und verließ den Raum. Es war Zeit, nach Hause zu fahren.

Auf dem Weg zum Ausgang kam sie an einer Fotowand vorbei. Hunderte von alten Aufnahmen, zum Teil halb vergilbt, unter ihnen sogar einige Polaroids, waren mit Stecknadeln oder Reißnägeln kreuz und quer und sich überlappend an die Wand vor ihr gehängt worden. Zita wollte vorbeieilen, blieb dann aber doch stehen. Ihr Blick strich über diese Zeitdokumente. Viele waren wohl in den Räumen entstanden, in denen sie sich jetzt befand, etliche mochten in anderen Osho-Zentren aufgenommen sein. Es gab Motive, die aus dem Ashram in Poona stammten, und es gab Aufnahmen, die in Oregon entstanden waren. Es waren Schnappschüsse, die Menschen beim Tanzen und beim Essen zeigten, beim Meditieren und beim Feiern, bei der Arbeit auf Feldern oder beim Häuserbau, bei Umarmungen und Küssen. Zitas Augen irrten zwischen orangenen Gewändern, langen Mähnen und mächtigen Bärten hin und her, bis sie an einem Foto hängen blieben, das auf den ersten Blick aussah wie viele andere auch.

Vor der Kulisse der Berghänge in Oregon standen drei Menschen und hatten die Arme umeinandergelegt. Die Frau in der Mitte war eine echte Schönheit. Ihr Gesicht war makellos geschnitten, die blonden Haare fielen ihr engelsgleich über die Schultern und in ihren Augen lag ein Leuchten. Die beiden Männer an ihrer Seite blickten lächelnd auf sie, offenbar mächtig stolz darauf, Hand an die Schöne legen zu dürfen.

Zita löste das Foto von der Wand. Der eine Mann hatte halblange Haare, eine hohe Stirn und ein hageres Gesicht. Obwohl mehr als dreißig Jahre seit der Aufnahme vergangen sein mussten, erkannte Zita ihn sofort. Sie drehte die Fotographie um. »Amrati, Namito und Pramendra, Rajneeshpuram, Weltfestival 1982« las sie auf der Rückseite.

Sie presste den Daumen an ihr Kinn und biss auf ihrem Zeigefinger herum, während sie zuhörte, wie es leise in ihrem Kopf ratterte. Sie betrachtete den anderen Mann auf der Vorderseite des Bilds noch einmal genauer. Er war stattlich, hatte lange, schwarze Haare und sah sehr gut aus. Was Zita irgendwie irritierte, war sein dunkler Schnurrbart. Doch mit einem Mal erkannte sie ihn, und das Erkennen durchzuckte sie wie ein Stromschlag. Der Mann war Roger Helms.

14.

Amratis Tagebuch hatte genügend Platz in dem Hohlraum zwischen den beiden dicken Balken in seinem Retreatraum. Vorsichtig legte er es in die mit Stroh und Stoff versehene Ausbuchtung, als bettete er ein kleines, flauschiges Vogelkind in sein Nest. In den Seiten des ledergebundenen Buches zu blättern, die von Amrati mit ihrer winzigen Handschrift ganz eng beschrieben worden waren, hatte ihn wie immer traurig und froh zugleich gemacht. Froh, dass es die Zeit mit ihr gegeben hatte, denn nie wieder hatte er jemanden so lieben können wie sie. Traurig, weil er erkennen musste, welche Fehler er gemacht hatte, und weil die Erinnerung daran, dass er sie verloren hatte, nach so langer Zeit unerwartet schmerzhaft zurückgekehrt war.

Namito schüttelte seufzend den Kopf. Anfangs war er Sylvie Wilke einfach nur dankbar gewesen, dass sie das Tagebuch vom Totenbett ihrer Mutter aus Indien mitgebracht hatte. Die Motive der jungen Frau hatte er nicht werten wollen, das, was das Tagebuch ihm selbst und vor allem seiner Gemeinschaft nutzen konnte, war das Einzige gewesen, was für ihn gezählt hatte. Es war wie ein Geschenk gewesen. Wie ein Wink des Schicksals, dass es, wenn er ruhig und besonnen blieb, möglich war, alles doch noch zum Guten zu wenden. Aus dem Verlorenen Neues zu gewinnen, aus Asche Feuer zu schlagen. Aber so wie sich die Dinge entwickelt hatten – bis hin zu dem, was Sylvie geschehen war –, wünschte er sich jetzt manchmal, er hätte Amratis Erinnerungen nie zu Gesicht bekommen.

Nicht zum ersten Mal in den vergangenen Tagen verspürte er den Impuls, sich einfach umzudrehen und zu gehen, egal wohin, einfach all das, was wie ein Klotz an seinem Bein zu hängen schien, zurückzulassen. Wie befreiend wäre es, sich wieder ganz allein auf sich selbst und sein eigenes Wachstum zu konzentrieren, wie damals, in seinen spirituell besten Zeiten. Doch das konnte er nicht tun, schon allein wegen Satyavati nicht, die auf ihn vertraute, deren einziger Halt er war. Und weil ich diese Lektion gelernt habe, dachte er und spürte einen bitteren Geschmack im Mund. Er durfte sich nicht von dem Verlangen überwältigen lassen, die Verbindung zu kappen, sich zurückzuziehen von allem, was er in der Vergangenheit getan hatte, geschaffen hatte. Er durfte es nicht so machen wie Osho damals. Dieser Rückzug, dieses Entrücktsein von dem, was wirklich passierte, was sich aufbaute und was schließlich eskalierte, war das Grundübel gewesen in Rajneeshpuram. Wenn das Leben blockierte, wenn die Dinge sich nicht von allein regelten, dann musste man sie in die Hand nehmen, dann musste man tun, was nötig war. Das war eine der Lehren, die er damals mitgenommen hatte aus dem zerstörten Paradies in Oregon.

Nie hatte er jedoch daran gedacht, dass er sich auf eine solche Weise seiner Verantwortung stellen musste. Und es waren nur zum Teil meine eigenen Fehler, meine eigene Hybris, die uns so weit getrieben haben, dachte er, während er die beiden Dielenbretter mit der Drahtkonstruktion, die er gefertigt hatte, wieder in den Boden einließ und sich vergewisserte, dass kein zufällig darüberstreichendes Auge etwas von dem Versteck erkennen konnte. Dann schob er die marmorne Buddhastatue, eines der wenigen Überbleibsel aus dem Sarjana 1, das sie noch nicht zu Geld gemacht hatten, wieder an ihren Platz und erhob sich mühsam.

Er hatte das Gefühl, die Last, die auf seinen Schultern lag, sei noch schwerer geworden. Es quälte ihn, dass er Dinge tun musste, die auf einer oberflächlichen Ebene nicht dem entsprachen, was es heißt, das Leben zu lieben und zu ehren. Aber er tat ja all das nicht aus Egoismus und Selbstsucht, sondern er tat es für die Gemeinschaft. Mit dem Geld, das er in Aussicht hatte, konnten sie sich endlich wieder neu aufstellen, sich wieder eine Basis verschaffen, die ihren Zielen würdig war. Und das, was sich in ihm dagegen wehrte, konnte nichts anderes sein als sein Ego, das sich wieder stärker denn je bemerkbar machte.

Das Verhör am Nachmittag hatte ihn erschöpft. An wie vielen Fronten sollte er noch agieren? Dieser Hektor hatte ihm mächtig zugesetzt, obwohl er ihm eigentlich keine Angriffsfläche geboten hatte. Sie konnten ihm nicht nachweisen, dass er irgendetwas mit dem zu tun hatte, was in Alfons Schindlers schäbiger Behausung vor sich gegangen war. Trotzdem war es ein Schock gewesen, dass die Polizisten in dieser Geschichte herumgeschnüffelt hatten. Was war, wenn es ihnen gelang, auch andere Dinge aufzuspüren? Wenn sie zufällig doch einen Hinweis auf seine Verbindung zu Sylvie Wilke fanden? Oder wenn sie eine Spur auftaten, die sie zu Pramendra führte? Diese Macho-Karikatur würde sicherlich sofort nervös werden, da war sich Namito sicher.

Er kniete sich vor seinen Laptop, der auf einem Stuhl neben seiner Meditationsmatte stand, und erweckte mit einem Tippen den Bildschirm zum Leben. Er wusste, dass er die Angelegenheit bald zum Abschluss bringen musste. Je früher an dieser offenen Flanke Ruhe einkehrte, desto besser. Der Rest würde sich dann mit der Zeit von allein erledigen. Die Welt war schnelllebig; die Polizei würde sich bald anderen Fällen zuwenden, wenn sie hier nicht weiterkam. In der Hinsicht hatte Namito großes Vertrauen. So funktionierte die verrückte Welt dort draußen, die bevölkert war von unbewussten, mehr stolpernden als laufenden Gestalten: Schweine durch Dörfer treiben und dabei immer neue Probleme aufwerfen, anstatt die Schwierigkeiten wirklich zu erkennen und an ihrer Wurzel zu packen.

Was Pramendra anbelangte, hatte er keine Skrupel, etwas zu fordern. Er gestand sich sogar ein, dass es ihm Vergnügen bereitete, ihn unter Druck zu setzen. Pramendra hatte es nicht anders verdient. Er hatte schließlich alle betrogen. Und wieder einmal zeigte sich, dass Verrat sich nicht auszahlte. Bisher hatte er zwar herumgezickt – was auch nicht anders zu erwarten gewesen war –, doch er konnte sich kaum beschweren, dass er jetzt einen Teil des Geldes für ein spirituell wertvolles Projekt hergeben sollte, anstatt es wie bisher sinnlos zu verprassen. Er musste nachgeben, er hatte niemanden, der ihm zur Seite stand, niemanden, den er um Hilfe bitten konnte.

Namito rief Pramendras Mailadresse auf und formulierte eine neue Nachricht: »Wie du weißt, kenne ich eine Menge Sannyasins, die dich gern besuchen möchten, um mit dir über Rajneeshpuram zu plaudern. Ihre Zahl schwillt an. Hast du deine Erinnerungslücken aufgefrischt? Allerletztes Sondierungstreffen morgen um 18 Uhr (mit Geschenk!!!).«

Er klickte auf »Senden« und fühlte sich für einen Moment auf eine unangenehme Weise stark und unbesiegbar. War das ein Widerspruch? Ja, es war ein beängstigend gutes, erfüllendes Gefühl, sich zu rächen, vergangene Schweinereien zu vergelten. Bei jedem anderen Menschen hätte er sich angesichts solch niederer Empfindungen in Grund und Boden geschämt, bei Pramendra konnte er sie zulassen, sich ihnen hingeben, wenigstens für ein paar köstliche Minuten. Pramendra verdiente kein Mitleid; er war ja selbst wie ein räudiger Kojote durch ihr Leben gejagt und hatte alles zerstört, was ihm vor die geifernden Lefzen gekommen war.

Namito ging hinüber ins Badezimmer, das an den Retreatraum angeschlossen war. Als er vor dem Spiegel stand, hatte ihn sein schlechtes Gewissen eingeholt. Ein blasses Gesicht mit tief liegenden Augen sah ihm entgegen. Die Altersflecken über seinem rechten Wangenknochen schienen sich vermehrt zu haben. Wo war der junge Mann geblieben, der mit feurigem Eifer suchte, was nur die wenigsten vor ihm gefunden hatten? Was war noch von ihm übrig? Hatte er zu viel von ihm opfern müssen? Er wünschte sich so sehr, dass Osho hier wäre. Er konnte ihn einfach nicht mehr spüren.

Ich bin nur ein Spiegel, der dir hilft, dein wahres Gesicht in mir zu sehen, hatte Osho damals gesagt, ein Spiegel, damit du deine Zukunft in mir erkennen kannst, damit du dein inneres Wesen in mir widergespiegelt siehst.

Hatte er überhaupt eine Zukunft? Was war sein inneres Wesen? Wie viel war es noch wert? Namito war sich nicht sicher, ob er wirklich die Kraft hatte, noch einmal von vorn anzufangen, wenn dies alles hier vorbei war.

So viele Jahre war er unterwegs gewesen, auf dem Weg, die Freiheit vom Leiden zu erreichen, und irgendwann, das erkannte er jetzt, hatte er aufgehört, an sich zu arbeiten, hatte sich nur noch in dem Glanz gesonnt, der Erleuchtung nahe zu sein. Dabei hatte er bis dahin nicht mehr geschafft, als sich eine Weile lang geschickt vor dem Schmerz und dem Leiden, das das menschliche Leben bereithält, zu verstecken.

Roger Helms schloss die Haustür und atmete tief durch. Diese kleine Polizistenhexe hatte ihm ganz schön eingeheizt. Hatte so getan, als sei sie mordsmäßig auf Zack. Dabei wusste er genau, was ihr fehlte. Er brauchte ihr nur in die Augen zu schauen, dann war alles klar.

Völlig unvermittelt war sie vor der Tür gestanden, als er noch ein paar späte Hantelübungen vor dem Bildschirm absolvierte. Dabei hatte er eigentlich gedacht, sie hätten seine Geschichte geschluckt.

»Ich möchte gerne mit Pramendra sprechen«, hatte sie gesagt und ihn herausfordernd angesehen.

Zuerst war er perplex gewesen, als sie den Namen fallen gelassen hatte, aber dennoch hatte er souverän reagiert.

»Den gibt's nicht mehr.«

»Ich bin mir ziemlich sicher, dass er vor mir steht.«

»Das täuscht. Ich bin Roger Helms. Pramendra war ich nur für ein paar Jahre meines Lebens.«

»Entscheidende Jahre, vermute ich.«

Sie hatte nicht lockergelassen. Und anfangs hatte er befürchtet, Namito sei eingeknickt und hätte geplaudert. Zwar hatten sie fest vereinbart, dass die Polizei für beide Seiten absolut tabu sei, aber Namito war schon immer ein

Weichei gewesen, und die Geschichte mit dem Mädchen hatte ihm ziemlich sicher wacklige Knie beschert.

Doch Namito hatte dichtgehalten. Alles andere wäre auch Irrsinn gewesen. Wenn diese Schnüffelei weitere Kreise zog, würde das ihnen beiden nichts anderes einbringen als noch mehr Ärger. Die Polizistin mit dem knackigen Arsch hatte nichts in der Hand außer einem alten, halb vergilbten Foto, das sie gottweißwo ausgegraben hatte.

Allerdings hatte der Anblick von Amrati ihm einen Stich versetzt, und er hatte große Mühe gehabt, das vor der Kleinen zu verbergen, die ihn misstrauisch beäugte. Er wusste, dass er aufpassen musste. Und er hatte ohnehin nicht den Nerv, der Polizistin auf ihre Frage, wer Amrati war, eine schlüssige Antwort zu geben.

»Irgendeine Sannyasin-Schnecke, mehr nicht«, hatte er gesagt.

Die Polizistin meinte, sie finde es ziemlich merkwürdig, dass er bei ihrem ersten Besuch nicht erwähnt habe, dass er als junger Mann ein Sannyasin gewesen sei.

»Ich kann mich nicht erinnern, dass Sie mich danach gefragt haben«, konterte er. »Ja, ich war mal bei diesem bunten Völkchen. Wie so viele andere auch. War ja schließlich nicht verboten, oder?«

»Aber offenbar kannten Sie auch Namito, der zufällig eine ziemlich zentrale Rolle in einem Todesfall spielt, den wir untersuchen«, machte die kleine Hexe weiter. »Finden Sie nicht, dass Sie das verdächtig macht, Pramendra?«

Er hatte sich blöd gestellt. Wer Namito sei? Ach, der Chef von dem Camp. Und der Typ auf dem Foto. An den könne er sich nicht erinnern. Damals seien so viele in orangenen Klamotten rumgerannt, erklärte er der Kommissarin oder was immer sie genau war. Ob sie wisse, wie viele Menschen damals beim ersten Weltfestival in Rajneeshpuram dabei gewesen waren? Nein? Mehr als zehntausend! Da habe er sich wirklich nicht jeden Namen und jedes Durchschnittsgesicht merken können.

»Ich hab's ohnehin nicht so mit Namen, Frau … äh?«

»Gehring, Zita Gehring«, hatte sie spitz gesagt und hinzugefügt: »Wir werden das prüfen.« Dem Blick nach zu urteilen, den sie ihm dabei zuwarf, hatte sie ihm seine Behauptung nicht abgenommen. Und dann war sie endlich abgezogen.

Roger Helms drehte sich um und kehrte, in Gedanken versunken, zurück in seine Wohnzimmerlandschaft. Er zögerte kurz, dann mixte er sich einen Nachdenkhelfer. Sheryl war längst nach oben gegangen und schlief sicher schon. Ihre Tage machten ihr zu schaffen. Er rief sich den Anblick von Amrati zurück ins Gedächtnis. Wie zauberhaft sie ausgesehen hatte, wie natürlich sie lächelte. Er hatte nie jemandem gesagt, was er wirklich für diese Frau empfunden hatte, nicht einmal Amrati selbst. Wieso jetzt damit anfangen? Es war längst vorbei. Sie war aus freien Stücken gegangen. Er gönnte sich einen Moment der Stille, um zu prüfen, ob der Zorn darüber noch irgendwo in ihm hauste. Der Zorn nicht mehr, stellte er fest, aber der Schmerz war nicht gänzlich verflogen, er hatte sich nur verkrochen. Nach all den Jahren spürte er jetzt wieder die Verletztheit. Ihr Anblick hatte die alte Wunde in ihm aufgerissen.

Er nahm einen großen Schluck und schüttelte den Kopf. Das war so sinnlos, denn sie war tot, einsam gestorben in ihrem Verlangen nach spiritueller Größe, in einem abgelegenen Ashram bei Rishikesh, dahingerafft von einem aggressiven Blutkrebs, gegangen aus der Welt in der eitlen Weigerung, die westliche Schulmedizin an ihrem Körper herumdoktern zu lassen. Zumindest hatte ihre durchgeknallte Tochter das berichtet. Und das Einzige, was von ihr geblieben ist, ist ihr verdammtes Tagebuch, dachte er.

Warum hatte sie das ganze Zeug aufgeschrieben? Was sollte das bringen? Er hatte keine Ahnung davon gehabt. Fast gegen seinen Willen kehrten seine Gedanken in die Zeit zurück, als er zu jenen gehört hatte, die sich um den Weißbart scharten.

Helms konnte sich nicht mehr recht erklären, weshalb er damals überhaupt bei diesem Haufen gelandet war. Es war reiner Zufall gewesen. Ein paar Kumpel hatten ihn mitgezogen nach Indien, und plötzlich war er voll drin gewesen in diesem Bhagwan-Hype. Vieles war die reinste Spinnerei gewesen. Den neuen Menschen schaffen und das ganze Zeug. Doch in mancherlei Hinsicht war es gar nicht übel gewesen damals. Allein schon der Frauenüberschuss. Es gab bei weitem mehr Ladys als Männer, die um den Typen herumsprangen. Man brauchte nur zuzugreifen; es war manchmal fast zu einfach gewesen. Und dann diese Einsichten, die der Alte immer wieder losgelassen hatte. Wie war das nochmal? Er überlegte. »Wahrheit ist der Mut, total subjektiv zu sein.« Geiler Spruch, oder? Nichts anderes habe ich die ganzen Jahre über gemacht, dachte er.

Er hatte vieles vergessen, vieles verdrängt. Jetzt fiel es ihm wieder ein. In mancherlei Hinsicht hatte er auch nach Rajneeshpuram, wo am Schluss alles aus dem Ruder gelaufen war und wo er auf seine Art den Schnitt vollzogen hatte, weiter unbewusst nach dem gelebt, was der Weißbart gepredigt hatte. »Morgen existiert überhaupt nicht, es ist immer heute.« Noch so ein Spruch, den er geliebt hatte.

Eigentlich hatte er alles richtig gemacht. Und jetzt kam dieser Möchtegern-Guru, erdreistete sich, ihn zu erpressen, und spielte sich gleichzeitig auch noch als Richter auf. Seine Mails wurden immer unverschämter. Doch in einem hatte er recht: Es war Zeit, diese Sache zum Abschluss zu bringen. Roger Helms schnaubte, während er sich Martini nachgoss. Namito war schon immer eine Nervensäge gewesen. Jetzt hing er da herum an seinem Wasserloch, scharte seine klägliche Herde um sich und suchte händeringend die Erleuchtung, die er nach mehr als dreißig Jahren offenbar immer noch nicht gefunden hatte. Doch nicht einmal das schien diesem Versager zu denken zu geben.

Allerdings hatte er zuerst gedacht, dass er Namito leichter würde abschütteln können. Vor drei Wochen, als er ihn das erste Mal so unverschämt behelligt hatte mit dieser asbach-uralten Geschichte, damals noch mit der Grufti-Tante im Schlepptau, hatte Roger die ganze Sache auf die leichte Schulter genommen. Er war hingefahren zu diesem Rattennest, in dem sie hausten, und hatte ihnen zwanzigtausend Euro angeboten, einfach nur, damit sie Ruhe gaben. Er hätte Namito damals gleich ins Gesicht schlagen sollen, als der von ganz oben herab, so wie es schon immer seine Art gewesen war, gemeint hatte, ob er wirklich glaube, so billig davonzukommen. Man könne sich unter Umständen auf eine Million einigen, hatte Namito gemeint und das auch noch als Großmut deklariert. Roger hatte Lust, etwas kaputt zu schlagen, wenn er daran dachte. In dem Fall müsste er Rogrecs verkaufen, und vielleicht sogar das Boot. Und jetzt erdreistete sich diese Kanaille auch noch, ihm ein letztes Ultimatum zu stellen.

Roger überlegte krampfhaft, was er tun sollte. Nachgeben kam nicht in Frage, so viel stand fest. Bevor er vor Namito einknickte, würde die Sonne schwarze Strahlen aussenden. Außerdem: Wer gab ihm die Garantie, dass danach, sollte er so töricht sein, diese Riesensumme zu zahlen, Schluss wäre? Wer gab ihm die Gewissheit, dass Namito nicht wieder und wieder auf der Matte stehen würde, weil er und seine kümmerliche Bagage nicht imstande waren, für sich selbst zu sorgen? Schlimmer noch: Was wäre, wenn Namito trotzdem irgendwann in seinen Sannyasinkreisen herumerzählen würde, wie das damals gelaufen war in Rajneeshpuram?

So weit durfte er es auf keinen Fall kommen lassen. Er hatte sich etwas aufgebaut, und er wollte sein süßes, kleines Zuhause noch viele Jährchen genießen, so lange, bis es Zeit war, den Löffel abzugeben. Niemals hätte er gedacht, so hoch klettern zu können, und niemand hätte ihm je zugetraut, es zu schaffen. Keiner würde ihm das, was er erreicht hatte, wieder wegnehmen, keiner würde es zerstören. Und am allerwenigsten diese Flasche Namito.

Gut, er würde morgen dort sein. Ein allerletztes Mal. Gequatscht worden war mehr als genug. Er würde Namito ein für allemal klarmachen, dass er sich nicht erpressen ließ. Er würde etwas zur Unterstützung mitnehmen, etwas, das seinen Argumenten Nachdruck verleihen konnte. Dann würde dieses Weichei schon einknicken.

Zum Glück hatte er seine Kontakte. Musik war eben etwas, das die Menschen verbinden konnte. Er kannte

Leute in München, die ihm helfen würden, Leute, die ihm auf die Schnelle eine Waffe beschaffen konnten. Namito würde erkennen müssen, dass es ein schwerer Fehler gewesen war, sich mit Roger Helms anzulegen.

Amratis Tagebuch

Rajneeshpuram, 24.8.1985

Ich habe viel zu lange nichts mehr hier reingeschrieben. Meistens bin ich einfach zu müde. Aber manchmal hatte ich auch das Bedürfnis danach, und hab's dann doch nicht gemacht, aus Schiss, jemand könnte es lesen und mich dann bei Sheela verpfeifen. Sie hat doch überall ihre Spitzel, und dass sie hier drin nicht gut wegkommt, ist logisch. Mittlerweile wäre es mir egal. Sollen sie mich rauswerfen. Ich frage mich ja schon lange, was mich eigentlich noch hier hält.

Wann habe ich zum letzten Mal bewusst meditiert? Vor Ewigkeiten! Aus den Zwölf-Stunden-Schichten sind Vierzehn-Stunden-Schichten geworden. Nicht einmal zum Tanzen reicht's noch. Wenn's hochkommt, bin ich noch einen Abend in der Woche in der Disco.

Es gibt nur noch Verbote. Wer das nicht gut findet, wer irgendwas kritisiert oder widerspricht, wird hingestellt, als verbreite er negative Stimmung. Komm schnellstens von deinem Egotrip runter, heißt es dann. Eine Zeitlang habe ich das noch geglaubt, hab versucht, das, was von mir verlangt wird, als persönliche Herausforderung zu sehen. Ich dachte, Bhagwan habe mir eben eine besonders harte Aufgabe gestellt. Jetzt kann ich's einfach nicht mehr so sehen. Ich frage mich, wieso wir freiwillig in einem System leben, in dem Individualität und Meinungsfreiheit unterdrückt werden. Wieso lassen wir uns das gefallen?

Wenn ich aus dem Fenster schaue, sehe ich unter mir entlang der Main Road die Wachtürme, aufgereiht wie Perlen an einer Schnur. Nach dem Bombenanschlag auf unser Hotel in Portland vor zwei Jahren sind die ersten aufgestellt worden, und damals hielten wir es für notwendig, wir fühlten uns sicherer. Komisch, heute fühle ich mich fast mehr von meinen eigenen Leuten, na ja, nicht bedroht, aber beobachtet, durchleuchtet, auf Schritt und Tritt verfolgt. Unsere Hubschrauber, die ständig über uns kreisen, gehen mir auf die Nerven, und unsere Peace Force, die überall mit ihren Maschinengewehren patrouilliert, macht mich nervös, anstatt mir Sicherheit zu geben. Können uns die Amis wirklich so wenig leiden?

Das ist doch typisch Sheela: Erst macht sie alle verrückt, und dann nutzt sie die Verunsicherung, um aufzurüsten. Und um noch mehr Befehlsgewalt auf sich zu häufen. Ihre Selbstherrlichkeit ist unbeschreiblich.

Ich fühle mich unwohl bei Bhagwans Auftritten in der Meditationshalle. Einerseits wirkt es ein bisschen wie Karneval, wenn er in seinen prächtigen Glitzergewändern und mit den schrillen Mützen auf dem Podest sitzt, andererseits ist er wie in einem Krimi umgeben von grimmig blickenden, uniformierten Mas, die schussbereite

Uzis in ihren verkrampften Händen halten. Wie soll ich mich dabei entspannen?

Manchmal frage ich mich wirklich, was aus uns geworden ist.

Rajneeshpuram, 30.8.1985

Wieder mal Streit mit Namito. Unsere Nerven liegen blank. Manchmal ist es aber auch absurd, was er ablässt. Gestern fragte er mich, ob ich Pramendra wirklich vertraue. Ja, sagte ich, allzu viele sind nicht mehr übrig, aber ihm vertraue ich hundertprozentig. Und Namito fing an, er könne sich schon vorstellen, dass Pramendra mit Sheela unter einer Decke steckt. So ein Bullshit! Wahrscheinlich ist er nur neidisch, dass Pramendra seit Jahren bei dieser privilegierten Rolls-Royce-Truppe ist, ganz ohne spirituelle Verdienste zu haben.

Ich erinnerte ihn daran, dass Pramendra schon viel länger als wir mit der Situation hier unzufrieden ist. Genau genommen, seit diese Aids-Phobie herrscht. Die hat ihn mehr getroffen als die meisten anderen. Er war der erste von uns, der gesagt hat, er werde gehen, wenn sich nicht bald etwas ändert. Das ist ja wie bei Mönchs hier, lautet seine Standardklage.

Es ist aber auch wirklich nicht zu fassen. Egal, ob das jetzt von Bhagwan selbst kommt oder ob es auf Sheelas Mist gewachsen ist. Das kann sowieso kaum noch einer beurteilen. Alle drei Monate ’nen Test machen, das lasse ich ja noch angehen, aber nur noch Sex mit Kondomen finde ich absolut übertrieben, und dann auch noch die Gummihandschuh-Richtlinie und das Kussverbot. Es gibt tatsächlich Sannyasins, die stellen sich hin und meinen, auf diese Weise hätten sie ganz neue und bewusstere Empfindungen beim Sex. Da pfeif ich drauf! Die Art, wie ich Sex habe, bestimme ich jedenfalls selbst.

Ich weiß, dass es böse enden kann, wenn das rauskommt. Pramendra ist neulich auf einer Tour in einem abgelegenen kleinen Tal auf eine Gruppe gestoßen, die schon seit einiger Zeit dort isoliert worden ist, weil sich die Leute möglicherweise mit dem Aids-Erreger angesteckt haben. Bevor ich mir sowas antue, gehe ich lieber.

Rajneeshpuram, 9.9.1985

Unsere Zweifel wachsen und wachsen. Und ich bin die größte Zweiflerin. Dazu kommt Angst. Namito ist stärker, was das anbelangt.

Ohne ihn wäre ich schon letztes Jahr gegangen, als Sheela Tausende von Obdachlosen aus ganz Amerika auf die Ranch holte, um mit ihren Stimmen die Wahlen im Landkreis zu gewinnen. Weil sie glaubte, sich dann bequem selbst Baugenehmigungen ausstellen zu können. Da hatte ich zum ersten Mal das Gefühl, dass der Zweck vielleicht doch nicht alle Mittel heiligt. Und dann ihre Pressekonferenzen. Einmal nannte sie die Oregoner Behörden bigotte Schweine und meinte, für jeden toten Sannyasin müssten fünfzehn Amerikaner sterben. Unsere Leute jubelten, aber mir kam es vor, als würde sie an dem Ast sägen, auf dem wir alle sitzen. Ich spürte mit einem Mal fast körperlich, dass wir auf dem falschen Kurs waren, dass Sheela mit ihrer Truppe eine Menge Unheil anrichtete und immer noch mehr Probleme aufwarf, anstatt welche zu lösen.

Doch Namito hielt mich zurück. Er erinnerte mich daran, dass schließlich Bhagwan selbst Sheela als seine Generalbevollmächtigte eingesetzt hatte. Wir müssten Bhagwan vertrauen, meinte er. Und selbst wenn es anders wäre, könne man sich nicht einfach aus dem Staub machen. Irgendwie hatte er ja recht. Ich blieb.

Heute sieht selbst er es ein bisschen anders. Vielleicht weil es einfach nicht besser geworden ist, nicht einmal, seit Bhagwan wieder spricht. Namitos Zorn auf Sheela wird immer größer, und er fragt sich mittlerweile manchmal auch, ob Bhagwan die Zügel völlig entglitten sind. Nicht mal er kann sich mehr hingeben und loslassen. Surrender kannst du hier vergessen, hat er gestern zu mir gesagt, denn man gibt sich nicht mehr direkt Bhagwan hin, sondern einem faschistischen Moloch, der noch dazu von Sheela gelenkt wird.

Ja, wir sind nichts als blöde Lämmer, die einfach schlucken, was man ihnen vorsetzt.

Rajneeshpuram, 11.9.1985

HEUTE HAT ES einen Unfall gegeben beim Driveby. Wir waren alle ziemlich geschockt, bis klar war, dass Bhagwan nichts passiert ist. Auch von den Sannyasins wurde niemand verletzt. Namito und ich konnten von unserem Platz an der Straße nicht sehen, was los war, aber Pramendra hat mir hinterher erzählt, was er erfahren hatte. Bhagwan sei ein bisschen zu schnell gefahren, und an einer Stelle hätten die Sannyasins viele Rosen auf die Kühlerhaube gepackt, und da hat er wohl für einen Moment die Übersicht und die Kontrolle über den Rolls verloren und hat ihn auf der anderen Seite in den Graben gelenkt. Es gab nur einen kleinen Blechschaden am rechten Kotflügel, aber die Begleittruppe forderte über Funk einen neuen Rolls an, den Pramendra zum Unfallort brachte.

Wir sind alle froh, dass Bhagwan nichts passiert ist; er hat wohl nur eine kleine Platzwunde am Kopf. Der Schreck soll ihm aber schon gehörig in die Glieder gefahren sein. Pramendra hat ihn zwar nicht richtig sehen können, weil er sich um das Auto kümmern musste, aber zumindest meint das die Gerüchteküche der Ranch.

Die läuft mal wieder auf Hochtouren. Manche behaupten ja schon länger, dass er sich manchmal ein bisschen Lachgas gönnt. Und jetzt heißt es, dass er wohl irgendetwas intus hatte bei der Ausfahrt.

Rajneeshpuram, 14.9.1985

Es ist wie eine Befreiung. Sheela ist geflohen. Sie hat heute mit fünfzehn von ihren Leuten Rajneeshpuram verlassen. Anscheinend hat es gestern einen Riesenkrach mit Bhagwan gegeben. Manche sagen, es ging um die künftige Ausrichtung der Kommune, andere meinen, es sei schlicht um Geld gegangen. Wo sie hin sind, weiß jedenfalls keiner, aber das ist auch egal. Ich habe das Gefühl, ich kann endlich wieder frei atmen. Und Namito ist in Hochstimmung, seit wir die Nachricht erfahren haben. Er meinte, er habe immer gewusst, dass Bhagwan rechtzeitig eingreifen würde.

Rajneeshpuram, 16.9.1985

ICH GLAUBE, ER hat zu lange gewartet. Ich glaube, wir alle haben zu lange gewartet. Wir haben zu lange zugesehen, uns zu lange terrorisieren lassen. Und gleichzeitig einer Verbrecherbande das Ruder überlassen. Bhagwan hat heute bei einer Versammlung enthüllt, was Sheela und ihre Clique alles im Verborgenen angestellt haben in den letzten Jahren. Um ihre Macht zu zementieren, wie er meinte. Er sagte, er sei von allem abgeschnitten gewesen, habe nur gefilterte Infos erhalten. Ja, er war wohl wirklich zu lange in silence.

Ich bin total geschockt von all dem, was abgelaufen ist. Krishna Deva soll im Auftrag von Sheela im letzten Jahr kurz vor den County-Wahlen nach The Dalles gegangen sein und dort in einer ganzen Reihe von Restaurants die Salatbars mit Salmonellen vergiftet haben. Hunderte von Menschen sollen damals erkrankt sein. Die Salmonellen wurden in einem Geheimlabor hier auf der Ranch gezüchtet. Wenn Bhagwan es nicht selbst erzählt hätte, würde ich es nicht glauben.

Aber das war nur die Spitze des Eisbergs. Angeblich hatte die Sheela-Truppe auch Pläne geschmiedet, den Staatsanwalt von Oregon zu ermorden, der Ermittlungen gegen uns eingeleitet hatte. Klar, Mord ist Mord, trotzdem finde ich es irgendwie noch schlimmer, dass Sheela es auch auf einige von unseren eigenen Leuten abgesehen hatte. Bhagwan berichtete uns, dass sie seinen Arzt und zwei andere Sannyasins aus seinem engsten Umfeld töten lassen wollte. Und sie habe seine eigene Wohnung verwanzt, um ihn abzuhören. Und nicht zuletzt habe sie mehr als 50 Millionen Dollar mitgehen lassen bei ihrer Flucht. Bhagwan meinte, Sheela gehöre eigentlich in eine psychiatrische Anstalt.

Es ist ungeheuerlich. Ich kann es einfach nicht glauben. Wie war das alles möglich? Wie konnten wir nur so im Tiefschlaf sein? Dabei haben wir uns eingebildet, wir seien besonders wache, bewusste Menschen.

Rajneeshpuram, 18.9.1985

Es wird immer verrückter hier, wir kommen nicht zur Ruhe. Bhagwans Vorwürfe gegen Sheela haben die Behörden auf den Plan gerufen, die ohnehin schon seit einiger Zeit an unseren Grenzen auf den richtigen Moment gelauert haben. Momentan wimmelt es hier von Offiziellen, in allen Schattierungen. Es ist eine regelrechte Invasion von Sheriffs, Staatsanwälten, Kriminalbeamten des FBI, Agenten des CIA, Krawattenträgern von der Steuerfahndung und der Einwanderungsbehörde. Ganz zu schweigen von den ganzen Fernsehteams, die mit ihren Kameras und Mikrofonen durch die Gegend rennen. Alle sind kurz vor dem Durchdrehen. Einige meinen, die Nationalgarde werde jeden Moment auf der Ranch einmarschieren. Was sollen wir dann tun? Manche zweifeln daran, dass wir hier lebend wieder rauskommen.

Mittlerweile sind tatsächlich unterirdische Räume, Gänge, Bunker und Labors entdeckt worden. Auch das Restaurant hier ist verwanzt gewesen. In Sheelas Hauptquartier, im Jesus Grove, sind Schusswesten, Richtmikrofone, Chemikalien für Bombenbau, Mäuse, an denen Versuche unternommen wurden, und was weiß ich nicht alles gefunden worden. Bhagwan sagte, Sheela habe die Kommune in ein faschistisches Konzentrationslager verwandelt.

Hinterher, nach dem Vortrag, fragte mich Pramendra, ob ich es für verwerflich halten würde, ein Konzentrationslager zu bestehlen. Ob ich sagen würde, es sei Verrat, wenn man die KZ-Wächter hintergehe. Als ich ihn fragte, wie er das meine, gab er keine Antwort. Aber ich glaube, ihn hält nichts mehr hier. Mich schon. Er meinte, ich solle mir gut überlegen, was das ist und ob es das noch wert ist. Klar, die Fragen sind berechtigt.

Rajneeshpuram, 8.11.1985

NAMITO WIRD NIEMALS freiwillig gehen. Das ist mir mittlerweile völlig klar. Er hängt zu sehr an all dem, was wir hier aufgebaut haben. Und ich kann ihn nicht einfach im Stich lassen. Aber natürlich ist es vor allem Bhagwan, der mich noch hier hält. Ich will ihn nicht einfach so aufgeben, nach all den Jahren. Das wurde mir bewusst, als er vor ein paar Tagen plötzlich weg war. Keiner wusste, dass er in dem Learjet saß, der am Nachmittag abgehoben hatte. Wir erfuhren erst am nächsten Tag davon, als das Fernsehen meldete, er sei in Charlotte in North Carolina verhaftet worden. Es war ein Schock, ihn in Gefängniskluft zu sehen. Aber er lächelte in die Kamera und meinte nur, er habe keine Ahnung gehabt, wo seine Leute ihn hinbringen wollten, er habe nur ein paar Tage ausspannen wollen.

Sie haben ihn freigelassen, und jetzt ist er wieder hier. Einige meinen, seine Anwälte arbeiten an einem Deal, damit die Regierung ihn nicht einbuchtet. Das wäre sein sicherer Tod, hinter Gefängnismauern wäre er verloren.

Ich bin so froh, dass er unversehrt wieder da ist.

Aber dennoch bin ich am Zweifeln. Es ist praktisch unmöglich, noch den Durchblick zu behalten. Keiner weiß, was das Nächste sein wird, das Bhagwan tut. Vielleicht weiß es der Inner Circle noch, vielleicht nicht einmal mehr der.

Und ich weiß einfach nicht mehr, was ich glauben soll. Einmal hat er in seinem Vortrag, leise wie immer, aber klipp und klar gesagt: »I gave you a taste of fascism.« Heißt das nicht, dass er doch die ganze Zeit über von allem gewusst, ja, es gelenkt hat? Vielleicht, um uns zu testen, um zu sehen, wie weit wir gehen würden, ob wir so schwach sein würden, aus vollem Vertrauen blindes Vertrauen werden zu lassen. Selbst Namito will dies nicht mehr ganz von sich weisen. Bei einem Mystiker wie Bhagwan müsse man auf alles gefasst sein, meinte er.

Auch darauf, dass er tatsächlich plötzlich verschwindet und die Kommune sich selbst überlässt. Viele wollen das nicht mehr ausschließen. Er hat gesagt, niemand werde ihn von hier vertreiben, und ich will ihm so gern glauben. Aber es wird wohl besser sein, ich bin tatsächlich auf alles gefasst.

Pramendra beklagt sich ständig bitterlich über die Situation hier. Ich weiß nicht, was mit ihm los ist, wieso ihm das Ganze dermaßen zusetzt. Sicher, wir alle leben im Ausnahmezustand, aber er kommt mir vor wie ein komplettes Nervenbündel. Dabei war er immer eher ein Mensch, der sich nicht so stark beeinflussen ließ von dem ganzen Drumherum, der eher immun war gegen das, was von außen kam. Gegen Hysterie genauso wie gegen Jubelarien.

Er meint, es herrsche dieselbe Geheimniskrämerei wie in den letzten Tagen von Poona. Keiner wisse, was los sei, wie es weitergehen werde, ob es weitergehen werde. Nur diesmal sei es anders, weil sich jetzt keine neue Perspektive auftut. Wenn Bhagwan jetzt geht, wenn er gehen muss, weil sie ihn sonst ins Gefängnis stecken, dann haben wir nichts mehr, dann bricht alles in sich zusammen. Worauf also sollen wir noch warten, hat er gesagt. Ich denke immer öfter, dass er recht hat.

Bhagwan bleibt sich irgendwie treu. Wie immer serviert er uns seine Widersprüche. Aber diesmal sind sie viel schwerer zu schlucken, finde ich. Manchmal habe ich das Gefühl, sie bleiben mir regelrecht im Hals stecken.

Rajneeeshpuram, 11.11.1985

Ich kann nicht schlafen. Heute ist der erste Schnee gefallen. Und etwas ist auf mein Herz gefallen. Ich weiß nicht, ob es ein Schatten ist oder ein Licht. Ich bin schwanger. Ausgerechnet jetzt! Ich weiß gar nichts mehr, nicht einmal, wer der Vater ist. Ich weiß nicht, ob ich es wirklich will, ob ich ihm gerecht werden kann, aber immerhin eins weiß ich: Ich werde es nicht wegmachen lassen, ich werde kein Leben zerstören. Auf keinen Fall.

Aber was soll ich tun? Hierbleiben und hoffen, dass sich alles wieder zum Guten wendet? Auf Namito vertrauen? Oder mit Pramendra gehen? Wohin? Er drängt schon die ganze Zeit, will nicht mehr warten, meint, er hat einen Plan, redet von Kalifornien. Aber will ich mit ihm leben? Kann ich mit ihm leben? Oder soll ich doch zurück nach Deutschland, neue Kraft tanken? Meine Eltern würden mich sicher wieder aufnehmen, hoffe ich zumindest.

Ich glaube, ich werde mein Leben ein letztes Mal in seine Hände legen: Wenn Bhagwan bleibt, werde ich auch bleiben, wenn er geht, gehe ich auch.

Rajneeshpuram, 14.11.1985

Heute Nachmittag ist er geflogen. Es war die letzte große Show, aufgezogen mit viel Tamtam. Ein irrer Mix aus Rolls-Royce-Parade, Karnevalsumzug und Militärmarsch. Bhagwan selbst strahlte wie immer eine sorglose Freundlichkeit aus. Nichts an seinem Gebaren deutete darauf hin, dass er die Situation für ungewöhnlich hielt, dass in diesem Moment etwas zu Ende ging, an dem wir über vier Jahre lang hart gearbeitet hatten. Als er die Gangway hinaufgegangen war, drehte er sich noch einmal um, strahlte uns an und machte das Victory-Zeichen. Dann verschwand er in der Maschine, und die verschwand Minuten später in den Wolken.

Bei vielen, die um mich herumstanden, konnte ich die Angst regelrecht spüren, ausgelöst durch die unbeantwortete Frage: Was passiert jetzt hier? Ich war innerlich leer, als er weg war, und ich war beschämt, als ich daran dachte, was am Ende von dem großen Traum übrig bleiben würde.

Aber das Schwerste stand mir noch bevor. Ich musste Namito sagen, dass ich gehe. Irgendwie habe ich das Gefühl, wir werden uns nicht wiedersehen. Er hat nicht viel gesagt, hat mich nur lange umarmt, aber ich konnte in seinen Augen lesen, dass er sich verraten fühlt.

Ich habe alles gepackt. Viel ist es nicht, was ich besitze. Mein Rucksack ist nicht einmal ganz voll. Pramendra will in der Dunkelheit über die Hügel gehen. Das sei sicherer, meint er. Ich habe meine wärmsten Sachen angezogen. Es wird bestimmt schweinekalt.

15.

Zita fuhr viel zu schnell. Aber sie wollte unbedingt dort sein, bevor die ganze Aktion gelaufen war. Dabei wusste sie nicht einmal, was genau sich in Unterwilzingen abspielte. Da war nur die Nachricht von Daimler auf ihrem Handy gewesen: »Falls du heute wieder fit sein solltest, komm lieber gleich zu unserem lauschigen Plätzchen im Grünen. Es gibt ’ne Menge Arbeit.« Hatte sich eine neue Spur ergeben, während sie gestern auf eigene Faust unterwegs gewesen war? War sie auf dem völlig falschen Dampfer gelandet? Hatte es gar nichts zu bedeuten, dass Roger Helms eine orangerote Vergangenheit hatte, von der er nichts mehr wissen wollte?

Sie hatte verpennt. Weil sie sich wieder mal die halbe Nacht um die Ohren geschlagen hatte, um diesen Sannyasin-Kram zu kapieren. Das nervte sie gewaltig; eigentlich hatte sie von dem Volk so langsam die Nase gestrichen voll. Sie war schon hundemüde gewesen, als sie spät am Abend nach Hause gekommen war. Die vielen Stunden auf der Straße und die Hitze hatten sie mürbe gemacht. Aber das Foto aus Rajneeshpuram ließ ihr keine Ruhe. Sie war sich sicher, dass Roger Helms sie angelogen hatte. Seine Augen hatten etwas völlig anderes gesagt. Die Frau, Amrati, war ihm ganz sicher nicht gleichgültig gewesen, dafür hätte Zita ihre Hand ins Feuer gelegt.

Sie hatte sich vor ihren Laptop gesetzt, im Internet nach Erinnerungen von Sannyasins an die Zeit in Rajneeshpuram gestöbert und sich eine Doku nach der anderen über die Kommune in Oregon angesehen. Irgendwann waren ihr dann die Augen zugefallen.

Am Schluss muss es die Hölle gewesen sein, dachte sie, als sie bei Ehingen auf die Landstraße abbog, die ins Lautertal führte. Die Perversion der ursprünglichen Ziele. Sie kam einfach nicht dahinter, wie das passieren konnte, ausgerechnet Leuten, die sich zuvor abgekämpft hatten, ihr Ego zu rasieren, so gut es ging. Vielleicht lag es daran, dass es letztlich die größte Ego-Schmeichelei war, die man sich überhaupt vorstellen konnte: zu den Auserwählten gehören zu dürfen, die in Rajneeshpuram den neuen Menschen erschaffen sollten. Das hat vermutlich einigen nicht gutgetan, dachte Zita.

Aber möglicherweise war das gerade Bhagwans Absicht gewesen, wie manche mutmaßten: Den Leuten zu zeigen, wie sie wirklich tickten, ihnen klarzumachen, dass jeder eine Sheela oder gar einen Hitler in sich drin hat und dass man nicht genug aufpassen kann, um dieser dunklen Seite keinen Raum zu geben, in dem sie sich entfalten kann. Das wäre ein perfider, unmoralischer, aber lehrreicher Plan des Weißbarts gewesen.

Aber vielleicht war das auch alles Quark. Zita hatte keine Lust mehr, darüber nachzudenken. So viel Mystizismus kapierte sie einfach nicht. Fakt war, dass es immer noch weiterging, dass es Menschen gab, und nicht zu knapp, die Osho nach wie vor verehrten, egal was damals passiert war. Einige von ihnen sitzen dort unten, dachte sie, als sie, viel zu schnell, über die Hügelkuppe schoss, hinter der die Häuser des Dorfs und das Sarjana lagen.

Beinahe hätte sie das Auto übersehen, das linker Hand, etwas abgesetzt von der Straße, auf einem Feldweg parkte – und den dickleibigen Mann, der an die Kühlerhaube gelehnt dastand und in die Talmulde hinunterblickte. Zita trat auf die Bremse. Sie kannte das Auto, den metallicblau glänzenden Audi, in dessen Kofferraum man vermutlich ihren Fiesta transportieren könnte. Und sie kannte den Mann. Es war ihr Chef.

Sie setzte mitten auf der Straße zurück, bog auf den Feldweg ein und sah, dass Vorberg einen Feldstecher ansetzte. Allein schon die Tatsache, dass er hier draußen war, schien ihr bemerkenswert. Dass er oben auf dem Grat stand und offenbar auf irgendetwas wartete, wie ein alter, fetter Geier, konnte sie überhaupt nicht einordnen. Er war wirklich komisch geworden in den letzten Wochen.

»Morgen«, sagte sie, als sie auf ihn zuging.

Er blickte hinauf in den Himmel.

Ja, ich weiß, der Morgen ist schon halb vorbei, dachte Zita. Aber ich habe wahrscheinlich doppelt so viele Stunden gearbeitet in letzter Zeit wie du.

»Morgen, Frau Gehring«, murmelte er.

Er sah nicht gut aus. Eingefallen. Trotz seiner vielen überschüssigen Pfunde wirkte er wie eine halbe Portion, als wäre er am Schwinden.

»Was ist denn da unten los?«

Zita sah, dass es beim Schindler-Hof und im Sarjana zuging wie in einem Ameisenhaufen. Menschen, überwiegend in Uniformen, wuselten hin und her, zogen Absperrbänder um den Hof und sammelten sich auf dem Platz vor den Sannyasin-Gebäuden. Auf dem Parkplatz und entlang der Schotterstraße stand ein Polizeiauto hinter dem anderen, und direkt vor dem Bauernhof parkten zwei Rettungsfahrzeuge. Die Sannyasins standen in einer Gruppe vor ihrem Laden und wirkten verschüchtert, soweit Zita das von oben erkennen konnte. Sie kniff die Augen zusammen, was nicht allzu viel brachte.

»Rowena Dennbrink verlässt den Ort des Geschehens«, sagte Vorberg matt, »und gleichzeitig bringt man die Leiche des alten Bauern weg. Er ist offenbar heute Nacht gestorben.«

»Was? Auf einmal? Woran?«

»Das wird noch untersucht. Wir haben es erst vor einer Stunde oder so erfahren.«

»Hat Alfons Schindler was damit zu tun? Was sagt er dazu?«

Konrad Vorberg zuckte nur die Achseln.

Zita streckte die Hand aus. Vorberg zögerte, dann reichte er ihr den Feldstecher.

Sie sah Daimler aus dem Bauernhaus kommen und mit einem der uniformierten Polizisten reden. Dann schwenkte sie das Glas rüber zum Sarjana, wo Namito in eine wilde Diskussion mit einem gut genährten Anzugträger und einer auf stelzenartigen Schuhen stehenden Frau verstrickt war. Die Frau stach mit spitzen Fingern auf die Luft vor Namito ein. Der Mann, der sich in die Brust warf wie ein Gorilla, kam Zita vage bekannt vor. Hinter ihm standen mit verschränkten Armen Horst Hektor und Staatsanwalt René Anheit. Zwei weitere Männer hielten Rowena Dennbrink fest, die offenbar kurz vor einem Zusammenbruch stand, während zwei, drei Polizisten die Hände nach Namito ausstreckten und ihn jetzt zur Seite drängten. Sieh an, der sanfte Namito, dachte Zita, jetzt würde er am liebsten dem Dicken an die Gurgel gehen, wenn man ihn denn ließe. Die Anklagen, die er ausstieß, konnte man bis hier oben hören. Auch wenn man nicht genau verstand, was er sagte – dass es keine Nettigkeiten waren, stand außer Frage.

»Was soll das denn auf einmal?«, fragte Zita Vorberg, während sie beobachtete, wie man Rowena, die schrie und zappelte und kaum zu bändigen war, vom Sarjana weg zu einem schwarzen Mercedes brachte. Namito wurde jetzt von vier Polizisten festgehalten; seine Leute standen nur da und glotzten wie Schafe.

Vorberg seufzte. »Rowena Dennbrink ist selbstmordgefährdet. Es gibt Gutachten, die das bestätigen. Im Moment muss man wohl auch ihre Geschäftsfähigkeit in Frage stellen. Ihre Eltern sind in großer Sorge. Sie haben nur den einen Wunsch: sie in Sicherheit zu wissen.«

Zita sah ihn verblüfft an. Seine graue Gesichtsfarbe setzte sich unangenehm deutlich gegen den tiefblauen Himmel hinter ihm ab. Gleich kippt er um, dachte Zita. Vorberg schien um viel zu viele Jahre gealtert zu sein … seit damals. Ein Bild schob sich in ihre Wahrnehmung, von irgendeiner Ehrung oder einem Empfang, das wusste sie nicht mehr genau, aber sie sah Vorberg und den dicken Gorilla beieinanderstehen, scherzen und herzhaft lachen. Klar, Dennbrink, der Name war ihr gleich bekannt vorgekommen, Arthur Dennbrink, irgendein hohes Tier bei der Justiz.

»Ach was, ausgerechnet jetzt«, giftete sie Vorberg an, »das stinkt doch zum Himmel. Das hat der alte Dennbrink doch sicher mit seinen Kontakten eingefädelt. Was ist der nochmal? Ein wichtiger Macker am Oberlandesgericht, stimmt's? Kommt wohl nicht so gut in seinen Kreisen, wenn man 'ne Sannyasin-Braut als Tochter hat?«

»Halten Sie sich da raus, Frau Gehring.« Es klang nicht sonderlich nachdrücklich in Zitas Ohren, eher besorgt, irgendwie ängstlich.

»Ach so, verstehe, Herr Vorberg, Sie haben da auch mitgemischt.« Zita stieß wütend den Fuß in die trockene Erde vor sich. »Haben Sie sich mal überlegt, dass das kleine Fräulein Dennbrink für uns ziemlich wichtig sein könnte? Immerhin strampeln wir uns hier ab, um einen Todesfall aufzuklären, falls Sie das vergessen haben sollten.«

Er streckte sich, versuchte, wieder zum alten Vorberg zu werden. »Jetzt halten Sie mal die Luft an, Gehring. Ich bin immer noch Ihr Chef, ist das klar? Das alles ist mir durchaus bewusst. Rowena kann ja jederzeit woanders befragt werden, wenn dies nötig sein sollte. Die Dennbrink-Sache behindert hier gar nichts, im Gegenteil, Sie können jetzt in die Vollen gehen.«

Er zeigte nach unten, wo die uniformierten Polizisten begonnen hatten, das Gelände und die Gebäude der Sannyasins abzusuchen. Hektor gab Anweisungen.

»Ich wollte eigentlich, dass die Geschichte mit Rowena ganz in Ruhe abläuft«, meinte Vorberg sinnierend. Er schien erneut zusammenzufallen, sein kurzes Aufbäumen war schon wieder vorbei. Was ist nur mit dem Mann los?, dachte Zita.

Er sah sie an. »Ich wollte damit noch ein paar Stunden warten, mit dem ganzen Zirkus, aber dann kam heute Morgen die Nachricht vom Tod des alten Schindler, und Hektor drängte darauf, gleich das volle Programm zu fahren, wenn wir schon vor Ort gehen müssen.«

»Und Sie waren zu schwach, sich durchzusetzen.« Zita meinte es nicht böse, eher bedauernd. Fast hätte sie

Vorberg, der sie um einen Kopf überragte, die Hand auf die Schulter gelegt, um ihn zu trösten.

Er atmete tief durch. »Was Dennbrink anbelangt … ich hatte meine Gründe, so zu verfahren«, sagte er matt.

»Und die wären?«

Er drehte sich halb weg, machte eine vage, abwinkende Handbewegung.

Zita spürte, wie der Zorn in ihr hochkroch. Ich hab langsam wirklich die Schnauze voll von alten Männern und ihren Geheimnissen, die sie nicht preisgeben wollen, dachte sie.

»Ich muss los«, sagte Vorberg.

Zita nickte nur und drückte ihm den Feldstecher in die Hand.

»Halten Sie mich auf dem Laufenden. Ich muss die Pressekonferenz vorbereiten, die für heute Nachmittag angesetzt ist. Es wird ganz schön abgehen, wenn wir der Medienmeute sagen, dass wir vermuten, dass der Tod von Sylvie Wilke im Zusammenhang mit der Sannyasin-Gemeinschaft steht.«

Ja, dachte Zita, da werden sie wieder alles ausgraben von damals, das Sex-Guru-Zeug, die ganzen Geschichten, und sie werden all das so bunt und grell anpinseln, wie's nur geht. Sie warf einen letzten Blick nach unten, bevor sie ins Auto stieg. Spätestens morgen würde hier alles wimmeln von Kameras und Mikrofonen. Da konnten sie sich auf was gefasst machen.

Zita musste ganz vorne an der Straße parken. Das hellgrüne T-Shirt, das sie trug, klebte an ihrem Rücken, als sie an dem Maisfeld entlang zum Schindler-Hof und zum Sarjana marschierte. Vorne unter den Brüsten hatte sich ein dunkler Fleck gebildet. Sie strich mit den Fingerspitzen über die feuchte Stelle und musste an Lars denken, der verloren bei ihrem Auto gestanden hatte, als sie heute Morgen aus dem Haus gehetzt kam. Sie war sich sicher, das Richtige getan zu haben, auch wenn alles ziemlich schnell gegangen war, auch wenn die Anspannung, unter der sie stand, es ihr schwer gemacht hatte, sich auf ihn zu konzentrieren. Aber viel hatte es aus ihrer Sicht ohnehin nicht mehr zu sagen gegeben.

Zuerst hatte er rumgenölt und sich beschwert, dass Zita nie ans Handy gehe, dass sie seine Nachrichten nicht beantworte und seine Kontaktversuche ignoriere. Dann hatte er den Arm ausgestreckt und ihr ungeschickt die Hand auf die Schulter gelegt, und Zita hatte gesehen, dass es in seinen Augen glitzerte.

»Ach Zita, ich will mich nicht mit dir streiten. Ich brauche dich, wirklich, das ist mir in den letzten Tagen total bewusst geworden.«

Er sah schlimm aus, fand Zita. Zerknautschtes Gesicht, zerknitterter Anzug. Und er hatte eine Fahne.

Zita wollte nicht gebraucht werden, sie wollte geliebt werden, und zwar so, wie sie war, und nicht anders. Lars war damit überfordert, zumindest auf lange Sicht, da war sie sich mittlerweile sicher. Und noch etwas wurde ihr klar, als er vor ihr stand: Sie liebte ihn nicht.

Sie sah ihn an und trat einen halben Schritt zurück. Tief drinnen hatte sie es spätestens in dieser tiefdunklen Nacht begriffen, nachdem Schindler versucht hatte, sie zu vergewaltigen. Wie substanzlos musste eine Beziehung sein, wenn man sich nach einem so verstörenden Erlebnis nicht dazu durchringen konnte, einfach zu dem anderen zu gehen, sich in seine Arme zu schmiegen und sich von ihm trösten zu lassen. Aber Lars war zu weit weg gewesen. Und er würde ihr nie wieder nahekommen.

In seinem halb verfallenen Zustand heute Morgen hatte er trotz allem etwas in ihr angerührt. Zita war sich nicht sicher, es mochte so etwas wie Mitleid sein, das sich bemerkbar machte. Sie hatte die Regung beiseitegeschoben. Sie konnte sich nicht überwinden, ihn in den Arm zu nehmen. Vielleicht sollte ich ihn zu meiner Mutter schicken, dachte sie böse. Die würde ihn mit Freuden wieder aufpäppeln.

Fang jetzt bloß nicht an, hier nutzlos rumzuzicken, hatte sie sich selbst gescholten. Du siehst doch, dass er leidet. Mach's kurz und schmerzlos. Und das hatte sie dann auch getan.

Sie schüttelte die Erinnerung ab, als sie beim Bauernhof ankam. Zwei Polizisten führten gerade Alfons Schindler in Handschellen aus dem Haus. Bei seinem Anblick zog sich ihr Magen zusammen, und sie wich unwillkürlich ein paar Schritte zurück. Schindler sah sie nicht an, blickte ins Leere, als er in den Polizeibus geschoben wurde.

Dann trat Daimler aus dem Haus. Sein Gesicht hellte sich auf, als er Zita sah.

»Hey, na, wie geht's? Keine Sorge, du hast lange genug gewartet, wir haben die Drecksarbeit schon erledigt.«

Zita riskierte ein Lächeln. »Gut zu wissen. Aber nur, falls du dem Irrglauben anhängen solltest, ich wäre faul gewesen: Ich bringe Neuigkeiten von unserem Sonnyboy Roger Helms. Ob du's glaubst oder nicht: Der Gute hieß mal Pramendra und saß zu Füßen von Meister Bhagwan.«

Sie erzählte Daimler in aller Kürze, was sie tags zuvor herausgefunden hatte.

»Was ist mit ihm?«, fragte sie dann und machte eine Kopfbewegung in Richtung Schindler.

Daimler zuckte mit den Achseln. »Es ist wie immer: Er sagt nichts, hat 'nen Haufen Alk intus. Wir nehmen ihn einfach mal mit. Vielleicht fällt ihm ja ein, was gestern Nacht passiert ist, wenn er nüchtern ist.«

»Meinst du, er war's?«

»Schwer zu sagen. Der Arzt meint, so wie Xaver Schindler beieinander war, konnte er jederzeit friedlich ins Nirwana eingehen. Andererseits dürfte es auch ziemlich einfach gewesen sein, ein bisschen nachzuhelfen.«

Zita spürte, wie sich ein Kloß in ihrem Hals bilden wollte. Sie hätte Schindler am liebsten vollständig aus ihrem Gedächtnis gestrichen, doch es würde ihr wohl nichts anderes übrig bleiben, als mit dem Staatsanwalt über das zu reden, was Samstagnacht in der schmierigen Küche seines ekelhaften Hauses passiert war. Es konnte mitentscheidend für die Frage sein, ob Anklage gegen ihn erhoben wurde.

»Jedenfalls saß der junge Schindler heute Morgen vor sich hinstierend bei seinem leblosen Vater im Zimmer«, fuhr Daimler fort. »Die arme Rosi hat die beiden so gefunden.«

Er zeigte mit der rechten Hand Richtung Lauter. Zita sah ein paar Meter entfernt bei einem Holzstapel Rosi Dom stehen, mit roten, verweinten Augen. Prem Pantha hielt sie in den Armen, flüsterte ihr etwas zu und strich ihr tröstend über die Haare. Die beiden wirkten vertraut. Zita brauchte ihre Phantasie nicht allzu sehr zu bemühen, um sich plötzlich gut vorstellen zu können, was der eigentliche Grund für Prems nächtliche Exkursionen gewesen war. Unwichtig, sagte sie sich, und legte den rechten Zeigefinger für einen lockeren Gruß an eine imaginäre Mütze auf ihrem Kopf, als Prem kurz zu ihr hersah. Doch als sie an den beiden vorbei den Weg hinunter zum Sarjana einschlug, spürte sie, dass ihr Gang schon einmal sicherer gewesen war.

Überall waren Polizisten zugange, schauten hinter Türen und inspizierten alle Ecken in den Gebäuden und im Freien. Beamte transportierten Bücher, Ordner und Laptops ab. Als Zita einen Blick in die Scheune warf, sah sie zwei Techniker von der Spurensicherung in Schutzanzügen, die sich an der großen Holztreppe zu schaffen machten.

Am Tisch vor dem Haus saß Namito und hatte den Kopf in den Händen vergraben. Fast tat er ihr leid. Hektor turnte vor ihm herum. Er sah kurz auf, als Zita kam, nickte ihr zu und fuhr dann fort, Namito zuzusetzen: »Wenn wir hier auch nur das geringste Verdachtsmoment finden, dann nageln wir Sie fest, das schwöre ich Ihnen. Und wir werden etwas finden, ganz sicher. Sie sind am Ende, Thalmann.« Er wendete sich ab und stapfte davon.

Zita sah ihm hinterher. Es war offensichtlich, dass ihn das Jagdfieber in den Klauen hatte. Nach dem, was Jenny Nies gesagt hat, wollte ich eigentlich Frieden mit ihm schließen, dachte sie. Aber so einfach ist es nicht.

Allerdings hatte er recht. Namito war wirklich am Ende. Er sah auf, und seine Augen lagen tief in ihren Höhlen. Er sah Zita an, erhob sich mühsam und rang die Hände: »Sie wird sich etwas antun ohne mich.«

Vielleicht liegt ihm wirklich etwas an ihr, dachte Zita, vielleicht hat er aber auch nur Schiss, dass sie ihn verrät, wenn er sie nicht mehr kontrollieren kann. »Man wird auf sie aufpassen«, sagte sie ruhig, aber irgendwie glaubte sie das selbst nicht.

»Was haben Sie gemacht, als es zu Ende war in Rajneeshpuram, als Ihr Guru plötzlich weg war?«, fragte sie unvermittelt.

Er sah sie verständnislos an.

Schließlich antwortete er langsam und stockend: »Nichts, wir haben einfach alles abgewickelt, so gut es ging. Wir haben viel diskutiert in der ersten Zeit und haben dann gemerkt, dass die Ranch nicht mehr zu halten war ohne Osho. Er wollte es auch nicht, hat nach ein paar Wochen die Direktive rausgegeben, dass wir die Sache zu Ende bringen sollen. Klar, viele waren sauer, aber das legte sich. Jeder hat sein Leben weitergelebt. Ich ging zurück nach Deutschland, hab's probiert mit einer bürgerlichen Existenz, aber das war ein Trugschluss, geboren aus der ersten Enttäuschung heraus.«

»Irgend 'ne Ahnung, was aus Pramendra geworden ist?«

Sie hatte das Gefühl, dass er bei dem Namen zusammenzuckte, doch er sah sie nicht an, schüttelte nur leicht den Kopf.

»Wer war Amrati?«, fragte sie und hielt ihm das Foto vom Weltfestival 1982 hin. »Und sagen Sie jetzt bloß nicht, dass sie nur irgendeine Sannyasin-Braut war.«

Jetzt sah er auf, doch er schien durch sie hindurchzublicken, schien irgendetwas in weiter Ferne zu sehen.

»Amrati. Wenn die Zeit damals ein glitzernder Nachthimmel war, dann war sie der hellste, leuchtendste Stern am Firmament. Zumindest für mich.«

Er wendete sich ab und ließ Zita stehen.

»Aber ich habe sie verloren«, sagte er noch und ging schleppend zum Fluss hinunter.

»Es gibt einige, die eine Menge Geld in den Sand gesetzt haben.«

»Sie auch?«

»Ja, ich auch, leider.«

»Ich habe gehört, dass das vielen Sannyasins letztlich egal sein soll, Hauptsache, die Bewusstheit stimmt.«

»Na, das sehe ich ganz und gar nicht so.«

Zita versuchte, nicht mehr zuzuhören, wie Hektor sich im Nebenraum mit dem gelackten Anzugträger unterhielt. Der Typ war Anwalt und Ex-Sannyasin und vertrat offenbar als eine Art Sprecher die Interessen derjenigen Kommunemitglieder, die nach der erzwungenen Veräußerung des Sarjana 1 plötzlich ohne ihre Einlagen dagestanden waren. Hektor hatte seine Adresse in den Unterlagen entdeckt, die sie heute Morgen in Namitos Haus eingesammelt hatten, und eine knappe Stunde nach seinem Anruf war der Typ bereits im Dezernat auf der Matte gestanden, forsch bis in die in Gel eingelegten Haarspitzen.

»Im Übrigen ist es mit der Bewusstheit auf diesem heruntergekommenen Bauernhof, wo Namito mit seiner Restetruppe haust, auch nicht mehr weit her, wie Sie wahrscheinlich selbst bemerkt haben«, sagte er jetzt. »Die, die immer noch dabei sind und auf ihn hören, denen kann man wirklich nicht mehr helfen. Und außerdem: Wenn einer aus reiner Blödheit einen Haufen Geld verbrennt, das ihm eigentlich gar nicht gehört, wird's Zeit, dass er seine Grenzen kennenlernt. Deshalb geben wir auch nicht nach. Wir klagen, und es wird Prozesse geben.«

»Wie hoch sind denn Ihre Forderungen genau?«, hörte sie Hektor fragen.

Das bringt doch alles nichts, dachte Zita. Dass es finanzielle Schwierigkeiten im Sarjana gibt, dass Namito knapp bei Kasse ist, das wissen wir doch längst. Aber der geschniegelte Typ, von dem man niemals denken würde, dass er vor Kurzem noch einer spirituellen Vereinigung angehört hatte, konnte ihnen auch nicht sagen, ob das etwas mit dem Tod von Sylvie Wilke zu tun hatte – und wenn ja, was. Nach allem, was sie über die Frau wussten, war sie nicht nur nicht reich gewesen, sie hatte buchstäblich nichts besessen. Was also hätte es für einen Sinn gehabt, sie umzubringen? An welches Vermögen hätte man damit kommen sollen?

Zita hatte das sichere Gefühl, dass Roger Helms den Schlüssel hatte, den sie brauchten, um den Fall zu lösen. Möglicherweise war er sogar selbst der Schlüssel. Aber Helms war verschwunden, spurlos.

Hektor hatte sich ziemlich echauffiert, als Zita erzählte, dass sie Roger Helms gestern Abend noch einen Besuch abgestattet hatte. Ihr Argument, dass sie ihn mit seiner geheim gehaltenen Vergangenheit konfrontieren wollte, um eine Reaktion aus ihm herauszukitzeln, hatte er nicht gelten lassen.

»Sie haben ihn praktisch gewarnt, Frau Gehring, herzlichen Dank«, hatte Hektor getobt, »das war doch klar, dass er dann abtaucht.«

Zita wusste nicht, wieso das hätte klar sein sollen, und versuchte, sich zu verteidigen. Daimler beruhigte die aufgeladene Situation: »Wahrscheinlich wäre Helms' Reaktion nicht anders ausgefallen, wenn wir ihn heute protokollgemäß befragt hätten. Wenigstens wissen wir jetzt, dass er nicht sauber ist, sonst hätte er sich kaum dünnegemacht. Aber den haben wir bald, keine Sorge.«

Fakt war, dass er weg war, mitsamt seinem gelben Porsche, der tatsächlich nicht schwer zu finden sein dürfte, dachte Zita. Sheryl hatte den Starnberger Kollegen, die der Villa um die Mittagszeit einen Besuch abgestattet hatten, gesagt, dass sie ihren Lover seit dem Vorabend nicht mehr gesehen habe und dass sie sich große Sorgen mache. Denn kommentarlos einfach zu verschwinden sei sonst gar nicht seine Art. Die Kollegen berichteten, dass die Frau offenbar tatsächlich nicht den Hauch einer Ahnung hatte, wo Helms hin war oder was er vorhatte. Das wiederum erstaunte weder Daimler noch Zita.

Rowena Dennbrink fühlte sich benommen, als sie aus dem künstlich herbeigeführten Schlaf auftauchte. Es fiel ihr schwer, die Augenlider zu heben. Sie erinnerte sich flüchtig daran, dass ihr jemand eine Spritze gesetzt hatte, während starke Arme sie festhielten. Sie erinnerte sich an die Stimme ihres Vaters. Hatte er es befohlen? Für einen Moment, während ihre Finger über frisch gewaschene, blütenweiße Bettwäsche strichen, fühlte sie sich zurückversetzt in ihre Kindheit und dachte daran, wie oft sie so dagelegen und sich umsonst gewünscht hatte, diese Stimme zu hören.

Rowena richtete sich mühsam auf. Sie war tatsächlich in ihrem Mädchenzimmer, einem viel zu großen Raum für ein Kind, zumindest für eines in der Art von Rowena. Sie blickte sich um. Ja, sie hatte sich immer nur in der einen Ecke des Zimmers aufgehalten, in der die Schlafcouch stand. Dorthin hatte sie alles geschleppt, was ihr wichtig war, also eigentlich nur ihre Zeichensachen und ihre Stofftiere, dort war sie auch oft eingeschlafen. Den Rest des Riesenraumes hatte sie praktisch nicht bewohnt.

Der Geschmack in ihrem Mund war hässlich. Sie griff zu der Flasche Wasser, die neben dem Bett stand, und nahm einen langen Schluck. Ihr Blick fiel auf die Schachtel Diazepam und das Röhrchen Phenobarbital, die auf dem Nachttisch lagen. Es war für alles gesorgt. Das war bestimmt Theklas Werk. Ihre Schwester wusste, was sie brauchte. Sie hatte schon immer gern die kompetente Betreuerin gespielt, seit sie Rowena mit 15, 16 endgültig in allem überholt hatte, gnädig und von oben herab, wie bei allem, was sie tat.

Rowena registrierte, wie ihre Gedanken rasten, vom Hier und Jetzt in die Vergangenheit und von dort über alle möglichen Umwege ins Sarjana, dem einzigen Ort, wo sie überhaupt noch atmen konnte. Sie begriff nicht recht, was ihre Eltern plötzlich dazu getrieben hatte, sie mit dermaßen kalter Arroganz aus ihrer letzten Zufluchtsstätte zu zerren, aber sie versuchte, sich an dem Gedanken festzuklammern, dass sie zurückmusste. Zurück zu Namito, dachte sie verwirrt.

Dann sah sie die Bilder wieder klarer vor sich: ihr Vater, ihre Mutter, in niederträchtiger Gemeinsamkeit, auf Krawall gebürstet, das Geschrei, die Anwälte, der Arzt, die Polizisten, diese geballte Gewalt, die sie ausstrahlten. Sie wollte gar nicht daran denken, was jetzt noch alles passierte im Sarjana, was dort alles in die Brüche ging. Und das alles nur wegen mir, dachte sie verzweifelt.

Ihre Hand streckte sich fast automatisch nach den Tabletten. Es war so verlockend, zuzugreifen, all das zu dämpfen, was, kaum dass sie wach war, wieder versuchte, sich zu sammeln und um sie herumzukriechen. All diese Ängste, die sie schon ihr ganzes Leben lang kannte, die ihr auf schreckliche Weise vertraut waren und die ihr doch immer so fremd geblieben waren, als kämen sie aus der eiskalten Atmosphäre eines anderen Planeten.

Doch dann zuckte sie zurück, als hätte eine Schlange sie gebissen. Sie durfte dem Drang jetzt nicht nachgeben, sie musste zurück, sie konnte hier nicht bleiben. Sei einmal nicht schwach, ermahnte Rowena sich.

Sie stand auf und sah hinunter auf ihre nackten, blassen Füße. Schwankte sie oder war es das Zimmer, das schwankte? Mit aller Konzentration, die sie aufbringen konnte, setzte sie einen Fuß vor den anderen. Bis zur Tür schien es eine endlos weite Reise zu sein. Nach ein paar Schritten hielt sie sich am Regal fest, in das ihre Mutter offenbar wahllos alle Bücher hineingestopft hatte, die zurückgeblieben waren, als Rowena, kaum zwanzigjährig, sich eine eigene kleine Wohnung genommen hatte. Was das Gefühl anbelangte, völlig allein auf dieser Welt zu sein, hatte es überhaupt keinen Unterschied bedeutet, doch dort war sie in ihrer Einsamkeit wenigstens unbeobachtet, unkontrolliert und von Besserwisserei verschont gewesen. Das Wissen, nie behütet und umsorgt worden zu sein, obwohl sie sich immer am Rand des Zusammenbruchs bewegt hatte, schmerzte so weniger. Zumindest konnte sie sich das einbilden.

Neben einer abgegriffenen Dalí-Biographie stand ein Pferdebuch aus ihrer Kindheit, das sie nie gelesen hatte. Sie hatte Pferde immer gehasst. Zu groß, zu schwer. Ihre erste und einzige Reitstunde war ein Desaster gewesen.

Thekla dagegen hatte immer so getan, als wäre sie auf dem Rücken eines dieser Viecher geboren worden.

Der zweite Abschnitt bis zur Tür gelang schon besser. Die Beine gehorchten ihr langsam wieder. Im Kopf blieb es wattig. Rowena wusste, dass es Sommer war, dass es draußen heiß war; das Licht, das durch das große Fenster fiel, sagte ihr, dass es heller Nachmittag war. Und doch konnte sie nicht anders, als zu frösteln.

Sie war erstaunt. Die Tür war, anders als bei früheren Situationen dieser Art, nicht abgeschlossen worden. Sie mussten sich sehr sicher fühlen. Gut, sie war schwach, vielleicht schwächer, als sie je gewesen war – abgesehen von ihren dunkelsten Zeiten in der Psychiatrie –, aber sie war nicht dumm.

Rowena hörte die Stimmen von unten, sie kannte sie seit ihrer frühesten Kindheit. Ihre Mutter und Thekla, die alte, untrennbare Gemeinschaft der wahren Dennbrink-Frauen, die ihre Macht genossen. Von ihrem Vater war nichts zu hören. Sicher war er längst wieder weg, um wichtige Dinge zu erledigen. So war es immer gewesen. Nie war er zur Stelle gewesen, um den beiden in die Parade zu fahren.

Sie konnte die Worte ihrer Mutter und ihrer Schwester nicht verstehen, aber sie erfasste instinktiv, was sie sagten. Nein, nicht instinktiv. Was sie wusste, basierte auf Erfahrung. Die starken Frauen, die immer alles richtig machten, die sich trauten, die Dinge anzugehen, die sich nicht einschüchtern ließen, berieten wieder einmal, wie man die schwächliche Rowena … nein, nicht schützen und behüten, wie man sie am besten aus dem Verkehr ziehen und ruhigstellen könnte, damit es möglichst gar nicht auffiel, dass sie existierte. Rowena wusste, dass genau dies im Grunde ihr eigener, innigster Wunsch war, und doch hatte sie sich ihr Leben lang verzweifelt danach gesehnt, anders behandelt zu werden, um so den Fluch vielleicht abschütteln zu können. Erst bei Namito hatte sie eine Zeitlang das Gefühl gehabt, sie könne ihrem Wesen erlauben, sich ein wenig auszubreiten.

Jetzt erinnerte sie sich wieder, wie ihre Mutter im Auto auf sie eingeredet hatte, nachdem sie in einer Staubwolke das Sarjana hinter sich gelassen hatten. »Beruhige dich, Rowena, so beruhige dich doch endlich. Wir haben ja nicht wirklich daran geglaubt, dass du … dass du wieder Hand an dich legen würdest«, hatte sie gesagt, »wir hatten einfach Angst um dich wegen dieser Leute. Schon immer. Und jetzt kam auch noch diese tote Frau dazu. Dein Vater war außer sich. Wir hatten unglaubliche Angst, dass du die Nächste sein könntest.«

Trotz ihres Schmerzes hätte Rowena am liebsten laut aufgelacht. Wenn ihre Mutter nur wüsste …

Doch sie wusste gar nichts, auch nicht, dass es überhaupt nicht abwegig war, dass Rowena diesmal wirklich alles beendete. Sie hatte sehr oft daran gedacht in letzter Zeit, und es hatte Tage gegeben, in denen sie näher daran war, es ernsthaft zu tun, als jemals zuvor. Wer hatte denn noch etwas von ihrem verpfuschten Leben? Sie selbst bestimmt nicht. Im Grunde hatte sie nur wegen Namito weitergemacht, oder nicht? Weil sie glaubte, es ihm schuldig zu sein. Doch vielleicht war sie ihm nur eins schuldig: nicht zu gehen, ohne ihm Lebwohl zu sagen.

Rowena strengte sich an, klar zu denken. Bald würden sie heraufkommen und alles aus ihr herauspressen, so wie immer, mit falsch lächelnden Gesichtern, mit wächsernen Grimassen, aber mit Feuerzangen. Doch eines stand für Rowena fest. Egal, ob und wie ihr Leben noch weiterging, egal, ob es noch einen Ausweg gab, egal, wem sie schlussendlich Rede und Antwort stehen musste. Ganz sicher wäre der letzte Mensch, dem sie erzählen würde, was passiert war, ihre Mutter.

Zita blickte über den Schreibtisch zu Daimler, der auf einem seiner Dartpfeile herumkaute. Sie sah die Schweißperlen auf seiner Stirn. Es ging auf vier Uhr zu, und die Hitze war mörderisch. Hinten in der Ecke auf dem Aktenregal stand zwar zwischen einer dürren Drachenpalme und einem halb vertrockneten Philodendron ein kleiner Ventilator, aber der brachte wenig Erleichterung. Zita hatte den Eindruck, dass er nicht mehr tat, als die warme Luft im Zimmer zu verteilen. Das Gewitter, auf das alle schon seit Tagen warteten, wollte einfach nicht kommen.

Daimler durchforstete auf seinem PC Dateien, die sie auf den Festplatten der Sarjana-Laptops gefunden hatten. Auch Zita hatte ihren Teil davon abbekommen, aber sie konnte sich nicht konzentrieren. Nicht, dass das Material es verdient hätte, das meiste war krudes Zeug, das sich mit dem erbarmungswürdigen Zustand der Welt, mit spirituellen Erfahrungen und mit möglichen Wegen zum Seelenheil auseinandersetzte.

Amrati blieb unsichtbar. Zita surfte durch sämtliche Sannyasin-Netzwerke, die sie im Internet finden konnte, in der Hoffnung auf einen Hinweis, auf irgendein Puzzleteil, das ihnen bisher fehlte und mit dessen Hilfe plötzlich auf mirakulöse Weise das ganze Bild, das verdunkelt vor ihren Augen lag, Farbe und Gestalt gewann. Aber sie fand nichts, was ihnen weiterhelfen konnte.

Verdammt, es gibt keine Wunder, dachte sie. Sie kam sich vor wie in einem Käfig, stand auf und fing an, im Dienstzimmer herumzulaufen. Das Bild, schoss es ihr durch den Kopf. Das war es, was sie unruhig machte. Das Bild, auf das sie im Atelier von Rowena Dennbrink gestoßen war. Sie musste dieses Bild nochmals sehen oder noch besser: aus Rowena herausquetschen, was sie dazu getrieben hatte, es zu malen. Wen es darstellen sollte. Egal, wie es der Frau ging, egal, wie schwach sie war, egal, in welchem Zustand sie sich befand. Es half alles nichts.

Sie verfluchte Vorberg und die blödsinnige Aktion, die er eingefädelt hatte. Vermutlich war Rowena jetzt, nachdem man sie heute Morgen wie ein Kälbchen am Seil aus dem Stall gezerrt hatte, noch weniger belastbar als ohnehin schon.

Sie setzte sich wieder an den Schreibtisch und griff zum Telefon. Die Geheimnummer von Dennbrinks hatte ihnen Vorberg immerhin zur Verfügung gestellt, »erst mal nur für den Notfall«, hatte er gesagt. Angesichts ihrer Unruhe und Unzufriedenheit fand Zita diese Einschätzung der aktuellen Situation nicht völlig unzutreffend.

Was sie am anderen Ende der Leitung hörte, nachdem sie sich knapp vorgestellt hatte, wischte endgültig alle Zweifel weg. Der Notfall war gerade eingetreten. Eine hysterische Cornelia Dennbrink kreischte so schrill ins Telefon, dass Zita zusammenzuckte, das Gesicht verzog und den Hörer von der Ohrmuschel weghielt.

»Sie ist weg! Rowena ist verschwunden, ich war gerade in ihrem Zimmer. Und der Mercedes ist auch nicht mehr da. Finden Sie sie. Sofort!«

Hektor stand schon neben ihr, als Zita den Hörer auflegte. Drüben im anderen Zimmer plapperte der Anwalt noch.

Sie sprang auf. »Die Dennbrink ist verschwunden.«

»Hab's gehört«, knurrte Hektor, ging zum Schrank und schloss das Abteil auf, in dem die Dienstwaffen hingen.

Zita gab in aller Eile die Fahndung nach dem Mercedes in Auftrag.

»Wer hält dagegen, dass sie auf dem Weg zu ihrem Namito ist, ohne den sie offenbar nicht leben kann?«, spöttelte Daimler.

»Es war absolut richtig von dem alten Dennbrink, sie in Sicherheit zu bringen vor ihm«, meinte Hektor verbissen, »und was macht das Schaf? Rennt wieder zurück zu diesem Typen.«

16.

Der Dienstwagen fegte über den Schotterweg auf den Schindler-Hof zu. Anstatt abzubremsen, gab Daimler nochmals Gas, als die Autos sichtbar wurden, die auf dem Platz parkten, der zum Sarjana hin abfiel. Vor dem schwarzen Mercedes der Dennbrinks stand ein gelber Porsche. Das hat nichts Gutes zu bedeuten, dachte Zita, die im Fond saß. Sie beugte sich nach vorn und ein schneller Blick auf die verkniffenen Gesichter ihrer Kollegen zeigte ihr, dass sie dasselbe empfanden. Daimler brachte den Wagen mit quietschenden Reifen zum Stehen. Genau in diesem Moment fiel ein Schuss und zerstörte die Idylle der vermeintlich lauschig daliegenden Talmulde.

Zita, Daimler und Hektor zogen ihre Waffen und rannten über die Wiese zu der Sannyasin-Behausung hinunter. Keiner sagte etwas. Ganz schön bescheuert, dachte Zita mit klopfendem Herzen. Wir haben überhaupt keine Deckung; falls hier jemand Lust hat weiterzuballern, kommen wir als Ziele wie gerufen.

Doch der Platz war wie ausgestorben. Nur Ruud Verdreijken lief vor der Scheune im Kreis herum wie ein kopfloses Huhn. Als sie ihn ansprachen, reagierte er nicht. Von den anderen Sannyasins war keiner zu sehen. Offenbar hatten sie das einzig Richtige getan und sich in Sicherheit gebracht, als der Schuss gefallen war.

Mit den Waffen im Anschlag betraten die drei Polizisten vorsichtig die Scheune. Die Hitze stand wie eine Betonwand in dem hölzernen Gebäude. Zitas Blick fiel auf eine Gestalt, die auf dem Boden lag, den Oberkörper halb an ein graumeliertes, abgewetztes Sofa gelehnt. Der

Mann röchelte, sein Bauch und sein Unterleib waren rot gefärbt, er lag in einer Blutlache, die sich immer mehr ausdehnte. Es war Roger Helms.

»So eine Scheiße«, sagte Daimler.

Hektor blickte sich um. »Bestimmt Thalmanns Werk. Weit kann er nicht sein.« Er wandte sich zum Ausgang. »Kümmern Sie sich um ihn, Frau Gehring. Claus, wir suchen weiter nach den anderen.«

Bevor Zita reagieren konnte, waren die beiden weg. Missmutig kniete sie sich neben den Verletzten, fischte ein mit Cordstoff überzogenes Kissen vom Sofa und drückte es auf die Wunde, in der Hoffnung, so die Blutung zu stoppen. Viel lieber hätte sie Namito verfolgt und Rowena Dennbrink gesucht. Der Schuss hatte Helms auf der linken Seite im Bauchbereich getroffen. Er stöhnte, öffnete die Augen, schien aber nicht ganz da zu sein.

Trotzdem sagte sie laut und deutlich: »Nur ruhig, es kommt alles wieder in Ordnung.« Sie fummelte ihr Handy aus der Hosentasche und rief die 110. Dann wischte sie dem Mann den Schweiß von der Stirn.

Die Blutlache breitete sich jetzt nicht mehr so schnell aus, war aber kurz davor, ein gebundenes Buch zu versauen, das neben Roger Helms lag.

Auf der aufgeschlagenen Seite stand:

Portland, 16.11.1985

Zita begann zu lesen.

....

Sitze allein in diesem kargen Motelzimmer in Portland und bin nur noch leer. Von allen Enttäuschungen der letzten Zeit ist Pramendra die größte. Oder vielleicht auch nur die, die das Fass endgültig zum Überlaufen gebracht hat, was weiß ich. Jedenfalls, als er mir gestern dieses ganze Geld gezeigt hat, diese drei Millionen Dollar in seinem blöden Rucksack, da bin ich ausgerastet. Ich hab ihn nur noch angeschrien, hab herumgebrüllt, ob er wahnsinnig sei, ob er komplett spinne, für wen oder was er seine Seele verkauft habe. Das ganze verdammte bedruckte Papier hab ich im Zimmer in The Dalles herumgeworfen, so lange, bis er meine Arme festgehalten und mich aufs Bett gedrückt hat.

Ganz ruhig hat er gesprochen, so wie er überhaupt ganz ruhig geworden war, seit wir die Grenzen von Rajneeshpuram überschritten hatten. Das sei unser Startkapital in ein neues Leben, hat er gemeint, in ein gutes Leben, und es gebe keinen Grund für ein schlechtes Gewissen. Das ganze Projekt sei zerfallen, weil es nichts mehr getaugt habe. Der Alte, sagte er, sei zu schwach gewesen, um das Ding zusammenzuhalten. Und jetzt sei er einfach abgedüst und erwarte von uns, dass wir die Scherben zusammenkehren, brav wie immer.

Du hast Bhagwan bestohlen, schrie ich ihn an. Du hast uns alle bestohlen, uns alle verraten und betrogen. Du bist nicht besser als Sheela, kreischte ich. Ich musste heulen, dabei hab ich schon ewig nicht mehr geheult. Mir war, als säße ich völlig allein in einer Eiswüste.

Er meinte, wir hätten doch jahrelang geackert, für nichts, und er habe eben jetzt die Chance genutzt, die sich ihm geboten habe. Er zeigte auf das Geld, das im ganzen Raum verteilt war, sagte: Jetzt sind wir endlich richtig frei, und damit können wir unsere Freiheit in vollen Zügen genießen.

Ich war so schockiert, dass ich nicht mehr wusste, was ich sagen sollte. Er wollte mich kaufen, wollte meine Zukunft kaufen! Er hatte nie etwas von mir verstanden. Und ich bin dermaßen blind gewesen, dass ich das völlig verdrängt hatte und im wirren Wahn mit ihm gegangen bin. Ich hatte völlig ausgeblendet, dass es mit jemandem wie ihm keine spirituelle Zukunft geben kann. Unfassbar, wie blöd ich war!

Er kapierte gar nichts, natürlich nicht. Kapierte nicht, wieso ich mich nicht freute, wieso ich nicht glücklich war, plötzlich so viel Geld zu haben. Kapierte nicht, dass ich nicht mal sauberes Geld gewollt hätte, aber schon gar nicht dieses schmutzige, dreckige Zeug, das uns nicht gehörte.

Ich bat ihn, es wieder gutzumachen. Ich glaube, ich bin sogar vor ihm auf die Knie gegangen. Pramendra, lass es uns wieder zurückbringen, hab ich ihn angebettelt. Noch lässt sich alles sicher wieder einrenken. Da wurde er wütend und fing auch an rumzubrüllen. Er sagte, er sei nicht mehr Pramendra, das sei ein für allemal vorbei, ab jetzt sei er wieder Roger Helms, und er werde es verdammt nochmal genießen, ein reicher Roger Helms zu sein.

In dem Moment zerbrach etwas in mir. Ich konnte nur noch sagen: Und ich werde immer

Amrati bleiben, ich werde nie mehr Christine sein. Dann habe ich meine Sachen gepackt und bin gegangen.

Noch am Abend hab ich ’nen Bus nach Portland genommen. Ich hab kaum geschlafen in der Nacht, hab versucht nachzudenken. Viel ist mir nicht klar geworden, nur dass es für mich trotzdem kein Zurück nach Rajneeshpuram gibt. Ich muss nach vorne schauen. Ich fühle das neue Leben in meinem Bauch, zumindest bilde ich mir das ein, und ich muss innerlich frei bleiben für das, was mein Leben für mich bereithält. Die Existenz ist gut, das Universum ist friedlich, das darf ich nicht vergessen, auch wenn es in letzter Zeit oft schwierig war, daran zu glauben.

Draußen scheint eine fahle Wintersonne. Portland ist, naja, ich weiß nicht, eine typische amerikanische Stadt, nehme ich an. Für mich ein Ort ohne Seele. Egal, wo mein Weg mich hinführt, ich glaube, Bhagwan wird immer dabei sein. Er ist wie das Blau des Himmels. Das ist auch immer da, selbst wenn es regnet oder Wolken alles zudecken. Dahinter ist immer Bhagwan. Ich bin mir sicher, er wird mein inneres Zuhause bleiben.

....

Da hast du ganz schön was mitgemacht, Amrati, dachte Zita. Christine. An dem Namen blieb sie hängen. Sie sah auf Roger Helms hinunter, doch ihre Gedanken wanderten zurück in den Neuen Bau, in ihr Dienstzimmer, zu der Akte, die sie vor ein paar Tagen durchgearbeitet hatte. Die Akte von Sylvie Wilke. Und plötzlich machte es Klick in ihrem Kopf. Mutter: Christine Wilke, hatte dort gestanden.

Amrati, schön dich kennenzulernen, dachte Zita. Irgendwann, wenn das hier alles vorbei ist, werde ich dein Tagebuch ganz lesen.

»Er war ein guter Typ«, hörte sie Roger Helms sagen.

Er starrte auf eines der großen Poster von Osho, das an der Scheunenwand hing. Sein Blick schien klarer geworden zu sein.

»Schsch, nicht reden«, meinte Zita.

Er ignorierte die Aufforderung. »Ich mochte ihn, wirklich. Nur dieser ganze Sannyasin-Kram, der ging mir irgendwann auf den Geist.«

Sie hob das Kissen von der Wunde und begutachtete sie mit kritischem Blick. Zita glaubte nicht, dass die Verletzung lebensgefährlich war. Das Bluten hatte jedenfalls fast aufgehört. Was war vorhin hier passiert? Und was genau war in Rajneeshpuram geschehen? Okay, lass uns reden, dachte sie.

»Klar mochten Sie ihn. Immerhin hat er Sie reich gemacht. Oder besser gesagt, Sie haben sich einfach bedient bei ihm.«

Helms zeigte ein schiefes Lächeln und deutete ein Schulterzucken an, als wollte er sagen: So bin ich eben, was soll ich machen?

»Wie haben Sie das hingekriegt mit dem Geld?«, fragte Zita. »Haben Sie zu Sheelas Gang gehört?«

»Nie, mit denen hatte ich nichts zu tun. Sheela hatte nette Titten, das war aber auch schon alles. Nein, es war ganz einfach. Ein bisschen Glück hatte ich auch.«

Roger Helms machte eine Pause und holte ein paar Mal tief Luft. Als er sich ein wenig aufrichtete, verzog er das Gesicht vor Schmerzen.

»Ich hatte einen Superjob bei den Rolls-Royce«, fuhr er schleppend fort. »Das war eine echt coole Idee von dem Alten. Am Schluss hatte er über 90 davon. Wir haben viel an ihnen rumgeputzt, aber oft sind wir auch nur bei den Garagen rumgehangen. Manchmal haben wir abwechselnd auf den Rücksitzen Mädchen flachgelegt. War geil.«

Jaja, ist ja gut, dachte Zita.

»Und dann?«, sagte sie.

»An einem Nachmittag kam der Anruf über Funk. Ich solle sofort mit einem neuen Rolls zur Main Road kommen. Es habe einen Unfall gegeben. Ich also hin. Der Alte hatte seine Karre in den Graben gelenkt. Ihm war nichts passiert, abgesehen von einer kleinen Kopfwunde, aber sie haben natürlich ein Mordstamtam um ihn gemacht. Am Schluss stand ich allein da mit dem eingedellten Rolls. Und beim Beifahrersitz, im Fußbereich, lag noch seine Mütze rum. Er trug immer diese Mützen, wegen seiner Glatze, die hat ihn genervt, diese bunten, glitzernden Turbane, die seine Girls für ihn nähten. Er muss das Ding verloren haben, als er sich den Schädel angeschlagen hat, oder die anderen haben sie ihm runtergerissen. Ich weiß nicht, warum ich das Ding aufgehoben habe. Aber als ich es so drehte und wendete, hab ich gesehen, dass an der Innenseite eine Metallkapsel hing, ganz klein, mit einer Sicherheitsnadel am Stoff befestigt.

Gift, dachte ich zuerst, da ist Gift drin, damit er sich selbst den Gnadenstoß geben kann, wenn hier die Hölle losbricht. Aber es war was viel Besseres drin: ein zusammengerollter Papierstreifen mit feinen Zeichnungen. Linien und Pfeile und Kreuze. Mir war sofort klar, dass es sich um einen Plan des Gangsystems handelt, das man unter dem Haus des Alten angelegt hatte. Damit er fliehen kann, wenn die Lage ausufern sollte, verstehen Sie? Und dann war da noch ein Code drauf. Bei dem war ich mir nicht sicher, aber ich hoffte, dass es die Nummer für einen Safe war, der dort unten stand und in dem Bargeld lagerte, für den Fall der Fälle.«

»Und so war es auch?«

»Klar, sie hatten für alles vorgesorgt. Die Hysterie war unbeschreiblich damals, als alles zu Ende ging. Aber ich wusste, dass ich vorsichtig sein musste. Ich zeichnete den Plan und den Code ab, klappte die Kapsel zu und befestigte sie wieder an der Mütze, die ich dort hinlegte, wo ich sie gefunden hatte. Dann fuhr ich den Rolls zurück und stellte ihn zu den anderen. Und dann wartete ich erst mal ab.«

Roger Helms machte eine Pause und holte tief Luft.

»Als nach ein paar Tagen wieder einmal eine große Versammlung stattfand, um die miese Lage auf der Ranch zu besprechen, dachte ich mir: Das kenne ich alles schon, sehe ich mir lieber mal an, wie die Maulwürfe in Oregon leben. Ich konnte es nicht glauben. Einer der Eingänge in das Tunnelsystem war direkt in der Rolls-Royce-Garage. Und in dem Safe war sagenhaft viel Geld. Erst dachte ich: Wow, alles meins. Aber dann hab ich doch nur die Hälfte genommen, hab das Ding wieder zugemacht und bin raus, so schnell ich konnte. Mein Herz hat nie wieder so laut geklopft wie damals, das können Sie mir glauben.«

»Und von da ab haben Sie gut gelebt«, sagte Zita.

Er nickte.

»Bis Sylvie Wilke auf der Bildfläche erschien.«

»Ja, bis dieses Weib vor ein paar Wochen plötzlich vor meiner Tür stand«, bestätigte Roger Helms.

Er hob den Arm und zeigte auf die gegenüberliegende Ecke der Scheune, in der auf einem Tischchen zwei Karaffen mit Wasser und einige Gläser standen.

»Durst?«, sagte Zita, stand auf, füllte ein Glas und brachte es ihm. Er trank gierig, verschluckte sich und hustete, was ihm sichtlich Schmerzen bereitete. Zita drückte seinen Arm, suchte dann etwas, um ihm den Mund abzuwischen, und fand ein Tuch, das über dem Sofa hing. Vorsichtig tupfte sie ihm das Gesicht ab. Er ist ein Arsch, dachte sie, aber trotzdem fühlt es sich vertraut an, mit ihm zu reden. Vielleicht geht es ihm ebenso. Vielleicht hat er aber auch nur Angst zu sterben.

»Sie erzählte von Amrati«, fuhr Roger Helms fort, als er wieder Luft bekam. »Ich wollte zuerst gar nichts wissen, aber … sie hatte nur Spott für sie übrig, für ihre ewige Sinnsuche, die ihr wichtiger gewesen sei als ihre eigene Tochter. Dass sie in Indien krepiert war, schien ihr egal zu sein. Ich hab gleich gemerkt, dass sie ein Junkie war, die Kleine, mein ich. Das war auch der Grund, weshalb sie überhaupt nach Indien geflogen ist, weil sie gedacht hat, sie könne noch was abgreifen bei ihrer Mutter, während die im Sterben lag. Aber da war nicht viel mehr als dieses Tagebuch«, sagte er und blickte auf.

Zita hielt ihm das Buch hin, so dass er mit einer Hand leicht über den Einband fahren konnte. Fast zärtlich tat er es.

»Mein Verhängnis. Fast hätte sie es weggeworfen, sagte Sylvie zu mir. Aber auf dem Rückflug habe sie es doch gelesen, aus purer Langeweile, und siehe da, sagte sie, es stehen ganz spannende, interessante Dinge drin. Über dich.«

»Was haben Sie getan?«, fragte Zita.

»Ich hab sie rausgeworfen. Obwohl sie zum Schluss noch behauptet hat, ich könnte sogar ihr Vater sein. Ach was, sagte ich, da kann ja jede kommen. Und hab ihr die Tür vor der Nase zugeknallt. War ein Fehler. Ich hätte wissen müssen, dass sie zu Namito gehen würde. Und dass das feige Schwein sich diese Chance nicht entgehen lassen würde.«

»Sie hassen ihn«, stellte Zita fest.

»Er ist ein Besserwisser, ein … Schwätzer. Wissen Sie, irgendwie quält mich das bis heute: Ich habe nie verstanden, was Amrati an ihm gefunden hat. Sie war in meinen Augen die schönste Frau der kompletten Sannyasin-Szene, und dann gibt sie sich mit diesem Weichei ab, der jetzt als Möchtegern-Guru durch die Gegend hüpft.«

»Aber am Ende haben Sie es doch geschafft, sie Namito auszuspannen.«

Helms lächelte schwach. »Wie nennt man sowas? Einen Pyrrhussieg, glaube ich. Ja, sie ist mit mir gegangen, als die ganze Ranch am Arsch war, aber als sie das Geld gesehen hat, ist sie komplett ausgetickt und abgehauen. Plötzlich wollte sie nichts mehr mit mir zu tun haben, dabei hab ich gedacht, dass unser Leben jetzt erst anfängt. Freiheit, 'nen Haufen Kohle, endlich diesen Namito abgeschüttelt. Und sie …«

Er stockte. Zita wusste nicht, was sie sagen sollte. Sie glaubte nur zu wissen, dass sie selbst auch nicht auf diese Art hätte geliebt werden wollen.

»Ich weiß nicht, es ist schon so lange her, aber jetzt, die letzten Wochen, ist alles wieder hochgespült worden. Wie eine Welle ist es über mich drüber.« Er sah Zita in die Augen. »Wissen Sie, zuerst hab ich damals gedacht: Blöde Kuh, mach ich eben mein Ding allein. Aber in Wirklichkeit, in Wirklichkeit hat es scheißweh getan, dass sie mich nicht mehr wollte. Ich hatte 'ne Menge Frauen, vorher und nachher, aber sie war die Einzige, die mir wirklich was bedeutet hat. Keine Ahnung, wieso.«

»Vielleicht, weil sie nicht in Ehrfurcht vor Ihrem tollen Mannsein erstarrt ist.«

Helms sagte nichts mehr.

»Schon tragisch«, fuhr Zita fort. Sie hatte keine Lust, gemeinsam mit Roger Helms um seine verlorene große Liebe zu trauern. »Sie greifen ein paar Millionen ab, weil es darauf in Rajneeshpuram eigentlich nicht ankommt und weil sowieso nicht mehr klar auszumachen ist, wer dort überhaupt noch richtig tickt und wer durchgeknallt ist. Doch genau in dem Moment, in dem Sie sich ein schönes, großes Stück vom Kuchen abgeschnitten haben und reinbeißen wollen, wird der Genuss gestört. Amrati mag nicht mitessen. Schön blöd. Das hat Sie aber nicht davon abgehalten, danach so zu leben wie der größte Hedonist unter der Sonne. Und als Sylvie Wilke kam und Sie dabei störte, haben Sie sie umgebracht. Und jetzt wollten sie auch Namito umbringen.«

Helms sah sie mit Augen an, die immer größer wurden.

»Ich hab die Frau nicht getötet. Was hätte mir das gebracht? Ich hätte immer noch Namito am Hals gehabt.« Er seufzte. »Und auch ihn wollte ich nicht töten. Ich hab noch nie irgendjemandem was getan in meinem Leben. Ich wollte ihm nur klarmachen, dass ich mich nicht unter Druck setzen lasse. Dass jetzt Schluss ist mit den Drohungen, er würde mir ein paar Sannyasins auf den Hals hetzen, die nichts lieber täten, als die Rechnung von damals zu begleichen. Ich wollte dieses miese Spiel endlich beenden. Es ging mir an die Nieren.«

Zita wusste nicht, ob sie Roger Helms das glauben sollte. »Verstehe, Sie sind zu alt für so einen Scheiß.«

»Sylvie Wilke hätte sich über kurz oder lang selbst umgebracht, ob mit oder ohne Geld«, sagte er, »aber als ich sie zuletzt gesehen habe, war sie noch auf den Beinen. Wir haben uns hier in der Nähe getroffen, auf der anderen Seite des Flusses, im Wald. Ich hab mich aufgeregt über ihre Unverschämtheiten. Namito hat dann zu ihr gesagt, sie solle uns allein lassen, damit wir unter vier Augen reden können. Wahrscheinlich hat er gedacht, er könne mich allein besser bearbeiten. Und zwei Tage später lässt er mich dann wissen, dass sie tot ist und dass sein ganzer Ashram oder was das hier sein soll, voller Polizisten ist, und dass wir aufpassen müssten, dass unser kleines Geschäft nicht darunter leidet. Der Pisser!«

Also doch Namito, dachte Zita.

»Und was ist hier vorhin passiert?«, fragte sie.

In dem Moment stürmten drei Sanitäter in den Raum. Zwei hielten eine Trage, einer hatte einen großen Koffer, den er aufklappte, noch bevor er in die Knie ging.

Während er ein Stethoskop zückte und ein anderer das Kissen von der Wunde nahm, sagte Helms: »Ich hatte die Pistole dabei und wollte ihn zur Rede stellen.

Ihm die Grenzen aufzeigen. Ich wollte, dass er vor mir in die Knie geht. Wir schrien uns an. Es ging natürlich um Amrati. Wer sie am meisten geliebt hat, wer wichtiger für sie war. Dann steht plötzlich dieses blasse Ding hinter uns und fängt an zu kreischen. Sie wolle, dass seine Liebe ihr allein gehört, und lauter so ein Zeug. Und bevor ich richtig kapiert hab, was das Mädel überhaupt will, reißt sie mir die Waffe aus der Hand und fängt an, damit rumzufuchteln. Ich Idiot geh zu ihr hin und will sie ihr wieder wegnehmen, Namito auch …«

»Und dann hat sich ein Schuss gelöst«, vollendete Zita den Satz.

»Jetzt lassen Sie uns bitte mal hier unsere Arbeit machen«, raunzte sie der Sanitäter an.

Sie stand auf. »Viel Glück«, sagte sie zu Roger Helms.

»Wer sind Sie eigentlich? Haben Sie angerufen?«, wollte der zweite Sanitäter wissen.

Zita gab keine Antwort, drehte sich um und trat hinaus ins grelle Sonnenlicht.

Der Rettungswagen stand direkt vor dem Scheunentor. Merkwürdig, dachte Zita, ich hab die Sirene überhaupt nicht gehört.

Sie sah, dass Hektor und Daimler ein paar Meter weiter erregt auf Ruud Verdreijken einredeten. Zita trat zu ihnen.

»Wir haben das ganze Haus abgesucht. Ein paar von den Vögeln lagen zitternd unter den Betten«, berichtete Hektor. Der verächtliche Ton in seiner Stimme war nicht zu überhören. »Aber Thalmann und die Dennbrink sind weg.«

Daimler zeigte mit dem Daumen auf Ruudchen. »Der Kollege hier meint, er hat gesehen, wie sie in den

Wald gerannt sind. Die Kleine voraus und Namito hinterher.«

Hektor zückte sein Handy. »Wir müssen Verstärkung rufen. Sie können überall sein. Wir müssen das ganze Gelände absuchen.«

»Vielleicht«, sagte Zita, »aber ich glaube, ich weiß, wo sie hin sind.«

17.

Zita rannte voraus in den Wald, immer bergauf, dem Pfad folgend, den sie, wann war das?, vor zwei Tagen erst zusammen mit Prem Pantha gegangen war. Es kam ihr vor, als wäre seither viel mehr Zeit vergangen. Hektor keuchte in ihrem Nacken, Daimler hinkte ein wenig hinterher. Sie ahnte, dass Hektor sie fragen wollte, woher sie wisse, wo es hingehen sollte, doch sie hatte kein Bedürfnis, ihm zu erzählen, wer sie zu der Felsformation geführt hatte, die hoch oben über der Lauter thronte. Das ist auch Satyavatis Lieblingsplatz, hatte Prem gesagt, als sie auf dem flachen, heißen Stein, der zum Abgrund hin geneigt war, gesessen hatten. War es also nicht der ideale Ort für das, was Rowena jetzt vermutlich vorhatte? Aber was, wenn sie in ihrer Panik ganz woanders hingerannt war?

Während Zita lief, versuchte sie, das Chaos ihrer Gedanken zu ordnen. In den Szenarien, die sich in den letzten Tagen in ihrem Kopf abgespielt hatten, war eher Roger Helms als Namito in die Rolle des Mörders von Sylvie Wilke geschlüpft. Doch vielleicht hatte sie sich, was Helms anbelangte, zu sehr von ihren Aversionen leiten lassen. Namito andererseits war sicher längst von seinem Weg abgekommen. Aber würde er tatsächlich für Geld töten? Womöglich hätte er alle Skrupel über Bord geworfen, um einen alten Rivalen zu beseitigen. Aber eine junge Frau, die noch dazu seine eigene Tochter sein konnte? Zita konnte sich das einfach nicht vorstellen. Und wieso hätte er das tun sollen? Damit er das ganze Geld, das er zusammen mit Sylvie Wilke aus Roger Helms herauspressen wollte, am Ende nicht mit ihr teilen musste?

Wieder kam ihr das Bild in den Sinn, das Rowena Dennbrink gemalt hatte. Sie sah es vor sich, das Motiv mit der fallenden Frau, die in die Leere oder in den Tod stürzte, und sie sah die Gestalt mit der Teufelsfratze, die merkwürdig verkrümmt oben stand und die Tat vollbracht hatte. Was hatte Rowena Dennbrink gesagt, an dem Nachmittag in ihrem Atelier in der Scheune? Das Ausdrucksmalen helfe ihr manchmal, ihre Dämonen im Zaum zu halten. Das heißt, manchmal auch nicht, dachte Zita. Und mit einem Mal war ihr alles klar. Sie sah die Gestalt vor sich, die Maske wurde mit einem Ruck weggezogen, und sie konnte erkennen, wer dahinter zum Vorschein kam. Namito hatte sich schuldig gemacht, in vielerlei Hinsicht, aber nicht in dieser.

Als sie aus dem Wald herausbrach, blickte Zita direkt in die sinkende Sonne. Sie blinzelte heftig, und der nächste Blick sagte ihr, dass sie noch nicht zu spät kamen. Namito stand in starrer Haltung mitten in der flachen Kuhle, blickte sich kurz um und streckte dann eine Hand beschwichtigend nach hinten aus, um Zita und Hektor zu bedeuten, dass sie sich zurückhalten sollten. Dann redete er weiter auf Rowena Dennbrink ein, die vorne am Abgrund stand, den Blick in die Tiefe gerichtet, den mageren Körper an den Felsen gedrängt, der wie ein Hinkelstein Richtung Himmel zeigte. Gleichzeitig hielt sie mit zitternden Händen die Pistole auf ihren eigenen Kopf gerichtet.

»Bitte, Satyavati, komm zu mir. Wir werden gemeinsam eine Lösung finden«, sagte Namito mit drängender Stimme.

Rowena schluckte schwer. »Ich kann nicht mehr«, sagte sie. Sie trug nur ein einziges Kleidungsstück in schlichtem Weiß, ein Nachthemd, das oberhalb der Knie endete. Auf Zita wirkte sie geisterhafter denn je, die Haut ihrer nackten Arme und Beine kam ihr fast durchsichtig vor. Die einzigen deutlichen Konturen an ihr schienen die dunklen Ringe unter ihren wässrighellblauen Augen zu sein. Die strohblonden Haare hingen ihr verschwitzt und klebrig um den Kopf. »Ich will nicht mehr.«

»Halt durch, unsere Liebe wird stark genug sein für uns beide«, sagte Namito in flehendem Tonfall.

Es klang hohl und leer in Zitas Ohren, aber wahrscheinlich musste man solche Dinge sagen, wenn man einen anderen Menschen davon abhalten wollte, seinem Leben ein Ende zu machen. Auch wenn man selbst nicht mehr daran glaubte.

Sie trat vor, und Rowena rückte im gleichen Moment noch ein Stückchen mehr Richtung Abgrund.

»Bleiben Sie weg«, schrie sie.

Zita blieb stehen. Was jetzt? Hopp, lass dir irgendwas einfallen, mit dem du sie davon überzeugen kannst, dass ihr Leben es wert ist, weitergelebt zu werden, dachte sie sarkastisch. Da sah sie, dass Daimler von der anderen Seite her im Schutz der Bäume auf die Felsenfaust zuschlich. Gut, Daimler, dachte Zita, langsam im Rennen, aber schnell im Denken.

Los, Namito, quatsch weiter. In Gedanken feuerte sie den hageren Mann an, der planlos auf dem Felskamm stand und dabei war, auch noch das Letzte zu verlieren, was er hatte.

Als hätte er sie gehört, sagte er: »Wir können hier alles wieder aufbauen, oder wir können zusammen woanders hingehen, wenn du das willst.«

»Zu spät«, antwortete Rowena, und Tränen liefen ihr über die Wangen, »alles zu spät.«

In dem Moment schoss Daimler um die Ecke des Felsens, viel schneller, als Zita es ihm zugetraut hätte, packte Rowena und zog sie mit einem Ruck von dem Abgrund weg. Die Pistole fiel ihr aus der Hand und schlitterte über die flache Kuhle. Daimler hielt die Frau mit beiden Händen fest, presste sie an sich, und beide stürzten zu Boden. Rowena blieb in Daimlers Armen liegen, von einem Weinkrampf geschüttelt.

Hektor hob die Pistole auf und hielt gleichzeitig Namito zurück, der sich bücken wollte, um Rowena Dennbrink zu umarmen.

»Mann, nun lassen Sie mich doch zu ihr!«

Hektor baute sich vor ihm auf. »Friedrich Thalmann, Sie sind festgenommen. Wegen Mordes an Sylvie Wilke.«

Namito suchte Rowenas Blick, aber sie sah nicht her, sondern heulte in Daimlers ausladenden Brustkorb. Er schüttelte den Kopf, trat einen Schritt zurück, und blickte hilflos in den Himmel.

»Er war es nicht«, sagte Zita und schaute in die Runde. »Er hat nur die Leiche weggebracht, alle Spuren beseitigt und Rowena wieder leidlich aufgepäppelt. War's nicht so, Namito?«

Trotz der angespannten Situation, die auf dem Felsgrat herrschte, packte sie für einen Moment eine wilde Freude, als sie das Erstaunen, ja, das Erschrecken in dem Blick sah, den Hektor erst ihr, dann Namito und dann Rowena zuwarf. Mein Ego, dachte sie, und genoss den Gedanken eine Sekunde lang ohne jegliche Scham.

Dann ging sie vor Rowena in die Knie und sagte: »War's nicht so, Frau Dennbrink?«

»Sag jetzt gar nichts, Satyavati«, bettelte Namito, »du musst gar nichts sagen.«

Rowena rückte ein wenig von Daimler ab und blickte hilfesuchend von einem zum anderen. Niemand hatte ein Tuch oder etwas Ähnliches dabei. Schließlich fuhr sie sich einfach erst mit dem rechten, dann mit dem linken Arm übers Gesicht und wischte Rotz und Tränen notdürftig weg.

»Ich hatte Angst, schon in dem Moment, als ich sie das erste Mal gesehen habe ...«

»Hör auf!«, rief Namito. »Sei still!«

Hektor packte ihn grob am Arm und warf ihm einen scharfen Blick zu.

Rowena sah Namito an, mit leerem Blick.

»Du kannst mir nicht mehr helfen, Namito. Du konntest mir eine Zeitlang ein wenig helfen, und ich danke dir dafür, aber nie ganz. Gib auf, es hat keinen Sinn.« Sie stockte. »Es ist nicht deine Schuld. Du wolltest mir Sicherheit geben, aber ich habe dich nicht wirklich gelassen. Ich bin ... zu verkorkst. Ich habe mir eingebildet, dass ich dich liebe, dabei kann ich gar nicht lieben. Ich bin so nutzlos.«

Jetzt liefen ihr wieder Tränen übers Gesicht, die sie fast wütend mit den Händen wegwischte.

»Ich dachte manchmal, ich könnte ganz gesund werden in deiner Nähe. Aber ich habe mich getäuscht. Ich konnte dich nicht wirklich an mich heranlassen, ich war zu feige, mir tatsächlich von dir helfen zu lassen.« Sie sah ihm in die Augen. »Ich hab dir nur zugestanden, mein Schneckenhaus zu bewachen. Nicht mehr.«

»Und doch hatten Sie Angst, dass Sylvie Wilke das, was Sie aufgebaut hatten, kaputt machen könnte, auch wenn es ein brüchiges Gebilde war«, sagte Zita.

Rowena antwortete lange nicht. »Sie steckten oft die Köpfe zusammen, sie hatten irgendein Geheimnis«, sagte sie dann stockend. »Ich hatte eine unglaubliche Angst davor, dass das bisschen Normalität, das ich für mein Leben erreicht hatte, mir wieder entgleiten könnte. Aber ich wusste nicht, was ich tun sollte.« Sie lächelte bitter. »So ist mein Leben; das ist immer so bei mir. Ich bin unfähig, Dinge in die Hand zu nehmen, ich verkrieche mich immer nur.«

Alle sahen sie an.

»Dies eine Mal habe ich etwas getan. Ich bin in mein Atelier an diesem Abend und dort zuerst ewig im Kreis herumgelaufen. Dann bin ich hinauf in ihr Zimmer und habe ihre Sachen durchwühlt. Einfach so, weil ich gehofft habe, irgendetwas zu finden, aufgrund dessen ich, wir … sie loswerden konnten. Ich habe es mir so gewünscht, dass sie wieder weg wäre. Sie hat … so sehr gestört.

Ich fand nichts. Ich war auf dem Rückzug, da kam sie gerade die Treppe hoch. Sie hat mich spöttisch angesehen, wie immer, und dann hat sie etwas Hässliches gesagt. So oft sagte sie hässliche Dinge. ›Was für ein armseliges Leben musst du führen, wenn du es nötig hast, hinter mir herzuschnüffeln‹, hat sie gesagt, ›und gleichzeitig tust du so, als wärst du was Besseres.‹ Sie kam noch zwei Stufen höher und stellte sich direkt vor mich hin. ›Ich weiß, dass du Angst hast, ich könnte deinen Namito anknabbern‹, sagte sie. Es war widerlich, wie sie gegrinst hat. ›So abgehangen sieht er noch gar nicht aus‹, sagte sie, ›vielleicht teste ich ihn tatsächlich mal an.‹ Und da hab ich einfach zugestoßen.« Rowena machte eine zaghafte Bewegung mit der rechten Hand.

»Nur ganz leicht. Ich weiß nicht, warum. Ich hab nicht nachgedacht. Sie hatte keinen Halt, keinen guten Stand auf der Treppe. Sie kippte nach hinten und wollte sich noch an mir festhalten. Dann fiel sie. Unten ist sie liegengeblieben und nicht mehr aufgestanden. Ich hab mich hingesetzt auf die Treppe und immer nur gedacht: Ich habe etwas getan, ein einziges Mal in meinem Leben habe ich etwas getan …«

Sie brach ab und starrte apathisch vor sich hin. So musste sie auch auf der Treppe in der Scheune dagesessen haben, als Namito von seinem Treffen mit Roger Helms zurückgekommen war, dachte Zita und seufzte tief.

Daimler half Rowena auf die Beine und zog sie in Richtung Pfad. Er trug sie mehr, als dass sie selbstständig ging. Hektor griff ihr von der anderen Seite unter den Arm. Namito wollte ihr ebenfalls zu Hilfe eilen, doch Zita hielt ihn zurück.

»Sie wissen, dass alles Ihre Schuld ist?« Sie spürte, wie die Wut in ihr hochkroch. »Sie sind ein Heuchler.«

Er sah sie an, aber Reue konnte sie in seinem Blick nicht erkennen. Nur Trotz.

»Wenn Sie nicht so viel Mist gebaut hätten, wenn Sie weniger kranken Ehrgeiz hätten, wäre Sylvie Wilke noch am Leben, und Rowena …« Sie stockte. »Schlechter dran wäre sie sicher auch nicht.« Sie trat näher an ihn heran. »Sie haben sie doch nur deswegen so umsorgt, weil Ihr schlechtes Gewissen Sie angetrieben hat.«

»Wovon reden Sie?«

»Von Ihrer Tochter Katharina, und dem, was Sie alles an ihr verbockt haben. Spirituelle Beziehung, da lachen ja die Hühner«, sagte Zita abfällig. »Rowena war die perfekte Ersatztochter, um die Sie sich mit aller Inbrunst kümmern konnten. Sie haben sich eingeredet, Sie tun ihr was Gutes, wenn Sie mit allem, was in Ihrer Macht steht, vertuschen, was sie getan hat.«

»Was wissen Sie schon?«, antwortete Namito. Sein Blick war giftig.

»Ich bin nicht blöd. Natürlich ging's Ihnen auch um das große Ganze, um Ihre edle Gemeinschaft. Sylvies Tod durfte nicht dazu führen, dass der Deal scheiterte, mit dem Sie plötzlich die Chance hatten, alles zu retten, was Sie zuvor vermasselt hatten, oder?«

»Ich habe nur Verantwortung übernommen«, antwortete Namito gereizt. »Ich musste es tun, verstehen Sie das nicht? Ich konnte mich nicht aus allem raushalten, ich musste diese Gelegenheit nutzen.«

»Reden Sie sich's nur schön«, sagte Zita. »Verstehen Sie unter Verantwortung übernehmen, dass der Zweck alle Mittel heiligt? Schon die Sache mit diesem Schindler. Pfui Teufel.« Sie spuckte aus. »Und dann Erpressung. Wirklich edel. Dieses heimliche Getue, selbst Ihren Freunden gegenüber, selbst Ihrer … naja, Gefährtin gegenüber.«

»Je weniger davon wussten, umso besser.«

Zita schnaubte. »Klar. Vor allem war's gut, dass keiner Ihr wirkliches Motiv kannte. Denn vor allem …« – sie hielt ihm den Zeigefinger vors Gesicht – »… vor allem ging's Ihnen darum, es endlich Roger Helms heimzuzahlen. Deshalb haben Sie nicht mal nach Sylvies Tod aufgehört. Oder? Darum ging's doch die ganze Zeit? Um Rache an Pramendra.«

Er neigte den Kopf, blickte starr auf den Boden und sagte nichts.

»Ihnen ist doch klar, dass Sylvie möglicherweise Ihre Tochter war?«

Jetzt schreckte Namito doch zusammen. »Nein, ganz sicher nicht«, antwortete er schnell. »Aus der Verbindung zwischen Amrati und mir hätte niemals ein Mensch wie sie entstehen können. Sie war …« Er brach ab. »Ihr war es schlichtweg egal, wer ihr Vater war. Das hat sie selbst gesagt. Es hätte jeder sein können, meinte sie. Nein, sie war bestimmt von Pramendra.«

»Wie können Sie da so sicher sein?«

»Ich weiß es einfach.«

Zita glaubte ihm nicht.

Als sie aus dem Wald traten, sahen sie, dass es vor dem Sarjana von Polizisten wimmelte. Weiter vorne, wo die Wagen parkten, hatte man eine Absperrung errichtet, hinter der mehrere Übertragungswagen von Fernsehsendern und eine Horde von Menschen mit Kameras und Mikrofonen standen. Dahinter begann der Himmel, sich orange einzufärben.

Zwei Polizistinnen übernahmen Rowena und führten sie zu einem Krankenwagen. Hektor packte Namito am Arm und dirigierte ihn zu einem Polizeibus.

Die Sannyasins standen in kleinen Gruppen verloren in der Gegend herum. Man spürte, dass sie geschockt waren. Ruud Verdreijken saß mit untergeschlagenen Beinen auf der Bank vor dem Homa-Laden. Doch er sah nicht aus, als würde er meditieren.

»Was haben Sie jetzt vor?«, fragte ihn Zita.

Er zuckte nur die Achseln.

Daimler und Zita gingen langsam über den Platz. Dort, wo das Sarjana-Schild gestanden hatte, blieben sie stehen. Irgendjemand hatte die Pfosten der Holzkonstruktion abgerissen. Das Schild lag im Staub, wie ein nutzloser Wegweiser zu einer verlassenen Stadt.

Zita drehte sich um und machte eine vage Handbewegung.

»Da denkst du, es ginge mordsmäßig in die Tiefe oder hinauf auf philosophische Höhen. Ich habe dem Typen stundenlang im Internet zugehört, in der Hoffnung, auf irgendwas zu stoßen, eine Weisheit, etwas Essentielles, das verteidigt werden muss, was weiß ich. Und am Ende geht es doch nur um Macht und um Geld. Jeder will den anderen kleinhalten und sich selbst ganz oben sehen. Und ohne die Kohle wäre wahrscheinlich gar nichts passiert.« Sie sah Daimler an. »Manchmal könnte ich echt an der Welt verzweifeln.«

»Naja, immerhin war's wenigstens bei Rowena anders«, meinte sie dann und ging weiter. »Bei ihr war vielleicht wirklich Liebe im Spiel.«

Daimler seufzte. »Das war keine Liebe, Mädchen, das war die pure Abhängigkeit.«

»Oh, du alter, weiser Mann«, sagte Zita.